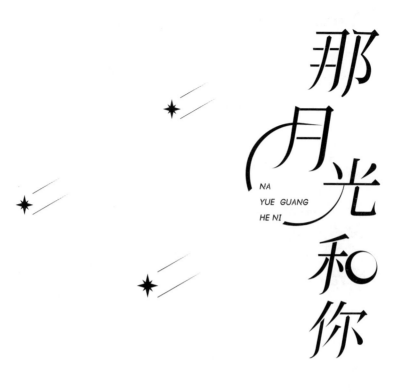

那月光和你

NA
YUE GUANG
HE NI

语笑阑珊
作品

北京燕山出版社
BEIJING YANSHAN PRESS

图书在版编目（CIP）数据

那月光和你 / 语笑阑珊著 . -- 北京：北京燕山出版社，2021.9

ISBN 978-7-5402-6095-8

Ⅰ . ①那… Ⅱ . ①语… Ⅲ . ①长篇小说－中国－当代 Ⅳ . ① I247.5

中国版本图书馆 CIP 数据核字（2021）第 134917 号

那月光和你

作　　者：语笑阑珊
出 品 人：一　航
选题策划：航一文化
出版统筹：康天毅
责任编辑：王　迪
特约编辑：王晓荣
装帧设计：林晓青
出版发行：北京燕山出版社有限公司
地　　址：北京市丰台区东铁匠营苇子坑138号
邮政编码：100079
发行电话：（010）65240430
印　　刷：北京盛通印刷股份有限公司
开　　本：880×1230　1/32
印　　张：10.75
字　　数：331 千字
版　　次：2021 年 9 月第 1 版
印　　次：2021 年 9 月第 1 次印刷
书　　号：ISBN 978-7-5402-6095-8
定　　价：48.00元

目录
CONTENTS

第一章

✦ (● ● ●) ✦

成长必修课

寰东购物中心，市场部实习生——这是顾扬大学毕业后的第一份工作。

部门经理把他从人力主管处领回来，简单交代了两句之后，就匆匆出去开会了。负责交接工作的人名叫储婷婷，看起来对公司怨气颇多，收拾东西时乒乒乓乓远距离空投，恨不得把桌子砸出个坑来。不过好在顾扬的教养和耐心都挺好，站在旁边足足等了二十分钟，直到她把最后一盆仙人掌也扔回箱子，才微微弯腰问了一句："您好，请问现在可以开始交接了吗？"

他的声音很好听，长相又颇为俊美清秀，尚未完全褪去的校园青涩感让他整个人看起来干净又无害，尤其是笑起来的五官，实在很难令人讨厌。

储婷婷态度和缓下来，指着椅子示意他坐下。

"谢谢。"顾扬打开硬皮笔记本，握笔的手指修长白皙，储婷婷忍不住就多瞄了一眼，却注意到他的袖口上有一些很浅的刺绣，在阳光下微微反射出银色的光来，搭配着贝母纽扣，又低调又精致，看起来价格不菲。

是富二代吗？她想。

那为什么要来做这么枯燥无聊的工作？

"婷婷姐？"见她迟迟不说话，顾扬不得不轻声提醒了一句。

"哦。"储婷婷回神，开始一样一样交代工作内容。寰东购物中心是本市最老牌的商业综合体之一，业务范围铺得挺广，市场部的事情当然也不会少，最琐碎的部分都是由新人来做，从校对宣传手册到账目报销签字，顾扬的钢笔尖在纸上飞速游走，很快就记了满满两大页。

"大概就是这些了。"储婷婷喝了口水，"以后还有不懂的，就去问他们。"她用下巴点了点周围，拔高嗓音道，"别太老实了，什么都默不作声自己干，到时候累死累活还不落好。"

其余同事都盯着电脑屏幕，只当没听见。顾扬笑了笑："谢谢。"

"还没说完呢。"储婷婷又交给他一沓资料，"后天 C 市分店的高端会员旅游团就要来了，你负责全程接待。做过导游吗？"

顾扬闻言沉默了一下，问："一共多少位？"

储婷婷回答："五十。"

顾扬又问："公司这头呢，我一个人对接？"

储婷婷想了想："还有司机老阎。"

零售行业竞争激烈，哪怕是业绩年年领先的寰东购物中心，也要想方设法做好各地顾客维护工作，这次的五十人旅游团就是高端会员的年中福利。

当天晚上，顾扬从浴室里擦着头发出来，顺手拨通了求助电话。被不幸选中的场外亲友名叫杜天天，是顾扬的学长，早两年毕业，目前在一家知名日化集团做销售，白天累死累活，晚上还要给学弟当神奇海螺，心里很苦。

"所以你刚才说，陆江寒把 C 城分店的高端顾客丢给你一个人接待？"杜天天顶着一头鸡窝坐在床上，"你？一个人？"

陆江寒就是寰东集团的总裁，赫赫有名的业内大佬。不过顾扬现在并没有心情去解释自己的级别远不够进总裁办公室，他直奔重点地说："是。"

"那还工作个屁啊！"杜天天激动万分，一拍床，"你想一想，整整五十个富婆，有没有什么新思路？"

顾扬言简意赅道:"滚!"

杜天天一乐,他向后仰躺在枕头上,继续大大咧咧道:"不就是带着会员到景点吃喝玩乐吗,你一个本地人,这有什么可担心的?要真有重大难度,也不会交给你一个实习生啊。"

"我脸盲,路痴。"顾扬皱眉,"并且也没有任何照顾人的经验。"从下午到现在,他已经脑补了几十种可能发生的意外,包括但不限于顾客晕车、顾客吵架、顾客中暑、顾客食物中毒、顾客迷路、顾客失踪,以及顾客突发急性阑尾炎。

杜天天感慨,这哪里是高端会员旅行团,分明就是宇宙倒霉蛋大集结。不过感慨归感慨,他也还是尽职尽责地陪聊到凌晨一点,挂电话前哈欠连天,还不忘敲诈一顿饭。

"没问题,谢谢哥。"顾扬合上笔帽,"你早点儿休息。"

"跟我还客气什么!"杜天天停顿了一下,还是忍不住问,"那个,你真打算在寰东干下去了?就做市场推广?"

电话另一头的人没有说话。

"算了算了,当我没说。"杜天天赶紧圆场,"寰东挺好的。"

"哪里好了?"顾扬抿了抿嘴。

"待遇好啊,陆江寒对下属是出了名的大方,又护犊子,你表现得好一点儿,升职加薪也就这两年的事。"杜天天劝他,"工作不都这样嘛!都是一样的人,都要用东奔西跑去换取更好的生活。"

"嗯,我工资是挺好的。"顾扬笑道,"晚安。"

夜很安静。

顾扬坐在桌边,又查了一下这次的旅游线路。会员抵达后第二天的行程是去普东山,那里风景优美,气候凉爽,是有名的道教发源地。顾扬虽然也去过几次,但他天生缺失方向感,找路和找黄金的难度基本等同,带着五十个高端会员在山里迷路未免太惨烈了些,所以他决定自掏腰包,找个专业导游同行。

远处的广场隐隐传来报时声。凌晨四点,顾扬终于搞定了所有流程,扑到床上很想昏迷过去。

这一天的工作似乎充实过了头,但感觉……还不错。

五彩斑斓的梦一个接着一个，最终被温柔的光打断。顾扬哈欠连天地叼着牙刷："妈，别打果汁，我要咖啡。"

"昨晚都三点了还不睡，又干什么呢？"顾妈妈在厨房不满地埋怨。

"公司的事。"顾扬把脸擦干净，"第一份工作，要表现得好一点儿。"

顾妈妈对这个回答倒是很满意，她用胳膊肘捣了一下旁边的顾教授，低声道："儿子这不挺高兴的吗，积极向上，我说你就是白担心。"

"是是是。"顾爸爸点头，深谙夫妻相处之道，"你说得都对，都对。"

寰东购物中心地处黄金商圈，基本能从早上八点堵到晚上八点，顾扬放弃了开车的想法，骑着共享单车一路溜到地铁站，然后就被蜿蜒壮观的队伍震了一震。

神奇海螺杜天天再次发挥作用，远程指导学弟一直骑行到合青路，在那里顾扬坐上了 188 路公交车。虽然人也不少，但看着窗外宛若静态画的车流，被贴在车门上的顾扬还是油然生出几分欣慰来。

公交专用道，利国利民，绿色环保。

到公司刚好来得及打卡。部门经理李芸交给他一份会员旅行团的最终名单，顾扬仔细看了一遍，果然大部分都是中年阿姨，这也和寰东在 C 市的分店定位相符合——家境宽裕的中产阶级。

"工作内容还有什么问题吗？"李芸问。她挺喜欢这个年轻人的。

"没有了。"顾扬看了看笔记本，"我等会儿先去楼下超市，挑一些本地特产当会员礼，人均三百预算，会带来给您过目，中午休息时再去药店买些常备药，下午去车队找司机老阎。我问过人力部了，他今天四点才会来上班。"

李芸点头："那去忙吧，有什么不懂的尽管问同事，我们部门气氛很好的，等忙过了这阵子，再给你补个小型欢迎会。"

购物中心自带一家大型超市，顾扬在土特产区逛了一圈儿，很快就挑好了几样熟食和糕点，打包成礼盒后体积惊人，颇有视觉冲击力。工作间隙微信闪动，各路狐朋狗友纷纷送来爱的关怀，询问了一下他的上班感受。顾扬拍了张面前的大红礼盒，统一回复：挺好，忙着呢。

收到照片的众人唏嘘不已，万万没想到，哥儿几个在大学里精心呵护出来的清冷小白花，现在居然在超市里包装梅干、豆腐、老腊肉。唏嘘完后群里消息闪烁得更加猛烈，群众纷纷要求顾扬周末请客吃饭，为了新工作，为了新生活。

顾扬暂时没空回复，他扛着礼盒侧身挤进经理办公室，李芸一见就哭笑不得："你这是打算搬空超市？"

"没超预算。"顾扬解释，"总价两百六十七。"

"你不觉得这些东西有问题？"李芸示意他坐在沙发上。

顾扬犹豫了一下，摇头。

"按照活动方案，会员哪天离开我们 S 市？"李芸问。

"八月十三号，早上十点半退房，中午十二点在海宴华庭用午餐，然后直接坐大巴去机场。"顾扬把流程背得挺熟，不过在背完之后，他倒是反应过来了李芸的意思，这些土特产是欢送礼，要放在海宴华庭的餐椅上，让大家自己带上车。试想在旅行的最后一天，还要抱着这又大又沉又不值钱的镏金盒子过安检上飞机，别说是高端会员，哪怕是普通顾客，大概也会选择直接丢弃。

顾扬有些不好意思："我懂了。"

"去吧。"李芸笑道，"不过你挑的东西都不错，从里面找两三样，也别用礼盒了，用寰东的环保购物袋就行。"

"好的。"顾扬回到超市，等重新订好礼物，时间已经过了下午一点。饭是没工夫吃了，他一边啃三明治，一边就近找了家药店，感冒、发烧、中暑、晕车、腹泻、消化不良的药买了个遍。加上被太阳晒出来的满头汗，收银阿姨的目光里也就多了几分同情——年纪轻轻就成了生病大户，也是可怜。

而此时在药店门口，一辆黑色商务车正缓缓驶过，外形嚣张狂野，很像下一刻就要呼啸起立，和霸天虎一起毁天灭地。

"变形金刚"拐过街角，一路开向寰东的地下停车场。助理点开一封邮件："陆总，这就是那家鑫鑫百货大楼的资料。"

陆江寒扫了一眼，图片中的建筑物破破烂烂，玻璃柜台里堆放着毛线和运动器材，衣服也是乱七八糟地挂在架子上。

"这是离普东山景区最近的一家商场，也不知怎么就开成了这样。"助理说，"上回杨总去实地考察，他说还当自己误入了影视城的八十年代取景地。”

“你听杨毅那张嘴！”陆江寒合上电脑，“让他推了后天的行程，和我再去一次普东山。”

快下班时，旅行社发来了导游的资料，普东山资深解说员，十年从业经验，连名字都充满了安全感与方向感——高小德。

顾扬对这位"地图先生"很满意。

顾妈妈心疼儿子加班太累，特意卤了一锅牛肉等他回来吃，不忘同城闪送一份给杜天天，叮嘱他也要注意休息。杜天天嘴甜会说话，几句就把电话里的顾妈妈哄得心花怒放。旁边同事听到之后，也多事地凑过来："杜哥，顾扬现在怎么着了，我听说他去了寰东做超市理货员？"

"你爱信就信吧。"杜天天一脸嫌弃，"问我做什么！"

"你这不和他关系好吗！"同事用胳膊肘捣捣他，"哎，话说回来，他到底为什么会被凌云时尚解除实习合同？当初对方可是来咱学校里点名要的他。"

"真这么想知道？"杜天天勾勾手指。

同事赶紧把耳朵贴过来，准备了解惊天内幕。

杜天天用秘密接头的语调说："因为他拉不到下线，又吃得多。"

同事泄气："杜哥，这就没意思了啊。"

"管这么多闲事做什么！"杜天天笑着丢给他一瓶饮料，"走走走，下班了。"

顾扬坐在公交车上，也恰好经过了凌云时尚门口，不过他并没有心情再去看那栋漂亮时髦的玻璃大楼，只想快点儿回家填饱肚子，然后钻进被窝儿好好睡一觉。

他觉得自己应该感谢这份工作，琐碎而又忙碌的细节填满了生活的每一个缝隙，自然也就无暇再去思考其他——至少就目前而言，带好明天的旅游团才是最重要的事。

寰东集团大楼里，杨毅正在研究新咖啡机的用法。他是集团副总裁，也是少数几个敢在陆江寒面前胡吹乱侃的人之一，一副花花公子做派，又潇洒多金，很受公司里的小姑娘喜欢。

"就这破商场吧，进去阴森森的，生意能好才怪。"杨毅点了点图纸，"我找人看过了，风水是真不好，坟头飘女鬼。"

"风水不好不要紧，不远就是普东寺。"陆江寒靠在椅背上，"再不济，我还能派你过去。"

杨毅闻言虎躯一震："这和我有什么关系？"

"去向女鬼散发一下魅力，让她们别捣乱。"陆江寒站起来，"总之这家商场，寰东吞定了，要是并购计划不成功，我就用你祭天。"

杨毅："……"

"明天的会员活动怎么样？"陆江寒递给他一杯咖啡。

"李芸给我看了流程，没问题。"杨毅道，"同时她还表扬了市场部新来的实习小朋友，叫顾扬，据说工作能力不错。"

陆江寒点点头，也没再多问。

第二天中午，司机老阎拉着顾扬，准时抵达机场接到了会员。C市门店派来的带队同事是个小姑娘，名叫程果，蹦蹦跳跳的，挺活泼，在大巴上还能唱歌活跃气氛，倒是给顾扬省了不少事。

欢迎晚宴气氛良好，杨毅代表公司领导出席。用餐结束后，会员们高高兴兴地入住了寰东旗下的一家五星级酒店，算是一个不错的开场。不过顾扬并没有因此放松，毕竟对他来说，第二天去普东山的行程才是终极考验。

约定的出发时间是早上八点半。

程果一上车就问："司机旁边的人是谁？昨天没见过啊。"

"导游。"顾扬帮她拧开水瓶，隐瞒了自己是路痴这件事，"普东山是文化景观，有个专业人士讲解要有趣许多。"

导游的嘴皮子总是滑溜的，更何况这次是出来接私活，没什么购物任务，心情就更轻松了。这边顾扬还在和程果说话，那边高小德已经开始讲故事了，风趣幽默地东拉西扯，把一车人逗得直乐。而在抵达景点之后，顾扬又发现了这位高导游的另一个优点——几乎认识所有的工作人员和商店老板，无论阿姨们是想买遮阳伞还是纪念品，都能在他那里要到一个不错的折扣，虽然也就省个百十来块钱，但消费快感可是噌噌往上涨。

中午吃饭的时候，顾扬特意帮高小德买了包烟："今天辛苦了。"

"客气什么，你这批客人素质高，我带得也轻松。"高小德道，"看你也忙了一早上，在这儿多歇会儿吧，我们两点再出发。"

两人说话的时候，已经陆陆续续有会员吃完了饭，高小德一边招呼大家去茶棚里乘凉，一边催促顾扬和程果也快去吃东西，下午还有登山行程，饿着肚子八成要晕。

"小高啊，你告诉小顾一声，我们去外面拍个照，不走远啊。"几名会员打招呼。

"好嘞，我们一点四十集合，阿姨们注意时间。"高小德正在忙着帮其他人泡茶，答应了一句也没放在心上。毕竟对于中年阿姨来说，出门不能拍照发朋友圈，旅行的乐趣就少了四分之三。

山里的风景很好，看起来到处都是花花绿绿的。阿姨们沿途溜达了一会儿，看见有个小伙子路过，就请他帮忙拍合照。对方倒是很热情，一口气"咔嚓"了十几张，还能指挥大家摆造型。只是拍完照片后却不肯走，反而凑上来问她们打算去哪儿玩。

"我们等会儿去普东寺。"其中一个阿姨心直口快道，"离这儿远吗？"

"普东寺还真挺远的，不过普东寺文化展就在这附近。"小伙子伸手一指，"就那座小庙，免费的，走路不到十分钟。"

一听有免费展览，再一看时间还早，于是阿姨们就打算过去看看热闹。只是这一去就是将近一个小时，等到顾扬和高小德气喘吁吁找过来的时候，阿姨们已经在所谓的"普东寺文化展"上买了一堆开过光的玉镯和翡翠，加起来金额数万，正在和售货员理论。

顾扬眼前一黑。

"高哥！"他一把捏住高小德的胳膊，"能退吗？"

高小德疼得"咻咻"吸气，把他的手指一根一根掰开，充分发挥黑心导游的本色："加一千块！"

顾扬把人推到柜台前："成交。"

所谓的"工作人员"早就溜得无影无踪。每个景点都有这种野路子，高小德也懒得去管，直接熟门熟路钻进了经理办公室。对于这种地头蛇兼老油条，商家肯定不想得罪，于是很爽快就答应了办理退货。阿姨们一边对顾扬和高小德表示感谢，一边叮嘱他们千万别把这件事说出去，免得在同团姐妹面前丢人。

"绝对不说。"顾扬举手保证，"但是可不能再乱跑了，我们要抓紧时间。"否则这东一耽误西一耽误，只怕天黑也出不了山。

阿姨们满口答应。大巴车继续驶上山路，这一段路程有些漫长枯燥，于是老阎挑了首舒缓的音乐，好让大家可以眯一会儿。

顾扬没什么睡意，他看着窗外不断掠过的风景，云和飞鸟，绿树红花，每一帧都是流淌的诗与画，剪裁下来穿在身上，就是一整个山里的季节，于是嘴角不自觉就弯了上去。

程果在道德和闺蜜福利之间挣扎片刻，最终还是选择后者，偷偷摸摸拍了张顾扬出神的侧脸照发在微信群，实行帅哥共享政策。一缕阳光恰好在此时透过云层，在他脸上折射出暖暖的金色，让整个人都生机勃勃起来。

几秒钟后，微信群消息闪动不断，姐妹们纷纷强烈表示要跳槽：寰东到底是个什么好地方啊，工作内容是旅游，还有这么好看的小鲜肉，快点儿把他的社交账号交出来！

"喀。"程果清清嗓子，试探道，"那个，顾扬，我们加个微信呗？"

"嗯？"顾扬转过头，还没来得及说话，天上却突然"轰隆隆"炸开了一道雷。

一车人都被吓了一跳，天色似乎是一瞬间就暗了下来。顾扬问老阎："我们还要多久？"

"路况好的话半个小时吧，不过现在难说了。"眼看着豆大的雨点已经噼里啪啦砸了下来，老阎提醒大家系好安全带，只希望天色能快点儿放晴。

不过这一次却有些天不遂人愿。

看着门外"哗哗"飘泼的暴雨，杨毅骂了一句脏话，觉得今天一整天都不顺。早上去鑫鑫百货探路子，结果对方老总说话前言不搭后语，官腔扯成戏腔，揣着明白装糊涂；下午想来普东山吃个素斋，又遇到暴雨堵路。天气预报也忒不准了，气象台抓阄儿抓出来的吧。

"打电话问问会员的情况，看那边怎么样了。"陆江寒道，"看需不需要增加人手，安排他们尽快出山。"

"好的。"助理答应了一声，还没来得及掏出手机，天上又是"轰隆"一声雷响，这回还带着粉红闪电，梦幻倒是挺梦幻，问题是梦幻过后，整座山里都没有了信号，也不知道是哪个倒霉又重要的信号塔刚好中招儿。

杨毅："……"

过了一会儿，饭店老板匆匆过来通知，说是暴雨冲断了山路，有关部门已经在紧急抢修，预计恢复通车需要八个小时左右。

杨毅再度坚定了自己的想法，那个鑫鑫百货，确实毫无风水可言。

五十名会员还在山里，这当口就算能出山，也得领着会员一起出。陆江寒当机立断，让杨毅先带着一个司机去普东寺，看看会员是不是还被困在那里，自己则和其余人开着车，直奔距离普东寺最近的金阳酒店，至少先占二三十个标间再说。

"大哥，大哥你慢点儿！"山道上，高小德抹了一把脸上的雨水，"我这眼睛都睁不开了。"

"不行，你必须得睁开。"顾扬往他脸上拍了一条手帕，"金阳酒店到底在哪里？"

"到了到了，前面那栋绿色的楼就是。"高小德强调，"说好了啊，我帮你抢房，你再给我加两千块。"

顾扬对他这个一千又两千的毛病很头疼，不过这回情况特殊，公司应该会报销，他也就揪着人继续往前跑。酒店保安远远看到两个人湿漉漉地冲过来，赶紧帮忙拉开门，刚想着让服务员送毛巾，高小德已经一溜烟儿地从他身边蹿过去，手往吧台上"啪"地一拍："妹妹，给哥哥二十七个标间！"

"高哥您先等等，这位客人排在您前面的。"服务员和他很熟，递过来一包纸巾，"先擦擦，我马上就好了。"

高小德瞥了一眼旁边的男人，悻悻地"嗯"了一句。

陆江寒掏出钱包："我订三十个标间。"

话音还没落，高小德就"嗖"的一下钻进了吧台，这间酒店一共也就三四十套客房，哪里还能再分出去？他不由分说地伸出胳膊，揽着服务员就往后面走。陆江寒眼睁睁看着两个人离开，脸色相当一言难尽。

目睹全程的顾扬表示，自己真的很心虚。

陆江寒这才注意到身后还有一个人，他打量了一下面前的"落汤鸡"，不满地问："你们是一伙的？"

顾扬向来道德优良，插队这种毫无素质的事情，他实在是不想承认，但考虑到普东寺里还蹲着五十个会员，最终也只有用沉默代替回答。

他缓缓抬起手，指了指自己的耳朵。

对不起，听障。

陆江寒心想：你接着装。

酒店大堂里很安静。就在顾扬飞速思考自己要不要后退两步，以免被面前这人暴打的时候，高小德已经从吧台后一溜烟儿钻出来，一把揽过他的肩膀："搞定了，你在这儿守着，我去和老阎拉会员过来。"

"这附近还有别的酒店吗？"顾扬问。

"酒店没有，农家乐倒是还有一些。"高小德披上雨衣，"不过这时候你就别再助人为乐了，快去办手续吧。"

顾扬才稍微一犹豫，高小德就已经消失在了风雨里。

天空依旧在电闪雷鸣。

顾扬把身份证交给前台小妹，鉴于之前那位客人好像并没有要离开的意思，所以两人都有几分紧张，如同正在进行某个见不得人的地下交易。空气像是被胶水粘住，而就在这诡异的寂静里，偏偏还有人拍了一下他的肩膀，粗声粗气道："喂！你的东西掉了。"

顾扬吓了一跳，还没来得及转身，一个胸牌就"啪"地被扔到吧台上，是他在寰东的工作证，八成是刚才从裤兜里掉出去的。

"谢——"话没说完，对方已经端着两杯茶回到了休息区，看起来应该是司机。

"怎么回事？"陆江寒问。

司机在他耳边低语了几句。

陆江寒闻言一乐，也不喝茶了，走过去询问："现在还剩几间客房？我们都要了。"

"四间。"前台小妹细声细气地答完,生怕对方会闹事,连忙又补了一句,"这位客人已经在帮你们想办法了。"

"是吗?"陆江寒看向顾扬。

"是。"顾扬硬着头皮,暂时放弃了自己的听障人设,他刚刚问前台要了张地图,请她在地图上标出了附近的几个农家乐,挤一挤应该也能住五六十人。

"张大民杀猪馆?"陆江寒看着地图。

顾扬苦口婆心地说:"这种时候就不要挑了吧?"只是名字不好听,床还是有的。

"那为什么你不去住?"陆江寒问。

话题又绕回原点,顾扬思考了一下,觉得答案只有一个,那就是自己道德品行低下,不如对方优雅高尚。但这种理由听起来非但没有半分愧疚,反而还很像痞子挑衅,所以他只好继续用沉默代替回答,让歉意独自翻滚在深深的脑海里。

"总之,"他指了指地图,同时悄无声息地往后退了一步,"如果你需要导游,我可以给你介绍一个。"

陆江寒皱眉:"你跑什么?"

"没跑啊,"顾扬继续往外挪,"我去门外抽支烟。"

裤兜里还有高小德的半包中华,顾扬装模作样叼了一根在嘴里,蹲在屋檐下吹风。虽然有冰雨在脸上胡乱地拍,但总好过继续待在大堂里接受良知的谴责。

看着窗外冻得缩成一团的顾扬,陆江寒哭笑不得,刚打算让司机叫他回来,寰东的旅游巴士已经开进了大院。

高小德第一个跳下车,招呼保安过去帮忙。杨毅撑着伞站在车门口,一位一位扶会员下来。顾扬有些意外:"杨总,您怎么来了?"

"等会儿再说。"杨毅问,"房间都开好了吗?"

"已经弄好了,可以直接入住,洗衣房和厨房也沟通过了。"顾扬回答,"都没问题。"

"不错。"杨毅简短地表扬了一句,"那也别傻站在这儿了,先去带着会员办入住吧,都饿坏了,让厨房尽快备餐。"

"好的。"顾扬从车上抱下一个小女孩儿,一路踩着泥水跑回大堂,结果进门险些以为自己出现了幻觉——就见暖黄色的灯光下，刚才那男人正在和大家挨个儿握手，一边道歉一边让服务员送上热毛巾和茉莉花茶，气氛很是其乐融融。

顾扬："……"

前台小妹："……"

"看来你是真不认识陆总啊！"司机走过来，笑着说，"行了，这里的服务员人手不够，快去厨房催一下。"

陆总？

顾扬气若游丝道："嗯。"

——求助：实习期第三天，就在总裁面前装残疾、插队、抢东西、抽烟，还能抢救吗？

——谢邀。这年头还真是什么人都能找到工作。

——这一通蛇皮走位好秀，兄弟厉害！

——当然没救，埋了吧。

晚上十点，淋淋漓漓的雨总算是停了下来，通信基本恢复，顾扬站在酒店阳台上，打了个电话回家报平安。

"我去弄桶泡面？"高小德在房间里问他，"看你晚上也没怎么吃饭。"

"没胃口。"顾扬把手机丢在一边，有气无力地趴在床上，"累。"

高小德也觉得这件事很神奇，之前接单的时候，旅行社只说了这位客人脸盲，所以需要导游一路多费心，但是万万没想到，居然会盲到这种程度。

过了一会儿，他实在忍不住对新知识的渴求，小心地询问："所以你这病一发作，就会认不出领导？"

顾扬扯过被子捂住头，拒绝再和他说话。

高小德眼中充满同情。

年纪轻轻怎么就得了这种病，也是造孽。

第二天中午，众人总算是出了山。会员们被安排回酒店休息，顾扬也拥有了半天假期，不过他只是到家冲了个澡，就又回到公司，打算把山里发生的事情写份报告，顺便看看能不能申请到高小德的劳务费。谁知字还没写两行，杨毅就亲自找上门，把人逮到了总裁办公室。

坐在宽大的沙发上，顾扬心里很是忐忑。

陆江寒翻了翻面前的简历，虽然只有薄薄一页，却相当干净漂亮——D大毕业，英法双语，成绩优异，连续四年包揽奖学金。

"为什么要来寰东做市场营销？"陆江寒问他。

"我挺喜欢零售业的。"顾扬说，"而且寰东的待遇好，机会也多，我觉得将来的发展会更好。"这套官方说辞他在面试前已经准备了很多次，如果再往深入聊，还能编出一堆商业地产的未来趋势，又标准又野心勃勃，很讨上司喜欢。不过陆江寒倒也没再问，而是换了个话题："昨天那个导游是怎么回事？我刚问了李芸，她并没有批给你这笔费用。"

"我……自己请的。"顾扬犹豫了一下，"一来我对山里的路不熟，怕出事；二来普东山是人文景观，有个导游沿途讲解，旅途会有趣很多。"

"所以你就打算自己花这钱了？"杨毅打趣，"公司请你可真是赚了，第一个月的实习工资还没到手，就先贴出去几千块……这得上千了吧？"

"嗯。"顾扬有些尴尬。

"先把整件事写个报告，下班前交给我，所有费用都列出来。"陆江寒说，"去吧。"

"好的。"顾扬如释重负。他这回倒是学聪明了，在报告里把高小德含蓄而又热烈地赞美了一番，从黑心商品退货写到沿途特产砍价，充分表达出了"导游物超所值，会员都很满意，我们请他不亏"这个中心思想，在下班前送到了总裁办公室。

陆江寒大致扫了一遍，点头："报告写得还行，只是提醒会员不要被黑心商贩蒙骗，这是你应该做的事情。"

顾扬说："嗯。"

顾扬自觉补充："对不起，陆总，我下次会注意。"

"还有，"陆江寒把报告还给他，"不是不能做坏事，但在做坏事的时候，别让其他人捡到你的工作证。"

顾扬："……"

"导游的费用公司来出，你的想法不错，不过以后有新想法的时候，要学会先和部门经理商量。"陆江寒看了眼时间，又问，"晚上有空吗？"

顾扬有些跟不上他的谈话节奏："啊？"

"去和我见个人。"陆江寒拿过一边的外套，"走吧，就在隔壁，市三医院。"

"我们要去探望病人？"顾扬跟在他身后。

"不然呢？"陆江寒按下电梯，揶揄道，"给你检查听力？"

顾扬默默闭嘴。他决定单方面遗忘金阳酒店里发生的所有事。

住在市三医院里的病人名叫葛凤华，市场部二把手，也是陆江寒的得力下属。不过他目前的情况看起来有些糟糕，腰椎间盘突出，正在一边嗷嗷叫，一边做理疗。

"这是市场部新来的实习生。"陆江寒做介绍，"叫顾扬。"

葛凤华奄奄一息，声音颤抖："陆总，也不用在这里让我面试吧？"人性呢？

"你不用面试，他已经入职了。"陆江寒说，"我来是要告诉你，十月份的秋冬服饰秀，交给他做。"

葛凤华闻言一愣。顾扬也挺意外："秋冬服饰秀？"

"以前有过相关经验吗？"葛凤华艰难地挪了挪身子。

顾扬摇头："没有。"

葛凤华被噎了一下，这也答得太干脆了，不然你再想想？

"你只有不到两个月的时间。"陆江寒站在床边，整个人被黑云笼罩，"要么让你倒霉的腰椎间盘快点儿正回去，要么尽快教会他，总之别再让我看到你的下属从垃圾堆里捡方案！"

葛凤华神情一凛："是！陆总！"

陆江寒语调放缓，又问顾扬："有钱打车回家吗？"

"有的。"顾扬赶紧点头。

"别太晚了，路上注意安全。"陆江寒拍拍他的肩膀，"好好干。"

顾扬稀里糊涂答应了一声，直到对方离开，也还是没能弄明白这个"秋冬服饰秀"到底是什么工作内容。

葛凤华撑着胳膊猛地一发力，表情扭曲狰狞地坐了起来："啊！"

顾扬看得心惊胆战，赶紧扶住他："我去找护士？"

"别了，我这是老毛病。"葛风华摆摆手，"你叫顾扬是吧？我是市场部副经理，你以后叫我风哥就行。"

"嗯。"顾扬帮他放好靠垫。

"一点儿工作经验都没有？"葛风华又问。

顾扬说："这是我毕业后的第一份工作。"

葛风华叹气："那你可有得忙了，不过也算是个难得的机会，陆总应该很看重你，就辛苦这两个月吧。"

夜色渐深，医院走廊也渐渐安静下来。

考虑到对方是新人，所以葛风华特意放慢语速，恨不得把每个重点都重复三遍。不过顾扬倒是很快就厘清了头绪，所谓"秋冬服饰秀"，其实就是把购物中心里的服饰品牌集中起来，每家出几套当季新款，在一楼中庭举办一场 T 台秀，第一聚集人气，第二促进销售，第三媒体写出来也好看——毕竟就目前来说，其余商场的促销大都是打折送券，能用秀场来吸引顾客，也算是个不小的亮点。

"这事听起来简单，要操心的地方还真不少。"葛风华强调，"从活动方案策划到执行，芝麻大的细节你都得考虑到。"

"我明白。"顾扬点头，"那现在进行到哪一步了？"

"方案还没通过。"葛风华如实回答。

顾扬沉默了一下，这基本等于还没开始就只剩下了不到两个月的时间。

但葛风华心里也很苦，往年的秋冬促销都是会员折扣，只需要改一改旧方案就能直接用。谁知今年陆江寒突然就有了新想法，"秋冬服饰秀"五个字在会上一提出来，市场部都有些蒙，一群人没什么相关经验，别说后续执行，光是活动主题就改了七八次还没合格。

"我能把这些资料拷走吗？"顾扬问。

"当然，你不说我也得给你。"葛风华让他自己输邮箱，又不放心地问，"我刚才说的你都听明白了吧？"

"听懂了。"顾扬点头，"我大学专业就是跟服装相关的，应该没什么问题，下周一先交一份草案行吗？"

太行了啊！葛风华闻言热泪盈眶，搞了半天原来是个会做题的专业人士！怪不得才刚进公司，就成为了被总裁选中的人！救兵从天而降，身为丝毫不懂秀场潮流的焊接系糙汉，他感觉连医院的吸顶灯都瞬间明亮了起来！

等顾扬离开医院的时候，时间已经是晚上九点了。

刚刚下过一场雨，地面和空气都是潮湿的，路灯在水洼中倒映出流动的光影，被几个小孩儿追闹着踩过去，溅起一片细碎的金光。

路边大排档生意正好，小龙虾的香气溢满整条小巷，顾扬找了个人少的小摊儿，打算填饱肚子再回家。撒着虾皮的馄饨汤滋味鲜甜，只是还没等他吃两口，对面就来了一个不速之客——凌云时尚新入职的设计总监，也是最近风头正盛的业内红人，易铭。

对方两道目光太过直接，顾扬扫了他一眼，继续低头喝汤："这么巧。"

"不算巧，我是特意来寰东附近碰碰运气。"易铭说，"我没有你的新手机号。"

顾扬发自内心地表示："那可真是太好了。"

易铭叹气："冲动任性不能当饭吃，我希望你能成熟一点儿。"

你还希望我能成熟一点儿？顾扬实在不想说话，他觉得自己受到了百分之百的精神污染。

"这是我的新电话。"易铭推过来一张名片，"如果你愿意，我们可以有很多合作的机——"话还没说完，顾扬已经叫来一辆黑摩的，风驰电掣直奔地铁站了。

两个小时后，杜天天在电话里知道了这件事，他愤怒地表示这狗贼之所以厚颜无耻反复发作，多半是因为肺热，打一顿就好了。

"有道理。"顾扬把毛巾丢到一边，"不说这个了，我还得去做方案。"

"这都几点了？"杜天天看了眼挂钟。

"还早呢，你先睡。"顾扬嘴里叼着苹果，又打开了电脑。

葛风华已经把之前几版的活动草案都发了过来。秀场主题五花八门，从"秋韵秋阳""时尚乐园"一路脱缰到"妖精魅惑""冬日精灵"，风格基本囊括夕阳红、杀马特、不良少女、街头青年以及乡村模特队，倒也不能完全说不好，毕竟每个主题都能找到相应受众，但显然和陆江寒想要的效果天差地别。

属于焊接系直男的审美又猛烈又朴实，充塞在方案的每一个角落里，基本没有修改的余地。顾扬直接右键删除，新建了一个空白文档。

凌晨两点，城市另一边。

陆江寒拉开柜门，从里面随手抽了一瓶洋酒。

他习惯性失眠，也习惯性用酒精催眠。琥珀色的液体裹挟着辛辣的气息，给鼻腔和喉咙带来最直接的刺激，像是一记重锤，并不舒服，不过他喝酒也不是为了享受。

"又睡不着了？"身后幽幽飘出一个白影。

陆江寒被惊得心跳一滞，忘了今天家里还有这么一个"地缚灵"，险些拎着酒瓶子抡过去。

杨毅"啪"的一声打开灯，双眼蒙眬，脸色惨白，睡衣半敞，胸肌外露。

陆江寒："……"辣眼睛。

"我说，你还是见见上次那心理医生吧。"杨毅从他手里端过酒杯，苦口婆心道，"总这样下去不行啊，迟早会变态……不是，我的意思是，对你的身体不好。"

"没兴趣。"陆江寒打开电脑。

你看个医生还要等到有兴趣？杨毅斟酌了一下用词，又提出了友好新思路："不然谈个恋爱试试？"

陆江寒抬头看他。

杨毅后退一步："伯母今天给我打电话，说你要是再不结婚，就换我给她生孙子。你们陆家人还能不能讲点儿道理了，这件事和我有什么关系？！"

"下半年一堆事，你要生也得等到春节后。"陆江寒把灯光调到最亮，"要么睡觉，要么加班，我不想再听废话。"

杨毅幽幽叹气。

这个世界上，有两种人不好找对象。一是烂脾气，二是工作狂。而陆江寒明显还要更厉害一点儿，因为他是个烂脾气的工作狂。合二为一，相当无敌。

　　清晨，天空又飘起了雨。

　　顾扬查了查天气预报，往后一周都不见晴，于是他向李芸申请，把所有户外活动都改成了室内，每天带着会员走街串巷，听戏喝茶看展览，最后人手一份土特产，将他们高高兴兴地送上了返程的飞机。

　　"这下可以出来吃饭了吧？"杜天天在电话里问。

　　"真没空，下周下周。"顾扬抱着电脑，直奔公司隔壁市三医院，和葛风华一起研究了两个小时，终于让大纲变成了初步方案。

　　"这样就可以了吗？"顾扬犹豫，"可我觉得还能再改改。"

　　"当然得改了，这才到哪儿！"葛风华扶着腰坐起来，"不过也要让陆总先看过草案，才好继续下一步。"

　　"那我现在就回公司，"顾扬合上电脑屏幕，"不然陆总要下班了。"

　　葛风华也算带过不少实习生，却还是第一次见到这种不怕陆江寒的品种，于是强行艰难转身，硬是从果篮里给他摸了个小苹果，以资鼓励。

　　顾扬回到公司时，陆江寒还在开会。

　　时针指向数字"8"，其余同事都已经下班回家了，顾扬趴在桌上，竖起耳朵听走廊上的动静。

　　一分钟。

　　十分钟。

　　半小时。

　　…………

　　手机屏幕上"嘀嗒"跳出新闻推送，凌云时尚新任设计总监易铭代表集团出席活动。顾扬直接按下删除键，拎着水杯去茶水间接咖啡，结果出门刚好撞到陆江寒的助理。

　　"小顾你还没走呢？"助理被吓了一跳，"行行，那快过来，陆总刚开完会，明早还要赶飞机。"临进门前又低声提醒，陆总今天心情不好，千万别惹他生气。

　　顾扬深呼吸了一下，抱着电脑踏进总裁办公室。心情不好就不好吧，工作要紧，再不抓紧时间定主题，后面估计更兵荒马乱。

陆江寒示意助理先下班。

顾扬的草案只有三页纸，他坚决舍弃了葛风华钟爱的秋冬时尚都市风，把秀场主题定成"轮回"。夏秋交替是季节的轮回，而且今年潮流趋势盛行复古风，也是时尚的轮回。

1926 年的小黑裙、1965 年的蒙德里安裙、1977 年的衬衫裙、1985 年的迷你衬裙……无数经典款式在经过岁月洗礼后，又在历史的某个节点重新散发出柔软光辉，美好的事物永不消退，只会在一波又一波的浮华浪潮中，历久弥新。

"所以呢？"陆江寒看完了他的文案。

"所以既然经典是永存的，晚买早买都要买，今年又流行复古风，不如趁着商场有活动，一次性买个够。"顾扬"唰啦"一声把方案翻到最后一页，"只单纯做一场秀太亏，风哥说促销活动也要一起上，招商部已经算过了毛利，大家一致同意满 500 送 100 礼金券。"

高端复古秀瞬间变成卖场大回馈，陆江寒笑着把方案还给他："就按你这个主题，再细化一下，下周五交给我。"

"好的，谢谢陆总。"顾扬松了口气，"那我就先下班了。"

"开车了吗？"陆江寒问。

顾扬摇头："我打车。"

窗外还在电闪雷鸣，陆江寒站起来："走吧，我顺路送你回家。"

"不用了吧……"顾扬赶紧表示自己家离公司挺远，然而话还没说完，陆江寒已经出了办公室。

顾扬："……"

"你家住在哪儿？"陆江寒扣好安全带。

顾扬心虚："观澜山庄。"我都说了远，是真的挺远。

不过幸好陆江寒并没有对此发表意见，直接把车开上了辅路。雨下得越来越大，沿途又有不少红灯，车子以龟速走走停停，终于成功催眠了顾扬——虽然他已经很努力地提醒自己要保持清醒，但这一周都是白天带着会员旅游，晚上熬夜做方案，实在有些撑不住，于是不知不觉就睡了过去。

陆江寒关掉音乐，顺手调高了车里的空调温度。

"哪儿呢？"杨毅打来电话，"刚去你家拿了瓶酒。"

"开车。"陆江寒说，"送顾扬回家。"

杨毅没听清名字，只顾着惊喜交加"深夜亲自送人回家"这件事，于是赶紧建议："这么大的雨，开车多危险，不如就近找个酒店住。"管她是谁，无所谓了，有总比没有强。

陆江寒："……"

杨毅还想继续苦口婆心，电话却已经被无情地挂断。陆江寒看了一眼身边醒来的人："继续睡吧，还要一会儿。"

顾扬心脏"怦怦"狂跳，他刚才先是被雷声惊醒，睁眼后又撞到一片橱窗里的明亮光影，闪烁虚幻如同异世界，一时间没反应过来是怎么回事，半天才清醒。

"害怕打雷？"陆江寒问。

"也没有。"顾扬有些不好意思，"对不起，陆总，我刚才太困了。"

"每天几点起床？"陆江寒把车停在红灯前。

"七点，我家附近有快速公交。"顾扬说，"不过也挺浪费时间的，所以我打算等实习期过后，在公司附近租一套房子。"

两人说话间，陆江寒的手机屏幕再度亮起，来电显示只有一个字——妈。

顾扬识趣地闭嘴。

陆江寒却挂断了电话。

顾扬："……"

"我们关系很好，"陆江寒简短解释，"不过我现在不接电话，她可能会更高兴。"

"嗯。"顾扬内心充满疑惑，为什么？

陆太太伸手一推老公："儿子挂断了，没接。"

陆先生拿下眼镜："我怎么觉得你还挺高兴？"

"我是挺高兴啊！"陆太太挤在他身边，喜不自禁——三更半夜，车里有人，忙得顾不上接电话，这还能是什么？

不容易啊，真是，眼泪都要流下来了。

雨幕冲刷着挡风玻璃，车里有些过分安静。就在顾扬考虑要不要找个话题聊，以免气氛太尴尬的时候，高小德恰好打来一个电话，为了感谢他牵线介绍的画家。

"吃饭就不用了，我周末还得加班。"顾扬笑着说，"这样吧，忙完这阵我请客。"

"哪能让你付钱？行，那你忙完随时找我。"高小德嗓门儿不小。陆江寒刚觉得听筒里的声音有些耳熟，顾扬就已经主动解释："是高小德，普东山的导游。"

"你们还有联系？"陆江寒问。

"我们加了微信。"顾扬说，"普东山的农家乐想要画装饰墙，我正好认识几个朋友，就介绍过去了。刚刚他说双方合作得还不错，要签长期合同。"

陆江寒原本只当高小德是个小无赖，不过现在看来，这人还是常年混迹于普东山一带的老油条，熟人多路子广，业务范围也不小，于是对顾扬说："和他搞好关系。"

"嗯？"顾扬稍微愣了一下，很快就明白过来，"是因为集团要收购鑫鑫百货吗？我听好多同事都在议论这件事。"

"是。"陆江寒点头，"不过那些人毛病不少，全是被当地风气惯出来的，估计还要耗一阵子。"

身为刚入门的新人，顾扬知识范围有限，也提不出什么建设性的意见，只好说："但普东山人流量很大，如果购物中心能开起来，生意一定不会差。"就算不专业，至少也充满了浓浓的祝福意味，很吉祥。

陆江寒笑出声。

顾扬："……"

"说说看，"陆江寒看着他，"如果寰东成功收购鑫鑫百货，你想要把它改造成什么样？"

我？顾扬顿时陷入沉默，他是真的不懂商业地产，绞尽脑汁想了半天，也只能说出"中低端百货"几个字。毕竟普东山地处城郊，市民消费水平不高，应该不会需要每天购入奢侈品。

陆江寒却摇头："普东山不需要中低端百货。"

顾扬乖巧地说："嗯。"他决定回家后就上网，从《如何与总裁保持有效沟通》买到《商业地产全盘解析》，至少下次不能再这么一问三不知！

"普东山有历史底蕴，又有著名的人文景观，比起中低端百货，那里更适合建一座有文化感和艺术感的购物中心。"陆江寒把车开进观澜山庄，"除了能满足当地居民的日常需求，更重要的是，我们要让游客把那里也当成一个非去不可的打卡景点。"

顾扬似懂非懂，但历史、文化和艺术，这些描述听起来就要比传统百货有趣一百倍。

"你会画画？"陆江寒又问，他还记得当初那份简历。

"会。"顾扬说，"除了画画，我还学过一阵子雕塑，人民花园里有一组金属花园，就是我们和老师一起做的。"

"那想来一起开新店吗？"陆江寒把车停稳。

顾扬对这个邀请有些意外，不过倒是不假思索就答应下来了，不仅仅是为了在总裁面前有良好表现，也因为他真的有些心动好奇，甚至迫不及待想要知道一座破旧沉闷的百货大楼，要怎么才能变成陆江寒描述的浪漫而又艺术的购物中心。

刚刚从大学里走出来的人，身上总是会自带一股朝气，青涩却又充满生机。看着他眼底闪烁的光亮，陆江寒随手从车后座取过来一个纸袋："我会和李芸沟通这件事，不过在那之前，你要先做好秋冬服饰秀。"

"明白。"顾扬看着被塞进怀里的东西，又觉得有些纳闷儿，"这是什么？"

"品牌送来的礼物。"陆江寒帮他打开车门，"早点儿休息吧，明天上班别迟到。"

"谢谢陆总。"顾扬也没客气，抱着纸袋挥挥手，"您路上注意安全。"

时针和分针在数字"12"上重叠，陆江寒把车开出观澜山庄，在淋淋漓漓的细雨里，纵穿了整座城市——他住在月蓝国际，和顾扬一南一北，实在算不上顺路。

纸袋里是两瓶洋酒，夜空般的颜色和包装，颠倒过来的时候，玻璃容器里的酒液会发出激荡的细光，像是切碎了半天流动的月辉和星芒。

顾扬倒出小半杯凑近闻了闻，只是还没来得及喝，顾妈妈就已经开始生气地抱怨："这才工作几天，怎么就学会喝酒了？天天加班不吃饭，我要和你们领导谈一谈。"

"我没喝！"顾扬迅速把杯子丢进水槽，"好好好，马上就睡。"

顾妈妈把两瓶酒没收到储藏室。顾扬趴在床上，认真考虑了一下搬出去住的事情，当然不是为了方便酗酒，不过他确实想要一点儿私人空间，可以熬夜也不被唠叨的那种。

在第二天的公司会上，杨毅正式把秋冬服饰秀的整体策划交给了顾扬。寰东上下都知道，陆江寒对这个活动很看重，葛风华改方案都改得进了医院，没想到最后居然是由一个实习生负责。一时之间质疑的也有，羡慕的也有。不过顾扬倒是没时间去管别人怎么想，距离十月二号满打满算也就只有四十多天，他一分钟都不想浪费。

负责外场活动的同事名叫于大伟，单身多年，最近好不容易才找了个女朋友，结果恋爱的美好滋味还没享受几天，就被顾扬天天堵在公司加班讨论 T 台搭建，心里充满悲愤，满眼都写着血和泪。不过血泪归血泪，工作效率却十分喜人，一周之后陆江寒出差回来时，顾扬已经准备了一大摞资料在等他。

"这些都是你加班赶出来的？"陆江寒问。

"大家都很配合我。"顾扬打开投影仪，"还有风哥，我昨天去医院找了他四次，最后差点儿被护士关在门外。"

投影在屏幕上的 T 台华美又浪漫，那是顾扬手绘出来的概念图，灵感源自 1939 年的电影《绿野仙踪》，影片中 Dorothy（多萝西）的红舞鞋恰好在今年重新风靡全球，缎带、硬纱、宝石和蝴蝶结，无论是哪个年龄段的女性，都不会拒绝这双来自童话的梦幻鞋子。他甚至还顺手设计了一个秀场 Logo，用极简的线条勾勒出了一双漂亮的红宝石鞋。

"这是外包公司做出来的秀场实际效果图，昨天大伟带着对方设计师改了十几次，大家一致觉得这版效果最好。"顾扬换了张 PPT，"如果您也觉得没问题，那我们明天就开始去各家专柜挑衣服。"

陆江寒盯着屏幕看了一会儿，点头："行。"

咦?! 方案进展得太顺利，顾扬反而有些不适应，怎么就行了，不提点儿意见吗？说好的陆总很难搞呢？

然而陆江寒这次是真的很满意。虽然顾扬没有工作经验，在某些方面的构想显得有些不切实际，但他却有着从骨子里散发出来的诗意和浪漫,那是一种弥足珍贵的天赋,像月亮也像星光,渗透进这一次的T台里,就是无处不在的精彩细节。至于团队里的其他人,全部都有着丰富的专业知识,完全有能力帮助顾扬,让他天马行空的想象平安落地。

"我非常期待这场秀。"陆江寒郑重地说。

顾扬抿抿嘴,尽量让自己看起来成熟稳重一点儿,但其实他真的很想把这句话录下来,拿回去重复放给其他人听。

时间已经过了晚上七点,加班是一定要加班的,不过也可以先去吃饭再工作。公司附近有一家海鲜粥店,算是寰东的半个食堂,陆江寒叫了粥和点心,还帮顾扬要了一杯珍珠奶茶——装在兔子卡通杯里,据说深受小朋友喜欢。

"这次的服饰秀,可能需要再加一个环节。"陆江寒把碗筷递给他。

"是什么?"顾扬问。

"我这周和凌云时尚的老总谈了谈,基本敲定了合同。"陆江寒说,"他们最近在重推一个女装品牌Nightingale(夜莺),计划在秋冬服饰秀上正式宣布入驻寰东。"

目前国内的少女轻奢服装线大多被日系占据,无论是售价还是市场占有率,国产品牌都很难与之抗衡,凌云时尚的Nightingale算是一匹黑马,材质优良,设计又充满浪漫的梦幻因子,因此一面世就被媒体炒成"国货之光",很受年轻女孩儿追捧。

"好的。"顾扬点点头,低头继续咬骨头,睫毛在眼下晃出一道阴影,"等和招商部的同事谈过之后,我再回去改方案。"

"到时候对方的设计师也会来参加活动。"陆江寒继续说,"易铭,你应该知道他,据说也是D大毕业的。"

"比我高几届,是很有名,经常会来学校开讲座。"顾扬捧起温热的奶茶,小心翼翼地啜饮一口,并没有再继续这个话题。

饭吃到一半,桌上的手机"嗡嗡"振动,是杨毅打来电话,远程关怀自己的酒。

"什么酒?"陆江寒放下筷子。

"让酒庄的老张弄来的酒啊,上周我丢你车里了。"杨毅说,"你现在在哪儿?我自己过来拿。"

陆江寒:"……"

陆江寒看了眼对面的顾扬。

顾扬正在专心致志地啃着凤爪。

"没信号了？"杨毅纳闷儿地看了眼手机，"喂？"

"送人了。"陆江寒径直走出粥店。

杨毅闻言目瞪口呆："你怎么能拿我的酒送人，十万块一瓶刚买的，送谁了？"

陆江寒没有说话。

杨毅深呼吸了一下，心中滚滚狂奔过一万匹羊驼，送给哪个狐狸精了！然后就听电话另一头的陆江寒怒吼道："你几十万块的酒，为什么要装在百利甜的纸袋里？"

杨毅瞬间尿回去，他有气无力地抗议："这难道也不行？"

"总之你的酒已经没了，节哀。"陆江寒挂断电话，回去继续和顾扬吃东西，顺便"漫不经心"地问了一句"上次带回去的酒怎么样"。

"很好喝的，我爸妈也很喜欢。"顾扬擦了擦手指，表情天真又诚恳，"谢谢陆总。"

"不客气。"陆江寒配合地笑了笑。行吧，你喜欢就好。

等了半年才等到手的酒，包装还没拆就消失在天边，杨毅长吁短叹，总结出一条含血带泪的宝贵经验：以后绝对不能往陆江寒车里放价值超过五块钱的私人财物。

而在海鲜粥店里，顾扬还在心无旁骛地啃着排骨，丝毫没有收到豪礼的觉悟。陆江寒哭笑不得，招手叫过服务员买单，打算去相熟的酒庄碰碰运气，看能不能弄两瓶差不多的——最近杨毅因为鑫鑫百货的事情，已经心力交瘁，神经衰弱，往区里跑得比谁都勤快，就算是残酷无情、无理取闹如陆大总裁也，不忍心再剥夺他借酒消愁的权利。

这几天总是下雨，地上虽然湿滑泥泞，空气却很清新很好闻。顾扬和陆江寒分开后，并没有立刻打车回家，而是独自踩过街边一个又一个小水洼，晃晃悠悠走了半个多小时，直到乱哄哄的脑子完全平静下来，才给杜天天打了个电话，让他帮忙约几个好朋友，周末一起去武圣乡吃农家菜。

"后天？你的策划案搞完了？"杜天天问。

"还没有，不过说好要请大家吃饭的。"顾扬坐在街边的椅子上，"总不能天天加班，而且我还想顺便买点儿花。那就这么定了，等会儿我把地方发给你。"

武圣乡是郊区有名的花卉种植基地，杜天天以为他顶多买点儿多肉盆栽回家养，结果周日到了农家乐才发现，顾扬这回又是假私济公，名义上是请朋友来吃烤肉，谁知肉还没烤熟，人就已经钻进了花田大棚，和老板订了几百箱粉黛草。

"这粉粉紫紫的，布置婚礼现场啊？"杜天天开玩笑。

"如果你需要结婚的话，"顾扬把笔记本装进裤兜，淡定道，"我义不容辞。"

杜天天成功被戳中痛点，满目沧桑。他不需要，"单身狗"没资格需要。

顾扬笑着转身："走吧，出去逛逛。"

农家小院里，其余几个人正在忙着转动烤架，烟熏火燎、满头大汗、身心饱受煎熬，也不知道自己为什么要在三伏天出来烤肉。当年顾扬上大学时，因为电脑系统出问题，被安排进了经济学院的研究生宿舍楼，这些人都是他的学长，后来也都成了他的铁哥们儿。

"你拿盐泄愤呢？"李豪看得直牙疼，"还能吃吗？"

梁晓重尝了一口，表情一僵："不能，咸了。"

群众实在不会做饭，现场一片"兵荒马乱"，有人提议叫顾扬回来帮忙，结果话还没说完，就遭到了其余人一致反对，大家纷纷表示：我们扬扬的手是用来烤肉的吗？我们扬扬的手是用来触摸艺术和灵魂的，那叫被天使亲吻过的美少年之手。

快点儿回去继续穿你的鸡胗！

天空是最浅淡的蓝，顾扬走在田埂上，透过指缝儿看那些很细很白的云，阳光落在他的眉梢发梢，染出一片漂亮的融光。杜天天跟在身后，又想起了四年前——被电脑系统 Bug 强塞进来的男生拖着行李箱，站在门口疑惑地询问："这里是 707 吗？我好像应该住在这里。"

打游戏的三个人虎躯一震，齐刷刷扭头看他。

新入校的小学弟干净阳光，身形颀长，穿着雪白雪白的衬衫，就好像是雪白雪白的王子。即使站在"吱吱"漏电的破走廊灯下，也能自带登场特效。

从天而降的那种。

Bling Bling（闪亮）的那种。

一宿舍糙汉拍桌而起，不动声色地把臭袜子踢到床下，对他表示了热烈欢迎。而在那之后，杜天天感慨，宿舍里别说是臭袜子，连窗帘也要隔三岔五拆下来做清洁，地板比隔壁桌板都干净。借由这件事，大家充分认识到一个事实，虽然小学弟表面单纯又无害，但内心其实住着一个恶霸——还是个有洁癖的恶霸，一到周末就拎着笤帚残酷镇压大家扫地拖地洗袜子，不洗干净不准吃饭，活脱脱一个旧社会监工。

太阳从乌云后钻出来，带给皮肤灼热的烫意。

杜天天眯了眯眼睛，刚打算问顾扬要不要回去，余光却扫见在花田另一边，一群人正在闹闹哄哄地拍照片，从模特到服装一应俱全，场子不小。

武圣乡到处都是花，来这里拍婚纱照和艺术照的人络绎不绝，但这次却有些情况特殊。眼看顾扬已经大步走了过去，杜天天倒吸一口冷气，迅速给农家乐里的人发消息请求支援：今天不是一个好日子，我们在花田遇到了凌云时尚的人。

衣架上挂着几十套秋冬装，是下一季的新款。对方派来负责盯拍照的是个新人，刚进凌云时尚没几天的小姑娘，见顾扬一直在看摄影师和模特，于是笑嘻嘻道："帅哥，这是我们 Nightingale 的秋冬新款，马上就会上架了，到时候可以买回去送给女朋友哟。"

拍摄场地浪漫又梦幻，大片粉黛草绵延出最具少女心的童话场景，散落的干草花束、硬纱、星辰饰品，都是顾扬为了这次秋冬服饰秀的主题"轮回"专门挑选的道具——他不知道为什么自己设计出来的 T 台，会莫名其妙出现在这里，出现在 Nightingale 的新品广告拍摄里。

"帅……哥？"对方在他面前晃晃手，"你没事吧？"

"没事。"顾扬回神，转身回了农家小院。

其他人正在争先恐后朝这边跑，杜天天那条短信写得狗屁不通，所以大家思维发散得也比较惨烈，以为即将迎来一场聚众斗殴，为了壮声势，甚至还不忘拎上了烤肉用的铁签，准备把易铭按在地上疯狂摩擦。当然实际上并没有用到，顾扬在半路就拦住了他们，闷闷地说："没事。"

"没事就好。"李豪松了口气，丢掉木棍又冲其余人使了个眼色，揽着顾扬的肩膀往回走，"别理那些孙子，走，跟哥吃肉去。"

顾扬笑了笑："嗯。"

而在接下来的时间里，顾扬也的确表现得很"没事"，和杜天天一起烤完牛肉烤香菇，打打闹闹吃吃喝喝，像是完全没把花田里的那群人放在心上。直到晚上十点，大家才叫来代驾各自回家。

一路细雨沙沙。

第二天中午，杨毅冒雨从普东山回来，还没来得及喝口水，就被顾扬堵在了办公室——之前陆江寒说过，关于秋冬服饰秀的事情，有任何疑问都能来问这位副总。

"怎么了？"杨毅放下水杯，"这一脸严肃的。"

"我周末去武圣乡订粉黛草，在那里遇到了凌云时尚的拍摄团队。"顾扬停顿了一下，"他们在拍 Nightingale 的下一季新品，但是场景布置和我们的秋冬服饰秀一模一样。"早上问了一圈儿，市场部同事都表示不知情，方案实在泄露得很没有道理。

"哦，你说这个啊。"杨毅这才想起来，"是陆总给他们的。"

顾扬："为什么？！"

"这事怨我，真忘了。"杨毅拍了拍脑袋，"不过倒是不用担心，他们的新品手册下发会晚于我们的秋冬秀，抄也是他们抄。"

顾扬还是站着没动。

"最近招商部在和凌云谈 Nightingale 的入驻，你应该知道吧？"杨毅让助理端了两杯咖啡进来，"正好，他们的秋冬新品和我们这次的秀场风格很契合，对方设计师看过你的舞台设计后，觉得非常喜欢，所以就问陆总能不能直接借鉴去拍摄下一季的新品手册。"

当时陆江寒把这件事丢给杨毅，让他征求顾扬的意见，但架不住杨总最近实在太忙，顶着烈日暴雨一次次往普东山跑，再被鑫鑫百货那些人扯几句方言官腔，脑仁都生疼，也就顺利地把拍照的事忘在了一边。

"我问问他们。"杨毅按下免提键。

Nightingale 的品牌负责人在电话里态度良好，一边道歉说是实习生没沟通好，一边又表示宣传手册已经拍完了，印刷厂眼看着就要下印，能不能这次就先这样，以后双方合作的机会多的是，这个人情肯定能还。

杨毅单手捂住话筒，看了眼顾扬。

顾扬点头："没事的杨总，我就问一下，既然陆总和您知情，那我没意见。"

杨毅松了一口气，和对方客套几句后就挂了电话。顾扬转身离开副总办公室，结果刚好撞到陆江寒。

"哟，你也在这儿呢。"陆江寒说，"还没吃饭吧，一起？"

"不了，谢谢陆总，我还约了其他人。"顾扬抱着文件，匆匆和他擦肩而过。

陆江寒也没在意顾扬的情绪，走进办公室问："鑫鑫百货那头怎么样了？"

"进展相当'喜人'。"杨毅向后靠在椅背上，"之前只需要解决品牌问题，现在可了不得，对方不知道从哪儿找了群中年阿姨，非说是百货公司老员工，哭着喊着要我们解决下岗再就业问题。"

陆江寒和他对视。

"没办法。"杨毅叹气，"一群人盯着寰东这块肥肉，恨不得把下半辈子都托付过来。"

"中午再开个会吧。"陆江寒头疼，"叫上李芸，一点半来我办公室。"

大家都还没吃饭，助理到楼下打包了煎饺和几个小菜，说是新开的馆子，生意不错，还看到顾扬也在那儿吃。

"只点了一笼包子一碗粥，我就用公款帮他结了。"助理一边收拾桌子一边说，"这小孩儿最近带着于大伟他们加班，也累得够呛。"

"他一个人？"陆江寒抽筷子的手一顿，"顾扬？"

"是啊，就一个人。"助理没明白他的意思，"都这个时间了，市场部那些小丫头早就吃完了。"

陆江寒："……"

"你批评顾扬了？"陆江寒问。

刚进门的杨毅莫名其妙："我批评顾扬干什么？"说完又心里一酸，"他最近的工作效率可比我高多了。"

于是陆江寒就在百忙之中，罕见而又短暂地反思了几秒钟，为什么顾扬宁愿去喝粥吃包子，也不愿意跟着总裁蹭饭——毕竟他一直以为，这种事应该算员工福利，很抢手的那种。

吃完一笼包子一碗粥后，顾扬觉得心情稍微好了一点儿，他原本打算在微信群里抱怨一下这件事，最终也还是按下了删除键。大街上人来人往，每一张脸庞看起来都神色匆匆，就像之前杜天天说的，大家都是一样的人，都要用东奔西跑去换取更好的生活——至于生活里的不如意，反正这也不是第一次。

他不是忍气吞声的性格，但也实在不想再和凌云时尚扯上任何关系，更不想把那些乱糟糟的往事重新挖出来，再经历一次所谓的"成长必修课"。街心花园里凉风徐徐，顾扬一个人坐在长椅上，用一瓶凤梨果汁勉强冰镇了糟糕的情绪。

第二章

✦ ❨ ● ● ● ❩ ✦

童话里的夜莺

城南，花悦路。

在午间阳光直射下，凌云时尚的 Logo 亮得有些刺目，玻璃贴面的写字楼高耸入云，霸道而又强势地矗立在城南最繁华的经济区。作为目前国内拥有自主品牌最多的时装集团，凌云时尚的目标客户覆盖面极广，就像媒体笔下写的那样，无论性别、年龄与地域，都能在这里找到一件适合自己的衣服，行业影响力可见一斑。

而最近集团内部风头最盛的品牌，无疑就是青春女装 Nightingale。

易铭展示完所有资料，让画面留在了最缥缈美丽的一页，那是新鲜出炉的秋冬宣传照——漫游在童话里的少女和她的红舞鞋。

"这个巧合绝了！"销售经理喜不自禁，"刚好赶上寰东做服饰秀，秀场简直像是给我们量身打造的，真是抄都抄不了这么像，许总你说是不是？这得省多少事儿啊。"

"流行趋势一致，撞到算正常，不过舞台倒是真的要感谢寰东的配合。"易铭笑了笑，语焉不详地把整件事带了过去，"那如果没问题，方案就这么定了。"

许凌川点点头："没问题，这周五你跟我一起去寰东，大家最后过一遍流程。"他是凌云集团的执行副总裁，青年才俊，野心勃勃，相当看重

Nightingale，打算在品牌运作成熟后，把它当作集团第一张名片直接推向国际市场，所以这次也是全程跟进。

开完会后，易铭回到自己的办公室，桌上散落着几张打印稿，是寰东的秀场概念图，熟悉的笔触和熟悉的灵气。

他其实有些意外顾扬这次的反应，居然会一声不吭就认了整件事。周五还要一起开会，他觉得在那之前，自己应该先和顾扬见一面。

寰东的下班时间是六点半，不过直到晚上八点，顾扬才出现在公司门口。他怀里抱着一个沉甸甸的箱子，是帮邻居周大爷在超市买的猫罐头，刚打算去十字路口打车，迎面就走来了一个令人糟心的身影。

流年不利，要洗眼睛。顾扬深呼吸了一下，把箱子丢在地上。

"你这是要打架？"易铭在他不远处顿住脚步。

顾扬看着他没说话。

"开个玩笑。"易铭笑了笑，侧身道，"走吧，先送你回家。"

"你想说舞台抄袭的事？"顾扬不想再听他绕弯子。

"我事先征求了你们陆总的意见，"易铭纠正他，"而且这也算不上抄袭，我们会在新品手册里感谢寰东的支持，顶多算商业互助。"

"我真是佩服你的良好心态。"顾扬重新抱起箱子，"怎么，担心我要在周五的会上揭发你，所以提前来打个预防针？"

"我没有任何事情可被揭发。"易铭摇头，"应该担心的人是你，我猜你在应聘寰东的时候，应该抹掉了在凌云的实习经历。"

顾扬觉得杜天天说得没错，这人就是一无耻老贼，待在 ICU 十天十夜也抢救不回来的业界败类。

易铭放缓语气："我的车就在前面。"

顾扬抬手挡下一辆破出租车，喷了易设计师一身污黑尾气。

"小伙子，你这是心情不好啊？"出租车司机是个话痨，上来就问，"和女朋友吵架了？"

"没有。"顾扬说，"我没有女朋友。"

司机嘿嘿一乐："是吧，我有。"

顾扬被噎了一下，竖起拇指："你厉害。"

对方看起来应该脱单没多久，迫切需要扩散炫耀，与"单身狗"同乐。于是在接下来的十分钟里，顾扬就被迫参与了这位司机大哥的恋爱全过程，并且还很有专业听众素养地称赞了一番那位眼睛大、辫子长的小护士。但俗话说得好，情场得意，事业失意，路程才走完一小半，小破车就"嘣嘣"弹跳几下，有气无力地停在了路边，冒出一股烟。

"哎呀！"司机一拍大腿，"车坏了。"

"我知道。"顾扬把脑袋靠在椅背上，发自内心地叹了口气。

他觉得自己今天不是有点儿倒霉，是很倒霉。

杨毅疑惑地说："那是顾扬吗？"

陆江寒把车停在路边，顺着他的目光看过去，就见在街对面，顾扬正一边玩手机一边等车，脚下还放着个大箱子。

"怎么跑这儿来坐车？"杨毅看了眼时间，"都快九点了，也不知道他家住哪儿，顺路的话一起捎回去吧。"

"不顺路。"陆江寒随口说，"观澜山庄。"

杨毅吃惊："这么远呢？"说完又狐疑，"你怎么会知道？"

陆江寒顿了顿："上次下大雨，是我送他回的家。"

杨毅闻言先想了想，然后泄气道："得，伯母白高兴了，搞了半天你是在送他。不过先说好啊，这属于你恶意误导群众，不算我谎报军情。"

两人说话间，顾扬已经扛着大箱子吭哧吭哧地爬上了 118 路公交车，只留给两位总裁一个倔强的背影，下一刻就跟着轰隆隆的公交车绝尘而去。

杨毅被他逗乐："住在观澜山庄，家境应该不错，没想到还挺能吃苦。"

"关于秋冬服饰秀的后续，你多盯着点儿。"陆江寒发动车子，"顾扬想法不错，就是偶尔有些不切实际，葛风华拉不回来，你得拉回来，否则他能给我租个 UFO 上天撒花。"

顾扬在夜风中打了个喷嚏。

这是一段很寂静的路，车窗上倒映出模糊的年轻面容，看起来有些情绪低沉。顾扬戴上耳机，把那些嘈杂尖锐的噪声全部赶出脑海，用轻音乐重新填充了这片空白。

黑暗也有黑暗的好处，至少可以清晰地看到半天月光。

银辉浅淡，漂亮又干净。

很快就到了周五。

会议室里，顾扬打开 PPT，把秋冬服饰秀的内容一页页做了展示。他的语调很正常，神情也很正常，就好像压根儿不认识易铭和许凌川，更加没有提到宣传手册抄袭或借鉴的事。

"许总，你觉得怎么样？"等他演示完之后，杨毅问。

"我没意见。"许凌川点头，"媒体通稿我们已经拟好了，会从九月中旬开始逐步投放宣传，而且网上现在已经有了帖子，作为 Nightingale 在本市的第一家实体店，消费者们都很期待，当天一定会很热闹。"

"那我们可得加强安保了。"杨毅笑着跟了一句，又安排助理去订午餐位。顾扬借口有约推了饭局，一个人坐在顶楼空中餐厅里啃三明治。

脆嫩的生菜裹上火腿，在美乃滋和面包里迸发出香甜的滋味。顾扬还没来得及享受美食带来的美好心情，许凌川就拉开椅子，坐在了他对面。

顾扬擦了擦手指，觉得很对不起食物。

"在寰东工作的感觉怎么样？"许凌川问。

顾扬答："还不错。"

"在我们来的路上，易铭特意叮嘱我，说你在寰东干得很好，让我不要在杨总面前提凌云发生的事。"许凌川说，"我们都很希望你能……越来越好。"他斟酌了一下，还是没有说出"痛改前非"这种字眼。

顾扬叫来服务员，要求打包十八杯柠檬红茶送去市场部。

"这次 T 台设计得很好，"许凌川捏了一根薯条，又漫不经心地问，"不过，灵感是来自 Nightingale 吗？风格几乎一模一样。"

"T 台的灵感来自《绿野仙踪》和红宝石鞋，而你的 Nightingale，灵感来自王尔德的《夜莺与玫瑰》，它们都是源于童话，一样浪漫梦幻，但是风格并不一样，或者只是在你眼里一样。"顾扬站起来，"谢谢许总，我先走了。"

"谢我什么？"许凌川一头雾水地问。

服务员及时送上一张账单，金额五百八十八元。

许凌川："……"

市场部同事倒是很高兴，方案得到了领导认可，还有免费柠檬红茶喝。喜气洋洋的气氛蔓延到其他部门，连杨毅也获得了一杯饮料。

顾扬双手插在裤兜里，靠在楼梯间出神。这里基本算是公司的半个吸烟室，味道大得呛人，不过好在够安静。陆江寒伸手推开门，"吱吱呀呀"的刺耳声音惊动了正在发呆的顾扬，他本能地转头看过来，没来得及调整好表情。凌乱的碎发下，凌厉而又焦躁的眼神一闪即逝，而后很快就隐没了黑暗里。

"陆总。"看清来人是谁后，顾扬把嘴里叼着的草莓糖丢进垃圾桶。

"怎么，李芸不让你在办公室里吃零食？"陆江寒打趣。

"刚刚在这里打了个电话。"顾扬说，"那我回去工作了。"

看着他迅速消失的背影，陆江寒欲言又止，心情复杂。在此之前，他还真没见过哪个员工能一遇到自己就想跑。于是总裁又毫无道理地审问了一次杨毅："你到底是不是批评顾扬了？"

杨毅万分不解："你怎么老觉得我会批评顾扬？"

陆江寒继续问："那他为什么一见我就跑？"

杨毅就更莫名其妙了："他一见你就跑，这和我有什么关系？"

陆江寒："……"

"会不会是因为你平时太严肃了？"杨毅帮他友情分析，"刚毕业的小孩儿，胆子小一点儿也正常，你看，我和他相处就很融洽。"

"我要是和你一样嬉皮笑脸，寰东就完了。"陆江寒签完字，把文件丢还给他，"我已经和李芸谈过了，在服饰秀后，就把顾扬暂调到新店筹备部。既然相处融洽，那到时候你亲自带他。"

秋冬服饰秀的方案审批通过，剩下的就只有执行层面了。商场走秀不比专业秀场，衣服都是以实用为主的当季新款，所以为了能抓人眼球，顾扬特意安排了最五彩缤纷的少女线做开场，童装线有一群小朋友也挺可爱，至于相对稳重的成熟女装线和越发黑漆漆的男装线要怎么吸引观众……顾扬叼着笔还没想出主意，于大伟已经一拍桌子："我们把内衣线放到最后！"

办公室里一片嘘声，大家纷纷表示你这男士思想太猥琐，要不得。

"反正到时候一定会邀请媒体和会员，不会空场的。"胡悦悦趴在桌上，嘴里还在啃苹果。她比顾扬大一岁，是部门美工，平时负责设计卖场广告，也负责零食大分享，蹦蹦跳跳挺讨人喜欢。

"中庭那么大，媒体和受邀会员加起来顶多也就一百出头。"顾扬摇头，"而且这么大费周章地办一场秀，要是最后只有媒体和会员被圈在观众席里不得不留下，场外一个围观群众都没有，也太丢人了吧？"

同事齐齐点头，确实丢人。

"那要怎么办？"胡悦悦苦恼地问，"别说顾客了，我看到商务男装都想走人。"

品牌实力有限，当季新款就那么几件，想要让黑漆漆的商务男装吸引顾客显然有点儿困难，但也不能全场都走青春女装，于是顾扬拍板决定："我们多加几个抽奖环节！"

于大伟一口水全喷了出来，李芸在内间办公室里听到后，也不得不停下工作出来提醒一句，部门经费有限，悠着点儿。

"不用自己花钱买，我们去问品牌要。"顾扬说得理直气壮。

现场一片沉默，片刻之后群众自发鼓掌，这气魄、这脸皮、这土匪的架势，可以！

购物中心里品牌众多，顾扬全部打印出来，抱着清单直奔隔壁，开始了轰轰烈烈的薅羊毛行动。

一时之间，寰东招商部上下"哀鸿遍野"，人人见面只问一句话——今天顾扬找你了吗？

家居部经理唐威苦不堪言，趁着午休时间找到陆江寒，一屁股坐在沙发上滔滔不绝："市场部新来的小顾也太恶霸了，你说做个秋冬服饰秀，这和我们家居部有什么关系，他上来就问我要一床被子两个锅！"

"陆总，你知道我那德国进口的锅有多贵吗？"唐威声音颤抖，"还有被子，上来就要蚕丝被，换成毯子还不乐意。"

陆江寒笑得肩膀都在抖。

"行了吧，你这不错了，锅碗瓢盆能值多少钱？"家电部的老王也很心痛，"他刚从我这儿'敲诈'走一台大彩电。"虽然品牌提供的确不用花钱，但都得自己去谈啊，这欠下的人情也不知道又要用什么还。

"我知道了，去吧。"陆江寒清了清嗓子，安抚道，"我让杨毅去和小顾谈谈。"

半个小时后，杨毅亲自到后勤部，把正在找仓库放礼品的顾扬拎回了办公室。

"看你这一身土。"杨毅帮他拍了拍，"怎么钻那儿去了？连个手机信号都没有。"

"我去问张哥要了间地下仓库。"顾扬回答。

"哦，打劫完了要放战利品。"杨毅示意他坐在沙发上，"说个事儿，你知不知道光是今天早上，就有五个招商部经理找陆总和我告状？"

"因为我吗？"顾扬一愣。

"不然呢？"杨毅坐在他身边，"你的想法没问题，但做事方法要改进。这次是因为公司上下都知道陆总看重服饰秀，招商部才愿意配合你，要是换成别的活动，你可能这几天就白费嘴皮子了，嗯？"

"嗯。"顾扬闷闷道，"我知道了。"

"你知道什么了？"杨毅摇头，"说说看，下次如果再需要抽奖，你准备怎么'打劫'？"

顾扬："……"

"我就知道，你压根儿没弄明白。"杨毅揽住他的肩膀，"这样，我教你一次。如果下次还想问招商部要东西，先写个报告交给我，如果要求合理，我会在会议上当作任务传达下去。懂了？"

同一件事，同一个目的，从不同的人嘴里说出来，意义显然大不一样。顾扬这次是真的懂了，眼睛一弯："好的，杨总，我下次会注意的！"

"去吧。"杨毅也笑着说，"等这次秋冬服饰秀结束后，我和陆总单独请你吃饭。"

顾扬："……"

顾扬说："谢谢。"

片刻后，杨毅推开陆江寒办公室的门，对他说："是这样的，我发现顾扬确实有点儿嫌弃你。"

陆江寒面无表情地说："滚。

秋冬服饰秀的日期定在十月二日，七天长假不愁卖场人气。从九月中旬开始，本地各大媒体就开始轮播广告，寰东购物中心的一楼中庭也被幕布暂时围了起来，只能看到高高的桁架和进出的工人，阵仗不小。

估计月末几天又要连着加班，顾扬索性订好机票、酒店，早早就把顾教授和顾太太送到巴厘岛度假，一来尽孝心，二来免唠叨。

十月一日，别人都在热热闹闹地吃饭蹦迪去酒吧，顾扬带着同事待在秀场后台，把所有品牌送来的衣服全部做了编号，以免走秀时混乱拿错。

"专业的就是不一样。"胡悦悦摆好桌子，"怪不得陆总那么信任你，他要是把这活儿交给我，估计到明年台子都搭不起来。"

"陆总只是看中我的大学专业，没有你们，我照样完不成任务。"顾扬把最后一批衣服挂好，如释重负一拍手，"行了，大家早点儿回家休息吧，明天加油！"

等到同事们都下班后，顾扬又最后检查了一遍后台，静静摆放的衣服、鞋子和首饰，在夜晚的柔黄灯光下有着奇妙的美感和生命力。人们喜欢购物是有理由的，比如当季一条漂亮的裙子，不仅能令女性最大限度地绽放美丽，还能在很多年后，依旧让曼妙身姿闪耀在回忆里。

凌晨的商场安静得像是要发生灵异事件，除了巡场的保安之外，就只有中庭的幕布里还有些动静。陆江寒刚打算过去看看，就见顾扬已经轻手轻脚锁好门，独自啃着苹果离开了卖场。那是胡悦悦留给他的消夜。

陆江寒到后台看了一圈儿，衣服鞋帽挂得整整齐齐，每一件都有编号，哪怕是重度强迫症患者也挑不出毛病。化妆镜前贴着所有人的联系方式，桌下还放着小地毯，可以让模特在化妆间隙脱掉高跟鞋，稍微放松一下。诸如此类的小细节随处可见，就像李芸当初说的，顾扬的确是个细心又温柔的人——除了一见自己就想跑之外，基本没有别的毛病。

至于为什么一见自己就想跑，陆江寒思考了一圈儿也没找到理由，最后只能归结于杨毅因为平时太过吊儿郎当，所以才会显得自己不近人情，严厉过头。

被无辜甩锅的杨副总在睡梦中哆嗦了一下，隐隐觉得未来仿佛不太妙。

夜很安静。

秋冬服饰秀的时间定在二号晚上八点。当天晚上七点左右，已经有媒体和会员陆续签到。胡悦悦一溜小跑进了办公室，兴奋得叽叽喳喳："顾扬，顾扬，你快去看卖场，不光中庭里等了好多顾客，连两边的围栏处也挤满了人，五楼都有人在等，我们这次的活动肯定要爆！"

顾扬二话没说，丢下手里的可乐就往外跑。

"这么激动啊？"胡悦悦倒是被吓了一跳。

"他八成是要去通知保安部。"于大伟递过来一个汉堡，"人挤人可不是闹着玩儿的。快吃东西吧，我也去外面看看。"

等于大伟到卖场的时候，顾扬果然已经带着保安部的人，在每一层都加强了防护，并且向杨毅打报告，从各部门抽调了人手来维持秩序。

中庭的幕布已经被揭开，粉黛草装点出来的秀场漂亮得像是仙境。虽然经费有限，不过顾扬还是在于大伟的强行砍价下，让外包公司搭建出了一个闪闪发光的梦幻延展台。在今晚走完秀后，这个童话 T 台会一直保留到月中，供顾客拍照用。

这次服饰秀算是顾扬第一次挑大梁的工作，所以杜天天和李豪他们也相当重视，担心会冷场，还特意带了一群狐朋狗友来假冒围观群众。结果到了寰东才发现这种担心实在很多余，一楼到处都是人，还有不明真相的大妈过来询问是不是超市又在搞鸡蛋大促销，不然怎么这么闹哄。

"对不住啊，我顾不上你们了。"顾扬满头是汗，穿越重重人群挤进后台。

"行行，你别管了，我们就来凑个热闹。"杜天天喜滋滋地找了个位置，准备专心致志地看小姐姐走秀。

晚上八点，活动正式开始。陆江寒深知现场大概没有一个人愿意听领导演讲，所以只用三句话就结束了这个环节，换成了青春洋溢的模特登场。

每个秀场都是一样，前台光鲜亮丽，后台人仰马翻。鞋扣坏掉的、拿错首饰的、衣带脱落的——顾扬也不知道从哪儿摸出一个针线包，跪在地上十指如飞两下缝好，挥手打发模特上场。

"不是吧，这也行？"于大伟叹为观止。

顾扬"唰啦"抱过十几件内衣："借过。"

于大伟："……"

说不上究竟是因为抽奖环节众多，还是因为这场秀确实精彩，总之哪怕是无聊的商务男装环节，现场的围观顾客也不见减少，反而还有越聚越多的趋势。活动进行到一半时，易铭悄悄离开贵宾席，绕到了后台。

"还没轮到你的 Nightingale，先出去。"顾扬已经忙得快要脚不沾地了，一见他就赶人。

易铭问："要我帮忙吗？"

然而顾扬已经带着新一批模特去了前面候场，话都没时间多说一句。

"这不是易总监吗？"胡悦悦认得他，笑嘻嘻道，"还没到你的环节呢，先回去坐着吧。"

易铭还在往里看，身后却已经有人开始骂娘。杜天天手里端着一杯热巧克力，本来是要给顾扬送温暖，谁知一来就看到这糟心之人，于是怒道："你抄上瘾了是不是，怎么还阴魂不散的？"

嗓门儿有些大，周围的人都在往这边看。易铭脸色铁青，也没说话，只是转身匆匆离开。杜天天觉得这样不行，索性也不走了，端了个小板凳坐在门口当门神。顾扬五分钟后才听说这件事，又头疼又感动，于是当面"咣咣"狂野地灌下一大杯巧克力，以表示自己心情良好，并没有受到影响。

"他不会再来了吧？"杜天天不放心。

"他这次还真得回来。"顾扬双手扶着杜天天的肩膀，严肃道，"不仅要来，还要上台'衣冠禽兽'一番，你控制一下情绪，我们等到秀场结束后再揍他。"

Nightingale 的走秀被安排在最后。

顾扬费劲地穿过人群，挤到了杜天天身边。

"活动还没结束呢，你怎么跑出来了？"李豪一愣。

"最后一个环节，凌云带了自己的专业团队。"顾扬趴在围栏上，远远看着 T 台，"我正好出来透透气。"

"剩下的都是凌云时尚？"李豪一听就觉得晦气，"那还看什么看，你能下班了吧？哥带你吃小龙虾去。"

"不行，我得盯到活动结束。"顾扬活动了一下筋骨，"没事的，我也想看看他们这一季的新品展示。"

他语调轻松，像是已经完全把往事丢在了脑后，但李豪显然不这么认为。当初顾扬被凌云时尚解除实习合同，很长一段时间里都闷闷不乐，不吃不喝，走在路上神思恍惚还差点儿掉坑里。这才过去多久，怎么就彻底走出阴影了？想想也不可能。

更别提还要看 Nightingale 的走秀，那原本应该是属于他的东西。

秀场音乐轻快又活泼，不同于日系少女装惯用的蕾丝和碎花，Nightingale 的设计主打简洁明亮风，没有繁复的蝴蝶结和点缀花边，取而代之的是更明快的线条和剪裁，就好像童话里的那只夜莺，并没有一眼惊艳的外表，但只要你愿意驻足聆听，总会收获天籁和一朵用心血染红花蕊的玫瑰——那是只有在最青春、最娇俏、最单纯的年龄里才会拥有的，最奋不顾身的爱。

最后一名模特华丽谢幕，现场掌声雷动。许凌川和易铭作为凌云时尚的代表，上台和陆江寒一起揭幕新店，顾扬也转身离开了观众席。

"顾扬！"其余几个人赶紧追出去，杜天天小心翼翼地观察了一下他的神色，"没事吧？"

"没事。"顾扬坐在台阶上，"我吹吹风。"

"吹个屁的风，走，哥哥们帮你出气去。"李豪坐在他身边，"对那种精神和脸皮双重残缺的无耻之徒，讲道理是没用的，只有用暴力解决。"

"暴力完之后呢？"顾扬单手撑着脑袋，看着远处的高楼大厦，"他进医院，我们进拘留所，再来几个小报记者翻出当年的事添油加醋，生活继续一团糟。"

杜天天蹲在他面前，试探："那你是怎么想的？"

"我想把 Nightingale 拿回来，不过现在还做不到。"顾扬声音很低。

在场的哥儿几个都离人生巅峰尚有一段路途，如此时刻，除了能陪他喝酒吹牛剥小龙虾，似乎也做不了别的。片刻之后，杜天天给了李豪一拳，怒曰："你这大双眼皮白长了，怎么就是个男人呢！否则还能去勾引一下陆江寒。"

"如果扬扬需要，我可以牺牲一下。"李豪忍辱负重，在胸前挤了挤，"这样行吗？"

旁边的人脸色惨白："想吐。"

大家胡吹乱侃，顾扬总算被逗乐，笑着丢过去一瓶水："别闹了。"

"其实这也算好事。"杜天天揽住他的肩膀，"从现在开始，我们就把拿回 Nightingale 当成目标。哥哥们保证，一定为了你好好工作，早日登上人生巅峰，也好让你能早点儿仗势欺人，怎么样？"

顾扬笑着和他击掌："行！"

"还要回去上班吗？"李豪问。

顾扬打了个电话，于大伟说走秀刚刚结束，陆总和凌云时尚的人好像还有酒局，也已经走了。

"那我回去收拾场子了。"顾扬站起来，"今晚谢谢你们。"

"跟我们还谢什么。"李豪又问了一遍，"确定没事了？"

"没事。"顾扬笑着说，"明天再一起出来吃饭吧，我请客。"

"那我们得吃个贵的。"杜天天从地上捡起包，"行，快回去吧。"

顾扬冲他们挥挥手，转身跑回了购物中心。

其余几个人站在原地目送他离开，心疼唏嘘，满脸慈祥，宛若老父亲。

观众已经散去大半，中庭里闹哄哄的，工人正在往外搬花。于大伟招手示意顾扬过来，纳闷儿道："刚刚你跑哪儿去了？陆总还说要带你一起吃饭，结果电话都打不通。"

"北广场那儿，可能信号不大好。"顾扬帮忙搬桌子，"怎么样，最后一场的效果好吗？"

"好到爆炸，简直绝了！我估计这月奖金都能翻倍。"于大伟指了指楼上，"这还有半个小时商场就要关门了，Nightingale 的店里还排着长队呢，顾客要挤爆了。"

招商部的女装经理林璐也是喜笑颜开，专门带了消夜过来，感谢市场部的这次活动策划，并且表示以后顾扬要是还需要活动礼品，随便开口，绝对配合。

"谢谢林姐。"顾扬问，"现在店里还有人吗？"

"有，过去看看？"林璐说，"排队的人太多，许多顾客都是直接点名要秀场款，试都不试直接带走。"

"行。"顾扬擦擦手，和林璐一起去二楼巡场。因为秋冬服饰秀的关系，今天的闭店时间推迟到了晚上十二点，商场里还有不少客人，而最热闹的，当然就是刚刚入驻寰东的Nightingale。店里灯火通明，人头攒动，五六个导购小姐忙得团团转，顾客挤得挪一步都困难。

"算了算了，不排试衣间了，直接买了那条裙子走吧。"一个十五六岁的小姑娘可能是等着急了，指着货架上的秀款就想拿走。旁边的妈妈刚要招呼导购打包，顾扬却问了一句："是您自己穿吗？"

小姑娘转身看了他一眼，然后迅速笑出一脸的乖巧甜美："对呀。"

"那件可能不适合，有点儿成熟，你试试这个？"顾扬从货架上拿下来一条裙子，"要更可爱一点儿。"

宇宙无敌美颜、声音还好听的小哥哥说自己可爱！小姑娘喊道："妈，我就要买这件！"

"不试试吗？"顾扬笑着问。

"那……试试也行。"小姑娘乖乖站在原地，一旁的妈妈又想笑又不能笑，只能假装去一边打电话，留下顾扬和她继续聊天儿。五分钟后，小姑娘从试衣间里出来，有点儿害羞又有点儿得意："好看吗？"

顾扬冲她竖起大拇指。

周围其他顾客也由衷称赞，是真的好看，又阳光又少女。

送走了高高兴兴的母女俩后，顾扬也就顺利升级成导购，被顾客拦着不肯放走，非要让他帮着挑衣服。林璐在旁边也看乐了，于是拍了照发到了公司的管理层群，开玩笑说市场部李芸经理捡到了宝。

这晚Nightingale的生意实在太好，商场送宾音乐放了三次，店里才算是安静下来。几个导购小姐都很感谢顾扬，还分给了他一瓶胡萝卜汁，让他以后经常来。

"开车了吗？"林璐问，"我老公来接我了，顺路送你。"

"不用了，林姐，我还有朋友在。"顾扬说，"您快点儿回家吧。"

林璐以为他真约了人，也没多客套。顾扬独自拎着包站在路边，等了五分钟没等出出租车，倒是等到了总裁。

"上车。"陆江寒打开车门。

"谢谢陆总。"顾扬坐到副驾驶，"您怎么这么晚还没回家？"

"你不也没回家吗？"陆江寒一笑，"忙完了？"

顾扬点头："我刚去 Nightingale 的店里看了一下，生意挺好的。"

陆江寒发动车子："观澜山庄？"

"嗯。"顾扬深知自己住得有些偏僻讨人嫌，于是主动问道，"陆总，您住哪儿啊？"

陆江寒答曰："月蓝国际。"

顾扬发自内心地表示："陆总，我还是去打车吧。"

陆江寒没有说话，只是专心致志地看着前方。今天他上台揭幕的时候，余光刚好扫见顾扬头也不回地离开，看他身边其余人的反应，实在不像没事的样子，于是庆功宴上就多问了许凌川一句，是不是在揭幕筹备阶段，凌云的人和顾扬发生过什么矛盾。

"这话本来我不想说的。"许凌川喝得有些上头，"你这下属，顾扬，以前在凌云干过，后来被我开除了。"

陆江寒皱眉："理由？"

许凌川大着舌头，嘴里颠三倒四，好不容易才说了个大概。陆江寒还没厘清头绪，林璐却刚好往微信群里发了张照片，充满童话气氛的店铺里，顾扬正在帮顾客挑衣服，笑得又开心又真诚——热爱是真的，热情看起来也不像是在假装。

车里温度不冷不热，音乐若有若无，实在很适合蒙头大睡一万年，偏偏总裁还不肯说话，气氛就更沉闷。顾扬内心充满愁苦，觉得这段路途无比漫长。

小车开过弯道，顾扬身体随着惯性往前一栽，瞬间清醒过来。

"明天不用再上班了吧？"陆江寒把车停在观澜山庄门口。

"不用的。"顾扬拍拍脑袋，"对不起，陆总，我好像又睡着了。"

"今天没有酒送给你了。"陆江寒笑着帮他打开车门，"好好休息几天吧，八号见。"

"嗯。"顾扬站在路边，"陆总再见。"

车子一路远去，陆江寒把电话打给杨毅："给你个任务。"

"什么事儿？"杨毅盘腿坐在沙发上，"你跑哪儿去了，怎么现在还在外面？"

"去弄清楚顾扬在凌云时尚实习的时候，到底出了什么事。"陆江寒说，"别让其他人知道。"

"顾扬还在凌云干过？"杨毅闻言惊讶，"简历上没写，你怎么知道？"

"许凌川今天说他之前开了顾扬。"陆江寒说，"我要知道这到底是怎么回事。"

"行，我明白。"杨毅点头。他和陆江寒都很看重顾扬，原本是打算国庆假期结束后，直接将顾扬调到身边工作的。不过现在既然出了意外，当然要先弄清楚缘由，才好做下一步决定。

上大学的时候，顾扬虽然也经常逛商场，但那更多是为了看每一季的服装新款，很少会留意到商场之间的细微差别，更不懂各大购物中心的分类，所以打算利用这个小长假补补课。

结果他就在书城里，再次遇到了陆江寒。

——提问：我为什么总是在下班时间遇到总裁？
——谢邀。言情小说不能多看，会脑残。
——总裁对你一见倾心，叼着玫瑰跪滑出场？

但好在这次总裁晚上有约，并没有太多时间关心下属，所以顾扬顺利逃过豪华专车送回服务，只从陆江寒那里得到了一张专业书单，十七八本硬皮精装书，抱回去能当砖头使。

"能搬得动吗？"陆江寒问。

"能的。"顾扬一手一个，轻松拎起购物袋，相当强壮。在上学的时候，他经常扛着一袋布上楼下楼，次数多了也就练出来了，不仅力大无穷，还能跑得飞快，如同刚吃完罐头菠菜的大力水手。

陆江寒一路看着他离开，又把电话打给了杨毅。

"你得给我时间啊。"杨毅走到阳台上，"现在只问了几个熟人，信息不算完全，而且也对顾扬不利。"

"有多不利？"陆江寒问。

"这事你听完就过，我暂时没证据，而且许凌川那个圈子有多乱，大家都心知肚明。"杨毅放低声音，"据说顾扬在凌云实习的时候，盗用了易铭的服装设计稿去申请学校，后来被人发现，学校没了，工作也没了。"

"申请什么学校，服装设计？"陆江寒疑惑。

"啊，"杨毅回答，"不然呢？"

"他的本科专业和设计有关？"陆江寒又问。如果没记错，顾扬的简历上写的是服装工程。虽然听起来都是服装，但其实还是以打版为主，和设计师相比，一个理工科，一个艺术类，差得有点儿多，怎么会跑去盗用易铭的设计稿？

"这就是学霸和普通人的区别了。"杨毅说，"我问过几个 D 大的教授，顾扬在念了四年服装工程后，还真能自己做衣服，也打算在读研时改方向，去国外读服装设计。"

"所以他原本打算在大四的时候，边实习边申请学校，结果却出了事，然后才来了寰东？"陆江寒继续问。

"是。"杨毅说，"顾扬当时一口咬定，是易铭照搬了他的稿子，结果其余人的反应和你一样，都觉得圈子里的知名设计师去抄袭一个理工科学生，听起来实在匪夷所思。易铭光相关手稿就有一大箱，而且当时的监控和录音证据也对顾扬不利，这事就不了了之了。"

"易铭会抄他的稿子吗？"陆江寒若有所思。

"说不准。"杨毅说，"不过如果真是这样，那 Nightingale 就是顾扬的作品了，这可不是闹着玩的。"

"继续把这件事搞清楚。"陆江寒道，"顾扬的调动计划也不变，以后去普东山都带着他，别耽误开新店。"

小长假结束后第一天，顾扬的工位就被挪到了陆江寒隔壁，和总裁只隔着一面玻璃墙——当初设计办公室的人大概是个马屁精加偷窥狂，如此重要的墙居然是单向玻璃，下属看不到总裁，总裁看下属全透明，这谁能受得了！后来还是群众鼓起勇气，才申请了报纸糊墙待遇，准备在下次装修时彻底换掉。

顾扬就坐在报纸墙旁边。不过他还没来得及琢磨清楚，为什么寰东的豪华办公区会出现这面丐帮破墙，人就被副总裁拎上了车。

"擅长聊天儿吗？"杨毅问。

顾扬答："还行。"

"那就好。"杨毅递给他一份文件，"先大概了解一下吧，然后你去安抚那些阿姨。"

顾扬一头雾水："啊？"

鑫鑫百货的老板可能召集了老家所有女性亲戚，外加亲戚的亲戚，总之虽然顾扬已经有了心理准备，但当他推开接待室的门时，还是被里面闹哄哄的音浪惊了一跳。

老阿姨们原本正在嗑瓜子喝茶，气氛相当其乐融融。一见有人推门，一个阿姨顿时把手里的毛线针藏在身后，开始拍着大腿哭天抢地，怒斥资本家没人性，还说"资本家要拆商场，我们全家都要喝西北风了呀"。

"杨总，"助理在二楼听到声音，牙直疼，"顾扬一个人去，没事吧？"

"不然你俩换换？"杨毅提议。

助理表情肃然："那还是让顾扬去吧。"

"好好好，先停一下！"顾扬被吵得头晕眼花，衣袖也被扯来扯去，上面沾满了油乎乎的指纹和糖渍。眼看阿姨们已经群情激愤，演得太逼真，顾扬不得不站在桌子上吼了一句："大家安静！"

现场还真就瞬间安静了。

顾扬抓紧时间装了一下外地人，无辜道："谁会说普通话？"

只有两个阿姨举手。

"好，那我们来聊。"顾扬松了口气，"其余阿姨听着就行，有什么要求，这两位阿姨会转达。我实在听不懂方言，大家体谅一下。"

没有人对此提出异议，毕竟大家的剧本里只写着闹着要赔偿，没有写如果对方听不懂，要怎么闹着要赔偿。

"大家在鑫鑫百货里，都是做什么工作的呀？"顾扬拿着笔记本问。

"售货员。"会普通话的阿姨说，"我们都是售货员，卖衣服的。"

"一个月工资多少呀？"顾扬继续笑眯眯地问。

"十万！"对方回答，往高说了不吃亏。

顾扬诚心表示："你这岗位还招人吗？我也想去。"

现场有人笑出声。

之前杨毅已经说得很清楚，这些阿姨就是被鑫鑫百货的老板雇来故意添乱抬价的村镇妇女，当然不会是什么真的售货员。顾扬和她们聊了一会儿，心里大概有了底，于是找了个借口溜去二楼："杨总。"

"果不其然，被打了？"助理过来开门，看着他脏兮兮的衣服打趣。

"没有，我们聊得还行。"顾扬心有余悸，"但阿姨们真有点儿凶。"

"所以呢？"杨毅问，"聊出什么了？"

"如果将来购物中心真的开起来，应该会需要很多保洁阿姨吧？"顾扬说，"可以把这个岗位留给她们吗？"

"一般都是外包给清洁公司的。"杨毅迟疑，"这样能解决问题吗？"

"我觉得可以试试。"顾扬很肯定。

这些阿姨都是附近村镇里的家庭妇女，除了外出务工外，也没有别的收入来源。普东山离家近，寰东又是出了名的待遇好，能有一份五险一金的稳定工作，对她们还是颇有吸引力的。

而且就像顾扬说的，这些阿姨确实有点儿凶，所以还能反过去施压鑫鑫百货。

毕竟购物中心晚开一天，大家就会少一天的工资。

对于精打细算的劳动女性来说，不能忍。

"前期筹备，商场扩建改造时，也有不少工作机会的。"顾扬说，"阿姨们其实人不坏，也能吃苦。"只是文化水平稍微有点儿欠缺，所以目前比较令人头疼。

"行！"杨毅果断拍板，"你把这事搞定，将来我们可以多设一个清洁部，没问题。如果还能让她们欺负欺负张大术，我给你奖金翻三倍！"

张大术就是鑫鑫百货的总经理，擅长游击战和拖延战，说起话来慢条斯理，穿长袍端茶壶往那儿一站，跟民国穿越来的电杆似的，光是看着就让人脑袋疼。

顾扬和人力部打了个电话，很快就拿到了大致能给到保洁的薪资待遇，再回接待室的时候，底气也足了不少。阿姨们原本只是被一天五十块雇来演戏的，没想到还真的演出了一份稳定工作，当然喜不自禁，排着队在小本子上登记了联系方式和身份证号。

"那就这么定了，将来购物中心建好之后，大家可以凭现在的登记，优先来寰东应聘工作。"顾扬说，"就算自己不来，也能介绍亲戚来，一样有效。"

"什么时候才能开啊？"有阿姨问。

"也就这两年吧。"顾扬清清嗓子，态度诚恳，"如果鑫鑫百货的张总经理同意签合同，那速度还能更快一点儿。况且也不用等商场建好，只要这里破土动工，到处都是赚钱的机会。"而张总经理如果不同意，小本本上登记的电话也就成了废纸。

阿姨们经过一番讨论，在每天五十块和一份薪资不错的稳定工作之间，觉得还是应该选择后者。于是大家集体去三楼找张大术，想问问他为什么不肯签合同，这破商场看着就像是要闹鬼，有人接手就不错了，怎么还舍不得卖？

杨毅打电话宣布："从今天开始，顾扬就是我的人了。"

"那有件事，你听了一定很高兴。"陆江寒丢下手里的笔，"你二十万的酒，就是被他拿走了。"

杨毅还沉浸在胜利带来的喜悦中，一时半刻没自拔出来，过了足足一分钟才长吁短叹地表示："我还以为你是拿去泡妞用了，看来真不能高估。"

"说说看，顾扬干了什么？"陆江寒笑着靠在椅背上，"居然能让你这么满意。"

杨毅还在向陆江寒做汇报，另一头，顾扬已经一个人去了鑫鑫百货。

天花板上的空调机"咣咣"作响，出风口捆着的红布条被吹得到处乱飞，看着气势汹汹，恨不得刮出一个酷寒北极，卖场里的温度却没下降几度。明晃晃的照明大灯炙烤着柜台，又热又闷又燥。

售货员们都聚集在凉快的地方聊天儿，以至于顾扬在一家店里左看右看逛了许久，才有一个大姐过来，问他想要什么。

"有中码吗？"顾扬指着一件白 T 恤问。

"……有。"难得遇到一个顾客，还是个洋气时髦的小帅哥，大姐也愣了一下，"你穿？"

"对，我穿。"顾扬掏出钱包。

大姐赶紧帮他找了一件："我们做活动，三十八块。"

二十世纪的百货，价格也很二十世纪，顾扬从四楼逛到一楼，七七八八买了一大堆，加起来也不超过五百块。不过临街小超市的生意倒是不错，烤鱿鱼丝的档口飘出浓烈香气，对饥肠辘辘的下班族来说有着巨大的吸引力，大家都在排大长龙等打包。

顾扬在人群外看了看，刚打算去买一份填肚子，杨毅的助理就打来电话，让他直接去停车场，准备回公司。

司机老阎正在阴凉处抽烟，一见顾扬拎着七八个购物袋远远走过来，赶紧上前接住他："你这是跑哪儿大采购去了？"

"就鑫鑫百货，我去逛了逛。"顾扬把东西丢进后备厢，"谢谢阎叔。"

"在那里边儿还能找到东西买呢？"老阎龇牙，"你看你，还给他们贡献营业额。要我说，那张大术就该一个顾客都没有，早点儿倒闭得了。"

"行，我下次一定改正。"顾扬笑着说，"车上有东西吃吗？我饿了。"

"还真没有，不过刚刚杨总说要请你吃饭。"老阎说，"一九七零西餐厅，位置都订好了。"

那是 S 市最老牌的西餐厅之一，在顾扬小时候，顾教授经常会带着他去吃牛排和罗宋汤，算是童年回忆之一，听到名字就有一种天然亲切感。

"只有我和杨总？"顾扬问。

"那我就不知道了，可能还有别人。"老阎拉开车门，"上车吧，杨总来了。"

从普东山开回市区，路上大概需要两个小时。

顾扬揉了揉"咕咕"乱叫的肚子，愁眉苦脸，胃疼。

杨毅"扑哧"一笑："看来我们小顾是真饿了，想吃什么？陆总应该会比我们早到，先给你点好菜。"

顾扬："陆总？"

"陆总对你今天的表现很满意，还有，上次说了在秋冬服饰秀后要庆功。"杨毅说，"这次先单独请你，周五再带着市场部，大家一起去吃日料。"

话音刚落，前排助理就递过来一个手机，说佳兴日化的周总想约他晚上吃饭，顺便再谈谈下个月开新柜的事。

"行，那叫上超市招商部的余姐一起吧。"杨毅对老阎说，"先抓紧时间把小顾送到西餐厅，然后我们再回公司。"

"好嘞！"

面对这个应该算是奖励的"庆功宴"，顾扬心情复杂。

陆江寒和杨毅虽然都是总裁，但风格实在太不一样，如果用学校做类比，那么一个是教导主任，另一个就是生活老师。

生活老师总是要更平易近人，和蔼可亲一点儿的。而且在这个世界上，一定不会有人想要和教导主任共进晚餐。

半个小时后，老阎把顾扬放在了西餐厅门口。

陆江寒坐在靠窗的座位上，正漫不经心地翻看杂志。他西装笔挺，头发梳得一丝不苟，看起来随时都能去参加经济峰会，脸上糊满硕大的"精英"两个字，哪怕橱窗上挂着一闪一闪的星星灯，也并没有让画面变得更加温馨。

顾扬觉得自己八成会胃痉挛。

不过幸好食物是热腾腾的，也是美味的。

罗宋汤还是小时候的味道，陆江寒把面包篮递给他："去鑫鑫百货看过了吗？"

"嗯，我去逛了一圈儿。"顾扬说，"还买了点儿东西，在阎叔的车上。"

"买什么了？"陆江寒很感兴趣。

"这件衣服。"顾扬指了指身上的 T 恤，"小时候经常穿这个牌子，不过现在已经很少了。"也只有在那座古董般的鑫鑫百货里，才能零散找到几个柜台。

"你很熟悉国产服装品牌？"陆江寒又想起了 Nightingale。

"也没有。"顾扬擦了擦手指，表情并没有太大变化，"就是觉得这些衣服质量很好，款式也不算太过时，没落了挺可惜的。"

陆江寒点点头："那在我们新的购物中心里，给这些老国货单独开一片专柜，你觉得怎么样？"

顾扬一愣："嗯。"

"'嗯'是什么意思？"陆江寒被逗乐了，"批准了？"

"不是，"顾扬放下手里的食物，不好意思道，"陆总，我一时没反应过来。"

"继续吃，不用紧张。"陆江寒又帮他要了杯果汁，"说说看你的想法，就当闲聊。"

"我觉得真挺好的。"顾扬说，"虽然现在这些品牌已经很少见了，但小时候大家都是穿过的，哪怕只是花几十块钱回忆一下童年，也挺划算。"更何况衣服也不难穿，又厚又软，堪称物美价廉。

陆江寒也同意他的看法。其实年轻人里有国货情结的不算少，普东山的购物中心又是以文化创意为主打，如果能聚集一片国产老品牌，在柜台设计上保持当年百货大楼的原样，想炒作成复古穿越的网红打卡地其实并不难——哪怕销量真的撑不起来，至少也能给商场引流带人气。

这算是顾扬带来的灵感，虽然灵感本人很有可能还没意识到这一点，不过陆江寒还是额外请他吃了一份红梅小蛋糕，酸酸甜甜的，上面点缀着巧克力糖豆。

和"教导主任"共进晚餐，其实并没有想象中那么糟糕。顾扬吃完最后一口甜点，心满意足地看着总裁刷卡买单，并且在离开西餐厅的时候，指着走廊上的一张照片笑着说："这是我。"

"嗯？"陆江寒来了兴趣。

那个年代还没有智能手机，拍照要用老式胶卷。六岁的顾扬第一次来西餐厅，还专门穿上了小西装，头发梳得油光水滑。经理实在很喜欢他，于是特意拍了张照片，洗出来贴在了餐厅的留影墙上。

"很可爱。"陆江寒简短表扬。

顾扬厚颜无耻地想：我也觉得我那时候挺可爱。

外面的天色已经完全暗了下来，门口停着四五辆出租车，陆江寒也就没有再提送他回家的事，只问了一句："还住在观澜山庄吗？"

"是，"顾扬回答，"没找到合适的房子。"

寰东地处市中心，周围酒店公寓众多，"没找到合适的房子"这个理由其实有些站不住脚，但顾扬是真的没找到。App 天天推送社会新闻，出租屋绑架、出租屋谋杀、出租屋半夜有人进来洗澡……顾妈妈看得愁眉苦脸，坚决反对宝贝儿子搬出去住。

"有摄像头的呀。"顾妈妈强调。

顾扬和她讲道理："摄像头是变态为了偷拍单身小姑娘，我一个大男人……"

"那也不行！"顾妈妈打断他，"你等着，让爸爸给你买一套公寓。"

顾扬说："但是我最近真的睡眠不足。"

"老顾啊！"顾妈妈扭头冲厨房喊，"先别洗菜了，出去给儿子买套房。"

顾教授举着湿漉漉的双手，站在水槽前一脸茫然："啊？"

顾扬长吁短叹，把收藏夹里的公寓出租信息全部删除。

虽然溺爱不是顾教授的养崽风格，但仔细想想，在市中心投资一套单身公寓也不亏，能坐等升值，还能避免太太唠叨。于是在这个周末，他就带着中介，亲自出去给儿子找房。

"顾叔叔，这套房子你一定满意。"中介嘴皮子很溜，"市中心难得的新楼盘，十八楼以上都是大户型，中小户型只剩了十七楼这一套，精装修，拎包就能入住，早投资早赚钱。"

"我是给儿子住的，不出租。"顾教授问，"安全吧？"

"肯定安全，我们是有二十四小时保安巡逻的。"中介挡住电梯门，"来，您先进。"

"这里能步行到寰东吗？"顾教授继续问，"就那购物中心。"

"步行稍微有点儿远，不过地铁就一站路。"中介说，"但是如果起得早，步行也行。"

两人说话间，电梯里又上来两个人。

"这房子半年前就交了，你现在才想起来看，也真够可以的。"杨毅按亮十九层，"怎么，打算搬过来住了？"

"看一眼吧。"陆江寒头疼，"最近杨柳区又修高架又挖地铁，一天到晚都在堵车，绕都没法绕，昨天我问了老黄，说修好至少也要半年。"

悦博公寓1703是套一室一厅的小公寓，采光和户型都不错，距离寰东也不远。等顾扬知道这件事的时候，顾爸爸已经签完合同拿到钥匙，还从中介那儿领回了购房赠品——一盆茁壮的蝴蝶兰，据说既能招财又能招桃花，风调雨顺，相当万能。

顾妈妈生气地说："你这人别的事情做不好，找房子找得还挺快，儿子不会自己煮饭晓得吧？"

顾教授乐呵呵的，背着手在商场里选冰箱："晓得晓得，你说得都对。"

顾扬对自己的新生活充满期待。虽然公寓很小，也没有阳台，但他还是从网上买了十几盆植物，在飘窗前搭了一个简易小花架，有阳光时生机勃勃，有月光时就是一片童话里的迷你小森林。

杜天天在查过皇历后，表示："这周六宜入宅，我们来给你的新家开开光。"

"行。"顾扬笑着说，"我负责买菜，你们负责开光。"

寰东楼下就是超市，周五下班后，顾扬推着小车给杜天天采购了一堆开光用的"法器"，从油盐酱醋到青菜、牛肉一应俱全，还捎带买了五盒麻辣小龙虾。而他的狂野臂力也在此刻优势尽显，不仅能面不改色地拎起三个巨大的购物袋，还能顺道拐去街对面吃一碗招牌炸酱面。

易铭坐在他对面："这么巧。"

顾扬搅了两下碗里的面："横穿两个区来这里吃饭，凌云最近很闲吗？"

"不闲，我们在准备下个年度的春款。"易铭回答。

"所以这就是你最近频频找我的目的？"顾扬看着他，觉得有些好笑，"灵感枯竭了，还是突然发现 Nightingale 的风格没法延续下去了？"

"Nightingale 和你没关系！"易铭强调。

"我没有录音，你也不用睁着眼睛说瞎话。"顾扬食欲全无，丢下筷子向店外走去。

"顾扬！"易铭追出来，一把拽住他的手腕，用只有对方能听到的声音咬牙切齿道，"我给你开出的条件不算差。"

顾扬忍无可忍，转身狠狠给了他一拳。

路人都在往这边看，易铭擦了擦嘴角："这样就能让你冷静吗？"

"原来你能为了钱，为了地位，能低三下四到这种程度。"顾扬摇头，"不管你开价开到多少，我都不会再帮你的，死心吧。"

"没有我，那些设计稿永远只能活在纸上。"易铭说，"我帮了Nightingale！"

顾扬知道对方话里的含义，在 Nightingale 之前，凌云时尚旗下已经拥有了诸多少女线品牌，虽然没有大热爆款，但销量也都不差，实在没必要再浪费资源多开一个。许凌川并不是一个多懂设计的人，他能答应创建 Nightingale，全靠易铭在业内的地位和权威。但所有的理由加起来，也不足以洗清整件事骨子里的卑劣，以及那些只能存活于阴暗里的肮脏真相。

顾扬说："滚。"

"我希望你可以再好好考虑一下。"易铭凑近他耳边，"才华是你的，谁都抢不走，等 Nightingale 彻底站稳之后，我可以给你单独开一个品牌，当作这次的补偿。"

说完这句话后，他就转身匆匆离开，或许是害怕再被揍一拳。顾扬看着那辆银白色的小车呼啸远去，从骨子里觉得冷和恶心。没吃两口的食物在胃里翻滚，像是有一把钝刀在那里搅，心脏和神经一起扭成死结，最后不得不蹲在花坛边，把所有东西都吐了出来。

"大哥哥。"过了一会儿，一个小女孩儿在他身后怯怯地叫。

顾扬转过身。

"你东西忘在店里了。"她指了指身边的购物袋，"我们给你拿出来了。"

"谢谢。"顾扬歉然地笑了笑，"对不起，我胃不舒服。"

小女孩儿跑进店里，过了一会儿，又跑出来塞给他一瓶养乐多。冰凉的乳酸菌饮料其实并不适合养胃，但这并不妨碍她可爱得像个天使，跑起来的时候，笑容和裙角会一起飞。

那也是顾扬在设计 Nightingale 时，最想贯彻的理念——给每一个女孩儿一条漂亮的裙子。

第三章

✦ ❨ ● ● ● ❩ ✦

中华小当家

陆江寒无论如何也不会想到，自己居然会在电梯里遇到顾扬。

对方拎着三个巨大的购物袋，无精打采垂着头，如果仔细看，还能在眼角发现一抹红。虽然那其实是胃不舒服导致的，但如果说是委屈后遗症，应该也没有谁会怀疑。

"陆总？"顾扬一愣，还以为自己太过恍惚又走回了公司。

"来看朋友？"陆江寒问。

"我就住在十七楼，1703。"顾扬往上指了指，"上周刚搬过来。"

陆江寒说："嗯。"

电梯"叮"的一声停在十七楼，顾扬和陆江寒告别之后，就拖着购物袋蔫蔫地回了家。他的心情实在很糟糕，所以并没有多想，为什么总裁会出现在自己家门口。

而陆江寒也恰好接到了杨毅的电话，依旧是为了易铭和Nightingale。国内原创行业的生存环境其实并不算友好，刚毕业的学生和新手设计师为了能在这个圈子里混出头，忍气吞声用才华换资源的事并不鲜见。

"易铭也没少干这事。"杨毅说，"所以我不负责任地猜一下，估计是因为顾扬性格太倔，不吃这一行的潜规则，易铭摆不平他，又不想把事情闹大，所以最后只能把脏水泼过去，至少得让自己看起来外表光鲜。"

"有证据吗？"陆江寒问。

杨毅顿了顿："没有，我会继续查这件事。但有个问题，就算最后证明 Nightingale 真的属于顾扬，这和我们有什么关系，难道你还打算去伸张正义？"

"那倒没有，"陆江寒说，"我就是好奇。"

杨毅感慨："你这既无聊又厚颜无耻的理由，我确实无法反驳。"

陆江寒挂断电话，用 App 叫了晚餐，并且不由自主地想起了电梯里遇到的顾扬，购物袋里肉、蛋、奶一应俱全，看起来厨艺就很惊人，是个"中华小当家"。

周三下午，顾扬又被老阎送到普东山鑫鑫百货，并且还获得了五百块的报销额度，用来请高小德吃饭。

"你看你，还特意来这儿找我。"高小德在桌沿上磕开冰啤酒，"忙完了？"

"距离忙完大概还有三年。"顾扬把杯子递给他，"高哥，我有件事要求你。"

"怎么这么客气？"高小德开玩笑，"你又认不出领导了？"

"你和鑫鑫百货的人熟吗？"顾扬没绕弯子。

"我知道了，你是为张大术来的吧？"高小德给他夹了一筷子菜，"这哥哥可帮不了你，我倒是听到消息说寰东啃不下他，不过我也不认识这人啊。"

"不是张大术，是鑫鑫百货里的售货员。"顾扬说，"七大姑八大姨的，总能和你扯上关系吧？"

"别说，那里面还真有我亲戚。"高小德啧啧道，"不过你想让他们帮忙，更没戏。现在鑫鑫百货虽然半死不活，但一个月也能挣个两三千，要是被寰东收购了，可就真得喝西北风了。"

"寰东没打算撤柜。"顾扬说，"到时候鑫鑫百货里的品牌，大概能留下百分之八十。"

"是吗？"高小德疑惑，"上个月我二姐还在哭诉，我听她的意思，不像是能留下。"

"嗯。"顾扬点头，"新政策。"

这是陆江寒在周一会议上做出的决定，全靠和顾扬在一九七零西餐厅的那顿饭，让他有了新思路。现在的鑫鑫百货柜台很零散，所以看起来又空旷又杂乱，但如果能重新设计布局，把现有的老国货品牌都集中起来，其实也占用不了太多地方，更何况寰东在收购完成之后，肯定还会扩建。

"你也知道寰东的实力，到时候我们打算主推国货怀旧区，生意只会比现在更好。"顾扬说，"总比一直半死不活吊着要强。"

高小德赞成："这话说得倒也是，但和我又没关系。"

"怎么没关系了？"顾扬给他倒了杯酒，"杨总说了，如果这次你能帮忙，将来在购物中心的一楼走廊，给你开两个花车位，至少三年租金免费。"到时候这里势必会吸引大批游客，哪怕只是卖卖纪念品和冰激凌，也是一笔可观的收益。

高小德一拍桌子："五年！"

顾扬比他更爽快："没问题，搞定这件事，我们马上签合同。"

"你放心。"高小德心情大好，和他碰了碰啤酒，"我二姐那张嘴，那泼辣，我保证在一周之内，全商场都能被她煽动得去张大术门口敲锣抗议。"

周五，深夜。

顾扬怀里抱着两根法棍，握着手机冲进电梯："谢谢高哥，先挂了啊，五分钟后打给你。"

陆江寒向后重重地靠在镜子上，砸出"咣当"一声巨响。

顾扬被吓了一跳："陆总？"

"嗯。"陆江寒扯了扯领带，满脸通红，呼吸粗重，看起来像是刚刚灌完八百瓶烈性白酒。

顾扬默默往后退了两步。

喝醉了你就好好待在家，为什么要到处乱跑……

电梯里充斥着明显的酒味。

顾扬看着电梯面板上亮起来的数字，试探地问："陆总，您要去十九楼？"

陆江寒把衬衫解开两颗纽扣："对，我住在那儿。"

你不是住在月蓝国际吗？顾扬内心越发疑惑，但也不好再追问隐私，对方明显不怎么清醒，很有醉后闹事的趋势。他只好抱着法棍一起跟到十九层，亲眼看着陆江寒用指纹锁打开了1901。

随着屋门"砰"的一声关上，顾扬暗自松了口气，不过很快就又重新愁眉苦脸起来——和"教导主任"同住一栋楼，简直可以直接当成恐怖故事来听。

陆江寒其实算不上酩酊大醉，也知道顾扬一直站在电梯口。但他实在太难受，血液里的酒精如同密密麻麻的细针，让每一条神经都绞痛，绵延进脑髓最深处，炸得人又闷又疼，多说一句话都是负担。

家里只有啤酒和凉水，陆江寒叹气，重重地关上冰箱门。

花洒里喷出的水温度适宜，胃和指尖却依旧是冰冷的，额头偏偏又烫得出奇。而这种矛盾对立也直接体现在了心理层面，比如说陆总目前就正在考虑，是要靠着自己睡觉痊愈，还是求助一下十七楼的顾扬。他现在很像战争难民，急需药物帮助。

1703里，顾扬正在研究烤箱的用法，想烘个蒜香面包当消夜。虽然他的厨艺基本为零，但好在这年头总有人愿意在网上无私奉献菜谱。涂满了黄油和蒜泥的法棍片在两百二十度的高温中，逐渐焦黄并散发出诱人的香气。顾扬兴致勃勃地掏出手机，刚准备隔着玻璃拍下这激动人心的一幕，屏幕却"嗡嗡"一振，骤然出现"陆总"两个字。

午夜来电太惊悚，顾扬手一抖，手机险些掉进垃圾桶。

"你还在十七楼吗？"陆江寒声音沙哑，"能不能帮我到楼下买点儿胃药？"

顾扬关掉烤箱旋钮，抓着外套匆匆出门。

住在繁华市区就有这个好处，不管深夜还是清晨，总能找到正在营业的饭店和药店。十五分钟后，顾扬不仅买回了胃药，还顺带打包了一份白粥。绵软顺滑的食物及时缓解了胃里的不适，陆江寒放下勺子："谢谢。"

"需要去医院吗？"顾扬认真观察他的脸色。

"睡一晚就没事了。"陆江寒倒了杯热水，"不过这酒喝得不亏，荷花百货应该能作为主力门店，第一批入驻购物中心。"

"我也接到了高小德的电话，说这两天鑫鑫百货的售货员们都在打听，是不是寰东真的不会让他们撤柜。"顾扬把胃药递给他，"两片。"

"下周杨毅会带着你，约谈几家主要的国货品牌。"陆江寒说，"不过这次应该没什么难度，比起半死不活的鑫鑫百货，我们给出的条件要优厚太多。"

"杨总今天已经把资料给我了。"顾扬说，"我会争取在这个周末看完。"

"行，那你回去休息吧。"陆江寒笑了笑，"今晚谢谢你。"

"不客气。"顾扬站起来，"您也早点儿睡。"走到门口又停住脚步，"对了陆总，刚才药房医生叮嘱，明早还要再吃一次药，餐后半小时。"

陆江寒说："好。"

十九楼的大厨房看起来相当不食烟火，顾扬考虑了一下，还是从自己家里翻出半包麦片、几盒牛奶，打包送给陆江寒当早餐。

"晚安。"顾扬趿拉着拖鞋跑进电梯。

陆江寒站在门口，看了看手里的速食麦片。

原来"中华小当家"的伙食也不怎么样。

周末是"法定"睡觉日。

顾扬裹着被子，在床上惬意地伸了个懒腰。厚重的灰色窗帘把一大半阳光都阻隔在外，只给卧室留下些许朦胧的微光，很适合换个姿势，继续睡回笼觉。

顾扬心安理得地闭上眼睛，打算延续未完的美梦。与此同时，陆江寒也拎着一个牛皮纸袋，按响了1703的门铃。

足足过了两分钟，顾扬才哈欠连天地打开门："对不起，我真的不订牛奶。"

陆江寒没听清，疑惑道："什么？"

顾扬表情一僵，瞬间清醒。

"可以进来吗？"陆江寒又问。

"当然。"顾扬迅速帮他放好一次性拖鞋，又"唰啦"一下拉开客厅的窗帘，让阳光瞬间倾泻进来，"陆总您坐，我先去刷个牙。"

陆江寒接过一瓶果汁，顺便打量了一下这间小公寓。精装房的装修大多千篇一律，都是简洁又冷淡的北欧风，但这里的主人还是执着地融入了他自己的气质——墙角的油画、客厅的挂钟，以及窗前蓬勃生长的迷你花园，被清晨阳光笼罩着，仿佛随时都能蒸腾出一片白色雾气。

这是一间不拥挤、不空旷，有风格又热闹的房子，像生长在高楼大厦里的童话森林。

为了感谢昨晚的粥和胃药，陆江寒特意带了早午餐过来，奶油汤和龙虾汉堡，很有诚意。

顾扬帮他拉开餐椅："您的胃没事了吧？"

"好多了。"陆江寒解开衬衫袖扣，"本来中午约了品牌，不过对方航班延误，我正好能偷一天懒。"

顾扬"哦"了一声，很想去参观一下十九楼的衣帽间，看那里是不是只有正装——否则哪有人会在闲散的周末，也穿得这么正式笔挺。

食物的香味很好闻，房间里的光线也很温柔。窗台上凌乱地堆着不少书，是上次陆江寒推荐给他的专业教材，笔记本夹着打印资料和便利贴，是标准的学霸姿势。

"看完了吗？"陆江寒问。

"看完了，有的没看太明白。"顾扬老实交代，"不过杨总说不用着急，等我开完这家新店，就会全懂了。"

"开新店不仅要动脑子，而且还是体力活。"陆江寒靠在椅背上，"当年杨毅跟着我在 A 市开分店，两天一夜不睡觉也是常有的事。"

顾扬拧了两下胡椒罐，飞速思考自己是要慷慨陈词表示赞同，以博取总裁好感，还是实事求是地告诉他，其实这样有损身体健康。

不过幸好陆江寒也没有在这个话题上停留太久，转而问他有没有看过新一版的招商计划。

"杨总在周五下班时刚给我。"顾扬擦了擦嘴，"餐饮业态超过了三成，和书里写的不大一样。"购物中心盈利大多要靠与营业额挂钩的百货类，餐饮只能收取固定租金，利润微薄，因此目前在国内商场，餐饮的比例一般固定在两成，很少有商家愿意让餐饮业占据大头。

"是为了增加人气吗？"顾扬好奇。

"是。"陆江寒说，"旅游景点的吃饭是大问题，想要吸引普东山游客，餐饮是最快的方式。而且杨毅在筛选餐饮品牌时也特别要求过，绝大多数店铺的翻台率都要达到百分之四百，最出名的一家江浙菜，能做到百分之八百。"

顾扬配合地点头："嗯。"

陆江寒被他逗笑了："听懂了吗？"

"听懂了，我们要用高翻台率的餐饮来引客流。"顾扬说，"至于后续盈利，也得先有人气再说。"

"那你有什么想法？"陆江寒又问。

"教导主任"本性不改，随时都能展开随堂测验。好在顾扬最近啃了不少书，又跟着杨毅东奔西跑，和当初车里那个一问三不知的懵懂新人比起来，已经有了质的飞跃——更别提他还真有个小想法。

陆江寒看着他的电脑屏幕，那是一张相当潦草的稿子，只能看出通透的落地玻璃窗和青金色的几何线条装饰。

"这是我自己画的，不知道在建筑层面可不可行，但意思大概就是这样。"顾扬说。

"用来干什么？"陆江寒问。

顾扬拖着椅子坐在他身边："拍照。"

鑫鑫百货虽然破破烂烂，不过占地面积倒是不小，在这次整体改建完成后，东南方向还能多出来一片洼地。设计团队建议做成喷泉广场，顾扬却冒出个新念头，一边开会一边在笔记本上写写画画，很快就构建出了一个透明玻璃房。

"它的整体风格和购物中心一致，闲下来的时候只需要摆一些花草山水，就能和普东寺的禅意相呼应，也不会显得空旷奇怪。"顾扬说，"最主要的是，这种玻璃和线条很百搭的，我们可以按季度来设计主题，只需要很少的装饰费用，就能让这里变成独一无二的拍照地。"为了论证自己的观点，他还画了几张草图，有用干草搭建出来的清晨森林，有暗黑机械风的未来建筑，还有用棉花云装点出来的粉红世界。

"如果设计得够好，除了游客，各路网红也会愿意来打卡的，他们能带动更多人。"顾扬说完又补充，"当然了，如果设计不好，这里大概只能用来给品牌摆摊儿，换季折扣大促销。"

桌上手机"叮咚"声响起，是杨毅助理的电话，叫顾扬去公司加班。

陆江寒伸手示意。

顾扬自觉上交手机。

"让杨毅接电话。"陆江寒站在窗前。

助理被吓了一跳："陆总？"

杨毅也觉得活见鬼："你怎么会和顾扬在一起？"

"他没空加班。"陆江寒说。

"别啊，我这一堆事儿等着他来做。"杨毅提醒，"况且是你说的，以后顾扬归我。"

陆江寒往餐厅看了一眼："至少今天他归我。"

杨毅越发疑惑："什么情况？"

"他刚刚给我画了一个没有地基、没有空调，什么都没有的玻璃房，说要建在东南广场。"陆江寒说。

杨毅："噗。"

"下周约贝诺的人过来，"陆江寒继续说，"我要让这间玻璃房落地。"

杨毅："……"你醒醒。

由于陆江寒在电话里并没有说得很清楚，所以杨毅暂时无法领略这玻璃小房的美妙之处，直到对方挂断电话，他也还是云里雾里，没搞懂为什么好端端的喷泉广场，居然会一眨眼就消失在天边。

这次购物中心的整体设计由贝诺集团负责，建筑师林洛参与过不少商业地产项目，年轻有为，才华横溢——溢过头的那种"溢"。反映在具体行为上，就是他有些恃才傲物，经常和甲方对吼，能平安活到现在，全靠图纸和创意。

杨毅把陆江寒的意思大致复述了一遍，然后说："周一下午，开会。"

林洛："你给我一个理由，一个能说服我在商场旁边搭个塑料大棚的理由。"

杨毅纠正他："是玻璃大棚……不是，玻璃房。总之在周一的会上，陆总会亲自和你谈。"

林洛手指一错，把鼠标捏得"嘎巴"作响。

1703 里，顾扬在数位板上画了几笔："这样？"

"可以。"陆江寒点头，"周一开会就用这几张图，贝诺会负责让你的想法落地。"

"是建筑师林先生吗？"顾扬说，"我知道他，有很多经典作品，我最喜欢的海洋图书馆也是他的手笔。"

"那你们一定会有共同语言。"陆江寒拍了拍他的肩膀，选择性忽略了林先生脾气很差这件事，"加油。"

于是这个夜晚，顾扬又主动加班，把那几张概念图做了细化。林洛算是业界大牛，虽然建筑和服装是完全不同的两个行业，但艺术总是相通的，他想尽可能表现出对前辈的尊重。

而他所不知道的，其实前辈此时此刻也在加班，加班发帖。建筑师披着新人"马甲"，用金贵的手指在键盘上噼里啪啦一通乱敲，对甲方进行了长达三千字的血泪控诉：居然要在商场旁边建一个蔬菜大棚，你们还有谁见过这种奇葩要求！还有谁！

下面一群人顶帖，大千世界无奇不有，这次算你赢。

顾扬裹着毯子坐在电脑前，一口气打了十几个喷嚏。

周一的沟通会定在下午两点。

林洛坐在宽大的真皮椅上，面无表情地看着投影屏，嘴角向下撇出弧度，如同刚被寰东拖欠工资八百年，而直到顾扬展示完最后一页PPT，他也还是没有说话。

会议室里有些过分安静。

杨毅只好主动问："林总觉得怎么样？"

林洛干脆利落地摇头："做不到。"

至于为什么做不到，林洛继续说："这里搭个房子，一来会影响主体建筑的采光，哪怕玻璃房也一样会影响；二来坏风水，东南广场下沉带水，能招财。"

杨毅看了一眼陆江寒。风水这种事，经商的人都是宁可信其有，谁也不想闲得没事触霉头，况且玻璃房的想法虽说不错，但也不是非有不可，和整座购物中心的财运比起来，明显后者更重要。

顾扬也被这理由堵得心服口服，于是合上电脑，一心一意等散会。

陆江寒和林洛对视。

"东南广场绝对不能动。"一分钟后，林洛把电脑推给助理，让他去连接投影仪，"但这个玻璃房子，我们可以搭在主体建筑内部。"

顾扬心想：嗯?!

"你的想法可以，这个玻璃房单拎出来也不难看。"林洛继续说，"但如果把它放在东南广场，只会是一个多余的累赘，和整体风格并不搭。"

顾扬虚心接受教育："我当时只是觉得，这里的空地不用挺可惜。"

林洛表情一僵，把剩下的表扬都收了回去：有块空地你就要修房，什么暴发户品味?

"我会把三号厅做一下改动。"林洛用红外笔标出一块区域，"这里换成玻璃幕墙，再配合 LED 灯光系统，来打造不同时期的不同需求。"

陆江寒心情很好："有劳。"

林洛的助理和顾扬交换了联系方式，以便后续沟通。会议结束后，杨毅看了眼时间："等会儿要去凌云吗? "

"要。"林洛收拾好东西，"一起? 我蹭个车。"

这天是凌云时尚的合作伙伴答谢酒会，寰东和贝诺都在嘉宾名单上。那座矗立在花悦路口、时髦闪闪的玻璃大楼，就是林洛的作品。

"也不知道为什么，"杨毅递给陆江寒一杯酒，"自从知道了 Nightingale 的事情之后，我总觉得易铭看起来有些贼眉鼠眼。"

"目前还没有证据。"陆江寒提醒他。

"你又不是法庭，私下聊天儿还需要什么证据? "杨毅靠在桌上，"哎，如果 Nightingale 真是顾扬的设计，你觉得现在单靠易铭，这牌子能撑多久? 我可还指着它带飞这几年的女装业绩呢。"

"不好说。"陆江寒道，"知名度已经打出去了，只要易铭不大改风格，靠着余热也能维持两三年。"

"两三年够干什么? "杨毅摇头，"凌云还想把 Nightingale 推向国际，这点时间，连在国内站稳脚跟都不够。"

"所以就要看易铭了。"陆江寒说，"要么靠自己守住牌子，要么继续去找顾扬，就像你说的，用钱买才华。"

"顾扬能答应吗? "杨毅问。

"他要是能答应，当初就不会离开凌云。"陆江寒走向角落沙发。

"刚毕业的时候血气方刚，在社会上摸爬滚打两年之后，难说。"杨毅坐在他身边，"而且他刚好还在寰东，可以随时查到 Nightingale 一骑绝尘的销售业绩。"一般人谁能受得了这打击。

"所以呢？"陆江寒笑笑，"换成是你，你怎么做？"

"我会和易铭合作，继续出设计，"杨毅坦然，"然后开天价。"品牌既然已经拿不回来了，那不如想开一点儿，用丰厚的物质来弥补精神损失，至少不能两头吃亏。

"那我们就等着看 Nightingale 下一季的新品。"陆江寒靠在沙发上，"到时候就能知道，顾扬的设计到底值不值这个天价。"

酒会进行到一半，易铭从一堆应酬中抽身，到露台花园里抽烟透气。不过还没过五分钟，助理就匆匆找了过来，说等会儿还有致辞环节，让他千万别走远。

"我知道。"易铭把烟头摁灭，烦躁道，"里面太闹，我十五分钟后再回去。"

今晚每一个围绕在身边的人，几乎都在说 Nightingale，如果换作以前，他可能会为之狂喜，但现在的 Nightingale 已经无法再令他燃起哪怕只是一丝的兴奋。为了保证下一季的销售额，他不敢在新品设计上做任何大改动，只能尽量维持住顾扬的原有风格。外行短期内可能看不出来，但他自己却心知肚明，这种僵硬的克隆体，是绝对无法长久的。

他需要新的血液，也需要新的灵魂。

"我刚刚和林先生的助理聊了几句。"助理注意观察他的神色，"据说顾扬在寰东干得很好，而且还对普东山新店的建筑外观提出改造建议，今天下午被林先生采纳了。"

易铭没有说话。一个实习期的零售新人向建筑业大佬提意见，居然还能被采纳，虽然听起来有点儿天方夜谭，不过放在顾扬身上倒是一点儿都不违和——毕竟那些自己苦苦追寻的灵感，对他而言就只如退潮后沙滩上的贝壳，俯拾皆是。

"需要我去找顾扬谈谈吗？"助理继续说。他叫申玮，是易铭的私人助理，服装设计师，也是除了易铭之外，唯一知道 Nightingale 真相的人。

"你打算怎么跟他谈？"易铭皱眉，"我已经开出了近乎天价，他还是不同意。"

"软硬都不吃吗？"申玮补充了一句。

易铭迟疑："你想做什么？"

"薛凯你还记得吧？得绝症的那个人，最近又进了医院。"申玮说，"就薛松柏那点儿家底，这两三年能撑下来，全靠亲戚和校友捐款。"

"你想让他去找顾扬？"易铭泄气，"就一个普通的大学老师，他说话能有什么分量？"

"顾扬在大学的时候，薛松柏可没少带他跨系上课，但凡有好的实践机会都把人强塞过去，因为这个，他的学生还在网上匿名发帖抱怨过。"申玮提醒。

易铭依旧没明白他的意思。薛松柏虽然是服装学院的老师，带过一阵子顾扬，但两个人之间也不像是有什么深厚情谊，更别提是让顾扬接手 Nightingale。

"薛松柏和顾扬的爸爸顾涛还有些私交。"申玮也抖出一根烟，斜着叼进嘴里，"但其实这些都不重要，重要的是薛家现在已经穷得揭不开锅了。薛凯的病是无底洞，既然用钱砸不动顾扬，那就去砸薛松柏，让他为了儿子去顾家下跪呗，别的老师可没这本事。"

"如果还是不行呢？"易铭皱眉。

"用几张稿子换薛家一条命，按照顾扬的性格，他不会拒绝的。"申玮又说，"更何况这也是薛松柏欠你的，他当初拿你的设计时，可是一点儿情面都没留。"

片刻后，易铭点头："说话时注意一点儿。"

"放心。"申玮把烟头丢进垃圾桶，"你现在就是给薛松柏一根录音笔，老头儿都不敢耍花样，至于他要和顾扬说什么，这和我们可没关系，就算将来真的闹出去，也是顾扬伙同他搞污蔑。"

等到这场答谢会结束，时间已经接近凌晨。

陆江寒在电梯里再度碰到了顾扬，对方手里拎着几盒小龙虾，胳膊下夹着的一打啤酒还在不断往下滑。

"看这架势，明天打算翘班？"陆江寒笑着问。

"我不会迟到的。"顾扬保证，"今晚有球赛，来了几个好朋友。"而独居的美妙之处就在这里，可以和朋友尽情熬夜喝酒，哪怕凌晨五点才睡，也不会有人在耳边唠叨。

陆江寒帮他把啤酒拎出电梯。

"要尝尝吗？"顾扬举起手里的小龙虾，"我买了很多。"

辣椒爆炒的香味越发浓烈，霸道而又来势汹汹，几乎充斥了整条走廊。

陆江寒摇头："不用了，谢谢。"

"那您早点儿休息。"顾扬打开门，"晚安。"

"晚安。"陆江寒说。

"跟谁说话呢？"李豪正在餐桌旁收拾盘子。

"邻居。"顾扬随口回答。虽然陆江寒没有特意提过这件事，但住处总归是隐私。

杜天天吃着毛豆感慨：在这冷淡的摩天大楼里，居然都能找到邻居，我们扬扬果然可爱。

过了一会儿，他问："是富婆吗？"

顾扬"嘎巴"一声咬开螃蟹腿："滚。"

哄笑声传出橙黄色的窗户，飘飘忽忽，最后轻融于风和夜色。

半天都是月光。

国货品牌的招商推进很顺利。

贝诺专门在购物中心里规划了一片怀旧区，是微缩后的鑫鑫百货，或者说是那个年代全国各地的百货大楼。而林洛也再次用才华证明了他确实有资本"易燃易爆炸"，从天顶到地面铺设，无一不体现着历史与现代、破坏和延续的完美结合。

而这精心设计的区域，也能在某种程度上体现出寰东的诚意，经过一周的接洽，几乎所有的国货品牌都表示愿意入驻新店，只要能站稳脚跟，前期可以把利润降到最薄。

"我现在有点儿迫不及待想看到新店了。"顾扬说。

"张大术那边应该也差不多，听说天天有人堵着他闹，最近连家门都不敢出。"老阎发动车子，"怎么着，送你回家？"

"我要回父母那儿。"顾扬系好安全带，"送我到观湖就好了，我坐地铁回家，谢谢阎叔。"

"家里又做好吃的了吧？"老阎笑着说，"有车还坐什么地铁，睡会儿吧，我直接给你捎回观澜山庄。"

顾妈妈揭开锅盖，把炖好的汤水盛出来，她的神情看起来有些恍惚，在放勺子的时候，还险些被烫了手。

顾教授叹气："你先别多想，看看儿子的意思吧。"

客厅里传来开门的声音，顾扬把钥匙丢到一边："爸妈，我回来了！"

"扬扬回来了。"顾妈妈在围裙上擦了擦手，"怎么这么晚？"

"阎叔非得送我，结果被堵在了高速出口。"顾扬把手洗干净，"怎么突然找我回来？明天还要开会呢。"

"先吃饭。"顾教授帮他放好椅子。

"我最近没犯错误吧？"顾扬态度良好，积极反思。

"别管你爸。"顾妈妈给他夹菜，"好好吃饭。"

看来还是件了不得的大事。

顾扬扒拉了两筷子饭，神情凝重地抬起头："先说好啊，我不相亲。"

顾妈妈哭笑不得，又觉得应该抓紧这个机会，于是问："你喜欢什么样的？"

顾扬还没来得及说话，顾教授就先咳嗽了两声，提醒她今晚说这个不合适。顾妈妈只好放弃这个话题，继续坐在一边生闷气。

顾扬风卷残云吃完饭，把碗丢回桌上："报告组织，我已经准备好接受教育了！"

"白天的时候，你的薛叔叔来了，薛松柏。"顾教授说。

"薛老师？"没想到会听到这个名字，顾扬先是一愣，又猜测，"是不是他经济上有困难？我前两天还在学校的群里看到公告，呼吁大家捐款。"

顾妈妈端着碗进了厨房。

"他儿子的情况不好，目前离不开医院。"顾教授给他倒了一杯茶，

"命全靠钱往里堆。"

"那怎么办？"顾扬双手握住茶杯，"学校已经组织捐过好几次款了，不然我们资助薛老师一点儿？"

"易铭去找过他们。"顾教授看着他，"昨天。"

房间里变得异常安静。声音、时间和灯光，一起凝固在空气里，像某种黏腻的爬虫缓缓游走，让人的后背也变得湿答答的。

过了很长一段时间，顾扬才开口："我知道了。"

"他愿意承担薛凯后续治疗的所有费用。"顾教授继续说。

"你和我妈怎么看？"顾扬问。

"我们当然不希望你再卷进这件事，想让你离易铭越远越好。"顾教授说，"但是你薛叔叔情绪很激动，跪在地上不肯起来，我也能理解他的处境。就算这次回绝了，他大概率还会继续去寰东找你，所以不如早点儿说清楚，你也能多一些时间考虑，不至于措手不及。"

"是天价吗？"顾扬说，"医药费。"

"对于普通人家来说，天文数字。"顾教授点头，"易铭承诺会从国外请专家。"

顾扬的嗓音有些哑："我想一下吧，你也和薛老师说一声，让他别着急，别来我公司。"

顾教授无声叹气，平时他总想让儿子接受挫折和锻炼，但在挫折真正来临时，却只想本能地把他护在身后。

这社会有时太肮脏，尊严、道德和信仰都摇摇欲坠。

这个夜晚，顾扬没有住在家里，他固执地闹着要回公寓，像个发脾气的任性小孩。虽然这么做其实也没什么意义，只能让父母更为难，但至少也能表达出不满——极其幼稚的不满，并不能对阴暗卑劣的人造成多一分伤害。

在意识到这一点之后，顾扬打了个电话回家，闷声道歉。

"傻儿子。"顾妈妈鼻子一酸，"听话，快睡吧。"

顾扬答应一声，抱着膝盖坐在落地窗前，一个人看着月光下的植物群。

有两盆多肉已经开出了花，层层叠叠，笼罩在夜晚和晨曦交替的微光里。

每周一的寰东例会上，杨毅敲了敲桌子："顾扬？顾扬！"

"嗯！"昏沉的睡意被赶跑，顾扬瞬间回神，"对不起。"

"你脸色不大好。"杨毅皱眉看着他，"生病了？"

"没有吧。"顾扬说，"可能昨晚太累了。"

"这还叫没有？"李芸摸了一下他的额头，"不行，你得去医院。"

顾扬全身酸痛，膝盖发软，的确很有重感冒的趋势，于是也就乖乖站起来，被于大伟送到隔壁市三医院打退烧针。

葛风华住院多日，终于迎来一位病友，于是热情邀请："聊聊？"

"不行，我得回去睡觉。"顾扬哈欠连天，"要昏。"

葛风华看着他颓颓的背影，眼底充满同情。

这才多久，陆总居然就把人折腾成了这样。有句话怎么说的来着？资本家果然都是万恶的。

退烧针里有安定成分，顾扬回家后就裹着被子倒在床上，一觉睡得天昏地暗，人事不省，把"叮咚叮咚"的门铃当成催眠曲。

就在陆江寒耐心尽失，考虑这种情况是要打110还是120的时候，房门终于"啪嗒"一声被打开，顾扬穿着睡衣光着脚，满脸不解地看着他："陆总？"

"再找不到人，杨毅就该打给你父母了。"陆江寒说，"怎么也不接电话？"

"我真没听到。"顾扬使劲拍拍脑袋，茫然道，"天都黑了啊！"

陆江寒好笑："帮你带了饭。"

"谢谢。"顾扬把他让进来，"您先坐，我去洗个脸。"

陆江寒把外卖放在桌上，余光却扫见茶几上胡乱地堆了很多设计稿。

熟悉的风格和线条，熟悉的 Nightingale。

等顾扬从洗手间里出来的时候，陆江寒正在厨房里忙活，忙着把粥和小菜倒出来。

"我自己来吧。"顾扬赶紧上前接过碗，"谢谢陆总。"

"需要再去一次医院吗？"陆江寒让开位置。

"已经退烧了。"顾扬说话带着浓厚的鼻音，"就是有点儿呼吸不畅。"

陆江寒自己拉开一把餐椅。

总裁送完饭后还不走，这和传说中的日理万机不一样！

顾扬吞了两大口粥，用绵软的温热感缓解了嗓子的不适："明天还要去普东山，我再睡一晚就没事了。"

"杨毅已经把你明天的工作交给小吴了，休息到周三再上班吧。"陆江寒说，"工作也别太拼命，否则你看，病了还得让我来送温暖。"

顾扬态度端正，表示下次一定注意。

不过他所不知道的是，一般员工其实不会有这种豪华待遇，一般邻居也不会，只有当这个邻居加员工是他的时候，才会产生奇妙的化学反应，能让总裁亲自上门服务。陆江寒对 Nightingale 事件的好奇，目前已经演变成了对顾扬这个人的好奇——一个自带浪漫与诗人气质，艺术天赋惊人，能和建筑大师聊艺术，也能和地头蛇称兄道弟，表面看起来开朗阳光，实际上却有着隐秘过往的"中华小当家"。

顾扬喝完最后一口粥，再次对总裁表示了感谢。

他完全没睡醒，吃饱了就更困，目前满心只想热烈欢送陆江寒，好继续卷着被子大睡一万年。

陆江寒伸手过来，试了试他的额头温度："不烫了，要喝点儿水吗？"

顾扬拒绝，他刚吃完一大碗粥，并没有多余的胃喝热水。

陆江寒说："那去客厅坐坐？"

顾扬只好道："我去给您泡杯茶。"

考虑到已经是深夜，顾扬只往玻璃杯里放了几片茶叶，剩下的都是茉莉花。白色花瓣在热水的浸泡下绽放，伸展，起伏，飘出优雅的淡香。

等他端着茶杯出来的时候，却看到陆江寒正在翻那沓稿子。

顾扬心里一空，也来不及多想，他把杯子"咚"的一声放在桌上，伸手扫过桌上的稿纸："太乱了，我收拾一下。"

"是你画的吗？"陆江寒说，"很漂亮。"

"自己瞎玩的。"顾扬敷衍地笑了笑，"喝茶，这是新的茉莉飘雪。"

"要谈谈吗？"陆江寒没有和他绕弯子，"关于凌云和 Nightingale。"

顾扬："……"

陆江寒用遥控器打开大灯，让房间里变得异常明亮。

顾扬看着他。

"这是你的私事，我本来没有立场过问。"陆江寒说，"但是很明显，你目前的状态已经影响到了本职工作，所以要聊一聊吗？免费。"

房间里很安静。过了一会儿，顾扬点头："嗯。"

"在你刚进公司的时候，许凌川就和我说过你在凌云实习时发生过的事。"陆江寒说，"不过他当时喝醉了，所以后来，我又让杨毅去查了一下。"

"关于 Nightingale 的所有东西都是我的。"顾扬停顿片刻，"虽然没人相信。"

"我知道。"陆江寒说。

顾扬一愣，你知道？

"说实话，其实杨毅并没有查得很清楚，顶多找出了一些圈子里的潜规则。"陆江寒说，"普东山的新店对寰东来说很重要，团队成员的人品也是考核标准之一，不过最后，我们还是选择了相信你。"

因为最后三个字，顾扬鼻子瞬间一酸，声音沙哑而又低不可闻："谢谢您。"

"无论是秋冬服饰秀还是在学校里，你的才华一直没有被掩盖，所以我们觉得，你应该没必要从别人手里抢东西。"陆江寒说，"刚刚看到那些稿子，我更相信自己的判断没有错。"

"那时我一点儿社会经验都没有。"顾扬揉了揉鼻子，好让呼吸更通畅一些。

易铭当初是来学校点名要的他，他还以为是难得的机会，没想到最后居然会是陷阱——或者也不能说是陷阱，毕竟据说在新人的圈子里，这种事再普通不过，可能易铭在刚开始的时候也没当回事，以为和以往一样，用钱和机会就能摆平。

顾扬的情绪依旧有些糟糕，思维也不算清晰，不过陆江寒还是很有耐心，听他说完了整件事。

"但许凌川应该是不知情的。"顾扬又补了一句，"上次在寰东开会，他还让我洗心革面，重新做人。"

陆江寒笑了笑："在凌云的酒会上，我和杨毅也讨论过这件事。"

"然后呢？"顾扬问。

"杨毅说假设他是你，如果确定品牌已经拿不回来，那么他会选择继续和易铭合作，用来换取天价报酬，"陆江寒说，"否则就是精神和物质的双重损失。"

"可我想拿回 Nightingale。"顾扬强调，"那对我很重要。"

陆江寒点头："所以那些新的稿子，是你自己画出来玩的吗？"

顾扬没吭声。

"还是说你要把它们卖给易铭？"陆江寒拍了拍他的肩膀，"别紧张，这不是错误的选择，更不是出卖灵魂。"

"算是吧。"顾扬把那沓稿子拿过来，"但其实我还没想好。"

陆江寒示意他继续说。

这次的故事要比前一个更加沉重和真实，普通家庭被重症病人拖三四年，不用想也知道目前是什么状况。

"反正已经被他拿走了很多稿子，再多一次好像也无所谓。"顾扬叹了口气，"而且薛老师对我很好，他已经走投无路了，我不想因为几张设计稿，就眼睁睁看着他的儿子出事。"

"我不反对你把稿子给易铭。"陆江寒说，"但以后呢，你有没有考虑过？"服装不比建筑物，可以一个设计就矗立数百年，每个季度，甚至每个月都需要新鲜血液。

"他会一直找我的。"顾扬沮丧地说。

陆江寒反而被他的表情逗笑："然后？"

"然后我还没想好。"顾扬用力拆开一袋薯片，"可世界上也没有第二个薛老师。"

"嗓子还在疼。"陆江寒提醒他。

顾扬只好把拆开的薯片袋递过去。

吃吗？香辣鱿鱼味。

"你很聪明，不过在处理这件事的时候，可能还没找对状态。"陆江寒建议，"要不要先冷静一段时间，然后再考虑怎么走下一步？"

"没时间考虑。"顾扬摇头，有些不易觉察的小烦躁，"薛老师那头等不了，而且我也没心情仔细考虑，我已经好几天不能专心工作了。"

"那需要建议吗？"陆江寒又问。

顾扬点点头："谢谢陆总。"

"你的薛老师目前需要多少医药费？"陆江寒把薯片放回桌上。

"不知道。"顾扬没概念。

"先去和他的主治医生谈一谈，知道这病最长能拖五年还是十年，最多需要多少医疗费。"陆江寒说，"这些就是你可以给老师的金额。"

顾扬答应："好的。"

"除开老师的这一部分，你还得为自己考虑。"陆江寒说，"易铭向你开过价吗？"

"有，很多次。"顾扬说，"但我都没答应。"

"我不懂设计师的圈子，不过倒是能通过销售业绩大概推出易铭这一年从 Nightingale 里获得的收入。"陆江寒说，"如果我是你，会全部向他要过来。"

顾扬迟疑："他能同意吗？"

"他能。"陆江寒说，"凌云需要 Nightingale，易铭不敢让这个品牌在他手里出任何差错，况且他还想靠着 Nightingale 在国际上打响知名度，他离不开你。"

顾扬深深觉得，这简直是世界上最倒霉的一种"离不开"，无穷无尽像伏地魔一般的困扰。

陆江寒把茶杯递给他："先喝点儿水。"

"我会冷静下来，然后好好考虑的。"顾扬说。

"从你愿意动笔的那一刻开始，其实就已经做出选择了。"陆江寒拿过那沓稿子，大致翻了翻，"不错，应该会大卖。"

顾扬"咕嘟咕嘟"喝完一杯茶，胸闷。

陆江寒笑着看他："你这样可拿不回 Nightingale。"

"那要怎么样才能拿回来？"顾扬这次很敏锐。

"虽然易铭的手段很卑鄙，但他也给了你一次机会。"陆江寒说，"一次证明 Nightingale 属于你的机会。"

顾扬眼底一亮："嗯？"

"在这次的设计里，加一点儿不起眼的、只属于你的东西。"陆江寒说，"在没有人解释的时候，那只是普通的印花，但只有你懂它的含义，明白吗？"

顾扬一点就透："明白。"

"只要这批衣服上架，易铭就再也不能把你从 Nightingale 里剥离出去了。"陆江寒道，"如果你愿意，以后大可以继续参与设计，就当是雇人帮你打理品牌，而且这个人还是免费的，不管易铭赚了多少钱，都得乖乖给你。"

顾扬想了想："他真的会吗？那应该是一笔不小的数额，一次两次还可以，每一次还会吗？"

"会，而且他至少也会忍过这两三年。"陆江寒说，"易铭手下有七个品牌，其他六个负责赚钱，Nightingale 负责出名，他有什么理由不答应？"

顾扬点头。

"现在 Nightingale 才刚刚起步，其实你可以不用着急收回来。"陆江寒继续说，"易铭有没有才华暂且不论，但他在圈子里的人脉和资本，能让这个牌子在初期走得更顺。"

"所以等品牌基本成熟之后，我才能考虑拿回它了吗？"顾扬继续问。

"至少你得认识几个设计师大佬，确保在圈子里有人能帮你说话。"陆江寒说，"否则在品牌初建立时就闹丑闻，不仅会让你的 Nightingale 元气大伤，也会让你失去人脉。"虽然听起来有些残酷，但现实就是如此，在一个人人对潜规则心照不宣的圈子里，捅破窗户纸的新人如果没有前辈帮忙，只会令大多数人厌恶。

顾扬了然："我懂了。"

"所以接受我的建议吗？"陆江寒问。

"接受。"顾扬的颓废一扫而空。虽然他可能还需要一点儿时间，才能把这件事彻底整理清楚，但比起之前的焦虑和烦躁，已经是截然不同的另一种心态，就好像是自迷雾中窥见了一缕光。

"那你打算把什么元素加进设计里，用来证明 Nightingale 是你的？"陆江寒问。

"我的名字缩写，"顾扬脱口而出，"还有身份证号后六位。"

陆江寒："噗。"

第二天下午，易铭就接到了顾扬的电话。

"怎么样？"申玮问。

"他约我晚上见面，谈合作的事。"易铭说。

虽说之前吃准了顾扬会答应，但对方一旦真的这么干脆，申玮反而觉得有些心里没底，于是又补了一句："不会耍花样吧？"

"地方由我定。"易铭说，"老李的酒吧怎么样？"

"这地儿好，"申玮点头，"又挤又闹，且又是自己的地盘，想录像、录音都不容易。"就算对方真想偷拍，也只能拍到两人见面，并不能证明任何事。

"把地址告诉他吧。"易铭靠在沙发上，微微有些窃喜，或者说是终于松了口气，只要顾扬能妥协这一次，那就说明他的原则并非坚不可摧，也就说明自己以后还会有更多的机会。

这间酒吧名叫 1999，虽然名字停留在二十世纪，但却很受当下年轻人喜欢，每晚都热度爆棚，舞池里几乎要喧闹炸天，说话基本靠吼。

角落卡座里，顾扬把手机推给他："你是想要这个吗？"

那是一张潦草的设计稿，但就算只有寥寥数笔，也能看出独属于 Nightingale 的气质，那是只有他，或者说是目前只有他才能赋予品牌的灵魂，无法复制，也无法被模仿。

易铭克制了一下情绪，好让自己看起来不那么狂喜："你放心，答应过薛老师的事情，我一定会做到。"

"老师需要的治疗费用，我会自己转给他。"顾扬点开计算器，"我要这个数，一次性付清。"

看着那串长长的数字，易铭内心充满错愕，在此之前他从来就没有想过，顾扬居然会有主动和自己谈钱的一天——而且一开口就是天价。

"一分也不能少。"顾扬把手机装回兜里，"设计稿我可以在两周内给你，但前提是我得先拿到酬劳。"

易铭说："有人帮你。"他用了肯定的语气，因为对方的改变实在太明显，似乎只在一夜之间，冲动又不谙世事的年轻人，竟变得精明强势，咄咄逼人，像是换了全新的灵魂。

"的确找人查了一下你这两年究竟从 Nightingale 里赚了多少钱。"顾扬爽快承认，"所以我没有金额翻倍，已经算是很有诚意了。"

酒吧背后的另一条街，陆江寒正在车里等，他对这场谈判的结果并没有任何担心。果然，仅仅过了十分钟，顾扬就拉开车门，坐回了副驾驶。

"怎么样？"陆江寒问。

"和我们之前想的一样。"顾扬说，"他答应了，现金交易。"

"这么小心？"陆江寒一笑，"那他以后可能得经常取钱了。"

"其实感觉也不算太坏。"顾扬说，"这次真的谢谢您。"

"举手之劳。"陆江寒示意他系好安全带，"毕竟你工作这么卖力，我也得适当地奖励一下，是不是？"

这份奖励实在太有价值，不仅是物质上的，更重要的是精神上的，就像是一阵夏日清爽的风，能吹散绝大部分Nightingale被抢走的沉沉阴霾。顾扬还没想好自己要怎么感谢陆江寒，但至少可以先请一顿饭，超豪华的那种。

于是他郑重地向总裁提出了周末晚餐邀请。

"吃饭？好啊。"陆江寒答应，并且自然而然地接了一句，"你自己在家做？"

顾扬："不了吧！"

顾扬提议："不如我们去吃'山下花间'？"那是S市最高档的日料店，口味和价位都很惊人，很有请客的诚意。然而也是因为太能体现出诚意了，所以成功收获了总裁的拒绝。陆江寒对那种安静庄重而又小心翼翼的氛围并没有多大兴趣，而且也不想让顾扬养成习惯，把诚意和金钱挂钩。于是他再度表示，吃一顿家常便饭就行。

顾扬内心充满苦闷，他是真的厨艺为零，但也不想拒绝陆江寒两次，幸好脑子转得够快，遂提议既然这样，不如在家吃火锅。

陆江寒点头："好，但我不吃辣。"

不吃辣不行的，你并没有第二个选择！

顾扬拍板："那就鸳鸯锅！"

陆江寒："……也行。"

晚些时候，顾扬打了个电话回家，把整件事告诉了父母。

听到事情已经有了解决的办法，顾妈妈一直悬在嗓子眼儿的心总算落了回去，又说要准备点儿东西，好好感谢陆江寒。

"我这周末请陆总吃饭。"顾扬说，"在家。"

顾妈妈嫌弃地表示："就你那厨艺，还在家？"

"我也不想的，"顾扬看着窗外，表情愁苦，"但他好像对家常菜莫名感兴趣。"

顾妈妈就又脑补出了一个事业有成，但是极度缺乏家庭关爱的精英男士。鉴于这位精英刚帮过儿子一个大忙，所以在周末的时候，她特意赶去小公寓，帮忙做了几道好吃的菜。

"你要留下吗？"顾扬问。

"我留下做什么？你们好好吃饭。"顾妈妈换鞋，"吃不完的卤牛肉记得放冰箱。别告诉领导妈妈来过啊，省得让他觉得你离不开父母。"

"谢谢妈。"顾扬系着围裙，在厨房"哗哗"洗菜。

于是等到陆江寒带着一瓶酒上门的时候，看到的就是顾扬这派勤劳的形象。

"这么香。"他问，"在煮什么？"

"牛肉，您先坐。"顾扬忙着把锅插上电，浑然不觉自己的小当家形象又再次得以巩固。

听说陆江寒不吃辣，这次的火锅锅底都是顾妈妈熬的骨头汤，哪怕白菜也能煮出鲜甜滋味。小小的餐桌营造出热闹而又温馨的氛围。饭吃到一半，电视新闻刚好播到普东山鑫鑫百货，采访里的张大术依旧穿着长袍，仙风道骨地坐在太师椅上，一边喝茶壶，一边表示十分愿意和寰东合作，本月内就能签合同。

"杨毅和你提过这件事吗？"陆江寒问。

"上周说了一句。"顾扬说，"还说等合同签完后，让我跟超市部一起去东京出差。"日本零售业一直是同行中的佼佼者，尤其是超市细分，几乎每一个货架都是一本教材，很值得翻来覆去地钻研。

"他很看重你。"陆江寒笑了笑，"你呢，喜欢这一行吗？"

"喜欢。"顾扬点头，"零售业很好玩，而且我很喜欢开店的过程。"那是一种近乎艺术创作的精心雕磨，从整座建筑物的外观、动线设计，到每一个品牌柜台的位置，都要以最优的方式融合在一起，才能带给顾客最好的体验，让购物也变成一种享受。

"你的学习能力很强。"陆江寒把酒杯递给他，"不管两三年后，你选择回到 Nightingale 还是继续留在寰东，至少现在先专心工作，让我们一起把新店开起来。"

"谢谢陆总，我会的。"顾扬不懂酒，抿了一口之后心想：还是上次那瓶更好喝。因为甜。

陆江寒对这顿晚餐的味道很满意，甚至还打包带走了一盒牛肉。

顾扬按下洗碗机的按钮，并不知道刚刚其实非常危险——全靠繁忙的工作救了他，否则总裁八成会天天上门蹭饭。

这又是一个能和《教导主任住楼上》相媲美的血腥恐怖故事。

收购鑫鑫百货已经进入合同修改阶段，杨毅又去了美国出差，顾扬也就暂时回到市场部，和同事一起准备下一次的大促。顾客在逛街的时候，通常只会注意到"商场有活动""商场又有活动"和"怎么商场老有活动"，但其实每一次促销，都是各部门精心设计、分工协作的结果。比如说顾扬，他这次终于承担了实习生应有的琐碎工作，天天抱着一大堆 DM 宣传单到处跑，在招商部挨个儿找人签字确认。为了消除上次服饰秀自己留给大家的恶霸印象，他还很贴心地给每个人都准备了巧克力——也顺便送了刚好路过的陆江寒的助理一份。

"小顾挺会做人。"助理笑着说，"我算是发现了，这年头长得好看、会说话就是占便宜。几个月前招商部还怨声载道，现在顾扬已经要跟他们一起去部门聚餐了，尤其是林璐，连参加品牌发布会都带着他。"

寰东的女装招商一直领先于行业，无论是高端门店的奢侈品牌，还是中端门店的大众服饰，种类一直都是最新最多最全的。而身为女装招商部经理的林璐，也堪称业内元老级人物，当年在日系文化还没有流行起来的时候，她就带着团队数次飞往日本，谈下了四家知名少女线品牌，全新的设计风格迅速在年轻人里掀起一股热潮。在那个互联网还不普及的年代，硬生生让寰东在全国范围内都有了知名度。

而这么一个业内传奇，在服饰品牌内的影响力也可想而知。陆江寒扬扬嘴角，当初叫顾扬要多认识几个大佬设计师，他原本以为对方会求助于自己的人脉，没想到最后居然会是林璐——而且还进行得这么悄无声息，理所当然。

只用了短短两个月时间，顾扬就跟着林璐把国内几大服装集团的活动参加了个遍——除了 Nightingale，他暂时还不想和凌云的人打交道。林璐倒是没觉察出什么，毕竟顾扬到目前为止还是李芸的员工，要是市场部有需要，当然还是要以本职工作为重。

她也去人力部问过几次，想把人直接调到自己部门，结果却被告知杨总已经交代过，谁来要顾扬都一律回绝，不准给。

"小顾最近怎么这么招你们待见？"人力部同事纳闷儿，"峰哥也来找过一次，结果刚好碰到陆总，被一口回绝。"

峰哥名叫江峰，是寰东的男装招商部经理。比起林璐的雷厉风行，他的脾气看起来要温和很多，但也仅仅是"看起来"，据说在被陆江寒从人力部打发走后，他气得两天都没来上班。

不过顾扬暂时还不知道这些事，也没想过要去招商部。通过各种大大小小的活动，他手里已经积攒了厚厚一摞名片，也包括不少业内知名设计师，虽然目前可能搭不上话，但有进展总是好的。

天气渐渐转凉，Nightingale 的秋冬新款也陆续上架，再度销量火爆。顾扬在巡场的时候，经常会去门店拍拍照片聊聊天儿，如果遇到顾客太多、导购忙不过来的情况，还会主动留下帮忙。他耐心又亲切，笑起来眼底自带阳光，身材修长，双腿笔直，哪怕是寰东的工作西装，也能穿出 Tom Ford（汤姆·福特）的效果。

而帮忙的次数一多，在 Nightingale 的忠实顾客里也就渐渐传开，都知道寰东的门店里有个超级帅哥当导购，挑衣服品味一流。但大家还是要谨慎前往，因为面对那么一个温柔好看的小哥哥，哪怕只是一条破麻袋，大概也会因为受不了蛊惑而买回家，更何况是 Nightingale 新款，多去几次，一定会买到倾家荡产。

导购小姐们也很喜欢顾扬，在写门店报告时，还把这件事当成重要业绩详加汇报，就算争取不到金钱奖励，至少也能为他申请一份礼物。

报告交到集团，申玮面色不善道："这小子怎么阴魂不散的？"

"这说明他已经准备好要和我们合作下一季产品了。"易铭说，"所以只会希望 Nightingale 越来越好，对他没坏处。"

"如果真是这样，那倒也省心。"申玮说，"不过他的胃口可比我想的大多了，下次不会还要这个数吧？"

"如果他真的要，你还能不给？"易铭跷腿向后一靠，心情倒不算太糟糕。Nightingale 的秋冬新款已经全面上架，顾客反响良好，销售业绩依旧在集团内遥遥领先。顶尖设计师的名号对他来说，比钱更重要，所以从这个角度来说，他倒是希望顾扬能主动开出天价酬劳——只有Nightingale大卖，才能获取的天价酬劳。

大家各取所需。

十二月，街道两边的绿化带依旧苍翠，却已经有冷冽的风在高楼间穿行。

S市的冬天很少下雪，只有阴冷而又潮湿的寒意。顾扬把最后一包霉干菜丢进超市推车，又仔细核对了一下笔记本上列出来的购物清单，转弯刚好碰到杨毅。

看着对方车里那一堆齐全的蔬菜和牛肉、火鸡腿，杨毅笑道："你这是打算圣诞大聚餐？"

"嗯，朋友来家里自己做。"顾扬回答。

这句话的本意是"朋友来家里，他们自己做，我吃"，但杨毅理解失误，觉得他大概是要煮圣诞大餐给朋友吃。这年头会做饭的男人不多，于是隔天会议间隙，杨毅特意把这件事当成闲聊谈资，告诉了陆江寒。

对此，陆总表示："哦。"

在上周末的时候，顾扬抱着电脑去他家补课，两人从零售业的历史、现状讨论到未来，中午吃外卖，晚上还是吃外卖。

杨毅说："我怎么觉得你好像不是很高兴？"

陆江寒问："明天的会议内容准备好了吗？"

"你什么时候管过我这个？"杨毅宛如发现了新大陆，神神秘秘地压低声音，"怎么，最近有情况？"

陆江寒面色铁青，把人赶出了办公室。

但被寄予厚望的"中华小当家"并不打算点亮厨艺技能。他最近忙得团团转，普东山新店的事情、市场部的事情、Nightingale的事情，以及最近刚刚巡展到S市、必须抽空去看的"世界女装发展史"，地点设在远郊展馆，开车也要一个小时。

出租车司机可能着急回家，开车开得异常生猛，随时都能起飞。顾扬被甩得头昏脑涨，蹲在展馆路边五分钟才缓过来。

陆江寒看着他："你没事吧？"

顾扬："……"

虽然地点偏远，但这场展出依旧吸引了不少人，陆江寒也算其中之一。

但这次的相遇并不能算恐怖故事，因为一不用做饭；二也不是上班时间，在不用工作的时候，总裁还是很好说话的。

顾扬关掉相机闪光灯，一个一个展台仔细拍过去。陆江寒一直跟在他身边，也没催促。倒是顾扬先不好意思起来，解释说自己每次逛展览都要花费很长时间，可以不用等他。

"我今天也没其他事。"陆江寒说，"正好也看看，设计师看展和普通人有什么区别。"

"也没什么区别。"顾扬查看了一下相机记录，"大概就是更仔细一点儿。虽然这些在网上都能找到，但还是自己拍的更好用一些。"他一边说，一边举起相机，又对着面前橱窗里的女装拍了十几张照片。

那是一件女士西装，宽大的剪裁看起来并不能凸显女士的身材曲线，而厚厚的垫肩也很有视觉冲击力，和目前的主流审美相差甚远。

"二十世纪三十年代？"陆江寒看着小标签。

"第二次世界大战，社会混乱时期。"顾扬解释，"男人们都在战场上，女性要承担更多的劳动，和漂亮的裙子比起来，她们更需要这种宽大的垫肩西装，能让她们看起来更有力量。而在八十年代垫肩重新流行，也是因为职业女性想要为自己争取更高的社会地位。"

"这个呢？"陆江寒跟着他来到下一个展柜。

"设计师克里斯汀·迪奥在 1947 年推出的'新风貌'。"顾扬继续拍照，"'二战'结束之后，人们迫切地需要改变和重生，所以顺应局势的'新风貌'才得以迅速风靡，这种裙摆蓬松优雅——啊！"

对方是位阿姨，在顾扬说"对不起"之前，她已经摆手表示没关系，没踩疼。

顾扬这才发现，自己身边不知道什么时候居然围满了人。

"对不起，他不是导游。"陆江寒从顾扬手里接过相机，"我们还有点儿事，先走了。"

人群里发出遗憾的声音。

顾扬跟着陆江寒坐进电梯，径直上了五楼。

"这里有个小餐厅，坐下喝杯水吧。"陆江寒说，"否则大家会一直跟着你，而且还没有导游小费。"

"我们等会儿可以声音小一点儿。"顾扬给两人点了西瓜汁，"刚刚那条裙子是不是很好看？"

这句话从一般男人嘴里说出来，陆江寒可能会选择无视，但放在顾扬身上倒是一点都不违和，他点头："是，很漂亮。"

"其实易铭在上大学的时候，也设计过一批向'新风貌'致敬的服装，到现在还陈列在学校的珍藏馆里。"顾扬说，"他起家也不是全靠剽窃，早期很有灵气的。"

"我以为你很讨厌他。"陆江寒说。

"我是很讨厌他。"顾扬皱眉，"只是觉得有些不值，按照他的天分，靠自己应该也不会太差。"

"可灵气是会枯竭的。"陆江寒提醒他，"到那时候，灵气不足以支撑他在业内的地位，又有那么多双眼睛在盯，会走上歪门邪道并不奇怪。"

"设计师的灵气会枯竭吗？"顾扬对这句话表示了疑问。在他看来，只要这个世界没有毁灭，那每一个人、每一栋房子、每一片树叶，甚至每一缕风和阳光，都能成为灵感的来源。或者再退一步，哪怕科幻片成真，地球真的遭到撞击，在爆炸瞬间迸发的岩浆和漫天烁烁的星辰，也能衍生出无数辉煌壮阔的作品。

"我不是设计师，不懂。"陆江寒把饮料推到他面前，"不过易铭现在仍然负责着其他品牌的设计，所以你的逻辑好像也没错，他可能还有灵气，但明显不如你。"

顾扬这次倒没有异议。他喝了一口西瓜汁，抱怨："不新鲜。"

在这一点上，陆江寒丝毫也不怀疑他的权威，甚至还很肃然起敬。

"我们走吧？"顾扬改变主意，说，"早点儿回市区，还能再去吃一次一九七零，我请客。"或许是担心总裁又提出"家常菜"的无理要求，他一边说，一边迅速把电话打给西餐厅，订好了两人位。

陆江寒："……"

怎么就是不肯自己做饭呢？

第四章

特别的礼物

这一晚月色很好，虽然城市里有着终夜不灭的霓虹，但坐在餐厅落地窗边，还是可以看到半天皎洁的银色华光。

"等会儿要回家吗？"陆江寒问。

"我要去城市剧院，八点有一场演出。"顾扬把手擦干净，从包里掏出来一张淡蓝色的邀请函递过去。

歌舞剧《海边月光》，主演邓琳秀。

就算陆江寒对歌舞剧知之甚少，也听过这个名字。《海边月光》算是邓琳秀的代表作之一，在歌舞剧并不被主流观众接受的今天，她的巡演也是一票难求，经常被黄牛炒出天价。

"你的兴趣爱好真的很广泛。"陆江寒把票还给他。

"其实我不太懂歌舞，但我和琳秀姐是好朋友。"顾扬说，"这是她的第五十场《海边月光》巡演，我一定要去捧场的。"

一个是职场新人，另一个是著名歌唱家，这段奇妙关系的初始，还是因为在顾扬大二的时候，薛松柏获邀为《海边月光》全体演员设计演出服，所以带着学生去了富华剧团，他在那里认识了邓琳秀。

"你为她设计了演出服？"陆江寒问。

"嗯。"顾扬点头，"其实这应该是薛老师的工作，但那时他家出了事，所以就把剩下的一半任务交给了我。"

舞台服装对质感并没有太高的要求，只要求醒目和亮眼，廉价而又挺括的面料反而比昂贵的真丝羊绒更加容易出效果。为了配合最后一幕的长海星空，顾扬带着同学，加班加点在裙摆上缝了上万颗水钻，缝得眼花缭乱，腰疼手酸，终于让那条裙子以最闪耀的方式出现在了舞台上，被观众和媒体从第一场夸到了第四十九场。

"您要一起去吗？"顾扬邀请。

"晚上还约了人。"陆江寒看了眼时间，"下次吧。"话还没说完，助理已经打来电话，提醒他八点还有会。

总裁实在太日理万机，周末晚上还要开会。顾扬心里颇有几分遗憾，毕竟他是真的喜欢邓琳秀，也是相当真诚地希望能让更多人看到这场演出。城市剧院距离西餐厅不远，步行十分钟就能到，等顾扬过去的时候，剧场里已经差不多坐满了人，正在等待开场。

海浪温柔地拍打着沙滩，天籁般的歌声回响在剧场，久久不散。

邓琳秀身上那条银白色的连衣裙，如同刚从落满月华的海水中捞上来，还在闪着来不及熄灭的、耀眼而又细碎的光。

梦境一般的演出。

美丽的演员和同样美丽的裙子。

演出结束后，观众自发起立鼓掌，沉浸在艺术所带来的震撼里。顾扬抱着一大束玫瑰，偷偷溜进了后台。

邓琳秀坐在化妆镜前，正准备卸妆："今天怎么样？"

"相当完美。"顾扬帮忙把花插好，"本来我想带着朋友来看的，结果他实在太忙了，只好等下次。"

"哪个朋友？"邓琳秀把他叫到自己身边，打趣道，"女朋友？"

"是我们陆总，寰东的总裁。"顾扬自己拉了把椅子，"人还不错。"

"喜欢新公司吗？"邓琳秀看着他，"如果你还是想——"

"喜欢的。"顾扬打断她，对镜子里的人笑了笑，"我的同事都很好，工作内容也很好玩。"

邓琳秀拍拍他的手，也没再说话。

顾扬和服装助理一起，帮她把那些繁重的首饰拆掉。过了一会儿，邓琳秀又问："那有什么要我帮忙的吗？"

"有！"顾扬这次反应神速，"我想要圣诞期间，六张《海边月光》的前排巡演票。"

"要请朋友来看？"邓琳秀点头，"行，直接让小姚给你贵宾席吧。"

"别别，前排就行了，别太贵。"顾扬双手扶着她的椅背，"我不是想请朋友看。"

"那是要请谁？"邓琳秀被他的表情逗笑，"这一脸心虚的，不说清楚，票我可就不给了。"

而顾扬蹭票的理由果然相当吃里爬外——圣诞期间各大商场都有促销活动，会给消费金额最高的顾客送一些贵重礼品，一般是手机或者化妆品套装，他这次想送演出票。

"不给。"邓琳秀拍了他一巴掌，佯怒道，"这才工作多久，就和外人一起算计着坑我。"

"实在没预算了。"顾扬抽出一枝玫瑰，弯腰单手递到她面前，用王子的方式讨价还价，"六张不行的话，两张。"优雅而又理直气壮。

邓琳秀哭笑不得，打发助理叫来了小姚。

于是在周一的部门会上，顾扬的策划案里就多了六张《海边月光》的巡演票，连号，贵宾席，附赠主演亲笔签名。

"这就是炒到上万一张票的那演出？"于大伟拿着票对着灯看，"真的假的？"

"又不是人民币，你这验伪方式也够原始的。"胡悦悦踢了他一脚。

李芸也有些担心，毕竟这票是要送给贵宾的礼物，万一是假的，捅出来的娄子可就大了。

"保真，可以和剧院直接签合同。"顾扬举手保证，"我们只需要在三楼大回廊，给富华办一个剧照展就可以了，算是资源置换。"

这种"置换"明显是襄东占便宜，所以当方案交到杨毅手里时，他很爽快就签了字，并且表示如果富华需要，购物中心里的场地随便挑，大家可以建立长期合作。

"真当你的场地这么值钱呢？那可是富华。"陆江寒把文件还给他，"到此为止，别盯着顾扬吸血了。"

"喷，小顾也够厉害的。"杨毅坐在沙发上，"怎么和谁都能攀上关系？"

"去弄两张《海边月光》的巡演票。"陆江寒说，"挑个周末。"

"没问题！"杨毅坐直，眼底倏地一亮，"两张啊，另一个人是谁？"

陆江寒答曰："你。"

杨毅："……"你那堆满了钱的无耻人生，是怎么做到连个女伴都约不到的？实不相瞒，我不想去。

然而总裁他就是这么冷酷，根本不讲道理。

杨毅长吁短叹，找人弄来了两张票。最好的位置，不仅票价惊人，票面设计也很惊人，不知道出自哪位乡土设计师之手，又嗲又粉红，底纹印满一箭穿心。

于是杨副总把电话打给了顾扬："下周六晚上八点到十一点，有空吗？"

"下周六吗？"顾扬翻了下日程表，"有的。"

"那就行。"杨毅继续说，"到时候我让老阎去家里接你，陪陆总参加个活动。"

"好的，什么活动？"顾扬摊开笔记本，"有没有着装要求，需要准备什么吗？"

"什么要求都没有，也不用准备任何事。"杨毅说，"你只要负责让他开开心心的，千万别找我麻烦就行。"

顾扬："……"

杨毅又补了一句："在此之前，要对他保密。"免得我挨揍。

顾扬第一反应，难道是陆江寒要过生日？挂了电话又觉得他不像是喜欢这种惊喜的人，于是抱着手机求助"场外亲友"，发出了疑问的声音。可就算是工作经验丰富的李豪，也表示猜不到这到底是个什么活动，倒是杜天天给出了一如既往的回答——难道是要让我们小扬扬去色诱富婆？如果真有这种好事，请一定带上我。

顾扬拒绝再进行这个话题，找不到理由就不找了，反正下周六肯定会知道的。他用微波炉热好一盒卤排骨，打算当消夜——那是刚刚同城闪送来的母爱关怀，美滋美味。

陆江寒恰好在此时按响门铃。

前几天顾扬说家里的绿萝爆盆，所以分了十几株小的出来，想送到1901。在对方再三保证真的很好养，只需要浇浇水，甚至连浇水都可以提供上门服务之后，陆江寒终于答应接收这批植物。

顾扬打开门。

没有一点点防备，一股来势汹汹的肉香就迎面向陆江寒砸来，"轰隆"一下，像是拔地而起的滔天巨浪，攻击方式很是卑鄙无耻，劈头盖脸。陆江寒喉结滚动了一下，不动声色地说："我来拿绿萝。"

"马上。"顾扬力大无穷，从客厅里抱出一个大筐，"都在这儿了。走吧，我给您送上去。"

陆江寒说："哦。"

1901房间很大，摆十几盆植物绰绰有余，原本灰黑的色调里出现了一片苍郁翠绿，看起来倒不突兀，反而多了几分勃勃生机。这是只在城市里才有的童话，十七楼的小王子种下一株藤蔓，它们沿着钢筋水泥的大厦往上爬，最后终于在邻居的窗口，悄悄开出一朵花。

顾扬并没有被要求上门浇水，陆江寒把这些绿萝照顾得很好。他每天起床后所做的第一件事，就是到客厅拉开窗帘，好让太阳照进来。

温暖的光线，绿色的植物，咖啡机的研磨声和面包的香气。

每一个早晨都是美好的。

周五下班的时候，杨毅特意跑到总裁办公室，进行人道主义试探："你最近心情还好吗？"

鉴于对方的表情实在可疑，陆江寒觉得下一刻他八成就会接一句"伯母给你安排了个相亲"，于是随手抄起文件夹，把人打了出去。

霸王龙已经进化成暴虐霸王龙，杨毅长吁短叹，让助理顾扬叫了一杯薄荷茶，提前为明天冰镇践行。毕竟陪陆江寒看歌剧，这实在不是一般人能完成的任务，心理创伤恢复起来至少三年起步。

而天气也很配合气氛，周六居然下起了细细的雨夹雪。虽然和北方的鹅毛大雪没法比，但也顺利地让这座城市在湿漉漉的地面中颠倒，用来烘托一切不真实的疑惑，至少当陆江寒拉开车门，看到里面的顾扬时，他的确是很疑惑。

"杨总说他临时有事。"顾扬及时解释，"所以让我陪您参加这个活动。"

"不是活动，是去看《海边月光》。"陆江寒坐在他身边，"富华赞助了寰东的促销，我至少得去捧个场，也去看看那件你做的衣服。"

原来就是看演出啊？顾扬闻言松了口气，但又有些小小的遗憾，他原本还以为会是什么了不得的工作内容。不过话说回来，看歌舞剧为什么不能直说，搞得这么神秘，自己就差把寰东脑补成地下军火集团了，纵横中东和非洲的那种。

路上有些拥堵，等老阎把车开到城市剧院的时候，演出已经开始了两分钟。迟到是一件非常失礼的事情，幸好贵宾席不用穿过观众席，两人在领路员的引导下，很顺利就找到了 A-13。

邓琳秀也刚好唱出第一个音符。

明亮的蓝白色海滨和婉转曼妙的嗓音，邓琳秀像是一只翱翔于水面的海鸥，轻快而随意，让在座的每一个人心生欢喜。

艺术能让时间暂停，也能让时间飞逝。

情节一场场递进，黑色的幕布也一次次垂下又升起。电闪雷鸣、惊涛骇浪和那艘最终沉没的船，美妙的歌声里饱含着无数的悲伤情绪，在月光下随风飘荡，最后和银白裙摆一起，轻轻地、缓慢地垂落在沙滩上。

观众自发地站起来，把掌声送给了所有演员，久久不停。

陆江寒发自内心地称赞："很美。"演出很美，歌声很美，那条裙子也很美。

顾扬眼底覆着水雾，在剧场暗色调灯光下，像是落了一片粼粼波光。

"要去后台送花吗？"陆江寒问，"我先去外面。"

"嗯。十分钟。"顾扬说，"外面有个咖啡厅，您稍微等我一下。"

陆江寒目送他跑进了员工通道。

剧院自设的咖啡厅不算大，不过沙发倒是很舒服，桌上摆着杂志，是《海边月光》专刊，内页对每一套演出服都做了详细的描述，而在那条银白色的连衣裙下，设计师署名是薛松柏和 Y.。

"陆总。"顾扬打来电话，"琳秀姐说还有些事要和我谈，她明天就要去美国了，所以……"

"没问题，你们慢慢聊，我坐一会儿就走。"陆江寒说，"这本来就是你的周末，可以自己随意安排。"

服务员及时为他送来一杯特调饮品："晚上喝咖啡对睡眠不好，要不要试试这个？"

蓝橙酒和菠萝汁混合出海的颜色，像是梦幻的夜空。陆江寒问："是歌舞剧特供吗？"

"其实这杯酒叫'冬之旋律'，不过我们都叫它'海边月光'。"服务员很热情，"您有什么需要，随时找我。"

陆江寒点头："谢谢。"

酒精短暂地放松了神经，陆江寒向后靠在沙发上，觉得这一晚过得很奇妙，奇妙的歌舞和此时奇妙的环境。门外，散场的观众正在大声交谈着，分享他们对于这场演出的看法，可咖啡厅里却偏偏很安静，安静到像是被层层海水包裹着，任谁也无法打扰。而这动和静的结合点，仅仅是一扇窄小的棕色玻璃门——自己推开了它，所以刚好进入了另一个世界，隐匿在嘈杂的城市里，有着淡淡的灯光和好喝的酒。

他又替自己叫了一杯，打算在这里消磨掉一整个夜晚，继续回味刚才的演出。

门口的竹风铃却发出了清脆的响声。

"陆总？"顾扬怀里抱着文件袋，用肩膀费力地顶开门，笑着说，"您还在这儿呢。"在他身后跟着一名女士，四五十岁的年纪，穿着宽松的运动服和拖鞋，看起来很随和。

"上面太吵了，我和琳秀姐来这里谈点儿事。"顾扬替两人做介绍。

"今天您的演出非常震撼。"陆江寒和她握了握手。

"谢谢，那条裙子功不可没。"邓琳秀笑道，"所以我今天打算邀请小顾继续为我的下一部歌舞剧设计演出服。"

"这些是资料。"顾扬把手里的文件放在桌上，"不过我暂时还没有思路，也不知道有没有时间。"毕竟他现在已经很忙了，寰东、新店加Nightingale，相当于身兼三职。

"不着急，至少还有一年半。"邓琳秀说，"你可以慢慢想。"

新的舞台剧名叫《弄堂里的红玫瑰》，名字和剧情一样，都是轻佻俗媚又幽静浓艳，稍有不慎，就会变成黑底红花金盘扣的旗袍和高跟鞋。

"我不想要那种。"邓琳秀靠在椅子上，双腿随意而又优雅地交叠在一起。从陆江寒和顾扬的角度，刚好能看到她脸上的细纹，被灯光照得分外明显，却又分外美丽。那美是岁月赋予她的，慵懒、高贵、从容不迫，微微侧向一边的脸和脖颈连成一道姣好的弧线，风情万种。

这是顾扬在作为服装设计师时，最欣赏的女性形象，不依附于任何人，就能美得既浓烈又娴静。

在送走邓琳秀后，他把所有资料都装进包，打算抽空多看几遍剧本。

"考虑过你的时间吗？"陆江寒提醒他，"听起来工作量不小。"

"考虑过，可能来不及，但至少我能给下一个设计师提供思路。"顾扬说，"其实只要风格对了，其他工作也不是非我不可。"

"别让自己太累。"陆江寒帮他拉开门，"过完年之后，普东山那边的事儿也不会少。"

"嗯，我会注意的。"顾扬说，"谢谢陆总。"

大街上依旧在下着淋淋漓漓的小雨，零星有几点雪丝，在半空中旋着就融化了。天气很冷，顾扬把下巴缩进围巾里，沿着花坛上的砖慢慢往前走。

"要打车吗？"陆江寒问。

"我想走一会儿。"顾扬说，"现在的城市很安静。"

陆江寒："……"凌晨一点，要在寒风料峭的、下着雨的街头走一会儿，理由仅仅是因为城市很安静？

"您先回去吧。"顾扬转身看着他，双手插在裤兜里，额前几丝碎发被风吹乱，笑得弯弯的眼睛里闪着光，"不用等我了。"

"你们艺术家都这样？"陆江寒拉了他一把，免得人掉进花坛，"至少告诉我点在哪里，说不定能陪你一起欣赏。"

顾扬想了一会儿，然后认真地说："比如说，湿漉漉的地面和路灯下的雨丝。"

陆江寒从地面看到路灯。的确有雨丝，而且很快就变成了雨点——噼里啪啦的那种。

两人跑进便利店，买了热气腾腾的豆浆和关东煮。

文艺是要付出代价的，比如要在寒冷的冬夜淋雨，再比如顾扬在街上跑的时候，还不小心摔了一跤。

但文艺也是有收获的，能吃着吸满了卤汁的鱼丸和白萝卜，也能坐在高脚凳上，隔着落地玻璃窗，看这被大雨冲刷的整座城市。

雨丝溅进地上的水洼，打碎一片金色光影。

朦胧又梦幻。

凌晨两点，顾扬趴在便利店的小桌子上，睡得很香甜。

陆江寒坐在他身边，不知道自己为什么要像个流浪汉一样，大半夜住进 7-11。但感觉其实还不坏，而且他难得在深夜有了困意。

店员贴心地把音乐调到最低，好让这两个在寒冬雨夜无家可归的可怜虫睡得更舒服一些。

雨下了一整夜。清晨，一群醉汉冲进便利店买饮料，吵醒了两个人。

窗外阳光很刺目，顾扬眯着眼睛缓了好一会儿，才反应过来这是哪里，并且万分震惊！因为昨晚在睡着前的一瞬间，他还坚信总裁一定会叫网约车，载两人一起回家，怎么居然还能睡一整晚！

但陆江寒却觉得很理所当然，并且深刻相信，自己又帮艺术家行为艺术了一次——虽然脖颈儿有些酸痛，但不用客气，请吃饭就行。

"我们要回家吗？"顾扬站在路边拦车。

陆江寒还没来得及回答，手机就开始"嗡嗡"振动，杨毅说有家合作方出了点儿事儿，问他人在哪里。

"我和您一起去公司？"顾扬很有加班的觉悟。

"招商那头的事情，你不用去。"陆江寒拉开车门，又叮嘱，"早点儿回去休息吧，以后别再半夜淋雨了。"虽然很文艺，但文艺的代价却令人忧愁，他觉得自己八成会感冒。

顾扬很想解释，昨晚他只是想在湿漉漉的街上走一会儿，并不想顶着暴雨狂奔，更不想在 7-11 睡一整晚，但出租车已经消失在街角，他也只好把话咽了回去，打算下次再找机会洗清冤屈。

"起床了没有？"顾妈妈恰好打来电话，"刚刚给你发了闪送，是爸爸卤的排骨和豆干，记得收。"

"我还在外面呢，差不多八点半能到家。"顾扬看了眼时间，"行，正好当午饭。"

一听儿子今天不用加班，顾妈妈当即拍板，把人叫回了观澜山庄。至于已经闪送走的排骨要怎么办，1901 就住着领导，收这一盒卤味也不算贿赂。

于是在公司里正准备开会的陆江寒就收到了顾扬的短信，问他想不想吃家庭自制卤排骨。

五分钟后，顾扬的手机"叮"的一声弹出回复。

——吃。

"那我放在冰箱里了，您下班直接过来拿。"顾扬对着话筒说，"房门密码是8390，我等会儿要去观澜山庄，晚上才能回来。"

陆江寒把手机丢在桌上："品牌的人什么时候到？"

"还有半个小时吧，在机场耽搁了一点儿时间。"杨毅递过来一杯咖啡，"昨晚的歌舞剧怎么样？我听顾扬说演出相当精彩。"

"是很精彩，邓琳秀还邀请顾扬为她设计新的演出服。"陆江寒说，"但你多接受一点儿艺术熏陶是会死吗？"

接受艺术熏陶不会死，但和你一起接受艺术熏陶，生不如死。杨毅笑容标准，态度良好地转移话题："什么新的演出服，就那《海边月光》？"

"下一部全新的歌舞剧。"陆江寒说，"顾扬看起来很期待，他说哪怕时间不够，也想给其他设计师指出大致的方向和风格。"

"有模有样的，还真挺像大师。"杨毅一乐，"寰东将来怕是留不住他。"

"但寰东至少能多一个服装品牌，销量和目前的Nightingale相媲美，甚至超越Nightingale。"陆江寒说，"从这个角度来说，我倒是很期待。"

杨毅点头："也是。"

观澜山庄。

顾扬坐在地板上，嘴里叼着一支笔，正若有所思地看着窗外。他周围散落了不少稿纸，顾妈妈站在书房门口抱怨："说好不加班的，怎么回家又在工作？"

"不算加班，是琳秀姐的事。"顾扬回过神儿来，"她想让我为下一部舞台剧设计新的演出服。"

"什么时候又冒出来一部舞台剧，你忙得过来吗？"顾妈妈帮他把东西收拾好。

"可以的。"顾扬转了转笔，笑着说，"而且这不是工作，是爱好。"

爱好总是能令人热血沸腾，迫不及待。他已经认真地读完了剧本大纲，故事发生在当下的S市，女主角生活在一条杂乱的污水巷中，她需要美，却也不能美得太内敛精致，而是贫穷的、粗野的、放荡而又露骨的美，像是盛开在污水中的一朵红玫瑰。

顾扬第一个放弃的就是旗袍，虽然这的确是最稳妥的做法，但他这次想采用不一样的设计，况且旗袍和高跟鞋也并不适合跳太激烈的舞蹈。

宽大的裙摆、不对称的碎布，还有低胸紧身的廉价皮革，这是和中式古典风情截然不同的服装，看起来倒更像是二十世纪中期的朋克之母维维恩·韦斯特伍德。羽毛、亮片和暴露的剪裁，他不确定自己的念头是不是有些不伦不类、过分疯狂，但至少也得让它们先呈现在纸上。笔尖快速地"唰唰"游走，勾勒出漂亮的线条，而时间也仿佛凝固在了这些线条上。等顾扬再度抬起头的时候，窗外的太阳已经落下了山。

陆江寒把保鲜盒从微波炉里拿出来，排骨的浓烈香气立刻就溢满了整个房间。顾妈妈最近在学北方菜，所以还特意配了几张小烙饼，圆圆的，很可爱——当然，在陆江寒眼里，这些可爱暂时都属于顾扬，他并不知道顾扬背后还有帮手。

刚刚吃完饭，杨毅就来电慰问，对下午发烧到三十八度的陆江寒进行关怀："需要去医院吗？"

"没事。"陆江寒嗓音沙哑，"等会儿睡一觉就好了。"

杨毅又问："那需要我来你家吗？"

然而就像他不想陪总裁接受艺术熏陶一样，总裁也同样不想在生病的时候还要看见他，于是冷酷无情地一口拒绝。

杨毅只好说："多喝热水。"

陆江寒把手机放到床头柜上，一觉睡得天昏地暗，中间迷迷糊糊地爬起来吃了一次药，也没看清楚究竟是几点，而等他再次被门铃吵醒的时候，窗外已经漆黑一片。

"陆总。"顾扬站在门口，有些吃惊地看着他，"您没事吧？"

"有些感冒。"陆江寒侧身让他进来，"找我有事？"

顾扬手里抱着电脑和笔记本——每周日晚上九点到十点半，都是他的补课时间。

陆江寒也想起了这件事，他从冰箱里取出一听饮料："我去洗个脸。"

"您还是多注意休息吧。"顾扬站在他身后，"吃药了吗？"

陆江寒说："忘了。"

面对这种神奇的回答，顾扬稍微沉默了一下。餐桌上还放着外卖白粥，他只好拎起来说："我去给您热一下，先吃点儿东西再说。"

陆江寒裹了条毯子坐在客厅沙发上，专注地听着厨房里传来的碗碟碰撞声——顾扬折腾出来的动静也很符合他的神厨身份，"乒乒乓乓""叮叮当当"，颇有几分气壮山河的王者架势。

唬别人不知道，唬总裁绰绰有余。

二十分钟后，顾扬吹了吹被烫伤的手，把粥碗小心翼翼地捧出厨房。

陆江寒暂时味觉失灵，也尝不出食物的美妙滋味，但一想到这碗粥出自顾扬的手——哪怕只是翻热了一下，也很值得全部吃完。

"这些是什么？"陆江寒瞥见在他的电脑下，还压着一摞凌乱的稿纸。

"下午随手画的，想顺便带给您看看。"顾扬把稿子递过来，"是为了那部新的歌舞剧。"

陆江寒再度对他的办事效率有了全新的认识，毕竟距离在咖啡馆里拿到剧本，也仅仅才过去了一天而已。

"可能看起来有点儿夸张，但剧本本身就是一个夸张的故事。"顾扬解释，"所以我想让舞台变得更加——诡异和华美。"

如果用普通的旗袍和高跟鞋，这场歌舞剧应该也是好看的，住在污水巷里、靠出卖自己为生的女人，被廉价布料包裹的玲珑身体，鲜红指尖夹着的香烟，都是最残忍的人间真实。但如果变成这种奇怪的服装——宽阔的大裙摆层叠华丽，粗看像是晚宴贵妇，可要是细细观察那些花纹和褶皱，就会发现其实全是污渍和补丁，或者是用超短的皮裙和紧身内衣，以及缀满了羽毛和水钻的衬衫拼凑而成的。没人能说清这些俗艳露骨的衣服究竟出自哪个年代，甚至连顾扬自己也不能，但这恰好是他想要的效果：用最荒诞的服装，让这个同样荒诞的故事彻底脱离真实，飞到天上去。

"我不知道剧本的详细内容，但如果非要在这些和旗袍里二选一，"陆江寒扬了扬手里的稿纸，"明显你目前的想法要更精彩。"

"而且这些衣服在跳舞的时候，也会更好看。"顾扬说，"我会再理一下思路，等差不多了再去和琳秀姐沟通。"反正还有一年半，完全不用着急。

"所以说，难怪易铭会嫉妒你的才华。"陆江寒说，"有没有看过暮色这一季的新品？和 Nightingale 完全不是一个等级。"那是易铭在大学毕业后一手创立的品牌，曾经红极一时，现在已经被凌云时尚收购。

"他太急功近利了。"顾扬拉开一听饮料，"不过这暂时和我也没关系。"

陆江寒笑了笑："最近这人还找过你吗？"

"偶尔会见面，为了 Nightingale。"顾扬说，"至少从表面上看，我们都对这种合作关系很满意，聊得也很融洽。"易铭没有再对酬劳提出过任何异议，虽然那的确是夸张的天文数字，但顾扬很明显不打算退让，他也就识趣地放弃了讨价还价。

而在这件事情上，顾扬最感谢的人就是陆江寒，如果没有对方的引导，自己或许还在为了 Nightingale 而焦虑烦躁，至少不会像现在这样轻松愉快，对未来充满希望，而且银行存款惊人。

他也仔细考虑过，这份感谢要用什么途径来具体表达，总裁的物质生活看起来很富足，精神世界好像也不贫瘠，俗称什么都不缺。所以顾扬思前想后，除了努力工作之外，好像就只剩下一个思路：他可以亲手做一套正装。虽然总裁的衣橱里挂满了奇顿和史蒂芬劳・尼治，但这和所有高定都不一样，是只为一个人服务的奢侈心意。

"你在想什么？"陆江寒问。

"没什么。"顾扬收拾好桌上的东西，"那您早点儿休息，我先回去了。"

陆江寒点头："谢谢。"

"中华小当家"的服务很细致到位，在离开之前，还会帮忙收拾好餐桌，把碗放进洗碗机。

陆江寒躺回床上，原本空虚的胃里有了食物，骨子里的酸痛和寒冷也就随之消失一空，变成了温暖和奇异的虚脱感。像是被卸掉了所有的力气，飘在云朵间。

1703 里，顾扬正在认真思考要去哪里弄一套陆江寒的正装，尺寸总是要量一量的，按照他目前的水准，还不足以目测定尺码。

微信群里消息跳动，是杜天天在哀号"为什么最近小扬扬都不理我们了，是不是被富婆拐走了"，然后就是刷屏一般的"苟富贵"。顾扬哭笑不得，他考虑再三，还是没有把自己正在给陆江寒做衣服的事情说出去。毕竟从大一开始，宿舍的群众就强烈要求获得一件手工衬衫，后来降低要求成 T 恤，再后来又自暴自弃成老头儿汗衫，结果直到毕业，他们也没能穿上一条师弟亲手缝的高定大裤衩儿，简直闻者伤心。

顾扬抱着靠垫坐在落地窗边，看着远处终夜不灭的灯火，眼底闪着光。

往后几天，杨毅纳闷儿地说："你有没有觉得，最近顾扬总是往你的办公室里跑？"

陆江寒放下手里的文件，疑惑道："是吗？"

话音刚落，顾扬就捏着薄薄两张纸，来找总裁签字确认。

陆江寒："……"

"谢谢陆总。"顾扬签完字后扫了眼衣架，淡定离开。

还是没找到机会。

——提问：要怎么样才能找个合理的理由，把总裁的西装带回家？

——谢邀。你的确是我见过最饥渴的题主。

——是男人就按在地上硬脱。

——这道题我会做！泼他一杯卡布奇诺！

其实仔细想想，"不小心"泼一杯水，换一个干洗的机会也不是不可行，但这种行径一来很脑残言情剧，二来显得自己小脑有恙，三来总裁的阿托里尼西装也不是随随便便就能舍得泼的，泼坏了还得赔，不划算。

隆重的感谢计划在一开始就卡在瓶颈，下一步貌似遥遥无期。

顾扬单手撑着脑袋，发自内心地深深叹了口气。

普东山的新店已经进入了改造阶段，林洛的助理偶尔会发来信息，和他分享一些新的想法和照片。被绿色防护网围起来的主体建筑既庞大又神秘，不仅普东山市民，而且从S市乃至全国，只要关心零售业的人，都在等着看这家新店最终的模样。

而杨毅每次去新店时，也都会带上顾扬。鑫鑫百货被林洛砸得只剩下了一个空壳，内部乱七八糟，到处是安全网和石材堆，胡乱拉扯的钢丝和灯泡在天花板上，密密麻麻织成了一张网。在普通人眼里是高空坠物脏乱差，而在顾扬看来，这是世界末日后的断壁残垣，有折断的水泥桩和裸露的钢筋，昏黄的灯光下，每一粒飞舞的尘土都像是有了新的生命。

他站在断裂的旋转楼梯上，觉得世界摇摇欲坠。

退伍军人出身的老阎身手敏捷，爬楼爬得悄无声息，最后一把扯住顾扬的衣领，把他猛然拽回了平台上。

顾扬被吓得不轻："啊！"

"你这傻孩子！"老阎脸色比他更白，坐在地上训斥，"一动不动站这儿干吗呢？！"

顾扬："嗯？"

"你是没看到啊！"周一的时候，杨毅对陆江寒大倒苦水，"顾扬那一脸伤感，我们都以为他要跳楼，搬砖工人扛着麻袋，站在原地动都不敢动。"这些艺术家都什么毛病，盯着建筑垃圾也能盯出感情。

陆江寒："噗。"

而顾扬也找了个机会专门对总裁解释，自己真的不想跳楼，只是发了会儿呆。当然，发呆的时间、地点的确都不怎么合适，所以他也已经请工友们吃了顿饭，还买了烟酒送给老阎。

"没事，我理解你。"陆江寒笑着说，"所以有收获吗，那堆建筑垃圾？"

顾扬从手机上调出一张图片："随便画的，打算烧个杯子玩。"

除了灰黄的色调，陆江寒暂时没发现这张画和工地有什么关系，但它的确是恢宏的，而且寓意也不错，源于新店最原始的样子，是一切的开始。

于是他说："杯子可以送我一个吗？"

顾扬欣然答应。

为了迎接圣诞节，整座商场都被装点成了金银和红绿色调，广播里循环播放着 *Jingle Bells*，而寰东内部也举行了一个小活动，可以和同事互换圣诞礼物。

顾扬运气惊人，手伸进抽奖箱里随便一扫，就拖出了陆江寒的名字。

群众集体发出羡慕的声音。

毕竟那可是总裁，一想就很大手笔。半山别墅和阿斯顿·马丁了解一下。

"你打算送什么给陆总？"胡悦悦问。

"没想好。"顾扬回答。他是真的没想好，心心念念的定制西装连尺寸都没拿到，杯子也要抽空去景德镇守着窑才能烧，倒是可以买一本《教你如何深度睡眠》当礼物，但未免有些太随意，毕竟他还是很重视这次机会的，不想敷衍了事。

这就是有钱人的可恶之处，看起来什么都有，令想要送礼物的人非常忧愁。

临下班时，窗外再一次飘起了雨和雪，细细碎碎的。

顾扬眯起眼睛，看着地面上湿漉漉的倒映路灯，任由那些颜色在视线里融成一片金色的影。

对于零售行业的人来说，每一个节假日都是最忙碌的时候，圣诞节更不例外，就算陆江寒也没有放假特权，照样在上午十点准时抵达公司。

办公桌上放着一盒糖果和一张卡片，顾扬的字和他的人一样秀气又干净，先祝总裁圣诞快乐，又表示礼物过分巨大，不方便带来公司，所以想等到晚上回家再交换。

陆江寒难得好奇一次。他问杨毅："什么礼物会很巨大？"

杨总答曰："冰箱空调洗衣机，烤箱彩电微波炉。"

然后他就被赶出了办公室。

为了配合这次消费大奖，也就是那六张《海边月光》贵宾票，顾扬特意请来一个小型歌舞团，在一楼大中庭演出。虽然节目称不上有多精彩，但欢快的旋律也足以带动现场顾客的情绪，让兴奋和热情蔓延到商场的每一个角落，直到深夜才散去。

远处隐隐传来凌晨的钟声。

桌上手机悄悄振动，传来一条试探的询问。

陆江寒把电话回拨了过去。

"陆总，对不起。"顾扬说，"店里今天活动太多，我刚刚才回家。"

"因为工作耽误了你的圣诞节，好像应该是我道歉。"陆江寒放下手里的酒杯，声音里有些笑意，"早点儿睡吧。"

"那我们需要明天再交换礼物吗？"顾扬问，"您睡了吗？"

陆江寒说："没有。"

五分钟后，顾扬扛着圣诞礼物，按响了1901的门铃。

陆江寒果然被体积震了一下。

"只是一点儿小东西，您不要嫌弃。"顾扬及时申明，也不要抱太高期望。

陆江寒被逗乐："你这礼物可真不小。"

他拆开包装纸，是一个画框。

被雨浸透的城市，颠倒的路灯，还有丝绒一般厚重的天穹。

灰色的、金色的、被打碎的、融合的、流淌虚幻的世界。

"这就是你要告诉我的？"陆江寒第一时间就明白了他的意思，"那天晚上你看到的世界？"

顾扬点头，他真的不是行为艺术家，也不喜欢在暴雨街头错乱狂奔，只喜欢这色彩斑斓的虚幻城市。

"很漂亮。"陆江寒说，"谢谢。"

他又拿起茶几上的一个木盒："送给你的。"

顾扬稍稍有些意外，因为白天的时候，杨毅还特意让助理送来一张购物卡，说是圣诞礼物，他以为那就是全部。

"不拆吗？"陆江寒问。

顾扬打开木盒，丝绒缎面上躺着几枚镶嵌着宝石的金别针，来自二十世纪七十年代的英国，朋克文化大行其道，而这种装饰也成了一种奇特而昂贵的流行符号。

"在拍卖行遇到的，正好和你想赋予新歌剧的气质相吻合。"陆江寒说，"怎么样，我没看错吧？"

"这很珍贵的。"顾扬轻轻抚摩了一下那些别针。

"珍贵在哪里？"陆江寒问，"我不算懂，不过至少价格并不贵。"

"我一直就很喜欢'古着'，因为每一样东西都有自己的历史。"顾扬合上盖子。时尚圈的潮流总是日新月异，稍有不慎就会被远远甩在时髦之外，但'古着'却不一样，它们是经典而不灭的，每一条裙子、每一双鞋，都和那些逝去的岁月紧紧缠绕在一起，像最上等的红酒，时间只会令它越来越有味道。

陆江寒说："希望它们能给你新的灵感。"

这个夜晚，顾扬把那几枚别针郑重地收到了床头柜里。

而住在他楼上的陆江寒，则是在客厅里找了个最好的位置，把那个大画框挪了过去，和葱郁的植物群一起，构成了房间里最文艺的角落。

这是很好的平安夜，很好的圣诞节。

又过了一段时间，杨毅在过来搜刮酒的时候发现了这幅画，盯着龙飞凤舞的署名看了半天也没认出来，于是问："谁画的？"

陆江寒瞥了他一眼，说："达·芬奇。"

杨毅恍然大悟，原来是世界名画。

"要吗？虽然是仿制品，但也不便宜，我可以八百万割爱。"陆江寒站在窗前，"让你也接受一下文化的熏陶。"

杨毅点头："考虑一下。"

陆江寒拍了拍他的肩膀，是真的服气。

圣诞、元旦、农历新年，在一个又一个的节日里，冬天总是过得异常快。

Nightingale 推出了新年限定版，销量依旧火爆，而顾扬也因此获得了一笔不菲的新收入。杨毅给他介绍了几个稳定的理财项目，赚来的利息刚好可以送给每一个喜欢的人一份礼物，也包括陆江寒——他特意找了个周末，坐火车去景德镇烧了一套漂亮的茶具。

"新年有什么打算？"陆江寒问。

"加班。"顾扬的回答很实在。市场部的同事有一大半都是外地人，过年不管多远，总要坐飞机、火车回趟家。一到腊月二十八九，整个寰东办公区都变得空空荡荡。

"不过经理说了，可以给我正月初八到十五这八天假期。"顾扬整理好办公桌，"我已经订好票了，去肯尼亚看动物。"

陆江寒评价："符合你的定位。"和正常人不太一样的艺术家，度假当然也不应该去海岛和欧洲，看动物挺好。

"您呢？"顾扬问。

"去国外陪陪父母。"陆江寒说，"顺便再听听唠叨。"

顾扬用革命盟友的眼神看他。过年期间，来自长辈的唠叨，大家都懂。

在经历过年前大采购后，春节期间的商场其实很冷清，所谓加班也只需要人出现在办公室，工作内容基本为零，顾扬也刚好能利用这段时间，预约自己肯尼亚之行的用车和导游。

一想到儿子要去草原上看野犀牛，顾妈妈就觉得头很疼："出门坐两站地铁就是动物园，狮子也是从非洲运来的，长得一模一样，不如让爸爸带你去看。"

"动物园不人道的。"顾扬拖着行李箱跑出门，"我走了啊！"

"好好的家里不待，非得去肯尼亚。"顾妈妈坐在沙发上生闷气，"而且动物园哪里不人道了？大过年的把爸爸妈妈丢在家里，这才叫不人道！"

顾教授拿着小铲子整理花盆，态度倒是很配合，表示太太说的都对，等儿子这次回来，我们一定要严肃教育。

飞机在巨大的轰鸣声中离开跑道，机翼穿透洁白的云层和刺目的阳光，目的地是地球的另一端。顾扬戴着耳塞和眼罩，睡眠质量无比良好，除了转机时醒了一会儿，再睁眼时航班已经顺利降落在内罗毕。

十几条未读信息里有一条来自陆江寒，问他旅程怎么样。

"我刚刚办好手续。"顾扬顺着人流往外走，"司机在外面等我，等会儿先去酒店。"

他的声音里有一丝兴奋，听起来完全没有长途飞行的疲惫，陆江寒笑了笑，回复他要多注意安全。

越野车在宽阔原始的路上疾驰，敞开的窗户里灌进呼啸的风。

内罗毕的市区看起来有些破败荒芜，却也有一种独特的美感，原始而又淳朴。顾扬没有在市区里花费太多时间，他的目的地是草原和湖，虽然已经错过了每年七八月份的野生动物大迁徙，但在这片一望无际的非洲大陆上，依旧生存着各种美丽的生物——珍贵而稀有。

最先遇到的是一群瞪羚，它们站在河边，看起来悠闲又优雅。同车的游客纷纷端起长焦镜头，只有顾扬连手机都没拿出来——他不想做摄影师，只想在此刻身临此境，把这些震撼和壮美长久地留在心里，哪怕有一天画面消退了，但感动是永存的。

几百匹斑马在草原上狂奔，带起一片飞扬尘土；花豹懒洋洋地趴在树枝上；大象扬起长长的鼻子，在空中喷溅出一片晶莹的水珠；狮群正在分食猎物；灰冠鹤有着金色羽毛。生命周而复始，生生不息，每一天的行程都会遇到新的惊喜。

夕阳西下，恰好落在一棵合欢树上，也让天空变成了斑斓的紫色。

顾扬站在湖边，有一瞬间甚至忘了呼吸。

出现在他面前的，是成千上万只火烈鸟，它们的羽毛呈现出最淡雅的粉色，细长的双腿站立在清澈的水中，像是凝固的剪影。

"很震撼人心，是不是？"身后突然有人问。

声音有些熟悉，顾扬转身看了一眼——清瘦的面庞，细细的眼睛，红艳的唇色。就算脸盲重度患者，也不会不认识她，因为对方几乎上过国内所有时装杂志的封面，最开始是以模特的身份，后期是以服装设计师的身份。

国产轻奢女装品牌"垚"，取自设计师何垚的名字，前几年很受各路明星喜欢，礼服经常会出现在各种红毯上。

S市悦博公寓里，杨毅看了眼手机，"扑哧"笑出声："就说顾扬的运气好，你不服不行，猜他刚刚在非洲遇见谁了？"

"谁？"陆江寒抬起头。

杨毅说："何垚。这要能套上关系，将来抢Nightingale的时候，说不定还能靠她捞顾扬一把。"

湖边餐厅的食物很粗糙，咖啡甜腻发苦，但好在酒不错。

顾扬说："没想到您还会记得我。"

"上次在我的发布会上，林璐夸了你七八次，想记不住也难。"何垚问，"一个人来的？"

顾扬点头："只有八天假期，明天就要回去了。"

"我还得在这儿待一个月。"何垚向后靠在椅背上，长发如海藻般散落，"不过有时候又觉得，能在这儿多待一阵子也挺好。"

"您经常来非洲吗？"顾扬问她。

"第一次。"何垚回答，"他们都称赞肯尼亚很美，或许能给我新的灵感。"

顾扬帮她放好刀叉，没再说话。

"林璐说你很有天赋，在服装方面。"等待甜品上来的空隙，何垚点燃一根女士烟，"关注过我的品牌吗？"

"当然。"顾扬说，"我看了近些年您所有的发布会，还有每次寰东的专柜上新后，也会特意过去逛一圈儿。"

"感觉怎么样？"何垚又问。

"您来非洲是对的。"顾扬看着远处飞舞的火烈鸟群，"这里很自由。"

自由的人，自由的风，自由的动物，自由的世界。

模特出身的设计师，所有步骤都苛求精致，精致并非不好，可有时太追求不出错，反而会束缚住手脚。每一个人都应该是有缺憾的，每一件作品也是，按部就班的刺绣和褶皱太无趣，偶尔也会需要混乱扭曲的自由线条。

何垚的作品越来越追求完美，才会导致越来越僵硬，这是顾扬自己的小看法，但他之前无论如何也不会想到，有一天会有一个机会，能让他亲口把这个观点告诉设计师本人。

夕阳沉沉地落入地平线，最后一缕光线也隐没在黑暗里，傍晚的风轻轻吹来。

何垚喝完最后一杯酒，推给他一张名片。

"需要我送您回酒店吗？"顾扬问。

"我的助理和车都在湖边。"何垚站起来，被媒体评价为有些刻薄的高级脸上难得出现一丝笑容，"回国见。"

"回国见。"顾扬站在二楼露台上，一直目送她进了车。

　　非洲之行收获颇丰，精神层面暂且不说，光土特产就买了一大箱，亲戚、朋友、同事以及小区保安全都有。至于陆江寒和杨毅，则是分别获赠了一座黑檀木雕。

　　"你也是真实在。"杨毅拍拍他的肩膀，"千里迢迢带回来不嫌沉啊？也不知道挑个小的。"

　　"但这个最好看。"顾扬笑着说，"那我接着去工作了。"

　　"顺便去趟后勤部，告诉徐姐一声。"杨毅说，"陆总只有这两天在店里，她那裁缝到底什么时候来，想量尺寸就抓紧时间。"

　　"量……衣服尺寸吗？"顾扬立刻顿住脚步。

　　"公司要统一换新工装，经理没跟你们提？"杨毅问。

　　"可能要等到周一例会吧。"顾扬表情淡定，假公济私道，"如果徐姐那边安排不过来，我能帮陆总量尺寸。"

　　"也是，我怎么把你给忘了。"杨毅拍拍脑袋，"行，去吧，正好陆总现在有空。"

　　"好的。"

　　不用再去 1901 当偷衣小贼！也不用觊觎总裁的洗衣篮！拥有了无法被拒绝的借口！世界在一瞬间开满了花！

　　顾扬抄着卷尺，理直气壮地踏进总裁办公室。

　　"有事？"陆江寒放下手里的文件。

　　"杨总说要做新工装，徐姐那边可能安排不过来，所以我来帮您量个尺寸。"顾扬解释。

　　陆江寒哭笑不得："杨毅说得没错，公司请你可真是赚了。"怎么什么都能干？

　　好不容易才蹭到机会，顾扬量得很仔细，从肩膀到裤脚，把所有数据都记在了笔记本上。

　　"你这是打算克隆一个我出来？"陆江寒问。

　　"杨总说您马上就要出差了，万一徐姐那边需要很详细的数据呢。"顾扬的理由无比正当，"这是最后一个，好了。"

　　"知道我要去哪儿出差吗？"陆江寒坐回办公桌后。

顾扬摇头："杨总没告诉我。"

"C市。"陆江寒说，"不过在我去之前，你得先去。"

顾扬："我？"

"两个月。"陆江寒说，"C市最近正在做门店改建升级，市场部人手不够，所以我打算安排你过去，顺便还能多学点儿东西。"

"什么时候出发？"顾扬问。

陆江寒回答："下周。"

顾扬对这个安排并没有异议，生平第一次长时间出差，他甚至还有些小小的期待。C市地处西南，是著名的旅游城市，无论是熊猫、火锅，还是历史底蕴，都很值得待满两个月。

在机场负责接他的人是程果，当初一起带领会员游普东山的实习生，现在已经升成了小主管，不过性格倒也没见沉稳，照样叽叽喳喳。

"最近公司的工作环境可不怎么好。"程果一边开车一边说，"购物中心的分批改建还没完成，每天'咚咚咚'的，都吵三个月了。"

"大概还要多久？"顾扬问。

"至少半年，而且再过一周，楼上的电影院也要开始改IMAX厅，到时候只会更吵。"程果叹气，"怎么办吧？迟早会神经衰弱。"

而事实证明她这话的确不算夸张。顾扬在办公室里待了一周，好不容易才适应楼下从早到晚"嗡嗡"的电钻声，结果楼上紧接着就开始"砰砰"砸墙，宛若八百个壮汉一起快乐狂奔，让他每天都觉得脚下地皮在震。

"超级忙，根本就没时间旅游吃火锅，也没有时间去街上帮你看美女。"深夜时分，顾扬坐在小破摊上等麻辣小面。

杜天天跟着一起义愤填膺：资本家果然都是万恶的，快把我的小扬扬放回来。

面上了之后，顾扬搅了两下碗里的面，打着哈欠继续看明天的新闻稿。最近C市门店翻新，来采访的媒体不算少，对于这种需要上电视当门面的工作，人民群众纷纷表示自己姿色不够，推三阻四，最后只好采取了最科学的方法——抓阄儿！结果顾扬运气感人，第一个就摸出来了大红双喜。

同事们集体松了口气，纷纷报以热烈的掌声。

不过幸好这项工作也不难，背熟一个采访稿，至少能在不同的报纸和电视上用七八次。

第二天天气不大好，工作环境就更糟糕。楼上电影院变本加厉，"乒乒乒乒""咚咚锵锵"的，也不知道是要造出一个多么世界顶尖的豪华3D大银幕。其他同事都找借口溜了出去，只有顾扬要等媒体，哪儿都不能去，心里很苦。

"咚！"椅子一震。

"咚咚！"椅子又一震。

"嗡嗡嗡，咚咚咚，嗡……"

就在顾扬忍无可忍，摸出手机打算投诉这无良施工队的时候，楼上像是感觉到了他冲天的怨念，突然就停了下来。

顾扬屏住呼吸。噪声没有再出现，可椅子还是在震，而且连灯也开始晃。

走廊上传来嘈杂的声音。

顾扬终于后知后觉，反应过来目前情况不太妙。

他拔腿就往外跑！完了，这楼要塌！

生平第一次经历这种事，顾扬脑子有些蒙，也没注意身边的人都在吵什么，只知道跟着大部队沿着安全通道往下冲。购物中心外的广场上已经聚集了不少人，顾扬脸色发白地站在空地上，又回头看了一眼大楼。

"顾扬。"陆江寒穿过人群，一把握住他的胳膊，"没事吧？"

"地震了啊！"远处有一群小孩儿在嚷嚷。

顾扬惊魂未定："……陆总？"

"怎么吓成这样？"陆江寒拍了拍他的脸，"刚刚有点儿小地震，已经没事了。"

地震吗？顾扬指了指购物中心顶层："我还以为他们修电影院，把我们的楼给砸穿了。"

陆江寒的表情僵硬了一下，忍住没有笑。

顾扬坐在花台边，觉得自己很需要冷静一下。

"所有人都在喊地震，你没听到？"陆江寒让司机去旁边给他买了瓶饮料。

"没听到。"顾扬脸上的血色还没回来,"我刚刚什么都没注意听,满脑子都在想,等会儿媒体来了,我要怎么向他们解释购物中心被电影院砸塌这件事。"

地震局及时发布消息,是距离市区一百多公里的景区发生了地震,救援部队已经赶了过去。陆江寒也安排寰东超市部连夜捐赠出几百箱食品和毛毯,第一时间交给了红十字会。

"我们还需要做什么吗?"顾扬问。

"暂时不用了,看市里后续有什么安排。"陆江寒说,"走吧,也忙了一天了,先去吃点儿东西。"

西南人民的夜生活很丰富,哪怕是晚上十一点,也到处都是红红火火的火锅店,生意看起来丝毫没被地震影响,依旧需要排号等位。

"大家不怕吗?"顾扬问。

"怕的表现是什么,不吃不喝躲在家里?"陆江寒笑着摇摇头,"我一直就很欣赏这座城市的生活态度。虽然地质灾害相对高发,但大家照旧高高兴兴的,该救灾救灾,该过日子就好好过日子。"而这种性格也直接反映在了消费观念上,能买就买,能吃就吃,不亏待自己,不亏待朋友,这也是 C 市门店销售业绩年年领先的重要原因。

顾扬点了鸳鸯锅,特意备注另一半也要少辣。

"还害怕吗?"陆江寒把菜单递给他,"我们可以吃顿大餐,就当给你压惊。"

"这是我第一次经历天灾。"顾扬想了想,"当时是真的没反应过来。"而且主要原因要归咎于楼上那家无良的电影院,改建工程又慢又吵,效率低下,噪声严重干扰了自己的思维。

服务员小哥端来一口铜锅,"咚"的一声放在了两人面前。

陆江寒:"……"

顾扬提醒:"我们要的是少辣。"

"这就是最少的。"小哥说得很笃定,"你们吃嘛,一点儿都不辣。"

看着锅里满满的红油,以及干辣椒、青椒、花椒、藤椒等各种椒,顾扬觉得这句话可信度基本为零。

"真的不辣。"小哥又强调了一遍,"信我,不得豁你(不会骗你)。"

隔壁桌有一个三四岁的小孩儿,也转过来奶声奶气地说了一句:"就是不辣。"

看着他勺子里通红的毛肚,顾扬觉得自己遭到了嘲讽,毕竟对方好像连筷子都不会拿。

"要试一下吗?"陆江寒问,"还是说我们换一家?"

顾扬凶悍地杵了一筷子肥牛下去。

陆江寒再度对他肃然起敬。

被辣油烫熟的肉片看起来颜色惊人,顾扬犹豫再三,才试着吃了一口。

陆江寒问:"辣吗?"

顾扬眼底泛上泪光:"辣的。"

陆江寒:"……"

"你多吃几口。"小哥扛着菜盘子路过,很为这两个外地人操心,"真的,多吃几口就不辣了。"

顾扬果断拒绝,连筷子都换了一双新的,这么多年他终于明白过来一个道理:海底捞的辣锅,是真的一点儿都不辣。

"在这儿工作的感觉怎么样?"陆江寒帮他在白锅里烫菜。

"除了办公室里太吵之外,其他都还行。"顾扬喝完整整一听冰可乐,才让舌头恢复了知觉,"您这次要待多久?"

"差不多一个月。"陆江寒说,"等到这边的门店彻底改建完成,会有个小型的开业剪彩,然后我们再一起回去。"

于是顾扬无端就生出了几分安心感,虽然这种安心其实很没有道理,但至少就目前而言,陆江寒的确算是在这座城市里,和他关系最亲密的人。

电视里在滚动播放夜间新闻,这次的地震虽然不算太强烈,但依旧有不少村镇受到了影响,军队正在忙着抢救民众。陆江寒打了个电话给门店经理,让他注意多和市里沟通,看还有哪里需要帮忙,要及时跟进。

凌晨一点,两人吃完消夜,沿着街道慢慢往回走。

两人依旧住在同一间酒店,不过这次从上下楼变成了邻居。

"晚安。"陆江寒说,"可能会有余震,不过不用怕。"

"嗯。"顾扬点头，"晚安。"

　　就像陆江寒说的，这座城市里的人，骨子里就是乐观的。一周之后，除了街上偶尔会开过物资车队，顾扬已经看不出来地震对这里的任何影响，大家的生活和工作都重新回到正轨，而楼上电影院的 IMAX 厅也终于装修完毕，只等着和改建后的寰东一起揭幕。

　　中午十二点，顾扬使劲伸了个懒腰，打算出门吃饭。

　　"顾扬。"程果匆匆从电梯里跑出来，"楼下超市里有人闹事，说是要找媒体曝光我们，经理让你过去看看。"

　　"超市又怎么了？"顾扬问。

　　程果满脸无奈："有一个中年妇女正在撒泼，硬说我们卖的菜把她老公吃出了癌。"

　　顾扬："……"

　　负一楼超市入口，果然有一位大姐正在坐着干号，手里捏着的一捆大葱，已经被她掐得蔫头蔫脑，很符合一众保安此时的表情。

　　"就这一把葱，把她老公吃出癌了？"顾扬压低声音。

　　"对。"超市主管也是脑袋疼，"随身带着病历本，说是自己心脏不好。这谁敢去拉，万一真死了怎么办？"

　　"无理取闹总得有点儿诉求吧？"顾扬说，"给钱也打发不走？"

　　"这捆葱标价三块五，按十倍退是三十五块，我们出了一百块，可这位女同志死活不答应。"超市主管说，"再高那不行，别人有样学样，生意还要不要做了？"

　　"报警了吗？"顾扬问。

　　"刚打了 110，警察还没来。"超市主管说，"但记者倒是来得挺快，也不知道是哪家的。"他用下巴指了指，"喏。"

　　顾扬顺着他的方向，刚好看到一个穿着马甲和工装裤的男人迅速"咔咔"拍了几张照片，然后就把那位大姐扶了起来。两人坐在旁边的椅子上也不知道在说些什么，顾扬刚准备过去问问，大姐就捂着胸口开始蹬腿痉挛翻白眼，吓得超市主管赶紧把他扯了回来。

　　"装的。"顾扬说。

　　"万一是真的呢？"超市主管叫苦不迭，"再不然，一脑袋把你撞到地上，摔骨折的是你，闹着要住院的是她，这事我可亲身经历过，还是等警察吧。"

110 的出警速度很快，但等警察来的时候，那位神奇的大姐已经借口上厕所溜了。

超市主管负责解释前因后果，顾扬一个人回到办公室，半天也没梳理清楚这整件事的逻辑。那工装裤的男记者他倒是认识，上个月来找过几次市场部经理，带着一张《地铁新闻速报》的记者证，采访是假，拉广告是真。

寰东和省内几家大型报媒都有稳定合作，每年的推广预算也有限，所以并没有答应投放广告。这么一想，要是对方因此出阴招儿，想要用负面新闻逼寰东妥协，倒也能说得过去，但找一捆大葱就说吃出了绝症，实在有些侮辱智商，碰瓷也是要讲道理的。

市场部经理最近在出差，顾扬在陆江寒的办公室门口晃了晃，顺利被助理叫了进去。

"下次直接敲门。"陆江寒说。

"万一您在忙呢，我这事一点儿都不着急。"顾扬解释。

陆江寒一笑："怎么了？"

顾扬把整件事汇报了一遍，又问："那记者不会这么傻吧？是不是有哪里我没想明白？"

"这都哪里来的下三烂媒体！"陆江寒按下电话，把超市经理叫了上来。

"陆总，我们已经在改了。"超市经理一进门就保证，"最近在忙地震救灾的事，实在没顾得上改进蔬果区。"

"你那葱还真有问题啊？"陆江寒一拍桌子。

"葱没问题，葱哪能有问题？那葱还是绿色有机的呢！"超市经理叫苦，"是这样的，陆总。上个月有关部门下发了个规定，蔬菜类不能直接接触胶带，得用皮筋捆着，后来就出现了一群半吊子专家，专门在微信公众号上震惊来震惊去，非说这胶带粘了就能致癌。"

"就你那小蓝条胶带？"陆江寒问。

"是。这都捆了多少年了！之前有关部门也没发过通知。"超市经理说，"不过现在已经没了，全部改成了皮筋，非常符合标准。"

"现在就去做清查。"陆江寒说，"不光是生鲜，所有品类的所有商品，全部给我查一遍，别再让那些小报记者揪出任何问题。"

"是是是，这就去。"超市经理态度很端正。其实他也挺倒霉，手里的商品又多又乱又复杂，记者要是存心想找事，一般都是从超市下手，今天某国扁桃仁冒充大杏仁卖高价，明天鲫鱼里疑似有孔雀绿，到处找漏洞钻空子，一周能写出七篇不重样的新闻，毫无证据，煽风点火，还一点儿都不违法，基本功相当扎实。

"那这次要怎么办？"顾扬问，"我们要约一下这家报社吗？"虽然对方目的很下作，但归根结底也是寰东有错在先，才会给别人可乘之机。致癌这种事可不是说着玩的，就算真的只是胡说八道，危言耸听，普通人看到标题也会多扫两眼，闹大了还真不好收场。

"对方要多少钱的广告费？"陆江寒问。

"具体数额经理没说过，不过肯定不到十万。"顾扬说，"钱不多。"

"市场部经理者辉最近还在出差，你去和对方谈。"陆江寒合上笔帽，"钱我能付，但这口气不能咽，寰东也不能吃亏，明白吗？"

顾扬爽快点头："明白。"

"行，去吧。"陆江寒说，"明天别让我在报纸上看到任何负面新闻。"

"好的。"顾扬站起来，"我这就去联系他。"

"是真明白还是假明白啊？"等到顾扬走后，助理小声问，"陆总，您就这么放心，不问也不教？"

"我已经教过一次了。"陆江寒嘴角一扬，"放心吧，他知道该怎么做。"

仅仅过了两个小时，顾扬就带回了一份周扒皮一般的合同，不仅广告费用打折，时长增加，位置数量翻一倍，还给寰东谈了一系列的地震救灾特别报道，头版头条，连续七天。

"如果没问题的话，我周一就把合同送去法务部审查。"顾扬说。

"不是，我能不能诚心请教一下，你这到底是怎么谈出来的？"助理这次是真的叹为观止，"杨总也就雁过拔两根毛，你这更狠，摁着一只就十指翻飞往秃了拔。"

陆江寒也问："对方没生气？"

顾扬摇头："他们觉得自己在占便宜。"

其实这也是他从 Nightingale 事件里学到的事情，先弄清楚对方要什么，然后再以此来谈条件，在其他方面获得丰厚的补偿，也就是陆江寒说的，钱能付，但不吃亏，不受气。

至于对方为什么会接受这么苛刻的条件，倒是全靠顾扬的准确推断。那只是一家新的小报社，寰东不愿意投放广告，其他商场肯定也不愿意，这位大兄弟在东奔西跑的谈判过程里八成已经碰壁无数。这时候出现一家愿意坐下来谈条件的，他只会欣喜若狂，无形中就会丧失主动权。

"我还告诉他，只要寰东投了广告，被其他商超看到，他们就有可能接到更多新的业务。"顾扬说，"反正这些版面现在也卖不出去，给我们总比空着强，而且广告费用是保密的，要是他们足够聪明，还能拿着整版的寰东广告出去吹，说我们愿意花高价和报社合作，可见确实物超所值。"

出师太顺利，很值得被总裁奖励一顿大餐。

晚上八点，两人坐在街边小摊上，等着撸串。

"我可以请你吃别的。"陆江寒说。

"这家好吃，不辣的。"顾扬说，"而且明天不用上班，还可以稍微喝一点儿青梅酒。"

"周末有什么打算？"陆江寒问。

"我想去民俗博物馆，那里有蜀绣展。"顾扬从手机上调出新闻，"观众评价还不错，距离酒店也不算远。"

"一个人吗？"

顾扬这次很上道："您要是不忙的话，一起去？我还能顺道蹭个车。"

"没车给你蹭，明天老阎要去接客户。"陆江寒从老板手里接过烤串，"坐地铁吧，正好去看看那个《地铁新闻速报》的发放情况。"

所以说总裁还是要更加腹黑一点儿的，不仅能把周末加班说得这么坦然淡定，而且还不用付三倍工资。

这顿烧烤大餐只吃掉了总裁两百块，但顾扬却要因此多接受一个早上六点多就要起床的周末加班，因为《地铁新闻速报》的发行全靠进站口的免费报架，要是去晚了，估计会被乘客拿空。

"我们明天几点见面？"在临分开前，陆江寒问。

"您也要去吗？"顾扬提醒他，"要起很早的。"

陆江寒笑道："怎么，我看起来像是'起床困难户'？"

"那行，明天早上七点。"顾扬眼睛一弯，"时间充裕一点儿，我们还能多去几个换乘大站。"

陆江寒点头："晚安。"

襄东所有的门店几乎都在市中心，步行到地铁站也就几分钟。最近C市又湿又冷，清晨六点半，顾扬打着哈欠关掉闹钟，从衣柜里拖出来一件厚厚的外套。

陆江寒也很准时。

"您吃早餐了吗？"顾扬把笔记本装好，"我带了点儿饼干和酸奶。"他的双肩包是圣罗兰新款，灰色的大衣也很利落挺括，羊绒围巾裹住大半张脸，只露出一双干净带笑的眼睛。陆江寒觉得，对方身为服装设计师的那一部分灵魂从来就没有懈怠过，无论什么时候的穿着都是得体帅气，赏心悦目；但不知道为什么，"中华小当家"的部分却极度不负责，比如谁会在冬意未消的寒冷清晨，喝着冰酸奶吃硬饼干？

幸好楼下就是二十四小时便利店，货架上摆满了热乎乎的豆浆和包子，温差让落地玻璃染了一层雾气，顾扬啃着包子，趁总裁买单的时间，用手指在上面画了个胖乎乎的熊猫崽。

周末的地铁站里并没有太多人，不过进出的乘客还是会随手拿一份报纸，毕竟是免费的，哪怕看看娱乐八卦也能消磨时间。

"其实这么一看，说不定宣传效果还真不差。"顾扬说，"传统的报媒虽然发行量大，企业机关年年必订，但其实丢在桌子上也没几个人看。而《地铁新闻速报》就不一样了，在手机信号不好的地段，它算是乘客唯一的消遣方式。"

"先投几期试试效果。"陆江寒把报纸塞进他的书包，"走吧，我们去工人广场。"

这一路过去转乘大站不少，两人就这么走走停停，终点刚好是民俗博物馆。

蜀绣不算热门展出，哪怕是在周末，场馆里也很清冷。顾扬从包里翻出相机，一幅一幅认真拍过去。他不算很懂刺绣，但却很能欣赏那些定格在绸缎绢纱上的飞禽走兽、花鸟云纹，而且也并非都是大红大绿，在洁白的软缎上，黑灰绣线如同有了生命，上下翻飞出干净的线条和洁净的通透感，有一种水墨画般的古典美。

"要拍给谁？"见他把相机换成了手机，陆江寒问。

"何垚，也是设计师。"顾扬说，"上次我在肯尼亚遇见她，在咖啡馆聊了一会儿。"

"她可不好聊。"陆江寒说，"你们还能互换联系方式？"

"是冷漠了一点儿。"顾扬把图片发过去，"其实我一直就很喜欢她的作品，虽然她最近有些停滞不前，但只要专注做一件事，瓶颈期总会过去的。"

过了一会儿，何垚给他回了"谢谢"两个字。

"这就是你们的聊天方式？"陆江寒扫了眼聊天记录，顾扬这边全是图片，何垚发回来的全是"谢谢"，从某种层面来说，倒是默契得惊人。

"我也不知道能和她聊什么。"顾扬想了想，"但这种沟通也很酷，而且每次都会收到感谢。"说明对方至少不反感。

"你可以给她建议。"陆江寒说，"或者分享灵感，讨论行业现状。"

"对着前辈夸夸其谈吗？"顾扬摇头，"不行，而且我们也不熟。"

这是艺术家和艺术家之间的沟通，资本家不是很懂。

就像资本家其实也不懂这些色彩斑斓的绣花针线，但比起待在酒店，他觉得能出来透透气也不错。

这个展馆很小，就算是走走停停一直在拍照的顾扬，也只用了一个半小时就参观完毕。陆江寒看了眼时间，问："要回酒店吗？"

"我想去看熊猫。"顾扬说，"门口就有专线，十五分钟。"不管是旅游还是工作，既然来了C市，无论如何也是要去看一下国宝的，据说整个培育基地到处都是"滚滚"，漫山遍野，相当可爱。

"您要回酒店吗？"顾扬继续说，"据说最近有熊猫崽，很可爱的。"

他用手比画了一下："只有这么大。"

陆江寒随手拦了一辆车："那走吧，正好过去吃个午饭。"

所以说，霸道总裁就是和人民群众不一样。

专门跑景区吃饭。

有钱。

第五章

✦　（　●　●　●　）　✦

探索新世界

售票处人山人海。

顾扬觉得自己几乎是被人潮挤进了大门。

想要看国宝的游客实在太多，景区超负荷运转，观光车和餐厅都在排队，只有湖边的小摊上还能买到凉面和汽水。老板娘忙晕了头，酸醋酱油小米辣放得飞起，自动忽视了人群外一声弱弱的"不要辣"。

"你吃嘛。"她说，"一点儿都不辣。"

这句话有点儿耳熟，顾扬拒绝再上当受骗，于是在吃饭之前，先和总裁一人一个碗，在其余人同情的目光里，往外挑了五分钟被剁得稀碎的小米辣。

观光之旅一开始就不太顺利，而后续的发展也称不上喜人。可能是因为游客实在太多，野生园区一只熊猫也没见到，培育房里倒是真的有刚出生的"滚滚"，但队伍蜿蜒曲折，排得一眼看不到头。

陆江寒果断后退两步："我去那边的便利店等你。"

顾扬被挤到变形，艰难道："嗯。"

虽然环境艰苦，但俗话说得好，来都来了。

庞大而又粗壮的队伍缓慢蠕动着，陆江寒在便利店里足足坐了一个小时，顾扬才推门走进来，脚步虚软，有气无力，给自己买了一瓶冰可乐。

"不冷吗？"陆江寒问。

"培育房里人山人海，快闷死了。"顾扬拧开盖子，"而且也没看几眼熊猫宝宝，就被保安拿着扩音器催了出来。"

陆江寒评价："意料之中。"

"我们走吧。"顾扬兴致全无，"回酒店睡觉。"

陆江寒提醒："确定？但你还没有看到毛茸茸的熊猫崽。"

顾扬拒绝再往景区里多踏一步，熊猫崽再可爱，也不能抵消排队两小时的巨大阴影，更别提期间还要被一群壮汉挤得前胸贴后背。

"好吧。"陆江寒忍笑，"如果你以后还想看熊猫，可以找个工作日，我给你一天假期。"

熊猫园距离市区有半个小时车程，在司机的走走停停里，顾扬睡眠不足的后遗症也成功被激活，他靠在总裁肩头，大逆不道地睡得一脸香甜，梦里有黑雪松和杜松的木调香气。

快到酒店时，陆江寒从裤兜里掏出来一个熊猫吊坠，随手挂在了顾扬的书包拉链上。那是他在便利店里买的纪念品，本来打算送给老阎的女儿，现在正好另作他用，来安慰一下被挤得要死要活还没有看到几眼熊猫的沮丧艺术家。

C市门店的收尾工作进行得很顺利。

虽然是旧店翻新，但也有着全新的意义，所以一切流程还是按照新店开业来进行。剪彩仪式定在本月二十八号，黄道吉日，百事皆宜。

顾扬负责带领媒体参观。

让一个脸盲加路痴，带领十几家媒体参观新店，不仅不能走错路，还要随时回答诸如这个品牌在哪里、那个品牌在哪里的刁钻问题。

顾扬发出了心虚的声音。

于是在往后几天，顾扬一上班就往卖场跑，背品牌方位比高考前背语文还认真。普通人可能无法理解，但不认路这种事，一时半刻真的抢救不回来，虽然他已经算是相当刻苦努力，但直到新店开业前一天，也还是没什么底气。

晚上八点，陆江寒想再到店里看看，结果却在消防通道里碰见了顾扬。对方正盘腿坐在地上，手里捧着一大摞打印资料，愁眉苦脸对着安全门发呆。

"谁又欺负你了？"陆江寒蹲在他面前。

顾扬回神："陆总。"

陆江寒从他手里抽走一张纸，是彩印出来的品牌方位图。

"我明天要带着媒体参观全店。"顾扬老实交代，"但是我路痴，到现在也没能记住一半。"

"也不全是因为你路痴。"陆江寒说，"这家店的动线设计本来就有问题，不能达到全店相通，有很多死胡同。"但这属于老店遗留问题，除非拆了大改，否则只能维持原样。

顾扬说："雪上加霜。"

陆江寒被他逗乐："行了，快点儿回去休息。"

"我还是得再逛几圈，能记多少记多少，明天要是带着媒体迷路，那就丢人了。"顾扬撑着站起来，把所有资料都塞进包里，"市场部本来就人手不够，也没人能帮忙。"

陆江寒点头："去吧。"

顾扬打了个哈欠，端着咖啡重新从六楼往下逛。而陆江寒直接把电话打给了美工部。

第二天的天气很好，虽然这个季节的 C 市很少出太阳，但清晨还是有几缕细细的阳光穿透厚云。距离十点开店还有一个小时，门前广场上已经等了不少人，手里拎着布兜，都准备去抢超市里一分钱的大米和鸡蛋。这也是商家为了吸引人气常用的手段，用很少的成本，就能在开业当天宾客盈门，至少也能讨个吉利。

媒体已经陆续抵达，顾扬负责接待签到，并且挨个儿发放媒体证。这是他为了应对脸盲，临时想出来的办法，每一个挂牌上都有照片、机构和姓名，加粗黑体无比醒目——而且为了防止有人手闲倒扣，他还特意要求美工做成了双面，虽然毫无设计美感，但胜在实用。

开幕仪式很简短，陆江寒也没有长篇大论的习惯，在剪彩仪式之后，C 市门店就算正式重装开业。大叔大妈高高兴兴地拥去超市抢特价商品，顾扬也带着媒体进店参观，结果一进中庭就愣住了。原本干净光滑的大理石地面上，居然在一夜之间被人贴满了引导路标，设计成可爱的淡蓝色熊猫形状，把所有的品牌店铺都做了箭头标向。

顾扬：喜从天降?!

"快快，这就是我跟你们说的那家店。"跑商超口的媒体挺爱逛街，看到喜欢的品牌都要蹭过去看一眼，东一个西一个，果然不怎么听工作人员的话，但完全没关系，现在每个关键位置都有了路标，哪怕是再隐蔽的角落，顾扬也能顺利把人带回主动线。

参观任务圆满完成。顾扬把最后一位记者送上车，坐电梯回到办公室，想问一问那些路标究竟是怎么回事。结果一进门就听到美工主管在诉苦，说陆总也不知道是怎么想的，昨晚八点突然打来电话，要往店里贴品牌路标，还必须在今早八点之前完成，搞得全部门鸡飞狗跳，捎带着广告公司也连夜加班，十几个人熬夜通宵都没睡成觉。

顾扬顿住脚步："是吗?"

"是啊!"美工主管眼底都是血丝，"行行，不说了，我得去睡了。"

"哦。"顾扬侧身让开路，带着一丝感激、一丝心虚，目送他进了电梯。

改天请你吃饭。

陆江寒这一天都很忙，直到晚上十一点才回到酒店。

听到隔壁传来的声音，顾扬踩着拖鞋冲到门边，拧门装偶遇："咦，陆总，这么巧?"

"和品牌方喝了点儿酒。"陆江寒说，"正好，小孙给我买了酸奶，过来喝一瓶吧。"

"好啊。"顾扬跟着他进屋，"我帮您烧点儿热水，不然胃会不舒服。"

"今天的工作怎么样?"陆江寒坐在沙发上，"没再迷路吧?"

"我就是想说这个。"顾扬把水杯递给他，"早知道还能这样解决问题，我就早点儿和您说了，也省得美工连夜加班。"

"是你提醒了我。"陆江寒说，"动线设计不合理，我们本来就应该主动为顾客解决问题，哪怕真的是路痴，也不能让他们在寰东摸不着北。"

顾扬点头："嗯。"

"周六回 S 市，这两天要是累了，就在酒店休息吧。"陆江寒说，"市场部新招了两个实习生，明天就会来报到。"

"经理已经和我说了。"顾扬把酸奶盖撕开，"他还给了我两张电影兑换券。"哪怕只是看在这两个月电钻大锤的份儿上，也一定要去亲眼见识一番，楼上到底修出了一个多么惊天动地的豪华放映厅。

最近上映的电影不多，有水花的就更少，挑去挑去也只有一部《午夜大凶魔》能看，虽然听起来很像劣质恐怖片，但其实是警匪悬疑片，打斗追车都是大场面，相当有诚意。

"秦柠的片子？"陆江寒说，"我都忘了这茬。"

"您认识导演？"顾扬好奇。

陆江寒点头："高中同学。"两人不仅是同桌，还都是校篮球队队员。勾肩搭背的青春年华过去之后，一个成了忙碌的商人，一个成了混迹娱乐圈的导演，彼此间的关系也就逐渐淡下来，也很少联系。但那段岁月总是美好的，所以这些年只要有秦柠的电影上映，陆江寒都会让人力部组织员工包场，算是纪念那段年少热血的友情。

"那您要去看吗？"顾扬说，"我可以请客。"

"明天约了嘉豪的李总，如果他愿意在晚上七点之前放我走的话，没问题。"陆江寒又递给他两瓶酸奶，"带回去吧，你好像很喜欢喝这个。"

新推出的柠檬口味，包装上印着一弯卡通月牙儿，上面坐着它的小王子，戴着尖尖的皇冠，指间有风和玫瑰。

第二天晚上八点，顾扬抱着爆米花和两杯可乐，顺利在电影院门口等到了总裁。

那位嘉豪集团的李总听起来好像很倒霉，眼睛发炎，胃又出血，一滴酒都不能沾，会后的饭局也就理所当然被取消。陆江寒派司机把他送回酒店，时间刚好够上楼看电影。

秦柠的个人风格向来是直白暴力，每次新片上映，网上都会有人真情实感写论文投诉，说自家小孩儿被吓得哇哇大哭，不懂为何这种血腥镜头也能过审。而这次也不例外，上来就是分尸凶杀案，浓稠的黑色血液溅开在脚下，配合断指和惊叫，观影体验高能又惊悚。陆江寒忍不住往旁边看了一眼，却见顾扬正全神贯注盯着屏幕，眼睛也不眨一下。

"……"

　　两个半小时的电影烧脑又快节奏，在金钱和情欲的诱惑下，每一个角色的缺点都被无限放大。直到放映厅里的灯骤然亮起，顾扬才从故事中惊醒。

　　"秦柠大概又要被家长投诉了。"陆江寒把空可乐杯丢进垃圾桶。

　　"就冲这部电影的名字，要是仍然有小朋友来看，那百分之九十九的责任都要归父母。"顾扬搓了搓脸，"还有，我原谅楼上这段时间的噪声了。"号称世界顶级的屏幕果然效果惊人，惊悚渲染得极度到位，估计这一场的观众至少要花三个月，才能忘记杀人狂魔那张狰狞滴血的大脸。

　　电影院外面就是顶楼旋转咖啡厅兼酒吧，晚上没什么客人，被银白星星灯缠绕的树干，看起来像童话里的花园场景。调酒师推过来两个杯子，淡色的蓝橙酒和杯底的气泡水自然分层，青瓜条像是曼舞的海草。

　　"他说这叫'海底世界'。"顾扬说，"还额外加了一盎司伏特加。"

　　"看完秦柠的电影，需要喝酒冷静一下？"陆江寒笑着拉开椅子。

　　顾扬没有否认，他的确需要一些刺激性的饮料帮助清醒，用来从刚才的残酷画面里逃离。

　　两人的座位恰好在栏杆旁，眼前是闪着星光的树干和花丛，身后就是整座城市的璀璨灯火，高架桥上车灯川流不息，像是流淌在高楼大厦里的光河。

　　夜晚是宁静的，也是能让人心情放松的。

　　酒杯裹着盐边，烈酒和甜味气泡水混合成小小的炸弹，让味蕾在一瞬间爆裂翻滚，有些刺激过头，顾扬果然皱起眉头："不好喝。"

　　陆江寒叫过服务员，帮他重新换了一杯，紫罗兰酒和牛奶口感温和，还点缀着鸡蛋花。

　　"觉得电影怎么样？"陆江寒问。

　　"太过真实。"顾扬双手捧着酒杯，"虽然说的确每个人都有弱点，但大家平时都会注意隐藏，至少看起来要斯文得体，现在阴暗面猛然被放大剖开，不仅是对主角的考验，也是对观众的考验。"

　　"秦柠的风格一直就是这样。"陆江寒说，"很少有人能准确地猜到他想表达什么。"但又或者其实这才是他想要的，让同一部电影在不同的观众眼中变成不同的故事。

而多层面的故事，就是多层面的人生角度。顾扬想了想，郑重地说："我也要谢谢您。"

"谢什么？"陆江寒微微不解。

"关于 Nightingale，我从中学到的东西，已经比这件事本身更重要了。"顾扬说，"比如前段时间的《地铁新闻速报》，要是换成以前，我可能会在超市就报警，哪怕最后真的和对方合作，也一定是被逼无奈，充满了愤怒和沮丧地再度向生活妥协。"

是陆江寒教会了他换一种方式看问题，教会了他偶尔的退步，是为了更好地赢。

说是变得更圆滑也好，但至少能不再受伤。

小圆桌上插着一朵玫瑰，在黑暗里散发出香气。

陆江寒笑了笑："只要愿意学，我还可以教给你更多。"

又过了两天，陆江寒带着顾扬和其他几名员工，踏上了返程的飞机。

S 市的阳光很好。

顾扬书包上依旧挂着那只小熊猫，毛茸茸的，一晃一晃。

杨毅嫌弃："哪儿弄的？粗制滥造，歪耳朵歪嘴。"

陆江寒和颜悦色："我买的。"

杨毅神情一凛："真好看。"

顾扬笑："我也觉得挺好看。"

"那就没错了。"杨毅一拍桌子，"艺术家都觉得好看，可见是真的好看。"

"想要吗？"陆江寒问。

杨毅说："当然想。"

陆江寒点头："一万五。顾扬，拆下来给他。"

杨毅："……"当我什么都没说。

其他人都在笑，会议室里气氛很轻松，这次的主题是"'五一'小长假促销"，虽然折扣力度不算商场全年最大，但刚好遇到了有个化妆品牌新品上市，交申请要请明星到店促销。市场部也就乐得顺水推舟，把这件事做成了重点节目。

"哪个明星？"散会之后，胡悦悦问。

"三选一，目前还没定。"顾扬打开电脑，"但肯定没有你想要的帅哥，都是女明星。"

"无聊。"胡悦悦果然泄气，趴在电脑前抱怨，"你说这些品牌都是怎么想的，要推化妆品，怎么着也该找个帅哥来吧？也不知道为目标客户谋点儿福利。"

"哦，招商部说定下来了。"顾扬晃了晃手机，"刚收到的消息，白青青，影后。"

这年头，娱乐圈里的颁奖典礼每年能有十几个，最不缺的就是影帝和影后，而白青青这个头衔就更水了，就连平时不怎么关注娱乐圈的顾扬也知道她演技拙劣，出名全靠一张脸。

请她来站台的品牌名叫双芸，国货老字号。原本走的是价廉物美的大众路线，近些年正在尝试转型，希望能打开中高端市场。而这次的新护肤套装就被寄予厚望，连包装都是请何垚一手打造的，浓浓的中国风。

一般这种明星到店的活动，寰东市场部都会配合品牌一起完成，但这次眼看着已经到了四月中下旬，却还是一点儿流程都没动，顾扬只好亲自跑去招商部催方案。

"我们也想快点儿弄完啊，但你是不知道，那白青青毛病有多少！"化妆品部主管大吐苦水，"今天早上连岚姐都火儿了，说大不了不做这个活动。"

岚姐叫张云岚，化妆品招商部经理，传说中的集团副总候选人，脾气相当炸，业绩也相当炸，算是林璐的升级火爆加强版。

"别，宣传单和报纸广告都已经登出去了，她不来也得来，不然粉丝又要投诉我们虚假宣传。"顾扬问，"对方纠结的点到底在哪儿？"

"别的都已经磨完了，现在只剩下一件事。"主管说，"白青青非要拿陆总的办公室当休息室，不管说什么都不去二楼 VIP 厅。"

顾扬心想：这是什么奇特的需求？

"你说，这白青青是不是对陆总有意思？"主管压低声音。

顾扬迟疑："要真有意思，就不会这么明目张胆了吧？"再水的影后也是影后，更何况她现在正当红，粉丝和资源都不愁，哪有赖在别人办公室不走的道理。

张云岚说："陆总，您就配合一下吧。"

陆江寒头疼："她是不是有毛病？"

"白青青有没有毛病我不知道，但时间真的来不及了。"张云岚说，"下次我们会在合同里加一条，特别注明休息室不能更改，但这次没辙。"

陆江寒摇头："让她去二楼贵宾厅。"

"我干脆就直说了吧。"张云岚从沙发上站起来，"白青青虽然神经病，但是根据我得到的信息，她在别的活动上从来就没有提过这种要求，只有寰东例外。"

"所以呢？"陆江寒问。

所以明显是你有问题啊，否则人家怎么不去要杨毅的办公室？那里至少还有一张十几万的按摩椅！张云岚说："就这么定了。"

陆江寒皱眉："我不同意。"

"还能不能听你三姨的话了？"张云岚忍无可忍，单手"咣"的一声砸在桌子上，指甲鲜红。

陆江寒："……"

"等活动结束后我再来和你谈这件事。"张云岚抽过方案，转身出了办公室。

顾扬恰巧端着茶杯路过走廊："岚姐。"

"正好，双芸的方案能定了，去找小付签字吧。"张云岚说，"一号早上把陆总的办公室腾出来，该锁的东西锁好，保险柜附近临时摄像头多安两个。"

顾扬说："好。"

活动总算能落地，不用再加班赶方案 B，整个市场部都松了口气。于大伟忙着联系安保事宜，顾扬也在网上买了三个摄像头，去找杨毅签字报销。

"事项"一栏写着"供陆总办公室五月一日使用"，杨毅没忍住，笑得肩膀都在抖。

顾扬抓住机会问："杨总，为什么白青青一定要用陆总的办公室？"

"故意的吧。"杨毅"唰唰"两笔签了字，"几年前她还是个没名气的小明星，粉丝不多，经常被别人带着出席饭局。"

而在一众油腻的富商里，陆江寒算是一股清流，沉稳冷漠，年轻英俊，身材还很好。白青青对他很是殷勤了一阵子，但也没殷勤出什么结果，最后只能不了了之。

"行了，去吧。"杨毅把报销单还给他，"记得别在陆总面前提这茬，免得他烦心，所有要沟通的事都来找我。"

而胡悦悦也很好奇，在办公室里追着问："为什么白青青非得要在陆总的办公室化妆？这爱好也太奇葩了吧。"

"因为风水好。"顾扬把她按回椅子上，"能招财。"

胡悦悦恍然大悟："原来是这样。"

顾扬淡定道："嗯。"

四月末尾，陆江寒带团队去了美国出差。

五月一号当天，杨毅亲自领着人，把陆江寒的办公室改成了临时休息室。活动时间是下午两点，而直到下午一点半，白青青才在保安的前呼后拥下抵达寰东，乘坐专梯到了休息室。

顾扬负责接待。

"你们陆总不在吗？"白青青四下扫了扫，她有着比银幕上更精致的五官，皮肤又白又细腻，漂亮得像瓷娃娃，的确很适合给化妆品站台。

"陆总去出差了。"顾扬说。

白青青不屑地"嗤"了一声，转头道："换衣服吧。"

衣帽架上挂着一条橘色的礼服裙，是葆蝶家的当季新款，抹胸收腰加开衩的大裙摆，刚好能凸显出女性玲珑的好身材，但明显和双芸素雅的主题不搭。顾扬稍微有些意外，他本来以为白青青今天会配合一下品牌，也穿何垚的古典礼服，没想到会这么时髦现代。而且这条时髦现代的裙子还出了意外，也不知道是在哪儿挂了一下，腰部位置被撕出了一个十厘米的大豁口，穿上之后才发现。

白青青："……"

助理也很惊慌失措，吵吵着说要找品牌调换。眼看着时间已经到了下午一点五十，房间里却还是闹哄哄一片，顾扬把胡悦悦打发去了二楼配饰部，自己从助理手里抽过针线包："我来吧。"

"你来什么啊？"助理莫名其妙。

"我来帮你处理这个。"

顾扬又对白青青说："站着别动。"

"你能行吗？"助理在旁边说，"会留下补丁的，哥哥，被媒体拍到要被嘲笑死的。"

"你还有别的裙子吗？"顾扬问。

助理："……"

"那就听我的。"顾扬单膝跪在地上，用手把褶皱轻轻抚平。

白青青提醒他："喂，有补丁我不穿的。"

顾扬笑了笑："放心吧。"

针线飞快地在布料间穿行，从白青青的角度，刚好能看到他长长的睫毛，在阳光下被镀了一层金。

没天理了，她想，老娘还要靠美容院种睫毛。

豁口很快就被补好，胡悦悦也从二楼搜刮了一堆腰带。助理刚要强调不能出现别的品牌 Logo，顾扬已经找了条最朴素的双圈小皮带，一剪刀"咔嚓"剪掉金属扣，反着绕在了白青青腰上。

多出来的部分刚好斜着挡住缝线，别说是媒体远拍，就算是凑近看，也要掀开皮带才能看见。

"行了。"顾扬看了眼时间，"两点十分，下楼。"

"你……专业的吧？"助理目瞪口呆。她还从没见过谁徒手捏着小针就能缝透厚腰带。

白青青再度被保安簇拥着进了电梯。五分钟后，已经有人把她参加活动的现场照发到了网上，有人夸她的盛世美颜，有人说裙子好看，也有人借此讥讽何垚，说明星参加双芸的活动都不肯穿垚的礼服，估计以后也只能改行设计包装盒了。

躲在屏幕后的攻击，远比现实中的叫骂更加尖酸刻薄，顾扬一条一条往下刷新闻。他是真的觉得可惜，何垚最近有一系列中式礼服裙，虽然称不上惊艳，但确实很符合今天的活动主题。

这种站台一般都不会太久，半个小时就能结束，粉丝意犹未尽地目送白青青离开，然后就开始了现场买买买。毕竟商家做活动是为了钱，支持偶像也不能只靠尖叫，只有让双芸的销售业绩在今天达到年度最高，通稿才好吹。

趁着白青青换衣服的间隙，顾扬对她的助理说："我还以为今天白小姐会穿何垚的礼服，新闻都这么说。"

"之前确实是这么打算的，都联系好品牌了。"助理不以为意，"但后来公关拿到了这家的新款，那谁还穿何垚啊，肯定得挑大牌，对吧？"

顾扬笑笑，也没说话。

白青青倒是对顾扬印象很好，临走之前特意让助理要了他的联系方式，说以后可以给他介绍更好的工作机会。不管做什么，至少要比待在陆江寒手下强。

她是真真切切这么认为的，毕竟那个男人又冷漠又无趣，看起来就很资本家——没有感情的资本家，只知道赚钱，估计连三餐都恨不得去别人家里蹭。

"她还让我转告您，"顾扬清清嗓子，"您想听吗？"

电话里的陆江寒一口回绝："不想。"

顾扬说："哦。"不想就算了，反正也不是什么令人愉快的内容。

"国内都晚上十二点了吧，怎么还不休息？"陆江寒站在阳台上。

"加班刚回来，弄了点儿东西吃。"顾扬用勺子搅小锅，里面"咕嘟咕嘟"翻滚着牛奶和麦片，"闻起来还挺香。"

闻起来还挺香。

陆江寒稍微顿了顿，才继续说："别熬太久，随便吃点儿就去睡。"

"嗯。"顾扬把锅端离灶台。

就这一点点麦片，想熬久一点儿都不行，会糊。

陆江寒这次去美国要谈的品牌不算少，直到最后一天也没能抽空回趟家。原本还想着要在电话里把这件事糊弄过去，结果晚上一到酒店就在大堂被人截住，一个爱马仕凯莉包飞拍而至，"砰"的一声，惊得酒店保安险些以为有人要闹事。

陆江寒说："妈。"

回到高层套间，陆妈妈气冲冲地坐在沙发上："美国总统也没你忙。"

"美国总统说不定还真没我忙。"陆江寒帮她把外套挂好，态度良好地承认错误，"我这次是真的没时间，不信你去问小刘。"

"关小刘什么事？你说忙就忙，先过来。"陆妈妈拍了拍身边，"我有话要问你。"

"你是想说白青青吧，我三姨告诉你的？"陆江寒一猜就中，"我和她可一点儿关系都没有。"

"真没有？"陆妈妈狐疑，"先说好，这女明星花边新闻漫天乱飞，我不准她进门。"

"那就谢天谢地了。"陆江寒揽住她的肩膀，"是这样的，别人的私生活怎么样我们管不着，但你儿子绝对不会因为她上新闻，放心了？"

"你说你这三姨，怎么净给我提供虚假情报。"陆妈妈松了口气，又问，"那你有没有交女朋友？"

陆江寒干脆利落地摇头："没有。"并且又及时补了一句，"你想让我找什么样的？我尽量按这个方向发展，争取三年内带回来。"

陆妈妈果然就被哄得很高兴，想了半天才说："要乖巧懂事的，性格好，学历高，智商也不能低，最好是知识分子家庭，还不能是我这种长相，一般漂亮的就可以。"最后又补了一句，"还得会做饭，虽然家里有阿姨，但晚上应酬回家，老婆熬的粥和别人熬的，那味道都不一样。"

她尽量把家庭生活描述得美好又温馨，期盼能以此打动光棍儿子，让他快点儿滚去谈恋爱。

"行。"陆江寒帮她捏肩膀，"我一定好好努力，找个会做饭的。"

暖融融的阳光照进露台，顾扬帮着顾教授把花园修整好，重新种了一大片蔷薇。

"晚上真的不在家吃饭了？"顾妈妈问。

"嗯，约了人。"顾扬换了套干净的衣服，"排骨还有吗？我带两盒给陆总，他今晚回 S 市。"

顾妈妈拉开冰箱看了看："还有挺多卤菜的，每样都带点儿吧，也别老吃荤的。"她拍了个黄瓜，烫好西兰花，还专门调了两种口味的油醋汁装进小保鲜袋里，撕开就能做拌菜。

顾扬背起书包，觉得自己背起了整个世界。

他愁眉苦脸地想：为什么这么沉？

出租车一路开往悦博公寓。

1901的植物群长势很蓬勃，除了绿萝，顾扬后来还陆续往这里运送了仙人掌、钻石玫瑰和小茉莉。陆江寒出差时，他经常会上来帮着照顾。今天也和往常一样先给花浇了水，然后才抱着书包进厨房，把所有的菜都装进盘子，整整齐齐摆在餐桌上。

何垚打来电话："我已经出发了。"

"我也马上出门。"顾扬擦擦手，"六点见。"

两人约的地方也是一九七零西餐厅，不过这次换了包厢，毕竟何垚是曾经红极一时的名模，在国内知名度不低，而她今天并不想被人认出来。

"要试一下烤芝士土豆吗？"顾扬提议，"这里的招牌。"

"你点就好了。"何垚双手握着玻璃杯，"我晚上只吃沙拉。"

"偶尔一次也不可以？"顾扬把菜单推到她面前。

"我只是想找个人聊聊天儿。"何垚说，"希望没有打扰到你。"

"当然不会。"顾扬笑着说，"对我来说就像做梦。"他这话也不算全然客套，在上中学的时候，何垚的确是全班男生心里的女神，慵懒而又颇具独特气质的五官，让她频频登上各大时尚杂志的封面，也让东方面孔第一次出现在了世界超模排行榜。

"谢谢你发给我的那些图，都很漂亮。"何垚说，"经常去看展吗？"

"有时间就会去。"顾扬说，"工作太忙，只有利用各种不同的展出，才能假装自己去了很多不同的地方。"

何垚说："如果我是你的老板，一定会给你很多假期。"或许因为两人的初遇是在充满狂野气质的肯尼亚，所以在她的心里，顾扬也就一直是浪迹天涯的流浪形象——不是那种邋遢而又无家可归的流浪汉，而是精致干净、光鲜体面的诗人和画家，细心地走遍世界每一个角落，然后在每一个驻足停留过的地方，都种下一朵花。

"你的气质，很像是……"何垚稍微停顿了一下，她本来想说浮在天上，可后来却又觉得似乎不太吉利，于是换了个形容方式，"活在童话故事里。"由小王子、星球、玫瑰、夜莺和红宝石刀鞘组成的世界。

"是不切实际的意思吗？"顾扬把沙拉递给她，"可太童话也不好，会被现实教做人，所以目前我正在学习要怎么样才能平安落地。"

两人聊得很融洽，不知不觉外面的天色已经完全变暗，橱窗里也再度亮起了星星灯。

杨毅亲自到机场接的陆江寒。

他原本已经订好了餐厅，谁知一开 1901 的门，迎面而来的居然是扑鼻的饭菜香。

餐厅里亮着一盏昏黄的小灯，桌上整齐地摆着红烧排骨和烧大虾，还有一道卤味拼盘，黄瓜和西兰花都是预先处理好的，旁边的小白瓷碟里盛着味汁，只要倒进去就能吃。电饭煲显示正在保温，里面焖着饭——这也是"中华小当家"为数不多、已经熟练掌握的烹饪技能。

杨毅目瞪口呆："你这是在家养了个田螺姑娘？"

"是顾扬。"陆江寒把手洗干净，"他昨天发消息，问我回家想不想吃红烧排骨。"

"我说你怎么一直不肯回月蓝国际。"杨毅夹了块卤豆干丢进嘴里，啧啧道，"这待遇，换我我也不搬。"

顾妈妈厨艺高超，随手拌个小菜都能色香味俱全。陆江寒发了条消息给顾扬，对他表示了感谢。

"晚上还有约？"何垚问他。

"没，陆总今天从美国回来。"顾扬把手机装回裤兜，"如果您不着急的话，我们还可以再聊一会儿。"

"你真的觉得我应该精简吗？"何垚单手撑着下巴，微微皱起眉，"可我觉得它们目前其实很空洞，并不能完全表达出我想要的意思。"

"用具体的服装来表达事物的多层面和文化的多元性，其实是很难的，因为后者是一个很抽象的大概念。"顾扬说，"如果是我的话，会先选择一个具体的点切入，这样会简单许多。"

"但那样很俗。"何垚从包里摸出一盒女士烟，想起来这里是无烟餐厅，于是又塞了回去。

"俗也未必就代表着不好。"顾扬说，"就像电视里的娱乐节目，观众都喜欢看，因为不管它有没有深刻的内涵，但至少那一瞬间的快乐是真的。"而何垚现在太想拍出内涵深刻的电影，却因为不得其法，反而会让作品看起来复杂、死板、套路而又莫名其妙。

当然，顾扬暂时不会这么直白地剖析，只是委婉地表达了一下，她之前的作品就很有灵气，那恰恰是因为没有想太多，所以美才能不被束缚，才能有更多的空间去挥洒驰骋。

"而且回到过去的思路，并不意味着倒退或者炒冷饭。"他继续说，"我很喜欢一位服装大师强调的'此时此地'，只要能表达出那一瞬间心里的想法，服装就是有灵魂的。"

何垚看着他没说话，像是在出神，过了好一会儿才轻轻叹了口气："你真不应该去做零售。"

"我很喜欢现在的工作。"顾扬说，"而且我也想趁着现在，多体验一点儿不一样的人生。"好的或是不好的，那都是生活的一部分，他曾经强烈排斥过，但现在却更愿意享受每一个"此时此地"。

"我很喜欢和你聊天儿。"何垚点点头，"不过希望下次再见面的时候，你能少一点儿客套，可以直接说我的设计很烂，没关系。"

"但它们并不烂。"顾扬强调，"只是暂时沉睡在了森林迷雾里，需要一束阳光出现。"

从骨子里就散发出浪漫气质的人，讲道理也像在念诗。

何垚笑了笑："走吧，我的助理已经到了。"

在路过走廊的时候，顾扬又介绍了一遍自己的照片，能让童年在同一家店里停留十几年，他一直视之为荣耀，所以很想分享给每一个人。

何垚发表了和陆江寒一样的看法："很可爱。"

第二天是周日。

需要倒时差的总裁和需要偷懒的员工，都可以尽情睡到中午十二点。

顾扬穿着一身白色家居服，赤脚踩在羊绒地毯上，借助窗外的阳光进行"光合作用"。

睡太久也不好，容易蒙。

陆江寒按响门铃，他手里拖着一个巨大的行李箱，看起来很像是因为受不了美食的诱惑，所以终于决定要搬来和"中华小当家"同住，但其实那里面塞满了原版零售业的相关书籍——教导主任远赴黄冈出差，回来时带了满满一箱花色不同的《五年高考三年模拟》。大概也只有像顾扬这样的学霸，才能开开心心把它们当成礼物。

顾扬从厨房里捧出来一杯茶："尝尝这个，里面是我自己种的食用茉莉。"

陆江寒意外地想：已经发展到要自己种菜了吗？

墙角的花架上面挤满了花盆，平时是很郁郁葱葱的，但一旦有了食材的需求，立刻就显得窘迫和寒酸起来。顾扬不明就里，还在拿着小喷壶给花浇水，看起来似乎很希望茄子、辣椒、西红柿能尽快长大，于是陆江寒不由自主就想起了自己的一个朋友，据说在郊区承包了一大片农场，割出一块地来应该不成什么问题。

不过幸好，就在他即将提出这个惊悚想法之前，身体里属于寰东总裁的那一部分灵魂及时出现，打败了忠实食客，提醒他小员目前已经很忙了，完全不可能有时间再去郊区种地。所以，还是以后再说吧。

五月中旬，不算冷也不算热。

顾扬把喷壶放回花架，抱怨道："这种季节，身上一点儿力气都没有。"

"中华小当家"已经明确发出了很累的声音，陆江寒只好说："中午想吃什么，外卖？"

顾扬坐在地毯上："嗯。"又蔫蔫地说："谢谢陆总。"

"我是不是把你压榨得太厉害了，怎么累成这样？"陆江寒好笑，"还是说，易铭又来找你了？"

"都不是。"顾扬想了想，"大概就是春困。"虽然来得有些晚，但也算是抓住了春的"尾巴"，该困还是要困一困的。

阳光从窗外洒进来，把整个客厅都笼罩在了虚幻的金色光影中。

绿色的植物蓬勃而又积极地生长着，如果这真是童话，应该在下一刻就会有藤蔓延展过来，让他跌进柔软的吊床里。

在钢筋水泥浇筑的空隙间，小王子有他自己的风和森林。

外卖一直没有送来，顾扬蜷在沙发上，睡得很熟。

陆江寒把毯子轻轻盖在他身上。

静谧的午后，房间里浮动着花的香气。

五月促销过后，每年的六月到八月算是零售业的相对淡季。

部门同事轮着休年假，顾扬作为工作不满一年的小新人，暂时没有这种福利待遇，只好每天看着电脑屏幕，假装自己在遨游世界。

杨毅叫住他："有英国签证吗？"

顾扬说："嗯？"

陆江寒计划带团队去欧洲考察，指明要顾扬同行。

杨毅当时说："你还能不能讲点儿道理了，出差带我的人？"

陆江寒说："不讲。"

杨毅："……"

公司里的其他人听到消息，都是见怪不怪，毕竟顾扬在实习生时期就能独挑大梁策划服饰秀，那现在能跟着总裁出国旅游……不是，考察，也是理所当然的事。职场上的钩心斗角固然不会少，但是对于有真才实学的人，大家也都还是服气的，并不会多说什么。

出发时间是六月中旬，目的地是英国伦敦。

"行程会很忙碌吗？"在飞机上的时候，顾扬问。

"应该不会。"助理小声说，"这次算是半福利性质，忙的时候可能一天要走三四家店；不忙的时候，自由活动。"

没有年假的忧伤一扫而空，顾扬从书包里掏出日程表，打算看一看哪几天可以自由如风。

晚上七点，飞机稳稳降落在希思罗机场。

十几个小时的长途飞行，让每一寸肌肉都透着疲惫。顾扬趴在酒店舒服的大沙发上，一动也不想动："我能申请叫客房送餐吗？"

"行。"助理说，"我去问一下陆总，不然今晚就都在房间里吃得了，省得折腾。"

这次的团队一共有五人，剩下的两人中，一个是家居部经理唐威，另一个是男装部经理江峰。大家纷纷表示不想动，随便叫点儿吃的填饱肚子就行，毕竟明天还要早起。

"以前来过英国吗？"助理问。

"嗯，不过一次是高中毕业旅游，另一次是为了看艺术展，基本没怎么逛过商场。"顾扬把三明治从包装里拿出来，"有没有什么注意事项？"

"对于老唐他们，还真有，得注意人家的陈列和品牌布局，回去要写报告；但对你就没有了。"助理说，"多留心观察学习就行，至于到底学到了什么，也不会有人考试。"

顾扬把薯条裹满番茄酱，心想：那不一定。

"教导主任"就住在楼上，随堂测验随时都可能出现，所以还是很需要好好学习，天天向上的。

伦敦的六月，夜里依旧有些冷。

凌晨两点，顾扬迷迷糊糊踩着拖鞋，刚准备去洗手间，就看到一个黑影向自己扑了过来。

"啊！"

阳光落满玻璃餐厅，顾扬顶着黑眼圈，一口气喝了四杯黑咖啡。

"我真是冤枉。"助理举手发誓，"小洁都说了，我自从结婚之后，可就再也没有梦游过。"

"顾扬都快昏迷了，你这还发誓呢？"唐威说，"看把人小孩儿吓的。"

"我还真不是吓的。"顾扬又叫了第五杯咖啡，哑着嗓子说，"主要七哥吧，他老走来走去，还要去擦胶囊咖啡机。""咯吱咯吱"的，堪称百年酒店恐怖故事。

"哥哥实在对不住你。"助理揽过他的肩膀，"我保证，今晚一定不动！"

"你还能管自己睡着什么样？"唐威调侃，"昨晚擦咖啡机，今晚就该洗冰箱了。你说这弟妹是怎么培养的，睡着了还能做家务，扫地机器人也没你好用。"

"行了。"陆江寒也哭笑不得，"去让酒店换个双人房，顾扬来和我住。"

"别啊，陆总，这多不合适。"助理赶紧摆手，"这样，今晚我把自己捆在沙发上。"

"你少吓唬顾扬了。"江峰龇牙，"万一你被捆着还能站起来，满屋子蹦跶，更吓人。"

助理："……"

"现在是上午九点半，换完房间后十点出发。"陆江寒说，"车已经在等了，我们先去塞尔福里奇百货店。

那是牛津街上最古老的百货商场，创建于 1909 年。每年除了能吸引大批天南海北的顾客，还能吸引许多零售业同行来参观。

"之前听说过这家百货吗？"陆江寒问。

"来过一次，印象深刻。"顾扬驻足在玻璃橱窗前，里面有一只可爱的帕丁顿小熊，"当年这里是路易·威登和草间弥生概念展。"那时候他对零售业还知之甚少，只顾着欣赏橱窗里的高级成衣、手袋和鞋子，以及草间弥生标志性的、被做成吊灯和展示台的巨型南瓜。

"喜欢路易·威登还是草间弥生？"陆江寒带着他走进店里。

"都喜欢。"顾扬说。一个是世界顶级奢侈品牌，另一个则堪称日本近现代最伟大的艺术家，二者的结合像一场绚烂的烟花，无穷无尽的波点混淆了虚幻和现实，那是一场狂欢，而世人唯有惊叹。

其他人都在男装部，顾扬问："我们也要过去吗？"

"你可以自己随便逛。"陆江寒笑了笑，"不用觉得自己在工作，好好享受逛街的过程。"

几乎所有的零售业书籍上，都会提到塞尔福里奇百货公司的创始人哈利·戈登先生的一句话——顾客总是对的。而这种理念也深刻地体现在了商场的每一个角落。如果换作之前，顾扬可能只会对商品和橱窗感兴趣；但现在，他不由自主地就会留意每一处服务细节，从收银台到洗手间。

"这样会累吗？"陆江寒问。

"不会。"顾扬说，"我的脑袋够用。"完全可以一分为二，一半归艺术，一半归零售。所以从某种程度上来说，他也算是和草间弥生有了共同点，都能任意穿梭在两个截然不同的世界里。

"陆总，我们要去下一家了。"过了一阵子，助理打来电话，"您和顾扬在哪儿？"

"我们还要在这儿待一阵子。"陆江寒说，"你先和老唐他们过去吧，不用安排车等我了。"

"我们要走了吗？"顾扬从后面跑过来，他怀里抱了只帕丁顿熊，是陆江寒买的礼物——又是为了送给老阎的女儿，至于能不能成功送出去，另说。

"不用。"陆江寒说，"你刚刚才走完第一层。"

艺术家看展览的习惯成功延续到了逛商场上，顾扬扫店的速度慢到人神共愤，想当初不管是林璐还是张云岚，踩着高跟鞋一天也能逛完十几家店，要是被她们看到顾扬这效率，估计得气出病来。

不过陆江寒这次并不打算纠正顾扬，他说："我们可以在这里待一整天。"

"那我去把这只熊存了。"顾扬说，"顺便看一下他们的寄存服务。"

陆江寒点头："我去顶楼餐厅等你。"

相比起堪称业界标杆的橱窗摆放，塞尔福里奇百货店的食物显然和"标杆"两个字相去甚远，顾扬把盘子里的烟熏鱼肉切成小块，顺便思考等会儿要是"教导主任"随堂测验，自己该怎么交答卷。他喜欢这家百货的理念和历史，也喜欢它夺人眼球的创新营销方式，想法不算少，加起来大概可以滔滔不绝说半个小时。但这次陆江寒并没有要考试的意思，他只给自己要了杯香槟，就悠闲地靠在椅背上，隔着装饰花和叶看窗外的风景，仿佛真的在度假。

于是顾扬就相信了，这次出差的确是半福利性质。

而黑色商务车上，唐威他们匆匆啃完半包饼干，就又马不停蹄地进了下一家百货店，一天要看完四家店，并没有任何时间可以浪费——更别提在顶楼餐厅吃熏鱼喝香槟了。

"日程表上有很多家店。"顾扬放下刀叉，"我不需要都看完吗？"

"那是家居部和男装部的任务，和你没关系。"陆江寒说，"按照我的计划，走三四家店就行，也不用刻意去观察什么，等到行程结束后，把你印象最深刻的部分写下来就可以了。"

服务员及时撤掉餐盘，帮两人换上了甜品。摆在顾扬面前的是一小份 Trifle（屈莱弗蛋糕），奶油和水果层叠交融，顶端还点缀着一圈儿小草莓，盛在透明的矮脚玻璃杯里，漂亮得像艺术品。

"喜欢吃甜的？"陆江寒问。

顾扬想了想后说："喜欢吃好吃的。"要是齁甜，那他也是不吃的。

陆江寒笑了笑，把自己的法式布蕾也轻轻推给他："劳驾。"

软滑的蛋液和脆脆的焦糖，混合出奇妙又浪漫的口感。

顾扬欣然接受，他说："不客气。"

在塞尔福里奇百货店里，总能找到很多小众品牌，买手店里汇聚了世界各地的设计师精品，朴素的、华贵的、低调的、张扬的、端庄的、怪诞的，不同的风格和主题在这里相遇，对于顾客而言，是琳琅满目的商品和满载而归的购物体验；而对于顾扬来说，更多的则是创意和灵感的聚会。陆江寒给了他足够多的时间，多到可以花整整十分钟来仔细观察一枚小鸟胸针上的宝石，或是一个手袋上的缝线。

天色渐渐暗了下来。

助理打来电话，说车子已经到了楼下。

唐威和江峰都在捶腿，感慨男人和女人就是不一样，也不知道当初林璐那踩着高跟鞋一天逛十多家店的精力是从何而来。助理帮陆江寒拉开门："陆总，我们是直接回酒店？"

"吃过晚饭了吗？"陆江寒问。

"哪有时间吃饭？填饱肚子就行。车上还剩了点儿饼干和面包，您没吃的话先垫点儿？"唐威递过来一个牛皮纸袋，"小顾也吃吧，回酒店再叫别的。"

顾扬顿了顿："我们……吃过了。"

助理随口问："吃的什么？"

海鲜面、烤蔬菜、比萨、红酒和安格斯牛排。

虽然不是什么顶级豪华大餐，但还是要比饼干强不少的。

为了不让对比太明显，顾扬淡定地说："一样。"

陆江寒坐在前排，嘴角扬了扬。其实他之所以让顾扬在塞尔福里奇百货店待一整天，除了想让他好好体验这家百年商场外，还是因为顾扬明显没休息好。虽然早上喝了七八杯咖啡，但眉宇间的疲惫是遮不住的，估计全靠年轻体质在撑。

新换的客房房间很大，顾扬把自己的箱子整理好，在昏暗的灯光下，连续四十多个小时睡眠不足的时差症状才终于显现出来，脑袋昏昏沉沉，连走路都会撞墙。

陆江寒从身后扶住他："小心玻璃。"

顾扬回神："嗯。"

陆江寒问："生病了还是哪儿不舒服？"

顾扬打着哈欠如实回答："就是困。"这"锅"主要得归助理，要不是他昨晚满屋子乱窜，自己也不会裹着被子干坐一整夜。

"洗完澡就早点儿休息吧。"陆江寒好笑，"我去外间看会儿文件。"

"好。"顾扬说，"陆总您也早点儿睡。"

陆江寒点点头："晚安。"

时间一点儿一点儿溜走，浴室里的水声也停了下来。等陆江寒进屋的时候，顾扬已经洗完了澡，正深陷在柔软的枕头里，睡得一脸香甜。

床头电子闹钟显示上午九点响铃，陆江寒想了想，轻轻按下删除键。

第二天清晨，应该说是下午，顾扬才在一片嘈杂声中猛然惊醒。

也不记得到底是做了什么梦，好像是高考迟到，又好像是赶飞机迟到，总之无论是哪种迟到，都很令人心惊胆战。

厚重的窗帘遮住了太阳，房间里的光线很黯淡，空气中只有微小的灰尘浮动。

旁边的床上空空荡荡，顾扬伸着懒腰，抓过闹钟看了一眼。

13:30。

哦。

下午一点半?！

想起昨天唐威说的"早上十点出发"，顾扬瞬间清醒，跳下床风一般地冲进洗手间。

他一定要投诉这家酒店的破闹钟，并且在明早订十个叫醒服务！

"和闹钟没关系，是我关掉的。"陆江寒拿着手机站到一边，"你的时差没倒好，需要好好休息。"

顾扬叼着牙刷站在洗手间，也不知道要感动还是要反驳。之前在学校的时候，为了参展通宵赶作品也不是没有过，第二天照样能打球或者考试——他的身体其实很结实，完全不需要专门用一天时间来睡觉，而且被别的同事知道会怎么想？

"我告诉他们你生病了。"陆江寒说，"行了，今天放你自由活动。"

"谢谢陆总。"顾扬说。

"陆总，真不要给小顾买点儿感冒药？"助理问，"前面就是药店。"

"他自己带了。"陆江寒看了眼时间,"走吧,去下一家店。"

外面天气有些热,顾扬换了件短袖,打算一个人出去玩。

"请问您要去什么地方?"酒店门童问。

顾扬想了想,回答:"哈罗斯百货店。"

那是伦敦另一家知名百货。虽然在这座古老的欧洲城市里,至少也能找出一百个地方比哈罗斯百货店。更加吸引艺术家,但顾扬还是决定按照原计划扫店,哪怕总裁已经给了他假期——可谓相当有职业操守。

拥有160余年历史的老牌百货,也是全世界最奢华的商场之一,甚至还可以找到戴安娜王妃和多迪·法耶兹跳舞的铜像。顾扬还在人群外往里看,身后已经有人在叫:"咦,你怎么在这儿?"

陆江寒眉梢微微一挑。

"生着病呢,怎么还到处乱跑?"唐威埋怨,"穿这么点儿,不冷啊!"

顾扬往后退了一步,躲过他想要按上额头的手:"嗯,发烧,热。"

"你这小皮孩子。"唐威哭笑不得,"病倒了可没人照顾你,快点儿回去。"

顾扬把求助的眼神投向总裁。

"我带他回酒店吧,正好换件衣服。"陆江寒说,"你们去楼上,晚点儿电话联系。"

"换什么衣服?"等到其余人都离开后,顾扬问。

陆江寒臂弯搭着外套,拿掉之后露出衬衫上的一大块污渍:"江峰中午吃饭的时候,估计对工资心怀不满,趁机飞了我一块牛排。"

顾扬:"噗……"

"还笑呢?"陆江寒带着他出门打车,"我这刚说你发烧起不来,结果转头就看见你挤在人堆里拍照。"第一次见这么不配合领导的下属,头都要疼。

"没什么装病经验,下次改进。"顾扬态度端正,又问,"我们真的要回酒店吗?"

"你想回酒店吗?"陆江寒看他。

顾扬摇头。

"那我们去利伯提百货店。"陆江寒说，"顺便买件衣服。"

矗立在摄政街上、黑白相间的都铎式建筑，就是大名鼎鼎的利伯提百货店，木料全部取自皇家舰船，这里曾经被认为是都铎艺术复兴的最佳代表，现在则是致力于向顾客出售来自世界各地的精美商品。

几乎不用问，陆江寒就知道，利伯提百货店一定会是顾扬最喜欢的那座商场。古老而又华贵的岁月感几乎充斥在每一个角落，带着磨痕的地板、被木栏围绕的电梯、沧桑又精致的雕花纹路、从高空垂下的璀璨吊灯……就差把"艺术"两个字写在天顶上。

顾扬果然说："棒。"

"昨天唐威他们已经来过这里了，所以你可以自己慢慢逛，不用担心被抓包。"陆江寒说。

"先去买衣服？"顾扬并没有被这艺术大楼冲昏头，还记得那块飞到总裁袖子上的牛排。

陆江寒的穿衣风格其实很无趣，衬衫更是千篇一律，衣帽间如同克隆现场。这次也是一样，陆江寒随手拿了件衬衫就要去付账。

"可这个更好看。"顾扬及时拎起另一件。

陆江寒迟疑："是吗？"

"试一下。"顾扬把衣服递过来，"相信我。"

在衣着和美食方面，陆江寒还是很信任他的。所以就算这件衬衫的袖口有着令人无法忍受的花卉图案，但试一试也行。

手机"嗡嗡"振动，来电显示"杜天天"。

"我在忙。"顾扬从柜员手里接过水杯，"谢谢。"

"你嘴里的忙不就是逛街？"杜天天说，"忙也无所谓，我就炫耀一件事，哥哥即将升职了。"

顾扬说："恭喜恭喜。"

杜天天不满："你这喜悦听起来怎么一点儿都不发自内心？"

"我真的在忙。"顾扬看着从更衣室里走出来的陆江寒，"不说了，今晚聊。"

杜天天说："喂！"

可电话另一头传来无情冷酷的"嘟嘟"声。

杜天天胸口发闷，在群里噼里啪啦发消息。

——扬扬不理我了。

——扬扬一定是在陪富婆逛街。

——噢，心碎。

"你确定我能穿这件衣服？"陆江寒站在镜子前。

"不用一直都那么严肃的。"顾扬帮他整理好衣领，又把袖口整齐地向上折起来，设计师的职业病让他对每一个细节都很在意，连后背的褶皱也都要仔细抚平。

"这样和普通衬衫有区别吗？"陆江寒看着被挽起来的袖子。

"有。"顾扬回答，"至少在你心里，知道它是不一样的。"袖口有暗色的印花，就像藏起来的春夏，那是只属于一个人的四季，俗称闷骚。

陆江寒点头："有道理。"为了不打击艺术家的积极性，也因为袖子挽起来后，这件衬衫就又回归了最简单的样式，所以他愿意为它买单。

"这是利伯提百货店每年的限定印花图案。"柜员一边帮他们把旧衣服包起来，一边介绍，"在店里很多商品上都能找到。"

相同的花纹和不同的商品，扫店工作突然就变成了寻宝之旅，顾扬对此很有几分期待，独自跑出去看楼层导购图。陆江寒从柜员手里接过购物袋："谢谢。"

"不客气。"柜员微笑，"祝你们拥有美好的一天"。

从古老穹顶上垂下的水晶吊灯恍若星辰，让所有身处其中的人和事都变得不真实起来。浪漫又温柔，疯狂又颠覆。

陆江寒按下电梯，和他一起去了家居部。

这一层的卖场很像东方集市，顾扬在一堆布料里翻翻挑挑，随口说："我们也可以出限定款吗？和不同品牌联合，服饰或者家居都可以。"

"但寰东不是利伯提百货店。第一，不会有世界各地的游客专门为它而来；第二，限定款在消费者眼里也未必就有收藏价值。"陆江寒在旁提醒他，"而且我们的门店数量不比沃尔玛或者家乐福，限定款不能走薄利多销路线，但单价一旦太高，你就得考虑清楚，谁才会愿意为这些商品买单。"

顾扬点头："嗯。"

"不过你要是有更好的想法，我不介意试一试。"陆江寒又说，"就算不切实际也没关系，就像你的玻璃房子，只要创意本身够精彩，我们总能找到办法让它落地。"

"如果真的可以，那我可以免费设计花纹。"顾扬很慷慨。

陆江寒却摇头："你要学会为你的才华估价，不能总是肆无忌惮地滥用它。"

顾扬立刻问："那您愿意高价收购吗？"

陆江寒没有被这个速成小奸商拐进去："到时候，我们可以专门开个会来讨论这件事。"

两个人在利伯提百货店待了一整个下午，直到傍晚才回酒店。

顾扬买了很多漂亮的小手巾，上面都是限定款的图案，放进行李箱里，像是塞进了半个春日花园。

"您还不休息吗？"收拾好东西后，顾扬站在套间门口，"已经很晚了。"

"新店那头的招商出了点儿问题。"陆江寒头疼，"刚刚收到邮件，荷花百货表示入驻合同要延期。"

"之前不是都定下来了吗？"顾扬坐在他身边，"延期的理由是什么？"

"对方语焉不详。"陆江寒摇头，"只有等回去后再说了。"

主力店对一家购物中心来说意义非凡，在某种程度上甚至能直接决定整座购物中心的风格和基调，相比起它所能带来的广告效应，利润反而成了不重要因素。一家高奢商场绝对不会引入平价超市，反之亦然。而普东山新店之所以会找荷花百货，也是因为它无论是从商品结构还是目标客层上，都和寰东的定位基本相符，本来应该是强强联合的事情，只是不知道为什么会突然出现变故。

"还可以再谈的吧？"顾扬问，"对方是想争取更好的条件，还是真的不想入驻了？"

"倒是没有一口回绝，所以八成是前者。"陆江寒说，"这种事在商业合作里经常会有，别担心，睡吧。"

顾扬点头："嗯。"

酒店里的沐浴品有小苍兰的香气，被窝儿里很好闻。

过了一会儿，顾扬动作很轻地转过身，想偷窥一下隔壁床。

陆江寒手里捧着一本书，正靠在床头和他对视。

陆江寒问："需要我关灯吗？"

"不需要。"顾扬原本还想说荷花百货的事，但又觉得这糟心事实在不适合当睡前话题，于是只笑了笑，"晚安。"

陆江寒也说："晚安。"

一分钟后，暖橙色的灯被熄灭，整间卧室都陷入了宁静的黑夜里。

沉睡的人，沉睡的城市，世界只余温柔的月光。

考察的最后两天没有行程安排，可以自由活动。

助理问："陆总，您今天想去哪儿？"

"书店。"陆江寒放下手里的咖啡杯，"你们呢？"

所以说总裁就是总裁，光思想境界都能高出凡人一大截。但唐威和江峰一来实在累得够呛，二来英语水平堪忧，三来也早就过了需要时刻拍领导马屁的事业阶段，于是纷纷表示还没想好，先睡半天再说。

只有顾扬说："要买书吗？那我也想去。"

陆江寒欣然答应，并且无情地拒绝了助理的跟随请求。

"出来这么多天，不去给弟妹买点儿东西？"唐威在旁边提醒，"你这平时不着家就算了，回去还空着手梦游，自己说招不招人嫌吧！"

"去给小洁买个包，算我的。"陆江寒也说，"当年开店耽误了你们的婚期，我和杨毅一直过意不去。"

"别啊，您和杨总后来不是补给我假期了吗？"助理笑着说，"行，那我就去买点儿东西，陆总您有事随时电话。"

这座城市依然保留着阅读的习惯，书店的数量不算少。陆江寒其实并没有特别的目的地，司机也就按照他的要求，载着两人找到了一家最近的书店。

推开古旧的木门，玻璃后就是另一个世界。光线明亮，墙壁上的书架上堆满了各种书籍，顾扬抽出一册游记，小声说："我们要买什么书？"

"我们什么书也不用买。"陆江寒说，"只是来看看。"

顾扬想了想："是要在购物中心里也开一家书店吗？所以先来考察。"

小员工太热爱工作，热爱到无时无刻不在考虑购物中心。陆江寒笑着摇摇头，随手拿了本漫画书递到他手里："好好享受你的假期。"

这家书店很大，上下七层，陆江寒独自去了三楼唱片区，想淘几张黑胶唱片。

顾扬坐在窗边，为自己叫了一杯热可可。

时间一点儿一点儿过去，街道上悄无声息地落下了牛毛般的雨。

等陆江寒下楼的时候，一眼就看到了顾扬——他坐在落地窗前，手边摆着空掉的咖啡杯和一本书，泛着雾气的玻璃映出朦胧身影，恰好让他和这暖色灯光一起，彻底融进了伦敦六月的雨和雾里。

那是一本王尔德的故事集，虽然国内已经有了许多版本，但陆江寒还是为顾扬手里的童话买了单，封面上印着夜莺和它的红玫瑰。

"我们还要去哪儿吗？"顾扬问。

"我的行程已经结束了。"陆江寒笑笑，"所以接下来，你想去任何地方都可以。"

雨久久不停，书店里的人也就越来越多，四周逐渐变得嘈杂起来。顾扬买了把黑色雨伞，和陆江寒一起出了店门。

风微微有些冷，吹乱了顾扬额前的碎发，但空气却是好闻的，带着雨后泥土和植物的清新。沧桑的建筑，曲折的街道，阳台上垂下的铃兰，还有从远处传来的、若有若无的钟声，叠加在一起时，如同一幅美好的油画。

细雨飘进水洼，轻盈得只能溅起一圈儿涟漪。顾扬在街边小店买了两个热狗，上面堆满了奶酪和香甜的蜂蜜芥末酱。

陆江寒在此前来过无数次欧洲，却是第一次拥有这种奇妙的体验，和景点无关，和工作无关，只需跟着一个浪漫又路痴的小艺术家，漫无目的地穿行在伦敦的大街小巷间。

又一阵风吹来，雨丝终于被吹散在了云朵深处。

顾扬收起雨伞，笑着看他。

"玩够了？"陆江寒扬扬下巴，"看那儿，你的同行。"

小广场上的行为艺术家，正在号召路过的行人往一块白色画布上投掷颜料，不断有斑斓的色彩溅开，赤橙黄绿青蓝紫。

"他不是我的同行，但我不介意帮他完成作品。"顾扬把伞递给陆江寒，自己跑去排队。

陆江寒接通电话:"喂?"

"现在有空吗?"杨毅说,"商量一下要怎么对付荷花百货那群人。"

"如果不是很紧急的话,没空。"陆江寒看着不远处的顾扬,"等我回来再谈。"

"今天不是没行程吗?"杨毅纳闷儿,"你干吗呢?"

顾扬把手里的颜料球用力抛向画布,刚好炸开一颗心的形状。

围观者纷纷为这巧合鼓掌,陆江寒也扬起了嘴角。

"探索艺术的新世界。"

"你还能有这心情?"杨毅大为不解。

"暂时不想解释。"陆江寒朝着广场的方向大步走去,"但感觉还不错。"

彩色颜料沾得满手都是,顾扬在旁边的水桶里洗了洗,还没来得及去找纸巾,眼前就有人递过来一块素色手帕,叠得整整齐齐。

"环保。"陆江寒说得很理所当然。

"我没怎么洗干净。"顾扬举着湿漉漉的手,"会蹭脏的。"

"可这是它该做的事情。"陆江寒把手帕放进他掌心,"回国之后,赔一块新的给我,自己做。"

这听起来像是一笔不对等的交易,毕竟总裁的手帕是爱马仕的,顾扬刚打算就这件事发表一下意见,却又想起昨天才刚刚被教育过要善待自己的才华,学会给它估价,于是也就顺水推舟,淡定地把自己和高奢归到一个水准,点头说:"好。"

举办颜料球大战的画家是意大利人,天生自带浪漫基因,在作品顺利完成之后,他不断地从口袋里往外变出红玫瑰,送给每一个参与者,当然也包括顾扬。

"谢谢。"陆江寒中途截断,把玫瑰收到了自己手里,然后在小艺术家发表意见之前,带着他走向另一个方向,"累不累?"

"我们要回酒店了吗?"顾扬问。

大概是因为刚刚欣赏完艺术的美妙,所以陆江寒对周围的一切事物都保持着高度的敏感,也就顺利听出了对方这句话里的意思。于是他说:"或者可以去泰晤士河边,你应该会喜欢那里的夜景。"

顾扬果然一口答应。

夜色降临得很迟，所以两人还剩下一段充裕的时间可以好好享受晚餐。陆江寒带着他去了一家颇具历史的老店，这家店成立于十八世纪，据说首相和女王都曾经光顾过。

餐厅声名在外，顾客当然不会少，只有偏僻角落还有位置——但角落也有角落的好处，既能身处此间，又能独享安静，虽然视野不好，可谁又需要视野这种东西呢？至少对目前的陆江寒而言，他只想专心享受眼前的风景。

顾扬认真翻阅了一会儿菜单，然后问："鹿肉吃吗？"

陆江寒对"中华小当家"表现出了充分的依赖："点菜权交给你。"

这句话听起来虽然充满了信任，但其实本质等同于"随便"，是非常令人苦恼的回答。顾扬对这家店一无所知，不过幸好隔壁几桌的菜看起来都很精美，食客们的表情也很愉快，所以大概可以放心盲点。

陆江寒叫了两杯香槟，郁金香型的高脚杯很漂亮，繁复的银质花纹如同艺术品，和这家拥有数百年历史的餐厅有相同的古老气质。天顶上垂下木质六角形吊灯，光照并不强烈，昏暗的环境让人们的交谈也轻声细语起来；桌上玫瑰含苞待放，银质刀叉轻轻碰撞出声响：一切都是温柔而又小心翼翼的。

"喜欢这种酒吗？"陆江寒问。

"嗯。"顾扬喝了一小口，凭借着刚才扫了一眼酒单的记忆，问道，"是唐·培里侬？"听起来很专业，但他其实对酒知之甚少，之所以能记住这个名字，全靠当年香奈儿首席设计师卡尔·拉格斐亲自为之设计的酒瓶包装。这算是生僻冷知识，能回答正确不容易，所以他已经准备好了要接受总裁的称赞或是疑惑，但对方却没有任何诧异的表现，只是点了点头。

顾扬：就没了？

陆江寒和他轻轻碰了一下酒杯。

"中华小当家"人设再次得到巩固。可喜可贺。

服务员及时送上前菜，微酸调味汁配风干兔肉，裹上青绿新鲜的蔬菜，能在舌尖上迸发出相当美妙的滋味。顾扬稍微松了口气，觉得接下来的菜应该也不会差。餐厅里流淌着空灵琴声，窗外已经渐渐暗了下来，细嫩的羊腿肉还微微泛着红色，切下去时汁水四溢，无比诱人。

这是很令人满足的一餐，食物也好，环境也好。

餐后甜点是一颗红丝绒桃心，撒着食用金箔和巧克力碎。

顾扬评价："有点儿甜。"

陆江寒却摇头："不是有点儿甜。"是很甜。

夜幕降临，泰晤士河也被灯光照出了斑斓的颜色。"伦敦眼"承载着最后一片晚霞，在顾扬按下快门的一刹那，摩天轮刚好亮起蓝色的光。

"在想什么？"陆江寒问。

"不知道。"顾扬看着远方，眼底倒映着河里的灯火，"好像想了很多事情，又好像什么都没想。"这是一种很奇妙的感觉，既放空又充盈，像是一脚踩进了松软的雪堆，抑或是飘在棉花和云朵里。

静静流淌的河水和静静流淌的夜。

这一次的英国之行，每一个人都收获颇丰。

在回国的航班上，顾扬戴着耳塞、眼罩，依旧从头睡到尾。

陆江寒坐在他身边，耐心而又悠闲地翻阅着一本书，那是他在机场买的，关于十四世纪的文艺复兴。

助理小声对唐威说："小顾可了不得了，居然带得陆总也看起了达·芬奇，这你能信？"

唐威如实回答："我只知道他画鸡蛋的故事。"

飞机平稳降落，颠簸终于让顾扬从梦中惊醒。

陆江寒摘掉他的眼罩，打趣道："小睡虫，我们到了。"

助理也在后面感慨："什么时候我也能有你这睡眠质量？十几个小时的飞行真是要老命。"

顾扬活动了一下筋骨，问："要去公司吗？"

后座一片叫苦，陆江寒笑着说："你就饶了他们吧。先回家，明天开会都别迟到。"

老阎已经等在机场，直接把两人送回了公寓。

"那我先回去了。"顾扬把大箱子拖出十七楼电梯，"明天见。"

陆江寒点头："明天见。"

在顾扬出差的这段时间，顾妈妈经常会过来给花浇浇水，所以植物群依旧很蓬勃旺盛。窗前有一块柔软的羊毛地毯，顾扬端着茶杯坐在那儿，专心对着手机承认错误，不该在英国重总裁轻朋友。

杜天天表示："哥哥伤心了，哥哥要吃人均两个亿的大餐。"

李豪说："扬扬，你别理他，这孙子最近职场情场双得意，我们已经订好了餐厅，就等着你回来吃深海大龙虾和蓝鳍金枪鱼，千万别手软。"

顾扬把茶杯放在窗台上，警惕道："什么叫情场得意，为什么没有及时汇报组织?！"

"是我高中同学，女神。"杜天天按捺不住心中的喜悦，一口气说了一长串六十秒的语音。女神名叫岳嘉琪，杜天天的高中学妹，最近也来了S市发展，虽然还没有正式确定关系，但两人已经顺利约了三顿饭。

顾扬点开群里的照片，是个很漂亮的女生。

"再不告白，小心被人抢走。"梁晓重以过来人的口气深沉提醒。

"等下周的。"杜天天雄心万丈一拍桌，"等我升了部门副经理，周六请你们吃蓝鳍金枪鱼，周日我就约她出来！"

群里顿时一片"早生贵子，百年好合"，相当喜庆。

顾扬把带给三个人的礼物分好，又抱出来一大袋布料，那都是他在利伯提百货店买的限定款，正好可以选一块用来做手巾。印花是淡灰和淡蓝的线条，其间散落着零星的光，触感很柔软。

从剪裁到缝线都是纯手工，虽然费工又费时，但成品却绝对是独一无二的，顾扬还在角落绣了一个小小的"L"，洗干净又熨烫平，握在掌心时依旧留有余温。

等这一切完成时，时针已经指向了数字"2"，窗外的车流也变得稀疏起来。

1703和1901的灯，几乎是在同一时间熄灭。

疲惫又寂静的夜。

第六章

背叛与新生

六月的 S 市要比伦敦炎热许多，清晨就已经有刺眼的阳光。

市场部又招了新的实习生，所以顾扬暂时搬回了陆江寒隔壁，报纸墙依旧破破烂烂，丐帮风采丝毫不减，转头就能阅读社会新闻，分别是仁和街道车祸、幸福小区停水、熊孩子把头塞进了铁栅栏。

顾扬实在看不过去，遂提议："不然我们打个报告，买一卷磨砂贴？"

"别！"同事压低声音，"最近估计陆总心情不能好，你就别在他眼皮子底下大搞土木工程了，免得被无辜迁怒。"

"是因为荷花百货的事吗？"顾扬问。

"可不是嘛。"同事说，"你说对方缺不缺德吧，前期一直满口答应，等到贝诺那边设计好了，工程队进场了，被杨总催着要签合同了，这才开始犯病。"

和国内大部分商业地产不同，寰东向来是先招商再盖楼，这次普东山的新店也是一样。陆江寒前期一直在亲自和荷花百货谈，进展相当顺利，所以林洛在设计的时候，从位置到层高，都在尽量配合对方门店的需求。现在突然闹这么一出，除了能在账目上体现出来的损失，更多的还有对后续招商的影响——毕竟按照寰东之前的计划，是要把荷花百货的签约仪式和第一轮招商发布会合并召开的，从而正式铺开招商进程。

"很严重吗？"顾扬又问，"我以为对方只是为了争取更好的条件。"

"那哪儿是更好的条件？是要当祖宗的条件！"同事啧啧道，"你在英国不知道，杨总这一周脸色就没晴过，谁撞见谁倒霉，你千万也躲着点儿走。"

话音刚落，助理就过来敲门，说陆总叫顾扬去开会。

同事拍了拍他的肩膀："祝你好运。"

顾扬抓过笔记本，匆匆去了会议室。

"你说说，那徐聪是不是脑子进水了？"杨毅难得上火，"四十年租期，十五年免租金，后续租金五毛钱一平方米，优惠条件开了两页纸，不允许超市和他们有商品重叠，哪怕荷花百货的水晶酒杯三百块一个，寰东超市里也不能卖三块钱的塑料刷牙杯，还要我们出面联系市里，帮他们争取税收优惠。做梦呢？"

顾扬轻手轻脚拉开椅子，坐到了陆江寒身边。

"你也知道这些条件不现实，徐聪在全国开了三家荷花百货，就更清楚了。"陆江寒说，"明摆着在存心刁难，你现在要做的不是纠结这些条件，而是找出对方为什么会突然犯病。"

"也没人招他惹他啊！上个月一起吃饭时还和和气气的。"杨毅说，"工程那边已经暂时停了，除非对方签合同，不然按照荷花百货那奇葩需求建的商场，别家还真不一定愿意入驻。"

超高的层高，错落的台阶，旋转的天顶，这是荷花百货的独家特色，却也是其他百货绝对无法适应落地的环境，一旦建成，基本就是专属，到时候更被动。

"不然再找对方谈谈？"杨毅问。

"你已经谈过三次了，不也没结果吗？"陆江寒合上笔帽，"先晾他一周，找老张打听一下，他和徐聪关系不错，看能不能找到理由。"

"行。"杨毅点头，"我晚上就过去。"

整场会议，顾扬没有任何发表意见的机会，也确实提不出什么意见。这是寰东第一次和荷花百货合作，身为媒体笔下"国内最文艺小资"的商场，荷花百货和传统百货的格调气质截然不同，整体由瑞士知名设计师一手打造，融合了日式的简洁明亮和欧式的浪漫飘逸，近两年在年轻人里热度很高。

"有没有什么想法？"散会后，陆江寒问顾扬。

"我之前也看过一些关于荷花百货徐总的新闻。"会议室里只剩下了他们两个人，顾扬也就没有拐弯，"一直就觉得他很狡诈。"虽说无商不奸，但好成他那样的也不多见，起家靠山寨知名连锁，常年投机取巧，见缝儿就钻，还热衷于到各大学开讲座，向祖国的花朵灌输所谓的"掠夺思维"，居然也培养出了一批疯狂粉丝。

"或许他真的很有经商头脑。"顾扬说，"但抄袭这件事，从一开始就是错的。"和社会环境无关，和他目前取得的成就无关，只和本心有关。

陆江寒笑笑："这个观点很有你自己的风格。"

"刚刚您说的老张是谁？"顾扬又问。

"我和徐聪共同的朋友，手里有座酒庄。"陆江寒说，"路子很广，将来有机会我带你去见他，基本等同情报站。"

顾扬点头："嗯。"

然而情报站这次似乎并没有发挥它应有的作用，至少在周五的时候，杨毅还处于焦头烂额的状态。而顾扬的定制手巾也一直没能找到机会送出去，陆江寒这周被市里召去开企业家大会，要是想见到他，打开电视碰运气的频率也要高过蹲在总裁办公室。

阴雨沉沉的周六，天气很闷。

顾扬拎着巨大的购物袋下了出租车，里面装着他在英国挑选的礼物。李豪和梁晓重已经等在了店里，正抵在一起窃窃低语。

"说什么呢？"顾扬拉开椅子，随口问，"杜哥还没来？"

"说是堵在了路上，要迟到半个小时。"李豪帮他倒茶，"来，先喝点儿水。"

"怎么了你们两个？都一脸严肃的。"顾扬端着茶杯，疑惑道，"不会是女神跟人跑了吧？"

"和她没关系。"梁晓重拉着椅子坐到他身边，"天天倒是还没说，但我听到一个消息，说他们集团直接从美国空降了一个部门经理，自带三人团队，下个月报到。"

"什么意思？"顾扬皱眉，"杜哥的升职泡汤了？"

"要是消息是真的，可不得泡汤。"李豪叹气，"你说这公司也真够可以，用完人就甩。"

"幸亏你告诉我。"顾扬拆开礼物包装，把贺卡抽出来，"我这还祝升职加薪呢。"听着跟讽刺似的。

"赶紧撕了。"李豪指挥，"大家淡定一点儿，要是天天不说，我们就假装什么都不知道。"

"我还真什么都不想说。"杜天天推开木门。

"啊！"李豪被吓了一跳。

顾扬把贺卡塞到坐垫下："杜哥。"

"行了，升职未果，继续努力。"杜天天拉开椅子，"该点菜点菜，该宰我也别手软，管他们呢。"

"就是，管他们呢。"李豪揽住他的肩膀，安慰道，"这点儿坎坷算什么？你看扬扬，当年谁能有他倒霉，一天到晚垂头丧气跟个劈叉老萝卜似的，现在不也挺好的，对吧？"

顾扬："……"

这修辞水平，当年究竟是怎么考上重点大学的？

高级日料店显然不适合借酒浇愁，所以在吃完饭后，四个人就打车去了大排档，打算就着辣炒海鲜一醉方休，把青春的烦恼彻底溺死在酒精里。

周末夜市生意正好，干辣椒带着剁碎的螃蟹一起下锅，灶台上瞬间蹿起一尺高的火苗，老板铲子抢得虎虎生风，是最真实的人间烟火。梁晓重一边开啤酒，一边苦口婆心劝道："你也别太郁闷，毕竟有一位伟人曾经说过，职场失意，情场得意。"

杜天天问："哪位伟人？"

梁晓重面不改色："亚里士多德。"

杜天天笑着捶了他一拳："滚。"

学妹是个好学妹，在听说这件事后，非但没有抱怨，反而带着爱心便当主动上门，安慰开导了他一下午。临走时还顺便收拾了房间，当场就把杜天天感动得涕泪横流，无法自拔。

"既然学妹答应做你女朋友了，你那毛病也得改改，别动不动就说

'富婆'。"李豪提醒他，又郑重宣布，"从此之后，富婆只能属于我们三个。"

顾扬咬开一个蟹钳，跟着点头："对。"

杜天天感慨万千："社会真是口大染缸，我们扬扬刚毕业时多单纯，现在居然也对富婆产生了渴望。"一边说一边单手伸进顾扬的衣兜，想要摸包纸巾用，结果却掏出来一块手帕，触感绵软又丝滑。

"喂喂！"顾扬丢下筷子，一把抢了回来。

"干什么？"杜天天被他吓了一跳。

"不许碰，贵。"顾扬面不改色，"限量版，排了半年队才买到。"

杜天天诚实发表意见："这不有病吗？"买个手绢等半年，让幼儿园的小朋友怎么想？

顾扬粗暴地拍给他一包纸巾："闭嘴！"

杜天天发出了心碎的声音："嘤。"

更"嘤"的是，因为他这一掏，顾扬在回家之后，还专门又把手帕洗涤熨烫了一遍，相当不给哥哥面子。

由于企业家大会的关系，陆江寒最近都住在酒店，本来就有一堆记者专访在排队，结果周一上班时网上又冒出一个帖子，上来就说寰东新店招商情况不容乐观，荷花百货已经决定退出，其他品牌也处于观望状态。结尾直指陆江寒决策失误，光是感叹号就放了十几个，生怕别人看不到。

"谁发的？"顾扬问。

"没查到。"同事摇头。

虽然这事算不上秘密，寰东的人、荷花百货的人、建筑方，甚至消息稍微灵通点儿的业内人士都能探听到，但杨毅还是被灌了一肚子火，主要因为发帖人实在太缺德，煽风点火，真假消息混着放，一路顶帖猛唱衰。别的先不说，光是看着就晦气，而且这份晦气还很庞大持久，到下午的时候，原帖非但没有被删除，反而复制出几十个，从零售论坛一路挂到社会、财经、娱乐八卦版，标题惊悚，深得专家营销号精髓。

"至不至于啊？"于大伟牙疼，"不就一家荷花百货，实在不行寰东自己都有百货，搞得还非它不可了？"

顾扬刷新了一下页面，果然回复又增加了十几条，"水军"有，被"水军"带进沟里的围观群众也有。几个看似内行的专业词被翻来覆去地用，煞有介事地说董事会内部其实早就对陆家父子的强势作风不满，绝大多数股东一开始就不看好普东山的新店，这次要是真捅出娄子，估计陆江寒得吃不了兜着走。

帖子看到一半，手机突然"叮"的一声弹出消息，发件人为孟霞，是白青青的助理。自从上回双芸化妆品的活动后，可能是出于对大帅哥的天然喜爱，又可能是因为白青青的叮嘱，总之她经常会发来一些模特或者演员的兼职信息，十分想把顾扬拉进娱乐圈。这次也不例外，上来就问他愿不愿意出演一个咖啡店店员，和白青青一起拍广告硬照，工作时间一天半，工作地点是新亚99购物中心。

顾扬回复：谢谢，暂时没有这个打算。

孟霞早就习惯了他的拒绝，倒也没多说什么，只回复了一个遗憾的表情。

窗外飞沙走石，下午六点就已经一片昏黄。于大伟留给顾扬一把伞，叮嘱他加班别太晚，这眼看着就要下大雨了，早点儿回家。

"我还在等着其他门店传资料，今天必须整理好，明天开会要用。"顾扬给自己泡了杯茶，"对方网速太慢，估计得等到八九点。"

正说着话，天上已经炸开了雷，顾扬关好窗户，又扭头看了一眼报纸墙。

隔壁办公室一直没亮灯，陆江寒最近也没住在1901，只在前几天给他发了条信息，让他帮忙给花浇浇水。

同事们都已经下班离开，顾扬关掉八卦帖，在搜索框里敲下了荷花百货的名字。和寰东不同，这家店从一开始就是靠着网络炒红，所以相关新闻也是铺天盖地。正规门户网站的标题还算正常，论坛"水军"和营销号简直就是毫无下限，专走下三烂的劲爆路线，类似"少男少女竟在大庭广众下做这种事，引来路人纷纷围观"，点进去是一群网红在荷花百货里做直播，围观群众的确看得很开心；而"美女面目狰狞狂吃大香蕉"，就真的是漂亮姐姐在荷花百货的自设甜点屋里吃香蕉船，而且人家姿势明明很端庄优雅，根本就不狰狞，估计她看到这新闻得气出心脏病来。

不过话说回来，虽然这种营销方式又低端又下三烂，但在荷花百货创办初期，所带来的收益是相当显著的。毕竟不管网友点进帖子的初衷是什么，出来时总会记住那被一群俊男美女包围的、文艺而又独具风格的商场，也算没有白投广告。

几个荷花百货的帖子还没看完，电脑右下方就弹出"接收完成"的提示框，解压后里面有挺多图和数据，等顾扬把所有会议资料都汇总好，距离下班时间已经过去了三个钟头。

外面暴雨狂风不减，只有湿漉漉的路灯和静止的车流，仿佛能堵一万年，不过幸好地铁还有最后一班，十分钟就能到家。

在进小区单元门的时候，顾扬习惯性抬头，看了眼高高的十九层。

依旧一片漆黑。

电梯门缓缓闭合，顾扬无精打采地按下数字"17"，外面也有人同时按下了开门键。

陆江寒全身湿透，额前发梢上还挂着雨滴，难得"落汤鸡"一回。在看清电梯里的人是谁后，他在心里无声地叹了口气，觉得自己应该再多打五分钟电话，哪怕电话另一头是老爷子的批评，也总好过在这种情况下遇到顾扬。

顾扬从衣兜里摸出来一块手帕，默默递到他面前。

"谢谢。"陆江寒没想太多，接过来随手擦了擦脸，"在加班？"

"嗯，明天有例会。"顾扬按下十九层，并没有对他这狼狈造型提出疑问。

电梯缓缓上升，到十七楼的时候，陆江寒说："晚安。"

顾扬叮嘱："回去洗个热水澡。"顿了顿，又补充："多喝热水。"虽然这句话听起来既敷衍又讨人嫌，但热水确实有奇效，尤其是在这种微冷的雨夜，能包治百病。

而足足过了半个小时，洗完澡的陆江寒才发现了桌上手帕的不同之处，并且想起了在伦敦的那句"回国后赔给我，自己做"。

角落的"L"绣得很用心，缝线细密，排列整齐。

深夜十一点，陆江寒穿着家居服，按响了1703的门铃。

顾扬打开门，有些吃惊地看着他。

"要聊天儿吗？"陆江寒说，"明天允许你不上班。"

"明天我要给导购讲下次大促的活动内容，不能请假的，但也可以稍微聊会儿。"顾扬侧身请他进来，笑着问，"要喝茶吗？"

陆江寒点头："谢谢。"

浅红色的玫瑰在玻璃壶里沉浮，一瓣一瓣柔软绽放，散发出的香气很好闻。杯子也是圆鼓鼓的一小个，握在掌心尺寸正好。

"普东山的新店，我们大概要重新换一家百货入驻。"陆江寒把空杯子还给他。

"换？荷花百货真的不签合同了？"顾扬闻言诧异，毕竟他之前一直以为，徐聪只是为了争取更好的优惠条件，所以才会作天作地——否则大家的时间都很宝贵，要是不想合作，为什么要拿十次八次开会来浪费？

"对方故意的。"陆江寒说，"知道新亚 99 吗？"

"当然。"顾扬点头，"今天白青青的助理还在给我发短信，问我想不想去那里当广告背景板，演一个冲咖啡的服务员。"

陆江寒疑惑："你还有这种爱好？"

"不是。"顾扬哭笑不得，"自从上次双芸的活动之后，对方就经常给我介绍广告模特和群演的工作，可能他们真觉得，这是一个难得的好机会。"

"白青青的广告费不低，如果真是新亚请的，那对方这次是铁了心要踩着寰东上位。"陆江寒看着他，眉头微微皱起，"我现在深度怀疑，从荷花百货第一次主动来找寰东开始，就是新亚在给我们下套。"

新亚 99 的第一家门店创建于二十世纪中期，虽然早就已经改组股份制，但国营老字号的气质倒是一直没变，坚持走沉稳厚重的传统百货路线，对新兴消费载体极度不敏感。直到近些年才被连续下滑的营业额敲醒，花重金聘请了职业经理人，开始走上了在电商冲击下的转型路。

顾扬听得似懂非懂。寰东市场定位国际大牌和年轻时尚，致力于为消费者打造除工作家庭外的"第三休闲空间"，这也是近些年绝大多数购物中心的主流转型方向，就算新亚 99 也想按这个套路来，为什么就单单盯着寰东不放？

"知道目前新亚的决策者是谁吗？"陆江寒问。

顾扬点头："钟岳山。"四十岁出头，企业家黄金年龄，宾夕法尼亚大学商学院高才生，不管什么时候出现在媒体镜头下，都是文质彬彬，一丝不苟的样子，看起来十分温良敦厚，做事却相当大刀阔斧。也正是因为有他，才能把新亚99从零售业大规模闭店的洪流中捞出来，在业内算是声名赫赫。

"在他刚刚空降成为CEO的时候，曾经来过几次S市，想和寰东联手，让新亚摆脱困境。"陆江寒说，"但最后出于种种原因，没能谈成。"

"所以因此记恨？"顾扬猜测。

"虽然的确闹得很不愉快，但也不至于因为这种事就记恨。"陆江寒摇头，"出于利益更能说得通。"

顾扬又递给他一杯茶。

落地窗前的小地毯软绵绵的，还挂着细碎的星星灯，短短一截蜡烛炙烤着玻璃茶壶，让玫瑰在"咕嘟咕嘟"的气泡里，散发出更加浓郁的香气。

小王子在哪里，哪里就是童话和森林。

陆江寒说："谢谢。"

顾扬突然把手伸过来，轻轻贴上他的额头。

陆江寒僵硬了片刻。

"有一点点发烧。"顾扬站起来，"我去弄个感冒冲剂。"

他有一个白色的小药箱，里面按类别放着常用药，每一盒都标注了过期的时间，方便直接丢弃。陆江寒跟进厨房："要帮忙吗？"

"不需要。"顾扬回头冲他笑了笑，"这药很好用的，每次我发烧，都是一包痊愈。"

玻璃杯里的药液呈现出诡异的粉红色，陆江寒喝了一口，嘴里顷刻充满酸苦的滋味，像是黄连加山楂，再放在山西陈醋厂里发酵了一整年。他皱眉把空杯子还回去："我有充分的理由怀疑你在故意整我。"

"可真的很管用。"顾扬笑着说，"不然就这奇葩口味，药厂早破产了。"他冲干净玻璃杯，又分给总裁一颗糖，作为乖乖吃药的奖励。

塑料包装纸上印着"激情甜橙"，陆江寒用舌尖试了试，化开一片热带果园的滋味。"甜橙"是有了，"激情"却不大合适，毕竟他目前又病又晕又疲惫，要向董事会做报告，要为普东山新店思考新出路，实在无暇考虑其他事情。

顾扬又问:"不然我答应白青青的经纪人,去拍摄片场看看?"

陆江寒摇头:"不准去。"

"不是做业余模特,是混去聊聊天儿。"顾扬解释,"多少也能打听到一点儿消息吧?哪怕打听不到也没损失。"

陆江寒把糖纸装进兜里:"我考虑一下。"

顾扬提醒:"我家有垃圾桶。"

"你该休息了。"陆江寒看了眼墙上的挂钟,"早上还要培训导购,别迟到。"

"嗯,那您也早点儿睡。"糖纸和垃圾桶的话题被顺利带过,顾扬问,"明天要去公司吗?"

陆江寒点头:"去。"

"那晚安。"顾扬把他送到门口,"明天见。"

"我还在发烧吗?"陆江寒问。

顾扬重新把掌心贴上他的额头,试了一会儿,点头:"在。"所以更要好好睡。

陆江寒笑笑:"晚安。"他又说:"谢谢你的礼物。"

而礼物范围包括了窗前的星星灯、好喝的玫瑰茶、一杯感冒药、一颗橙子糖和一块精致的手帕。1703和他的主人一样,总能让自己烦躁的心情及时平复,哪怕是在这样糟糕寒冷的夜里,也终于能安心睡去,不靠酒精,也有温暖的梦境。

第二天的工作很忙碌,顾扬在会议室里说得口干舌燥,才总算解答完了所有导购的疑问。回到办公室坐了半天,耳边还是"嗡嗡"一片,宛若刚刚送走八百只鸭子。

陆江寒在报纸墙的缝隙里看了他一眼,刚想把人叫过来喝杯水,杨毅就匆匆敲门:"陆总。"

"进来。"陆江寒收回视线。

"你别说,这次还真是新亚。"杨毅拉开椅子坐在他对面,"钟岳山向徐聪许诺,未来新亚99要进行一系列旧店改革,不适宜的老品牌将全部撤场,空出来的百货统一换成荷花百货。"

新亚集团虽说又老又陈旧，但优势也是显而易见的。作为国内最早的一批百货公司，它在消费者心里占据着特殊的情感地位，而且门店数量相当多，几乎是寰东的五倍。二十一世纪初期更是乘着国内百货业并购扩张的风口，一口气把店铺从一线经济中心开到了四五线小城市，从南到北、从东到西，到处都是新亚99又绿又红的乡土Logo。

"钟岳山可太精了，他比谁都更清楚徐聪想要什么。"杨毅说，"新亚能给到荷花百货的条件，我们还真给不了。"

陆江寒点头："我明白你的意思。"只这短短几年，钟岳山已经改造了三家老店，效果都不错，营业额也有所上升，说明整体思路是对的。而在这种情况下，面对新亚遍布全国、全部位于黄金口岸的诸多门店，急需扩张落地的荷花百货会选择和对方合作，也就不足为奇了——毕竟就算普东山的项目再顺利，对徐聪来说也只是能多一家店，远不如投奔新亚带来的利益更诱人。

"当初钟岳山找到我们的时候，压根儿就不该和他谈。"杨毅说，"好好招待一顿，吃吃喝喝敷衍送走，也不会有现在这一堆破事。你说这孙子也太记仇了吧？"

"在记仇这一点上，你倒是和顾扬挺有共同语言。"陆江寒给自己煮了杯咖啡，"但我不觉得他在记仇，或者说得更准确一点儿，这件事顶多有百分之十是出于记仇，另外百分之九十是出于利益。"

"那是，寰东都求不到的荷花百货，跟着新亚一口气开了十几家店，哪家广告公司也做不出这轰动效应。"杨毅一脸晦气，"这回我可记住了，下次就算是你和我谈入驻，也得先签了合同再说。"

"行了，没事。"陆江寒拍拍他的肩膀，"想个办法，先让这件事平稳过渡。"

"老爷子那边没事吧？"杨毅小心地问，"不然我打个电话过去道歉？"

"事情处理完再说。"陆江寒把杯子递给他，"我昨晚已经挨了顿骂，你就别再去招他了。"

"行，先让这件事过渡。"杨毅搓了一把脸，"两个办法。第一，依旧按照原计划让荷花百货入驻，大家也不是真有深仇大恨，没什么事不能谈，哪怕天天跟在徐聪屁股后面，我也要把这件事磨下来。第二，我们招一家比荷花百货更好的百货。"

"还是别第一了，这人道德品行相当有问题，用顾扬的话说，已经严重超出了无商不奸的范畴。"陆江寒摇头，"还没入驻就这么多事，将来真招进来，够你和我喝一壶的。"

杨毅疑惑："你今天怎么老用顾扬举例子？"

陆江寒淡定地回答："因为昨晚我们聊了会儿。"

杨毅点头："如果你不想招荷花百货，那国内比它更适合普东山新店的百货，还真找不到，只有往国外跑。"

"你是说瑞士的雪绒商场？"陆江寒问。

"你看，你也知道只有这家。"杨毅一拍桌子，"要说文艺，这可是文艺的祖宗，荷花百货有百分之六十都是在复制它。我们干脆招个原版进来，你觉得这个想法怎么样？"

"这个想法倒是不错，但是可行度不高。"陆江寒说，"瑞士人有多难搞，你和我心里都清楚，招个化妆品进来还要筹备两年，更何况是招一整座商场，他们目前可没有一点儿要走出欧洲的意思。"

"就算可能性只有百分之一，至少你也得让我试试。"杨毅叹气，"否则新店怎么办？"

陆江寒回答："寰东自己开一家百货。"

"不行。"杨毅一口拒绝，"我当你有什么好主意呢，真让寰东百货去顶缺，就真是敷衍了。到时候消费者不买账，业内看笑话，招牌还要不要了？"

"我不是说寰东百货，是寰东和别人联合，开一家全新的百货。"陆江寒说，"相信我，荷花百货绝对不会比它更适合新店。"

"和谁联合？"杨毅问。

陆江寒把电脑屏幕转向他。

穿着民国长衫的张大术端着紫砂茶壶，正笑容满面地站在鑫鑫百货面前，和自己的老店进行最后一次合影。

杨毅："……"

杨毅冷静地说："我选徐聪。"

当初为了从张大术手里收购鑫鑫百货，杨毅每周能往普东山跑好几次，每一次都差点儿犯心梗，一看到对方那飘逸的长袍大褂就头疼。现在好不容易签完合同，还以为能从此皆大欢喜，江湖不见，没想到陆江寒居然又要把这尊大神请回来。两下一比较，顿时连钟岳山和徐聪都变得可爱伶俐起来。

"这只是我的初步想法。"陆江寒说，"鑫鑫百货也算 S 市的老字号，前段时间在拆除招牌的时候，还引来媒体和网友一片唏嘘。它是有历史的，并不是毫无价值。"

"鑫鑫百货是有历史，可也只剩下历史了，那死气沉沉的品牌，和我们的新店定位完全不搭调啊。"杨毅放下咖啡杯，随手拿过叠在一边的手帕，"而且张——"

"你给我放下！"陆江寒一拍桌子。

门外恰好有人路过，被里面的呵斥惊了一跳，回到工位就小声传播消息：这回荷花百货的事看来真不得了，陆总和杨总在办公室吵起来了。大家最近注意，手里的活儿千万别出错。

杨毅惊疑未定，眼睁睁看着手帕被抽走。

"继续说。"陆江寒丢给他一包纸抽。

杨毅在这方面向来相当敏锐："谁送的？"

陆江寒拉开抽屉，把手帕放进去，合上抽屉，上锁，然后说："和你无关。"

这明显不正常。虽然杨毅很想探听真相，但考虑到普东山的新店还在摇摇晃晃，只好继续道："你到底看上张大术什么了？"

"我们只需要两样东西，一是鑫鑫百货的老招牌，二是张大术的精明。你和他打交道最多，应该知道他这人虽然看起来温驯，却是个绝对不会吃亏的主儿，而且和地方上的关系也不错。"陆江寒说，"我们想把普东山新店打造成文化类购物中心，所以才会找荷花百货，但与其要徐聪那种山寨欧洲、日本的文艺范儿，还不如召回鑫鑫百货，我们的国营老字号，也未必就文艺不起来。"

"荷花百货能自带话题和客流，鑫鑫百货行吗？"杨毅依旧不赞同。

"荷花百货的话题和客流也是从无到有的，徐聪能炒，我们就不能了？"陆江寒说，"别的不说，光张大术十年如一日的长衫马褂紫砂茶壶，放套照片出来也能吸引一大票人。"

杨毅倒是没反驳这句话，虽然当初在谈收购合同的时候，他一看到对方那打扮就心梗，但顾客不知道啊。这模样放在网上叫情怀，最不值钱，也最值钱，到底是迂腐陈旧不知变通的老顽固，还是坚守最后一片国营土壤的悲情老经理，全看怎么炒。

"这样吧，两周时间。"陆江寒说，"我来完善一下这个思路，你也别闲着，去和瑞士那边沟通一下，看两个方案哪一个更容易落地，我们到时候再说。"

"行，我这就去准备。"杨毅站起来，临出门之前又指着抽屉，"等新店的事解决之后，我们再来讨论这个。"

陆江寒靠在椅背上，点头："好。"

隔壁办公室里，顾扬发短信给孟霞，问她关于兼职拍照的事情。

"你终于愿意考虑了？"不到一分钟，对方就把电话打了过来。

"孟姐，我想先看看，可以吗？"顾扬说，"之前没经验，心里没底。"

"你有脸有身高，还要什么经验啊？这圈子最不需要的就是经验。"孟霞一乐，"先看看也行，反正这次也没机会了，早就有人顶缺了，哪能给你留到现在！"

"那新亚这套硬广什么时候拍？"顾扬又问。

"就这周日晚上，在新亚99的环球中心店，你自己打车过来吧。"孟霞在那头说，"到时候打这个电话，我安排人来接你。"

"好的，谢谢孟姐。"顾扬挂断电话，稍稍松了口气。

生平第一次做商业间谍，紧张在所难免，所以他提前在脑海里预演了一下流程，包括对话和表情。

结果恰好被总裁无意间瞥到，于是陆江寒就在玻璃墙另一头，专心致志地欣赏了五分钟他的一脸向往，念念有词。

原本陆江寒打算叫他晚上一起吃个饭，但可惜天不遂人愿，下午五点的时候来了电视台做正式专访，一访就是三个小时，从国计民生谈到零售业未来，仿佛寰东已然掌握了全世界的经济命脉。临结束时记者才换上一脸的关切，说"哟，陆总，您脸色看起来不大好，是不是病了？可得注意多休息"，全然不顾自己才是导致对方不能休息的罪魁祸首。

隔壁办公室早就漆黑一片，顾扬并没有主动加班的觉悟，只在晚上七点半的时候发来一条短信，提醒他要准时吃药。

晚上十点，陆江寒敲开 1703 的门，问他："感冒药是什么牌子？"

房间里充溢着蒜香黄油面包的味道，顾扬系着围裙，惊讶地说："您今天一整天都没吃药？"

陆江寒："……"

顾扬及时纠正："一整天都没吃感冒药？"不然听起来有点儿像骂人。

陆江寒说："嗯。"

"先进来吧。"顾扬抱出药箱，"还发烧吗？"

陆江寒回答："我不知道。"

顾扬伸手，摸了下对方的额头。

"不烫了。"顾扬撕开包装袋，把药倒进水杯，"但还是要好好休息。"

"最近还真没时间休息，明天又是一整天的会。"陆江寒往厨房里看了一眼，"你在做什么？"

"烤面包。"顾扬有些得意，上次的烹饪实践被打断，回来时面包已经被烤箱余温烘成了石头，所以失败的"小当家"想要再来一次。

刚出炉的面包焦黄酥脆，黄油和香蒜碰撞在一起，会产生奇妙而又颇具杀伤力的香气，而出于艺术家对色彩搭配的需求，顾扬还往上面撒了一些细微的葱粉。

总而言之，就很好看，很诱人。

陆江寒："喀。"

"您嗓子都哑了，不能吃这个的。"顾扬及时制止了总裁的不合理想法，只塞给他一杯感冒药。当然，其实还有另一个理由，那就是他对自己的厨艺实在毫无信心，并不想轻易拿出来丢人。

陆江寒："……"

"今天下午的时候，杨总让我查一些瑞士雪绒集团的资料。"顾扬把电脑抱到客厅，"是确定要用它来替换荷花百货吗？"

"你觉得怎么样？"陆江寒问。

"我觉得很好。"顾扬点头，"这家商场很漂亮，就是在国内知名度有些低，所以才会被荷花百货钻空子，靠着抄袭一夜爆红。"

"这个只是方案一，还有另一个方案。"陆江寒说，"我想联合张大术，把鑫鑫百货开回普东山的新店。"

在这件事上，顾扬的反应和杨毅如出一辙。

他疑惑地说:"为什么?"

"普东山需要一家文化型的购物中心,鑫鑫百货本身就是文化,而且它的历史是别人偷不走的。"陆江寒说,"当然,这只是我的初步想法,想要让它落地,后期还需要很多数据支撑。"

"需要我做什么吗?"顾扬问。

"在这两周内,暂时不需要,你好好配合杨毅做瑞士那边的资料收集。"陆江寒说,"等最终方案确定之后,如果真的选了鑫鑫百货,我再告诉你要做些什么。"

顾扬点点头,又仔细想了想,如果真的能创建一座全新的百货,好像也是一件很酷的事情。

"最近可能又要加班了。"陆江寒问,"周末有安排吗?"

"周日约了孟霞姐,要去新亚看白青青拍广告。"顾扬想了想,"周六没安排。"

"你怎么还惦记这事呢?"陆江寒头疼,"我说了不准去。"

"去看看总没损失的。"顾扬很坚持。

"好吧,那周六跟我一起去普东山。"陆江寒说,"我们再去工地看看。"

顾扬点头:"好。"

果然是只属于霸道总裁和艺术家的一听就无聊到爆炸的加班地点。

进场还要戴黄色安全帽。简直毫无形象可言。

周六天气不太好,阴沉沉的云朵遮住了阳光。

因为荷花百货的关系,建筑主体的施工已经被暂停,只有一些小项目还在施工。顾扬戴好安全帽,跟着陆江寒四下看了一圈儿,除了钢筋水泥就是水泥钢筋,哪怕拿着图纸,也分不太清各区域对应的位置。

许多台阶被砸得只剩了一半,到处都贴着黄色的警示标,陆江寒握住顾扬的胳膊:"放下地图,看路。"

"那就是上次我发呆的地方。"顾扬指着前面,"杨总和老阎都觉得我要跳楼。"

"那里有什么?"陆江寒笑着问。

"来。"顾扬拉了他一把,一起爬上了那截空中楼梯。

前面刚好是照明大灯，炫目得像是太阳，空气中飞舞着微小的尘埃，绿布和水泥堆积成山。

确实没什么好看的。

陆江寒陪艺术家一起坐在台阶上，观赏了五分钟的建筑垃圾。

过了一会儿，陆江寒问他："在想什么？"

"在想成本。"小艺术家的回答很不艺术，"如果我们能自己建一座百货，就可以最大限度地去利用现有的设计，而不用配合雪绒或是别的商场，再进行一次大改动。"毕竟林洛的设计费用不低，哪怕是在顶级建筑师里，他的价格也堪称天价。

陆江寒笑了笑："说说看，你要建一座什么样的？"

顾扬回答："我没有概念，但至少要好看。"这不仅是出于艺术家的坚持，也是出于对新店定位的考虑。陆江寒要把这里打造成除了普东山之外的第二个景点，那好看就是基本需求，包括前期为什么一定要招荷花百货，也是因为它好看。

"在这方面，我相信你的品味。"陆江寒说，"所以现在比起雪绒，是不是更期待一家全新的鑫鑫百货了？你只需要负责去想怎么样才能让它更好看，其他的都交给我，出来的一定不会比荷花百货差。"

"可我一点儿经验都没有。"顾扬说。艺术和商业还是有区别的，他可以天马行空，但顾客不一定会买账。

"你不需要经验，只需要灵感。"陆江寒拉着他站起来，"至于经验，我有就够了。"

老阎站在大厅里，拍了张照片发给杨毅。

小顾可了不得，拉着陆总坐在半空中，看了整整十分钟的水泥桩子。

这行为艺术，不服不行。

等两人离开普东山的时候，天上已经飘起了细细的雨。

"要不要睡会儿？"陆江寒问，"可能还要一个多小时才能到。"

顾扬答应一声，抱着靠垫找了个舒服的姿势，很快就迷迷糊糊睡着了。

入城高速方向出了交通事故，车子等了一长溜。老阎将头伸出去看了一眼，然后说："哎哟，陆总，这估计还得堵一阵子。"退伍老兵的嗓门儿有些大，陆江寒还没来得及制止，顾扬已经一个激灵被吵醒了。他坐起来看了看窗外，问了一句明显还没睡醒、非常多余的话："堵车了？"

他的声音很好听，和人一样干净，混合着梦境未消的沙哑，在这窄小的车内空间里，有着奇妙的感染力。

"再睡会儿吧。"陆江寒伸出手，把他身上的毯子往上拉了拉。

"不睡了。"顾扬拧开一瓶水，一口气灌了大半瓶，带着一丝郁闷说，"刚梦到了张大术。"所以还是醒着吧。

老阎在前排嘴角一抽："你说你梦谁不好，梦见张大术。"

"梦到他什么了？"陆江寒问。

"忘了。"顾扬如实回答，"但对那身长袍马褂记忆深刻。"哪怕是从梦里惊醒，对方的飘逸风姿还是深深地印刻在脑海里，这也算是间接印证了服装的重要性。

老阎的小女儿恰好打来电话，问爸爸什么时候回家吃饭。她并没有获得那只从英国带回来的帕丁顿熊，表面原因是总裁轻描淡写地说了一句"爪子都脏了，别送给小姑娘了"，本质原因是顾扬好像很喜欢抱着那只熊，比起送礼，他更想私藏。

"大概还得半个小时吧。"老阎发动车子，跟着大部队缓缓前行，"你和妈妈先吃饭，别等爸爸了。"

"晚上没约别人吧？"陆江寒也在后排问，"想吃什么？"

"本来约了学长的，但最近他们一个比一个忙。"顾扬说，"尤其是杜哥，自从他找了女朋友，就恨不得住在公司里。"

陆江寒被逗乐："这什么逻辑，找了女朋友就天天待在公司？"

"他前段时间升职失败了，可能想表现得更好一点儿吧。"顾扬说，"有女朋友就要考虑房子和婚姻，虽然外企工资也不算低，但能更高一点儿总是好的。"

"就他现在那公司，想升到高层不容易。"陆江寒提醒，"尤其对方还空降了一个团队，短期内肯定不会走，就算将来离开了，这家外企的毛病你也清楚，前期升职快、待遇好，越到后面越难往上爬。"

"杜哥也是这么说的，但现在暂时没有更好的工作机会，也只能先待着了。"顾扬叹气，"至于以后会怎么样，谁知道呢。"

"我还真不适应小顾突然这么深沉。"老阎在前面感慨，又问，"走过这一截就不堵了，陆总，咱现在去哪儿？"

"在福仁路口放我们下来吧。"陆江寒说，"你也快点儿回去陪老婆孩子吃饭吧，今天辛苦了。"

福仁路是美食一条街，下车就能闻到汹涌而至的香味，让天南地北的食客咽口水。

"想吃什么？"陆江寒问，"选择权交给你。"

顾扬在这方面习惯良好，从来没有"随便"。

"海底捞。"他伸手一指，"或者越南菜也行，我们可以去吃猪颈肉和辣味海鲈鱼。"

负责排号的越南小姐姐露出职业微笑，对这两位又高又帅的客人表示出了欢迎，并且告诉他们，前面还有八十八桌。

顾扬说："谢谢。"

顾扬说："我们还是去吃海底捞吧。"

"这家越南菜很好吃吗？"陆江寒笑着问。

"嗯，但就是老排队。"顾扬说，"一共也没吃到过几次。"

陆江寒点点头："没关系，我们可以以等下次。"

好在海底捞也是美味的，番茄锅鲜甜，辣锅也不辣，和西南人民的"不辣"完全不一样，这里是真的不辣，童叟无欺。

顾扬专心致志地点菜，陆江寒在手机上搜了一下刚才那家店的资料，然后打包发给了杨毅。

"怎么了？"电话一分钟后就回了过来。

"有空去吃一下这家店，据说还不错。"陆江寒说，"如果各方面合适，那就把它招进寰东。"

"行，我明天就去。"杨毅清了清嗓子，又"漫不经心"地问，"怎么突然想起这家店，你和谁去吃了？"

电话另一头传来冷酷的忙音。

但杨毅很快又把电话打了过来，他嫌弃地说："吃什么越南菜？去吃个冰激凌啊，放在同一个玻璃小碗的那种。"

陆江寒再度挂了电话。

"等会儿想吃冰激凌吗？"他坐回桌边。

顾扬说："好呀。"

然后在吃完饭后，总裁就获得了一个来自隔壁麦当劳的甜筒。

买一送一，香草味。

细雨初停，空气里泛着好闻的泥土香气，是令人舒服的环境，于是两人谁都没有提出打车。再往前走一会儿，刚好能看到寰东投资的另一个商业地产项目，初衷是想尝试纯粹的购物体验，拥有和传统购物中心不同的开放型街区，以及更多的休闲娱乐项目。此时户外广场上已经聚集了不少小朋友，正在又笑又闹，是商业区里难得的露天亲子游乐场。

"普东山的新店，也是和这里同一个概念。"陆江寒说，"而且还要更奢侈一点儿，因为门前就有大片的绿地。"

"我以前一直分不清各种商场。"顾扬坐在街边的椅子上，"最多能分清高中低档。"

"现在呢？"陆江寒问。

"现在觉得，做购物中心也是一件很酷的事情。"顾扬说，"我们在改变这个城市的生活方式。"一座好的购物中心，可以带来更多的品牌，更多的美食，更多的休闲空间。相应地，也在潜移默化影响着顾客的衣着习惯、餐饮习惯以及社交习惯。哪怕暂时没有能力购买爱马仕和香奈儿，但那些放在橱窗里的漂亮手袋，总会悄悄影响着路过的女孩儿，让她们从此拥有一个小小的、美丽的努力方向。有多少人的未来会因此变得更好，谁又说得准呢？

LED屏幕上投放着公益宣传片，关于海豚和海洋。

顾扬看得很认真，眼底倒映出屏幕里的光。或许是因为艺术家天生的敏感，他对大自然向来抱有最高的爱和敬畏，从天空到海洋，从南美洲的蝴蝶到马耳他的星光。最惊心动魄的一次是在开车路过墓园时，看到夕阳笼罩下的大片墓碑，它们安静无声地矗立着，只肯被落叶和风覆盖，那是他第一次意识到死亡的意义，也因此更加珍惜每一寸时光。

他有很多的想法，但暂时不知道要和谁分享。

在某个层面，艺术家总是孤独的。

路过的行人有些好奇，不是很懂为什么有人能看LED看得热泪盈眶。然后他们就无一例外地，都收获了总裁的凝视，很冷酷的那种。

最后一只小海豚消失在海平面，屏幕"唰啦"一下换成了白酒广告，事业有成的中年王总大腹便便，端着酒杯在喧天的锣鼓里庆祝连年的喜庆。

顾扬转头看着他，通红的眼眶里还泛着泪光，带着鼻音说："这广告还是换了吧，违反最新广告法，不能说'顶级'纯粮酿造，全国销量'第一'，被管理部门看到又要罚款。"

陆江寒表情僵硬了一下，成功忍住没有笑，而是温和地说："好。"

他又说："如果你喜欢海豚，我们可以找个假期去看。"

这句话的重点其实是"我们"，但顾扬的重点是"看海豚"，于是他很认真地分享了自己的看法，现代旅游业所谓的"追海豚"其实是用船的噪声和声波把海豚驱赶出海面，虽然看起来很震撼壮观，但本质是一种入侵和打扰。

陆江寒很有耐心："那你想去哪儿，单纯地看看大洋？"

"我想去很多地方。"顾扬说，"但前提是先把普东山的新店开起来，才能有假期。"

陆江寒一笑："好，我们先把新店开起来，然后再考虑要去哪儿旅游。"他又补充了一句："以不打扰自然的方式，让你去最大限度地和它亲密接触。"

顾扬稍稍有些惊讶，毕竟他这种旅游要求，绝大多数人都只会当作是无理取闹，很少有人愿意主动配合。

夜越来越深，广场上的人也逐渐散去。

这是一条湿漉漉的、洒满月光的、很长也很好的路。

第二天晚上，顾扬准时打车到了新亚99的环球中心店。这里是城北新兴商圈，白天生意很好，只有晚上闭店后才能拍摄。

"你也是白青青的粉丝吧？"司机说，"我这一晚上接了三四单，都是来新亚99看明星的。"

"嗯。"顾扬往车外看了一眼，就见门口围满了少男少女，稍有一点儿风吹草动就尖叫，好在周围没有居民区，都是空荡荡的写字楼，倒也不算扰民。

"怎么样了？"过了一会儿，陆江寒打来电话问。

"我才刚刚进店，这里守了至少两百个粉丝。"顾扬说，"白青青已经在拍照了。我听孟霞说，她是和新亚签了一年的代言合同，后续可能还会有其他明星：这次对方的确下了血本。"

"顾扬。"另一头有人叫他。

"我先过去了啊。"顾扬压低声音，"顺便再探听点儿别的消息。"

陆江寒在电话另一头哭笑不得，这种事其实在圈子里稍微一打听就能知道，完全不用这么大费周章，但鉴于小间谍好像很乐在其中，他也只好配合："晚上结束前打个电话，我安排人来接你。"

"不用了。"顾扬说，"我自己打车。"

陆江寒点点头，倒也没多说什么。

城北新兴商圈，凌晨一两点，地铁公交停运，还有两百个人在等着打车。

能抢到空车才怪。

这次广告拍摄的排场不小，除了白青青之外，还有许多小网红做配角，从中也能看出钟岳山改造新亚 99 的大方向——更年轻，更时尚，也更轻快。

"怎么样，你来的时候看到外面的粉丝了吧？"孟霞说，"当明星多好，你这条件，不进娱乐圈可惜了。"

"明星也不是谁都能当的，我还得再心理建设一会儿。"顾扬趴在围栏上往下看，随口感慨，"新亚集团这么有钱啊！"

"那是。"孟霞说，"不然荷花百货的徐总也不会放弃寰东，选择和新亚合作。"

"您也知道这事了？"顾扬问。

"前几天有个饭局，徐总亲口说跟着寰东没前途，幸亏有新亚的钟总拉他一把，才没有误入歧途。"孟霞让人给他拿了一瓶水，"看别人多清醒，就你还傻乎乎的，浪费青春年华在那儿做个小业务员，都对不起老天爷给你的这条件。"

顾扬心想：那荷花百货的徐总可真是太缺德了。

不合作就不合作吧，怎么还到处诋毁商业伙伴？

拍摄进展得很顺利，白青青的硬照水平和惊天动地的演技刚好成反比，一颦一笑在镜头下都美艳动人。顾扬也能理解为什么新亚99会请她，哪怕不是粉丝，不关心百货，只是纯路人看到这组大片，应该也会转发称赞一句"仙女下凡"。

孟霞还在有一句没一句地跟他聊天儿。

最近荷花百货和新亚99关系亲密，所以钟岳山的饭局上总会有徐聪。现代社会的酒桌约等于武侠小说里的茶馆，都属于八卦密集区域。据说荷花百货在一开始的时候，的确是打算和寰东合作的，但没几天就被钟岳山中途截和，和新亚99签了合同。

"既然不打算和寰东合作，怎么也不早点儿说？"顾扬抱怨，"我光方案就改了七八版，到最后关头才说黄了。"

"所以才说你跟错了人。"孟霞啧啧道，"你们那陆总是真不行，现在没了荷花百货，普东山十几个亿的项目晾在那儿，要不是身后有个董事会的亲爹撑着，他早就一边儿凉快去了。"

或许是因为早年白青青的事，所以她的语调里很有几分幸灾乐祸，说完又对新亚99和钟岳山大为赞赏，让顾扬要向徐聪学习，尽快认清方向，不要白白浪费年华和资源。

顾扬态度良好，来者不拒，什么都肯听，连连表示"你说得对"。孟霞很满意他的表现，于是在收工的时候，顺嘴道："你没开车吧？不如我派辆车送你回去，别去等出租车了。"

"好啊。"顾扬说，"谢谢孟姐。"

看在对方诋毁了这么久总裁的"分儿"上，也是要占一占便宜的。

半个小时后，陆江寒打来电话，问他在哪里。

"我刚到家。"顾扬回答。

穿戴整齐的陆总："……"

"您怎么还没休息？"顾扬看了眼挂钟，"已经三点了。"

陆江寒抽开领带："在等你今晚的成果。"

顾扬顿时很有几分压力："但我并没有打听到什么重磅消息。"

陆江寒一笑："重磅消息要真这么好套，那人人都是商业间谍了。"

"您要现在听吗？"顾扬问，"或者我可以写个报告。"

"我不需要现在听，你也不需要写报告，明天下午直接来我办公室。"陆江寒说，"现在先去睡觉。"

"嗯。"顾扬说，"那晚安。"

陆江寒也说："晚安。"

晚安之后，是属于失眠的夜晚。

失眠的艺术家——顾扬正在权衡，要不要把孟霞那些刻薄的诋毁如实转述。按理来说陆江寒应该有知情权，但这实在不是一件令人高兴的事，他不想破坏总裁的心情。

时间一点儿一点儿过去，天也微微亮起。

因为荷花百货的关系，最近寰东公司内部气氛有些紧张，人人都严于律己，只有顾扬跑得气喘吁吁，周一清晨就明晃晃地迟到，还刚好在走廊碰到两位总裁。

这运气，也是没谁能比。

保安向他投以同情的目光。

"慢点儿慢点儿。"杨毅拉住他，"迟到就迟到，别再给我摔挂彩了。"

"昨晚算你加班，今天可以不打卡。"陆江寒说，"先去楼下吃早餐吧，下午两点记得来我办公室。"

杨毅不解："昨天加什么班了？"

"他去了新亚99，白青青在那儿拍广告。"陆江寒按下电梯，"据说和孟霞聊了一阵，打听到了点儿关于钟岳山和徐聪的事情。"

"孟霞那儿能打听出什么有价值的信息？"杨毅不以为意。

陆江寒对他这个观点持赞同态度。

然而杨毅紧接着又跟了一句："估计十句有八句都是在骂你。"

陆江寒："……"他之前并没有想到这一点，但的确很有可能。

总裁觉得自己有些失策。

杨毅纳闷儿地问："你这是什么表情？"

陆江寒冷酷地回答："心情不好。"

心情不好就对了，我最近心情也不好。杨毅颇有几分同病相怜的头痛，因为瑞士人是真的很难搞，电话不接，邮件不回复，经常让他觉得仿佛正在联系一家梦里的商场。虽然不愿意接受，但杨毅已经深刻意识到了，自己很有可能要再度面对张大术这个残酷现实。

头疼欲裂。

下午两点，顾扬准时到总裁办公室报到。虽然昨晚并没有聊出重磅消息，但他还是细心地做了整理，分门别类地列出两页纸，百分之五十是关于荷花百货和新亚99的，另外百分之五十则属于无差别人身攻击。

桌上放着小包的儿童牛奶，是超市送来的新品，陆江寒说："尝尝看。"

香浓的巧克力味，顾扬评价："小朋友应该会很喜欢。"

"你可以把这一排都带回去。"陆江寒嘴角一扬，"说说看，昨晚你们都聊什么了？"

"孟霞说其实在刚开始的时候，荷花百货是真想和我们合作的。"顾扬道，"但没几天就被钟岳山截和了。"

陆江寒说："不意外。"

"但我有点儿想不通。"顾扬皱眉。

陆江寒问："哪里？"

"钟岳山想给寰东下套，这是符合逻辑的，毕竟两家是竞争对手，曾经闹过矛盾，而且他能从中得到切实的利益，可徐聪为什么要配合他演戏？"顾扬说，"既然刚开始的确打算和我们合作，说明荷花百货至少是不讨厌寰东的，那后期钟岳山到底给了多少好处，才会让他变得这么听话？"

谁都知道商场上树敌太多绝对不算好事，多个朋友多条路，更何况是徐聪那样的老油条，不会不懂这个道理。

"后期那些会议，也不一定就是在演戏。"陆江寒说，"寰东的对手是新亚，就像你说的，徐聪犯不着掺和。"

"可您之前说过，荷花百货一直在配合新亚给我们下套。"顾扬提醒。

"你可以理解成这件事从一开始，徐聪就在同时利用寰东和新亚，给荷花百货争取更好的发展条件。"陆江寒说，"他最后选择了和新亚合作，所以前期的种种就变成了荷花百货配合新亚套寰东；而如果荷花百货最后选择了寰东，那被忽悠的就是新亚。能明白吗？"

顾扬不假思索："明白。"

"不用思考一下吗？"陆江寒饶有兴致，"你的回答速度有点儿快。"

"我懂的。"顾扬说，"荷花百货其实同时在和我们两家谈判，在做出最终选择之前，他没有敷衍欺骗任何一方。只不过最后新亚给他的条件更好，所以寰东才成了被放弃的那个。"

"徐聪对每一场的会议都很用心。"陆江寒说，"他知道怎么样才对自己的品牌最好。抛开人品不谈，这人能把生意做大也是有原因的。"

"但还是很卑鄙。"顾扬强调。

"我同意你的观点。"陆江寒点头，"所以这次虽然合作失败，但从某种程度上来说，也是好事，寰东不需要这么不负责任的合作伙伴。"

"还有一件事，瑞士雪绒那边估计没戏。"顾扬放低声音，"邮件也发了，电话也打了，根本就不理我们。"说是高冷也好，消极怠工也好，总之十分不给面子，看起来完全没有合作的指望。

"所以八成要去找张大术了。"陆江寒说，"怎么样，你对这件事有什么看法？"

"早知道这样，当初我们就该对他友好一点儿。"顾扬愁眉苦脸，"现在可好，都不知道要怎么请回来。"被一群大姐围攻骚扰半个月，据说还有人跟去家里吃饭，如果换成自己，一定会忍不住想要打爆罪魁祸首的狗头。

"要是不懂该怎么做，我教教你？"陆江寒笑着看他。

这还能教？顾扬一口答应。

陆江寒发挥商人本色："要学费的。"

顾扬："……"

"明晚有空吗？"陆江寒又问。

顾扬点头："嗯。"

"一起去个地方。"陆江寒满意地靠回椅背，"回来之后，我就教你怎么把那位仙风道骨的张大术给请回来。"

就像杨毅说的那样，孟霞在酒桌上听到的消息并没有太多价值，无非就是关于新亚 99 和荷花百货未来的发展方向。钟岳山和徐聪都是野心不小、能力也足够的人，所以这场联合似乎充满了生机勃勃的希望和前景，倒是寰东被普东山的新项目拖累，看起来稍微有些颓废倒霉。

"大概就只有这些了。"顾扬合上笔记本，"还有，对方对您真的有很多意见和不满。"

陆江寒头疼："骂了我多久？"

顾扬如实回答："至少半小时。"

陆江寒："……"

顾扬又及时补了一句："我当然不会相信那些话。"

陆江寒对孟霞的诋毁没多少兴趣，却问了一句："为什么要把它贴起来？"

顾扬稍微愣了片刻，才反应过来对方是在说自己的笔记本。

那是一册很厚的活页本，前半部分都被透明胶紧紧贴在一起，后半本用来做各种工作记录。从顾扬进寰东的第一天开始，他就一直在用这个笨重的大本子，从来没有换过。

"如果是秘密的话，你可以不回答。"陆江寒说，"抱歉。"

"也不算。"顾扬说，"只是一些设计稿。"

那时候他刚进凌云时尚，易铭不仅对 Nightingale 表现出了极大的兴趣，还说要专门再为他开一个新品牌。刚踏入职场的新人没能及时理解，所谓"再开一个新品牌"，代价其实是要付出 Nightingale，还在兴致勃勃构思新的概念，一口气填满了整整半册笔记本。

"所以这些是从来没有被别人看过的稿子？"陆江寒问。

顾扬点头。他一直把它们带在身边，说成习惯也好，提醒也好，纪念也好，总归要时时刻刻看到才安心。

"去工作吧。"陆江寒笑笑，"开心一点儿，想想我们的计划。"

"嗯。"顾扬站起来，"谢谢陆总。"

等他走后，陆江寒点开 Nightingale 官网，又浏览了一遍这一季的新品。顾扬并没有因为易铭的原因，就吝啬自己的才华。相反，服装所呈现出来的每一处细节和色彩搭配依旧极其用心。无论是市场反馈还是销售业绩，都足以证明他正在带着这个牌子一步一步站稳脚跟。

"陆总。"杨毅敲敲门框，"有空吗？"

"进来。"陆江寒点头。

"一个好消息和一个坏消息。"杨毅坐在他对面，"好消息是瑞士那边终于回了我们的邮件。"

陆江寒说："坏消息是他们拒绝合作？"

杨毅鼓掌："英明。"

"你也可以亲自飞一趟瑞士面谈，说不定会有转机。"陆江寒道，"但我还是那句话，就算对方答应了，我们的时间应该也来不及。而且雪绒从来就没有开往别国的先例，不管是经验还是管理方式都存在短板。前期工作量太大，仓促拿来补荷花百货的缺，未必会有好的结果。"

"所以现在就只剩下鑫鑫百货这一个选择了？"杨毅苦恼，"你该不会真热血上头，打算开一家国营老字号吧？"

"当然不是，我早就说过了，不过你明显没听进去。"陆江寒笑笑，"我们只需要张大术这个人和'鑫鑫百货'四个字就够了。至于卖场定位、装修风格和品牌招商，只需要做一些细微的调整，大体上还是按照原计划来。"

"要鑫鑫百货的招牌，这我能理解。"杨毅诚心请教，"但你能不能告诉我，张大术不可替代的点到底在哪里？"

"他是鑫鑫百货的老总经理。"陆江寒回答，"就凭这一点，你无论如何也得把他给我弄回来。"

快下班的时候，杜天天打来电话，申请明天到小公寓里通宵看球赛。

"陆总让我陪他去办事，你们到时候自己过去吧。"顾扬说，"密码没变。"

"行。"杜天天一口答应，挂完电话又在群里感叹：我们扬扬还挺厉害，一年就混成了陆江寒的心腹。

而顾扬对此充满好奇，周二距离下班还有五分钟，他就已经出现在了总裁办公室门口。

"有事？"杨毅恰好路过。

"嗯，陆总说要带我去个地方。"顾扬回答，"我在等他下班。"

杨毅不解："没听说啊！去哪儿，穿这么正式？"

顾扬摇头："我不知道。"

杨毅越发疑惑，还想再问两句，陆江寒却从办公室里出来，带着顾扬径直进了电梯，完全没有任何要解释的意思。

残酷，且无情。

第七章

✦ （ ● ● ● ） ✦

全新百货

　　这趟行程很有几分神秘任务的气场，黑色小车平稳驶向城外。天边最后一缕橙红晚霞被黑暗吞噬，窗外景色也从车水马龙的繁华都市逐渐变成幽静的山和密林。如果开车的人不是陆江寒，那顾扬大概会觉得，人贩子下一刻就要拿出绳索，把自己绑架到非洲草原去挖矿。

　　"陆总，"在小车再一次转过山弯时，顾扬实在忍不住疑问，"我们到底要去什么地方？"

　　"快到了。"陆江寒笑了笑，"有没有看到前面那座白色的房子？"

　　顾扬顺着他的视线望过去，点头："嗯。"

　　"听过贝绿路88号吗？"陆江寒继续问。

　　"听过。那里是孙家私宅？"听到这个地名，顾扬果然瞬间清醒，之前还昏昏沉沉的晕车感一扫而空。他又看向那掩映在绿树中的宅院，在灯光和夜色下，整座建筑显得格外幽静神秘，却又格外风姿绰约。

　　"孙知秋隔三岔五就邀请我来参观他的私人收藏，不过一来没时间，二来我应该也看不懂那些藏品，所以一直没约成。"陆江寒说，"这次实在推不过，你应该能替我讲讲，嗯？"

　　"孙先生的藏品种类很杂的，我大概也只能看懂皮毛。"顾扬说，"但这机会太难得了。"他眼底闪着被点燃的微光。

孙家是艺术世家，孙知秋的父亲是当代雕塑大师，而他本人则是业内有名的艺术品收藏家，贝绿路 88 号的孙家私宅堪称小型博物馆，是每一个艺术从业者都想去参观的地方。

"据说孙先生脾气有些古怪，而且很孤僻。"顾扬看着门口那森严的安保，小声问，"他会欢迎我吗？"

"他当然会欢迎你，不过脾气古怪也是真的。"陆江寒降下车窗，"多注意一点儿就好。"

剥离了树木的掩盖，整座白色房屋的全貌也就渐渐显现出来。这是一处颇具心思的选址，独占一片林中高地，眼前是独属于自然的静谧清新，身后却是霓虹璀璨的喧闹都市，动与静仿佛在这个点奇妙相融，和院内那些被灯光照射反光的雕塑群一起，模糊了现实和虚幻的界线。

山中"唰唰"下起了雨，有些轻微的寒意，但房间里却是温暖的。

孙知秋穿着银白色的正装，看起来很正式，很艺术。他是孙家最小的儿子，并没有继承父亲那标志性的结实身板和粗犷的络腮胡；相反，看起来有些苍白病弱，微微下撇的嘴角更是很明显地把不满写在了脸上。

"不是约好七点半吗？"他说。

"堵车。"陆江寒并没有被他的臭脸影响到，"介绍一下，这是顾扬，和你一样，艺术家。"

顾扬："……"

抛开自我定位不谈，这是他人生中第一次被人公开介绍为"艺术家"，比较尴尬的是，对面那个才是真正的、被国内外公认的艺术家；相比起来，自己所取得的小小成绩似乎连皮毛都算不上。

他硬着头皮说："孙先生，您好。"

孙知秋上下打量了一下他，似乎颇想发表一番高见，但鉴于陆江寒的目光里饱含警告，看起来很像是要打人，最后也只能把所有的话都强行咽回去，象征性地从鼻子里挤出一个冷漠高贵的"嗯"字。

"我们自己去参观就可以了。"陆江寒脾气良好，"你自便。"

该配合他演出的孙知秋没有视而不见，而是按照剧本说："不吃晚饭吗？"

陆江寒说："也行。"

管家把两人领向餐厅。

走廊上铺着昂贵的长毛地毯，印花是错乱的菱格纹，就算是艺术如顾扬，也不是很懂为什么要在这里人为设置起伏凹凸感。虽然明知道脚下应该是安全的，但被混淆的视觉仍然向大脑发出警报，让每一步都充满了小心翼翼。

餐厅的设计本来十分简洁，但此刻却被装点得很浪漫：暖色的餐布覆盖餐台；银质刀叉配珐琅圆盘；高脚烛台上跳动着小团火焰；玫瑰圆球紧密地插在花瓶里，让桌上也落满花瓣。

顾扬果然有些吃惊，不过话说回来，任何一个正常人看到这种浪漫场景，第一反应八成都是吃惊。

陆江寒帮他拉开椅子："坐。"

"这也太夸张了吧？"顾扬小声说，"孙先生是不是误会什么了？"

"没有。"陆江寒抖开餐巾，淡定回答，"孙先生每顿饭都这么吃。"

顾扬顿时惊为天人："是吗？"

陆江寒很有耐心地点头："是。"

顾扬说："强。"

虽然环境有些诡异，但好在并没有影响食物的口感。晚餐被拖到八点半，在饥肠辘辘的催化下，哪怕馒头咸菜也能变成美味，更何况是出自孙家大厨的香煎鳕鱼和嫩牛排。顾扬熟练地把食物切割成小块，又问："等下孙先生要和我们一起去参观吗？"

陆江寒问："你想让他陪吗？"

顾扬发自内心地摇头，虽然他的确对孙知秋充满仰慕，但就刚才的情形而言，对方应该也不怎么愿意和自己同行。

餐后甜点是松露冰激凌，盛放在两个精致小巧的银调羹上，只有四分之一颗荔枝的迷你尺寸。这种分量如果放在街边小店，八成会被顾客投诉到关店。

顾扬放下空勺："好吃。"

陆江寒："……"

"我们可以去参观了吗？"顾扬对接下来的行程充满期待。

陆江寒把餐巾放在桌上："走吧。"

孙知秋正站在大厅里等他们。

"孙先生。"顾扬对他很尊敬。

"你，过来。"孙知秋冷傲地一勾手指。

陆江寒拍了拍顾扬，示意他在原地等一会儿，自己跟着孙知秋到了隔壁房间。

"你确定是要单纯地参观藏品，对吧？"孙知秋问。

陆江寒反问："你的藏品除了能参观，还能做什么？"

"那很难说啊！"孙知秋目光幽怨，"毕竟你这么变态，今天还特意打电话让我穿得像只褪色的皮卡丘。"

"我只让你穿正式一点儿。"陆江寒提醒，"而且人设是你自己对媒体立的，和我可没关系。"

孙知秋抓乱了鸡窝头，这肤浅的社会，穿着大裤衩儿就卖不出去藏品，但谁会在家里也穿燕尾服？讲道理，这是不是脑子有病？燕尾服能有大裤衩儿舒服？

"放心吧。"陆江寒说，"顾扬很有灵气的，要是他全然不懂，我也不会带你这儿。"

"行行，那我去工作了。"孙知秋有气无力，"你去接着'玷污'艺术吧，有什么事直接找孙叔。"

看到陆江寒出来，顾扬问："没事吧？"

"和你没关系，说了两句生意上的事。"陆江寒说，"走吧，他的收藏很多，今天先带你去看一小部分。"

孙家家底雄厚，藏品也是浩瀚如海，从古董字画到后现代艺术无所不有，而在最东侧的展馆里，则是许多经典的"古着"，那是属于孙伯母的私藏，现在正好可以借来让小艺术家欣赏。

"这种家也太酷了吧！"顾扬由衷地羡慕，"我原本以为是记者夸张，现在看来，他们笔下描述的部分大概还不到五分之一。"毕竟在此之前，他从来就没想到，孙家私宅里居然会出现二十世纪六十年代的波普艺术服装作品，两件连衣裙被拼合在一起，印花巧妙衔接，恰好向世人展示了艺术大师安迪·沃霍尔的一幅画作。

"喜欢这个？"陆江寒问。

顾扬回答："都喜欢。"

红宝石的胸针，由珍珠组成嚣张的牙齿，那是 1949 年萨尔瓦多·达利的作品。在别人看来或许有些夸张，但却能让前卫的超现实主义艺术家们为之疯狂，并且对时尚业产生深刻而持久的影响。

巨幅海报上的复古女郎穿着吊带袜，高跟鞋锋利又性感，陆江寒问："是产品广告？"

"嗯，不过不是高跟鞋，是她手里的箱子。"顾扬说，"在汽车出现之后，登喜路和路易·威登都设计了这种小手提箱，刚好能放进车厢里。"

而这就是服装的另一个意义，不仅仅能让穿着它的人拥有当下的美丽，也能记录历史和流行。

因为时间的关系，两人并没有在孙家私宅里待太久，晚上十一点就踏上了回城的路。

孙知秋打来电话抱怨，说"你们怎么招呼也不打一声就走，我连客房都准备好了"，叽里呱啦一大堆。

要是换在平时，陆江寒可能会直接让这只"皮卡丘"滚，但这次有顾扬在身边。

于是总裁文明而又有礼貌地说："再见。"

在回程的路上，顾扬还沉浸在藏品所带来的震撼里，久久无法脱离。他是真的很喜欢那栋掩映在青山中的建筑，也是发自内心地赞叹和羡慕。然而有些东西的确是金钱买不到的，所以就算他再羡慕，陆江寒也不能把孙家据为己有，只能带着小艺术家一次又一次前去做客。

这段路途依旧是很美的，山间有清风，天边缀满闪烁的星光。小雨初停后的山里空气清新，如果细细聆听，还能分辨出鸟鸣和蝉鸣，这样一比，倒显得车辆引擎声格格不入。陆江寒突然就有些明白了顾扬的观点，在某些时刻，现代文明确实是自然的闯入者，有些粗鲁草率，并且不受欢迎的那种。

陆江寒想和他分享一下自己的看法，顾扬却已经抱着靠垫，在副驾驶上沉沉地睡着了。相比起第一次被总裁送回家时的拘谨，他现在明显已经变得轻松了许多，至少能睡得理直气壮，并且在醒来之后毫无压力，而陆江寒很喜欢这种变化。

一个小时后，车辆稳稳地停在地下车库。

顾扬被人从梦里叫醒，一时半刻没能完全清醒过来，只是迷迷糊糊下了车，站在水泥桩旁等陆江寒。最近小区里有不少底商都在装修，停车场难免会有些遗漏的建筑垃圾，平常可能没什么影响，但对于凌晨一点极度困倦的顾扬来说，他一脚就踩在了一块圆滚滚的水泥上。

"啊！"

陆江寒也不知道为什么自己停个车，回头就能看到顾扬趴在地上。这一跤摔得有些倒霉，艺术家的膝盖被蹭破了一大片，虽说不至于鲜血淋漓，但也很有几分伤势惨重的架势。

"我没注意。"顾扬解释。

"你有没有发现自己走路不看路？"陆江寒扶着他站起来。

顾扬疑惑："有吗？"

陆江寒点头："有。"在卖场时只看路标，在建筑工地时只看地图，偶尔会在公司走廊上看手机，总之除了脚下的路之外，他可以去看任何东西。思想当然能自由地飘在空中，但身体还是需要踏实地走在路上，陆江寒打算帮他改掉这个毛病。

小区诊所里的医生很负责，一边处理伤口，一边愤怒地声讨无良装修公司，不在建渣车上罩防护网，碎石头掉得到处都是，这几天至少摔伤了五个小朋友。

"你是第六个。"医生说。

顾扬顿了顿："我不是小朋友。"

陆江寒忍笑。

"小朋友摔得也没你严重。"医生龙飞凤舞地开好药单，"行了，伤口别沾水，后天来换药。"

膝盖打不过弯儿，顾扬走得有些缓慢，出电梯后，他有些歉意地对陆江寒说："耽误您的时间了。"

"还有什么需要我帮忙的吗？"陆江寒问。

"不用了，陆总，我明天——"声音戛然而止，顾扬推开门，看着客厅里横七竖八躺着的酒鬼，哭笑不得。

他是真把这件事给忘了。

陆江寒皱眉："什么情况？"

"都是我的大学同学，今晚有球赛。"顾扬放低声音，"陆总，您去休息吧，我去叫醒他们。"

"这都几点了，让他们好好睡吧。"陆江寒吩咐，"你跟我上楼。"

顾扬说："啊？"

"满屋子酒瓶和包装盒，你是打算大半夜让人给你收拾房间，还是送走他们之后再一瘸一拐地扫地？"陆江寒摇头，"去拿睡衣，今晚客房给你。"

总裁说的话总是很有道理的，于是顾扬想：也行。

陆江寒按下了十九层的电梯。

1901的客房很大，负责打扫的家政阿姨不知道是受了陆妈妈的远程蛊惑，还是遵循公司规定，总之每天都会在床头插几朵新鲜的红玫瑰，看起来很想给房间的主人招招桃花。

"腿还疼吗？"陆江寒问。

顾扬摇头："医生开了止疼片。"

"吃完药早点儿睡，洗澡的时候注意避开伤口。"陆江寒说，"明天放你一天假，在家休息吧。"

"我们已经确定要招鑫鑫百货了吗？"顾扬还在想着工作，"今天杨总让我尽快准备谈判资料，您之前说过，会教我的。"

陆江寒笑了笑："好好休息，明晚回家之后，我就告诉你该怎么做。"

于是顾扬眼底也露出笑意来，他说："嗯，晚安。"

陆江寒轻轻帮他关上卧室门。

晚安。

这是个不错的夜晚，充满了艺术的浪漫气息，虽然孙知秋还在不断地给他发消息，从艺术感慨到八卦，从诗歌聊到对家里厨师的抱怨。期间还分享了祖传老中医的联系方式，充分展示了一个艺术家在失眠的时候会有多无聊，但这并不能影响陆江寒的心情。

第二天清晨，等顾扬醒来的时候，陆江寒已经出门上班了，只在餐桌上留下了早餐和字条，提醒他别忘了吃消炎药。

杜天天打来电话，惊恐地表示"扬扬你怎么一夜未归，是不是被富"——话说到一半，他突然又想起来不久前刚被亲友教育过，自己现在是有家室的人，不能再随便提"富婆"两个字，于是中途紧急刹车。

"老实交代。"李豪也在另一头强行逼供。

"昨晚我回家的时候，你们全部醉醺醺地躺在沙发上，所以我就在楼上邻居家住了一晚。"顾扬说，"等着啊，我马上回来。"

"邻居是富婆吗？"李豪为杜天天代言。

"不是。"顾扬按下电梯，郑重承诺，"如果真有富婆，我一定介绍给你。"

1703里正是一派大好劳动景象，哥哥们还是很厚道的，虽说昨晚喝得有点儿多，但还是要尽职尽责地把房间恢复原貌。顾扬怀里抱着一个小画框，一瘸一拐挪进房间。

"哟，你这是怎么了？"杜天天赶紧扶住他。

"不小心摔了。"顾扬把画框塞进他手里，"我去卧室换个衣服。"

"这是什么？"杜天天对艺术一无所知。

"油画，希尔德·瓦格纳·阿舍尔设计的刺绣手包。"顾扬回答。那是昨晚在离开孙家私宅时，管家送来的小礼物，虽然不贵重，但却很精致漂亮。

杜天天说："哦。"

"扬扬回来了？"李豪拎着拖把从生活阳台出来，又好奇，"你这怀里抱的是什么东西？"

"油画。"杜天天尽量回忆了一下刚才那一大串名字，然后笃定地说，"施瓦辛格设计的手包。"

等学长们都离开之后，顾扬给自己煮了一壶茶，开始认认真真地整理资料。他其实懂陆江寒的意思，名义上是要请鑫鑫百货和张大术回来，铺一个国营老字号回归的情怀，但实际上还是噱头居多。原本那家鑫鑫百货是被时代抛弃的产物，再出现时必须要有全新的模样。

至于"全新的模样"究竟是什么，顾扬暂时还没有想好，他在纸上写写画画，正在出神的时候，突然接到了邓琳秀打来的电话。

顾扬说："您回国了？"

"对，前几天刚刚回来。"邓琳秀笑着说，"《玫瑰》的剧本已经最终确定了，你想看看吗？"

"当然。"顾扬一口答应，又询问，"那我的服装概念图呢？前段时间发给了李总监，不过他一直没回复。"

"不是他没回复，他第一时间就转交给了我，是我没有及时反馈意见。"邓琳秀说，"那些概念图很漂亮，不过有些地方我不是很懂，你今天有空吗？我想和你聊聊。"

"今天？"顾扬试着活动了一下腿。

"对，今天。"邓琳秀说，"我们打算让这部剧提前面世，所以时间可能有些赶，辛苦你了。"

"不辛苦。"顾扬说，"那行，您告诉我时间地点，我会准时过来。"

"就现在吧。"邓琳秀说，"我和老李在家等你。

她的家地处城西婆娑湖边，很漂亮，但也很远。

顾扬抱着电脑挪进别墅门，李总监深感歉意，扶着他坐在沙发上："怎么也不告诉我们你受伤了？"

"膝盖擦伤而已，就是被医生包扎得有些行动不便。"顾扬说，"琳秀姐呢？"

"她在楼上，马上就下来。"李总监帮他倒了杯水，"最近一直在排练，有些累。"

顾扬点点头："是剧院要求提前上映吗？"

"不是。"李总监笑笑，"是琳秀自己要求的，她很热爱这部剧。"

寰东大楼里，陆江寒开完日程表上的最后一个会，问秘书："还有约吗？"

"今天没有了。"秘书回答，"晚上还有一场华夏集团的酒会——"

"让李明去吧。"陆江寒站起来，"我还有点儿别的事，先走了。"

电话打了三次才被接通，另一头的顾扬有些歉然地说："对不起，陆总，我刚刚在花园里。"

"你在哪儿的花园里？"陆江寒不解。

"婆娑湖。"顾扬回答，"我在琳秀姐家里，她回国了。"

为什么有人腿上缠着纱布，还能横穿半座城？陆江寒觉得头颇痛。

"陆总？"可能是由于对方沉默得有些久，顾扬又叫了一句。

"城西的婆娑湖吗？"陆江寒说，"正好我现在要去一趟华夏集团，顺路捎你回家。"

婆娑湖的风景很优美，是城西有名的度假胜地。等陆江寒过去的时候，天边恰好挂满橙红晚霞，夕阳像一颗柔软的蛋黄，先是被包裹在绮丽的云层间，后又跌入平静的湖水里，晃碎一池夏日树影。

世界像是一块被打翻的缤纷油画盘，而小王子正孤独地坐在湖边——至少在陆江寒眼里，那是孤独的，所以很需要有一个人陪伴。

"真的不要留下一起吃晚饭吗？"邓琳秀邀请，"老李今早从乡下带了不少新鲜的青菜，还摘了十几个西瓜。"

"还有工作，就不打扰您了。"陆江寒帮顾扬拉开车门，"晚上还有点儿别的事。"

"那带两个西瓜回去吧，这才是真正的无污染。"李总监抱着一个塑料筐出来，笑着说，"比超市里买的新鲜多了。"

考虑到顾扬或许会很喜欢这份无污染的礼物，所以陆江寒欣然笑纳。

黑色小车一路开向进城的方向，顾扬问："我们现在要去公司？"

"去公司干什么？"陆江寒看了看他的腿，"还疼吗？"

"已经没事了。"顾扬说，"本来就是小擦伤。"

"你不是想吃那家越南菜吗？"陆江寒一边开车一边说，"看它生意那么好，正好寰东想换一批新的餐饮，所以我前几天就让杨毅谈了一下，进展不错。"

"您的意思是，它要开进寰东了？"顾扬稍微有些惊讶。

"合同还没签，我们现在要先去试吃一下。"陆江寒笑了笑，"如果真的不错，那三个月内就能入驻，顶替鼎峰粤菜的撤场。"

这次当然不用排队，对方总经理亲自到店欢迎，为两人安排了最好的观景位置。菜式也是精心搭配过的，海鲈鱼酸酸辣辣很美味，黄金咖喱蟹也相当好吃，甚至还有服务人员专职剥蟹钳。

"怎么样，是不是很好吃？"顾扬擦了擦嘴，"这大概是全市最好的一家越南菜了，如果它真的开进寰东，那我一定每周都去打卡。"

被"中华小当家"大加赞赏的店，别说是开进寰东，就算是想开进1901的厨房，那也不是不能商量。

陆江寒点头："好。"

他又开玩笑："到时候给你一张方栋的签名照，说不定还能打折。"那是寰东的餐饮招商部经理，曾经是某五星级酒店的中餐大厨，胖乎乎的很喜庆，在美食界颇有权威。

"我能不能八卦一下？"顾扬凑近，"听说方哥喜欢岚姐，真的假的？"张云岚作为陆妈妈的亲妹妹兼间谍，监控着外甥的感情生活，但最近由于经常提供虚假情报，比如说白青青的事，所以姐妹情正在面临巨大考验。

"那是我三姨。"陆江寒好笑地提醒他。

"所以不能说吗？"顾扬乖乖坐回去，"哦。"

"能。"陆江寒点头，"是，但你觉得方栋有戏吗？我觉得悬。"

"那也不一定。"顾扬想了想，"方哥人老实，而且做饭超好吃。"

"寰东的招商部经理，没有一个能用'老实'来形容，但他人品确实不错。"陆江寒随口问，"吃过他做的饭吗？"

顾扬摇头。

陆江寒又问："想吃吗？"

顾扬表示："方哥最近工作很忙的，而且我们也不熟。"

"等这段时间忙完了，我带你去他家混饭。"陆江寒当即拍板。他充分理解"小当家"对大厨前辈的仰慕，并且觉得自己有义务这么做。

顾扬：为什么？！

顾扬委婉地说："不好吧？"

然而陆江寒并不打算改主意，无论是为了顾扬还是张云岚，或者只是出于寰东总裁的身份，他觉得自己都有充分的理由，去蹭这位前大厨一顿饭。万一将来真变成了姨夫呢，这种事谁能说得准？

顾扬发自内心地觉得，跟着总裁好像总有混不完的饭。

但这种体验并不坏，而且还不用自己买单。

天色渐渐暗了下来，美食街也越来越热闹，街道两边依次亮起灯火，让这座城市顷刻有了一种弥漫的温暖感。顾扬坐在副驾驶上，正在专心致志地翻看手机新闻，而在车子后备厢里，还安静地躺着两个大西瓜，这份来自农庄的新鲜收获，刚好能和小王子一起组成童话，都是简单而又甜蜜的。

半个小时后，陆江寒把车停稳在地下车库："去你家？"

顾扬点头："好。"

由于"小当家"膝盖有恙，所以切水果的工作今天归总裁。空气里弥漫着西瓜的清甜和茶的香气，顾扬坐在舒服的小靠垫堆里，双手捧着笔记本，学习态度很端正。

"杨毅没告诉你要怎么做？"陆江寒问。

"杨总自己看起来都很头大。"顾扬如实回答。

"他这次是真的被荷花百货气到了，又一心想拉雪绒进驻，所以没工夫考虑别的。"陆江寒说，"现在只剩下了一种选择，情绪应该会稳定很多。"

"嗯。"顾扬点点头，又问，"荷花百货和雪绒算是同一个风格，我们的新店整体也是按照这个路子走的，现在突然换成鑫鑫百货，改动会很多吗？"

"寰东新店的改动不会很多，我们也改不起，所以只有改鑫鑫百货。"陆江寒说，"除了招牌和张大术，其他的都得变，基本等同于再造一家新店。"

听起来就是很浩瀚的工作量，一两句话应该阐述不清楚。于是顾扬先跳过了这一段，诚心请教要怎么让张大术带着"鑫鑫百货"四个字回来——毕竟这是一切的开始，要是对方死活不同意，那计划的下一步应该也无法进行。

"你在前期签收购合同的时候，应该和他接触过很多次。"陆江寒问，"觉得对方是一个什么样的人？"

"那可复杂了。"顾扬想了想，"如果只能用一个词的话，老油条。"外表看起来仙风道骨，广袖长衫，好像此生唯一的爱好就是喝茶，一天到晚都在"吸溜吸溜"嘬那宝贝紫砂茶壶；但骨子里却相当精明，一分钱的亏也不肯吃，说话绵里藏针，不动声色就能甩出十几把刀子。

"那你觉得，对方最想要什么？"陆江寒又问。

顾扬这次回答得不假思索："钱。"

"还有名气，没有哪个势利的老油条能拒绝名利。"陆江寒说，"只要给准了他想要的东西，没什么事不能商量。"

"所以我们要用职位和高薪请他过来？"顾扬闻言皱眉。

陆江寒笑道："你只能想到这个？"

顾扬迟疑着摇头，他这次是真没怎么搞懂，不然还能怎么办？

"自己去请，那就是真傻了。"陆江寒叉了块水果递给他，"和高小德还有联系吗？"

顾扬咬着西瓜点头。

"让他去。"陆江寒说,"新亚和荷花百货免费帮我们发了那么多广告,现在S市是个人就知道寰东新店陷入了困境,这种机会白白浪费了多可惜。"

顾扬若有所思,盯着他的眼睛看了半天,没想明白。

他的脑袋向来很好用,但这次例外,让高小德去找张大术,告诉他寰东出现了招商危机? 然后呢?

"你得想个办法,让张大术主动来找我们。"陆江寒一笑,"明白了?"

顾扬这次总算反应过来:"我懂了。"

"聪明。"陆江寒又递给他一块水果,"怎么样,多久能把他搞定?"

"半个月。"顾扬说,"我明天就去和杨总商量。"

这也是陆江寒欣赏他的地方,就算两个人目前正在上课,他也能分清职场顺序,先和自己的直属领导讨论出结果,再汇报总裁——虽然总裁其实也不介意先听听他的小想法。

"那等鑫鑫百货和张大术都回来之后呢?"顾扬又问。

"这就要看林洛和你的了。"陆江寒说,"提到国营老商场,一般人可能只会想到玻璃柜台和织毛衣的售货员,但我想要的其实是艺术感,别浪费之前那几十年的历史,让它兼具文化艺术中心的功能。无论是展出本土艺术家的作品,还是邀请有历史的国产品牌过来做展览,都可以在现代的商场里体现出国产情怀,而不是非得全场红木装修,再招一堆不知名的国产品牌进来。懂吗?"

至于为什么非得要鑫鑫百货和张大术,本质上其实只为了四个字——方便炒作。毕竟一家全新的不知名商场,哪怕再艺术,也比不过"国营老字号华丽变身"有新闻冲击力,张大术几十年的袍子不能白穿。陆江寒的野心和脾气都不小,荷花百货联手新亚99一起坑了寰东一把,他也是一肚子火,只是表现形式和杨毅不大一样。之前他只想把寰东这家新店开好,和其他分店没什么区别,而现在他想让新店和鑫鑫百货一起,变成业内标志性事件。

让商场变成艺术馆和具有艺术感的商场,是截然不同的两件事。

顾扬暂时没有办法去想象,兼具展览馆和卖场功能的具体设计究竟是怎样,但他很喜欢这个构想,让商场不仅仅是商场,而是留给顾客更多思考和享受的空间，才是真正的生活方式。

"怎么了？"陆江寒笑着看他。

"您真的很厉害。"这是顾扬发自内心的看法。不管是自己遇到困难，或是公司遇到困难，他似乎都能有很好的办法去解决，堪称无所不能。成熟男性的魅力在对方身上体现得淋漓尽致，虽然身处云谲波诡的商场，却没沾染任何油腻的不良习性，只是多了沉稳和淡定，是非常让人羡慕的人生。

而陆江寒也很享受他的崇拜。

时间缓缓溜走，墙上的挂钟时针指向"12"。

顾扬躺在被窝里，睡眼蒙眬地给陆江寒发了条短信：晚安。

坏习惯能传染，按时休息的好习惯也能传染。

陆江寒把手机放在床头柜上，很快就陷入了梦境。

房间里有淡淡的薰衣草香气，那是顾扬送给他的香熏灯。

能安神，也能带来美梦。

第二天一大早，顾扬就抱着文件夹，钻进了杨副总裁的办公室。

"我怎么没想到还能这样？"杨毅啧啧道。

"陆总说您是因为太生气了。"顾扬回答，"他还让我转告您，以后要淡定。"

"行，那就这么做吧。"杨毅把文件还给他，"顺便再转告陆总，没有打爆徐聪的头，已经是我淡定之后的结果了。"

顾扬笑着说："嗯。"

高小德的办事风格一如既往，只要好处到位，那绝对是又快速又高效率。所以没等几天，他就在亲戚的介绍下，拎着礼物去拜访了鑫鑫百货的前任总经理。

"你找我有事？"张大术也很不解。

"还真有，没事我找您做什么？"高小德凑近他，"最近看新闻了吧？寰东招商出问题了，荷花百货不愿意入驻，整个工程都停了。"

"那可和我没关系。"张大术眯着眼睛一口否认。最近也不知道从哪里来了一小波流言，说是因为原地址的风水不好，所以商场才开一家倒一家。还有人说是因为张大术对价格不满意，所以请了道长作法，这不扯淡吗？

"和咱还真有关系，这可是个好机会啊。"高小德说，"发财的好机会。"

这句话说得有些没头没脑，所以就算精明如张大术，也没能及时反应过来。

"什么发财的好机会？"他问。

高小德压低声音，神神秘秘地说："让鑫鑫百货重新开进寰东的好机会。"

在此之前，张大术从来就没有想过，鑫鑫百货还能再开一次。毕竟曾经的辉煌早已一去不复返，最近几年都活得苟延残喘，能被寰东看上这块地方，已经算是走了天大的好运。而他也已经做好准备，要在家安享这提前十年到来的"退休生活"，所以一口拒绝。

"为什么啊？"高小德问。

"这还能有'为什么'？你是本市人，又不是不知道鑫鑫百货之前什么样。"张大术双手抱着茶壶，半眯着眼睛，"陆江寒是谁，怎么可能轻易被忽悠动？"

"不是，谁说我们要忽悠了？"高小德苦口婆心，"这叫实事求是，咱也讲道理是不是？"

张大术眼皮子一抬，从鼻子里往外哼了一个"嗯"字。

"我就问一句话！"高小德一拍桌子，"如果我真的有办法，能让鑫鑫百货重新开张，让你重新回去当总经理，合不合作吧？"

张大术先慢条斯理嘬了好几口茶，才捏着官腔问："什么办法？说来听听。"

高小德倒是一点儿都不着急，有官腔好，有官腔说明还没能从总经理的身份里出来，后续有戏。

"现在寰东是不是走投无路了？"高小德问。

"寰东只是被人阴了一次，离走投无路还远得很。"张大术纠正，"况且就算真走投无路了，人家自己就有百货，随便开一家也比鑫鑫要强。"

"现在网上也这么说，寰东八成要用自己的百货填缺了。"高小德啧啧道，"可陆江寒那是多要面子的人，能做出这被业内群嘲的事？被人放了鸽子，闷屁没一个，乖乖滚回去开个自家的商场？那肯定不能。"

"你一个外行，话还挺多。"张大术放下茶壶，"这国内外有多少家商场，只要寰东愿意，有的是人愿意合作。"

"但咱有情怀啊！"高小德唾沫星子飞溅，眼底强压着激动，"普东山老牌百货联手寰东购物中心重新开业，这个优势怎么样？别的百货可没有吧？"

"这——"

"先别说话！"高小德打断他，继续发挥黑心导游煽动游客购买假翡翠的本色，眉飞色舞道，"这年头，不就情怀值钱吗？而且我们普东市民对鑫鑫百货是真有感情，拆招牌那天，网上帖子回复了上千楼呢！要是能重新开张，再一炒作，您穿着这大马褂一剪彩，真不是我说，那可是有轰动效应的。"

"只靠着情怀，你就想去剪彩了？"张大术给他也倒了杯茶，"想发财也要找对路子。你去过寰东吧？那里面的品牌，一水儿的顶级高奢，咱老百货在那种地方，没位置。"

"也没让你把老百货重新开进去。"高小德说。

张大术瞥了他一眼：那你在这"叭叭叭"地说半天，说梦话呢？

"拿着'鑫鑫百货'四个字去和陆江寒谈啊！"高小德一口气喝完茶，把空杯子重重地放回桌上，很敬业地营造出了商战氛围，低声道，"就告诉他，鑫鑫百货有情怀，有感情，有能炒作的点，我们别的什么都不要，招商管理都归寰东，只出老招牌、老情怀和一个老牌总经理，怎么样？"

"你的意思，把鑫鑫百货的招牌给寰东，用这个当条件，让我再去当个挂名总经理？"张大术问。

"那总经理也不能白当啊，少要一点儿好处，陆江寒还是能答应的。"高小德教他，"我们这招牌，也能值个好几万呢，是不是？"

张大术皮笑肉不笑地抽了一下嘴角，他当然不觉得鑫鑫百货的招牌只值几万块，但也懒得向这没眼界的痞子讲课。对方的话其实并非全无道理，这年头情怀是挺值钱的，拿来谈条件也不是不可能。

"怎么样？"高小德催促。

"你想从中捞什么好处？"张大术这回没绕弯子。

高小德嘿嘿笑道："我这点儿本事，给个副总经理也做不了啊，到时候那购物中心里肯定会有美食城吧？您看着给我个人流多的免费档口呗，租约三年五年的，也分点儿汤喝。"

对方的要求不算贪心，勉强在合理范围以内。把人送走后，张大术又考虑了一下他的话，如果鑫鑫百货真的能开起来，自己有面子当然不用说，更重要的是，还能从中捞一点儿好处，哪怕并没有很多钱，总比没有强。

"能答应吗？"张大术的儿子问，"陆江寒多难忽悠，那可不是三两句话就能打动的主儿。"

"那就别忽悠人家陆总。"张大术把茶壶烫干净，慢悠悠地说。

儿子一咧嘴："这都叫上陆总了？"

"是鑫鑫百货开回去，又不是我们开回去。"张大术说，"到时候只把牌子给他们，本质上这商场还是寰东在开，他们又没损失。"

"那人凭什么要我们的牌子啊？"儿子依旧没明白，"就靠情怀？情怀真这么值钱？"

"还靠面子，陆江寒的面子。"张大术说，"要是他想和别家百货合作，一早就去找了，现在既然没找，就说明没有合适的。那怎么办呢？自己开一家丢人，和我们合作，他就不丢人，而且也能说得通。"

儿子一拍大腿："你这么解释我就懂了，鑫鑫百货的招牌，就是他陆江寒的面子！"

"所以说这事，还真不是没指望。"张大术一边给鹦鹉喂食，一边说，"到时候给我们父子都弄个名誉经理，每个月有个万儿八千的，不也挺好？"

"那什么时候去谈啊？"儿子催促，"得快着点儿，别让寰东找到新的合作伙伴，这机会可就没了。"

"我得先想想。"张大术坐在沙发上，摆摆手道，"前阵子闹得不好看，就这么找上门，能不能见到陆江寒都难说。"

"不然我先去通通关系，看能不能找个中间人？"儿子提议，"都是生意人，也没深仇大恨，还不能坐下谈谈？只要有利益，一切都好说。"

这话倒也是。张大术很爽快地就点头答应了，还叮嘱要抓紧时间，千万别走漏风声，免得又出乱子。

　　与此同时，高小德正坐在烧烤摊上，喜气洋洋地打电话："放心吧，你相信哥哥这些年的经验，光看张大术的表情，咱这事就有戏。"

　　"有戏的概率是多少？"顾扬追问。

　　"至少百分之八十，白捡便宜的事情谁不干？更何况是张大术那唯利是图的人精。"高小德说，"我过两天再去煽风点把火，不出一周，他肯定会主动去找襄东。"

　　"谢谢高哥！"顾扬挂断电话，随手拎起一袋零食，按下电梯直奔十九楼，打算和总裁同喜。

　　陆江寒打开门，穿着宽松的浴袍，头发还在滴水。

　　"对不起陆总，我来之前忘了看时间。"顾扬问，"几点了？"

　　陆江寒笑："十一点半。"

　　"我就是想告诉您，刚刚高小德打电话，说张大术那头差不多搞定了，一周之内就能出结果，还说成功概率高达百分之八十。"顾扬往后退了一步，"那您休息，我回去了。"

　　"是什么？"陆江寒看着他手里的牛皮纸袋。

　　"都是零食，我们对面新开了一家进口小超市。"顾扬递给他，"送您。"

　　"进来一起吃吧。"陆江寒侧身，"如果你不困的话，我们可以再聊一聊张大术的事，反正我也没打算睡，还要再看会儿文件。"

　　"半夜不能吃零食的。"顾扬走进屋。

　　"但也可以偶尔不健康一下，是不是？"陆江寒从酒柜里挑了支酒，"喜欢甜一点儿的？"

　　"嗯。"顾扬在袋子里翻了翻，打算在一堆鱿鱼丝和薯片布丁里找一个最适合配酒的出来，结果当然是未遂。那些印着卡通图案的小零食，不管从哪个角度来看，都和总裁手里的酒不大般配。

　　"不用这么认真。"陆江寒和他碰了一下酒杯，"自己开心就好。"

　　顾扬试着喝了一口，果然很甜，还有芬芳的果香。

　　常年去健身房，陆江寒的身材一流，于是顾扬默默地把薯片收回来，递给他一颗低糖低卡的草莓布丁。

　　客厅里的灯光昏暗，酒很好，空气中还飘散着若有若无的钢琴曲。

在这样的环境里，实在不适合提张大术，因为很影响气氛。正好零食里有附赠小玩具，可以自己拼一辆布加迪威龙。于是顾扬在桌上摊开小积木，开始专心致志地看图纸，陆江寒坐到他身边，帮忙把那些积木按形状归好类。

"是这样吗？"顾扬疑惑地问。

陆江寒说："嗯。"

小玩具质量堪忧，不过顾扬还是很负责地安好了最后一个轮胎。

陆江寒笑着问："送给我？"

"我本来打算请它进垃圾桶的。"顾扬如实表示，"实在太丑了。"而且还散发着一股麻辣烧烤味。

"但这是你努力了半个小时的成果。"陆江寒把它放在柜子上，"所以很值得珍藏。"

旁边恰好是一个真车模，1：8全比例缩小，全碳纤维骨架，表面覆盖纯金，宝石镶嵌的车灯像是两只眼睛，正在嚣张地表达着对小破积木车的鄙视——但再鄙视也没有办法，因为总裁喜欢，而且是非常喜欢的那种喜欢。

酒本来就剩得不多，两人刚好可以喝完最后一点儿。

在和张大术签订正式合同之前，整件事都处于保密状态，顾扬暂时不能找林洛沟通想法，只能每天在纸上写写画画，把自己的想法及时记录下来。相对于商场来说，他对画廊的理解要更加深刻和独到，因此也在按照陆江寒的提议，把鑫鑫百货当成一家艺术中心来随意涂画。

这天下午，杨毅在向陆江寒汇报完工作之后，顺便提出疑问："听说最近你天天按时打卡？"

"有问题吗？"陆江寒依旧在看文件。

"不是，你到底有没有谈恋爱？"杨毅拉着椅子坐在他对面，群众真的很着急，而你妈更着急。

无论从哪个角度来看，谈恋爱都应该是一件充满了喜悦的事，完全可以和朋友大肆分享，所以杨毅百思不得其解，为什么陆江寒的保密工作居然会这么好，难不成找了个有夫之妇？

这种设想太过天雷滚滚，陆江寒果然面无表情地说："滚。"

"总之你记住，别犯原则错误。"杨毅抄起桌上的文件夹，"还有一件事，下个月的零售峰会，李明去还是你亲自去？对方已经在催了。"

"我去，加个顾扬。"陆江寒回答。

"你怎么走哪儿都要带着顾扬？"杨毅果然很不满。

"带他去长长知识，了解一下行业现状。"陆江寒抬头和他对视，"有意见吗？"

"没有，不敢有。"杨毅举手投降，"行，他归你了。"

陆江寒"唰唰"两笔签完字："鑫鑫百货那边怎么样？"

"也不知道张大术怎么和老张搭上的关系，托他做中间人，说想和我们谈一谈。"提到这个话题，杨毅一乐，"我说最近没空，也没定哪天有空，先晾两天再说。"

"别晾过头了。"陆江寒提醒。

"放心吧，我有分寸。"杨毅说，"老张的性格你还不知道，那是真把自己当成江湖总把头，估计今晚又会来电话组局。下周内我肯定会去见张大术，万一拖得太久，我还怕那老狐狸会自己回过味来。"

陆江寒笑笑："辛苦。"

"话说回来，这事还真得感谢一下顾扬的路痴。"杨毅打趣，"要不是他不认路，也不会认识高小德。我和高小德谈过两次，那是真人精。"

陆江寒又往隔壁看了一眼。

小艺术家正在专心致志地盯着电脑，腮帮子一鼓一鼓的，不知道在吃什么东西。周五不用穿工装，所以他套了一件嫩绿色的 T 恤，和这个季节一样，清新又生机勃勃。

又过了一会儿，后勤保障部的主管来敲门，说李总出差还没回来，财务又在催下个月的预算，要求一定要在下班前交上去。

"我签吧。"陆江寒从她手里接过文件夹，一项一项扫过去，其中有一条来自新店筹备部，申请买一卷价格"高达"四十五块八毛钱的磨砂玻璃贴，用来替换报纸墙。

"陆总？"见他迟迟不签字，主管心里也很忐忑，不知道自己哪里没做对。

陆江寒圈出那卷磨砂贴，面不改色地说："以后有机会把这面墙整个换了吧，现在就先不贴了。"至于这个"以后的机会"究竟在哪个遥远的未来，再说。

主管点头："好的，陆总。"然后又在心里感慨：总裁果然是总裁，哪怕这种几十块钱的小细节，也绝对不会浪费资源。

距离下班还有五分钟，顾扬已经收拾好了东西，兴致勃勃等下班。

杜天天今天请客吃饭，主题是介绍女朋友给大家认识。饭局地点定在五桂庄，距离市中心路程颇远，又正好赶上周五出城高峰，路面堵车，地铁满客，更悲惨的是，一行人下了地铁才发现外面居然是雷暴雨。

三只落汤鸡几乎同时出现在了饭店，李豪一边擦脸，一边表示："杜天天你真是太鸡贼了，一定是为了突出自己的英俊潇洒，所以才故意选在这鬼地方，让我们挤死挤活还要被雨淋，光彩尽失。"

"胡说什么呢，这地方是嘉琪选的，她住在这附近。"杜天天招呼服务员给他们上了热毛巾，笑着说，"别给我丢人啊。"他身边坐着一个年轻女孩儿，长得挺乖，也挺甜美，背着一个轻奢品牌的小猫包，性格很腼腆。

"在家吗？"陆江寒打来电话，"有人送了两箱车厘子，我记得你好像喜欢吃这个。"

"我在五桂庄的鲜鱼饭庄。"顾扬走出了包厢。

"五桂庄？你跑到那儿去做什么？"陆江寒把车停在路边，"最近那一块在拆迁，又乱又脏。白天都有人被砍闹上电视新闻，更何况是晚上。"

"是杜哥请客吃饭，他女朋友好像住在这附近。"顾扬说，"没事的，陆总，我等会儿就回去。"一句话还没说完，走廊上就有醉鬼"哗啦"摔了个酒瓶子，开始破口大骂，动静惊天动地。

顾扬："……"

陆江寒叹了口气，直接把车拐上辅路。

因为拆迁的关系，五桂庄许多路灯都被截断了电线，在一片漆黑里，"鲜鱼饭庄"几个字看起来尤为明亮辉煌。陆江寒把车停在浓厚的阴影里，从这位置刚好能看到进出的食客。

狂风暴雨没有一丝要停歇的意思，陆江寒拿过电脑，随手点开文件，一边等人一边处理工作。

天气实在太糟糕，鲜鱼饭庄的生意也不算好，晚上十点大堂里就已经空空荡荡。顾扬换了三个打车软件，小费加到快赶上了车费，依旧没人愿意接单。前段时间这里刚出过醉鬼因为几块钱，就把司机砍进医院的社会事件，估计师傅深夜都不敢来这附近。

"你先送嘉琪回去吧，我们跑去地铁站。"李豪裹紧外套，"不然再等一会儿，地铁末班车都没了。"

顾扬走出了门口，外面恰好有一道惊雷闪电，大风夹杂着雨丝打在身上，他的胳膊顷刻就起了一层鸡皮疙瘩。

陆江寒双手握紧方向盘，看着不远处那熟悉的身影，塑料大棚里积攒的雨水被吹落，"哗啦"浇在挡风玻璃上，瞬间模糊了视线，而等他再度看过去的时候，顾扬已经撑着伞跑进了大雨里。

来自海面上的狂风穿透了天穹，呼啸着迎面灌来，雨伞被吹得翻转过去，顾扬被带得一个趔趄，差点儿撞到树上。

"说了让你多吃一点儿。"李豪一把扯住他的胳膊，把伞丢进了垃圾桶，"走吧。"

雨水浇了满脸，顾扬连眼睛都快睁不开了，全靠两个学长一人一边拎着才跑进地铁站。

这绝对是他有生以来，吃过的最狼狈的一顿饭。

"饭局结束了吗？"陆江寒又打来电话，"晚上还有新一轮暴雨，别玩得太晚。"

"我们已经进地铁了，一个小时就能到家。"顾扬全身都在滴水，气喘吁吁地说，"谢谢陆总。"

陆江寒笑笑："路上注意安全，到家后再告诉我一声。"

"嗯。"顾扬挂断电话，掏出硬币买票。

陆江寒向后靠在车椅上，看着前方出神。

几丝雨飘进车窗，顺着衣领滑落，让情绪也融化得乱七八糟。

顾扬扛了两箱车厘子回观澜山庄过周末，那是陆江寒送给他的礼物，刚好可以和家人一起分享。

"最近工作忙不忙啊？"顾妈妈问，"下周末你姑妈的女儿结婚，和妈妈一起去参加个婚礼。"

"忙，没空，不去，别找我。"顾扬拒绝四连。

"你这孩子。"顾妈妈哭笑不得，伸手拍了他一巴掌，"放心，没人给你介绍对象。"

"我是真没空。"顾扬吐出果核，"陆总下周要带我去天水峰，说有个新项目，最近还蛮火爆的。"

"你们陆总生意做得还挺大。"顾妈妈一边切菜一边说，"都扯到小苏山去了。"

那是最近新开发的旅游休闲地，广告打得铺天盖地，卖点是云海日落、露营观星和私人温泉，听起来就很无拘无束，亲近自然。而陆江寒之所以要带顾扬去，其实还有另一个理由——登山的路有些崎岖，很适合帮助小艺术家改正走路乱看的毛病，多注意脚下。

不过在这趟登山行程之前，还有另一件事需要搞定。由于"江湖总把头"老张频频打电话，所以杨毅终于"勉为其难"地松口答应，定在了周三下班后和张大术见面，顾扬作为他的下属，当然也要一同前往。

饭局上好说话，张大术这回总算不再扯官腔，还带来了一瓶 1990 年的茅台酒，很有和解的诚意。

"和鑫鑫百货合作？"杨毅接过酒杯，皮笑肉不笑道，"张总，真不是我还在为以前的事记仇，我们有一桩说一桩，你也看过寰东购物中心长什么样，和您那国营老百货，压根儿就不是一个路子。"

"也没说要原样开回去。"张大术这几天做了不少准备，开口就是情怀牌，"普东市的老市民都对老百货有感情，要是能重新开回去，哪怕占地小一点儿，只要能有个老招牌在，那也是一份感动。"

"我们新店的主要目标客户群，其实是普东山游客。"顾扬在旁边解释，"他们压根儿就不知道鑫鑫百货。"

"那我们可以通过炒作让他们知道啊！"张大术的儿子放下酒杯，"国营老字号和现代购物中心的碰撞，这写进新闻多好听，总比寰东自己开家新店要强吧？是不是？"

顾扬看向杨毅，无辜道："杨总，您觉得呢？"

"再考虑一下吧。"杨毅说，"这可不是小事，上次因为荷花百货，陆总已经发过一次火了，我当时跟他保证会引进瑞士雪绒，现在突然换成鑫鑫百货，这……难。"

张大术虽然不太关注行业资讯，但也知道荷花百货和瑞士雪绒之间是什么关系，既然被山寨的放了鸽子，就索性把正版招进来，这的确像是陆江寒和寰东的脾气，也就让杨毅的话更多了几分可信度。

"最近瑞士雪绒那边已经回邮件了。"顾扬也说，"我们杨总还打算下周飞过去呢。"

"能招进瑞士雪绒当然好，但做生意，谁都得有两手准备。"张大术又给杨毅添了杯酒，"这样，杨总您也考虑一下我的提议，普东山市里和市场那块我都熟，要是能合作，可比瑞士人强多了。"

"这倒是。"杨毅和他碰了一下酒杯，"不如我们回去都再想想，您也别光就给我一招牌和情怀，至少也要有点儿实际的东西，不然我怎么去说服陆总？他对鑫鑫百货可没感情。"

张大术一口答应。

顾扬发自内心地觉得，商场不仅如战场，还很像片场——全靠演技。

"你觉得怎么样？"第二天上班的时候，陆江寒问。

"我觉得要是杨总昨晚松口，张大术当场就能签合同。"顾扬说，"这回他终于不再端着茶壶哼哼哈哈了，看样子是真的很想和寰东合作。"

"我早就说了，张大术可不是淡泊名利的人，杨毅要是再拖两个月，说不定对方还能让步更多。"陆江寒合上电脑，"不过现在也没必要了，一来时间来不及，二来寰东不指着从他身上捞好处。下周签订合同之后，你就可以去和林洛沟通想法了，下个月正式定最终的建筑方案。"

"可我都是随便乱画的。"顾扬提前声明。

"没指着让你去设计新店。"陆江寒笑道，"但我很喜欢你的一些小想法，我们付给贝诺那么多设计费，至少也要让林洛想想，怎么样才能让它们落地。"

从总裁办公室出来之后，顾扬翻了翻桌上那些凌乱的稿纸，打算抽空重新整理一遍，毕竟林建筑师的脾气惊人，稍有不慎就会收获一个冷漠的"哼"。不过在整理思路之前，他得先上网买驱蚊水和运动背包，为了周末的小苏山之行。

周五下午，顾妈妈特意打来电话，又叮嘱了一遍让儿子跟紧总裁，千万别到处瞎跑在山里迷路，一来危险，二来上了社会新闻也很丢人——出动搜救队满大山找你，影响当代大学生在网友心里的形象。

陆江寒听得直乐："阿姨说话一直这么幽默？"

"我妈知道我路痴。"顾扬挂了电话，也笑着说，"小苏山又是新景区，所以她有点儿担心。"

窗外景色飞驰而过，繁华奢靡的国际都市渐渐消失在身后，迎面吹来的是清爽的林间晚风。顾扬手里拿着厚厚一沓资料，都是天水峰的最新宣传，主管单位当初特别邀请了著名摄影师来拍摄云海和星空，每一张照片都美得令人心醉。

"有登山经验吗？"陆江寒问。

"很少，不过我体力很好的。"顾扬说，"路会特别难走吗？"

"当然不会，这是合家欢景区，不是冒险大本营。"陆江寒指了指窗外，"就是那条亮着灯的山路，虽然比一般的健身道要崎岖，但跟好我就没事。"

夜幕下的小苏山看起来尤为厚重深沉。两人今晚入住的地方就叫小苏山温泉庄，装修得古色古香，客房都是两层小木楼，假山溪水小凉亭。虽然有些刻意为之，但也颇有几分古典园林的架势，至少对想要返璞归真的游客来说，足够用。

"我们明天几点出发？"顾扬问。

"早上九点。"陆江寒把行李箱放好，"要去泡温泉吗？"

"要。"顾扬匆匆洗了把脸。这是山庄里最豪华的套房，名字稍显暴发户，叫至尊帝王房，很容易让人想起深海帝王蟹。两张一米八的红木大床并排摆在空旷的房间里，红木老衣柜里镶嵌着电视机，周围还围着红纱，风一吹满屋子呼呼乱飘。

顾扬对这种宛若宫斗剧的装修风格肃然起敬，想换房，但前台服务员表示由于最近是旅游旺季，所以其他客房都满客，如果非要换，只能去南边的贵妃房。

"那还是不了，谢谢。"顾扬淡定拒绝，把房卡又揣回了裤兜。

陆江寒站在他身边，忍着笑。

但幸好温泉还是不错的，山庄为两人单独开了个小浴池，乳白色的温泉水自带香气，温度偏高。顾扬靠在池壁上，满足地呼出了口气。

"在想什么？"陆江寒在他对面。

"在发呆。"顾扬睁开眼睛，"这是我第一次泡温泉。"

"上次和超市部一起去日本，没去泡温泉吗？"陆江寒问。

"没有，上次行程很赶的。"顾扬坐得离他近了一点儿，"之前和朋友去日本旅游，也没顾得上泡，好像每次都会有理由刚好错过。"

"如果你喜欢的话，"陆江寒笑了笑，"我们下次可以一起去。"

顾扬换了个舒服的姿势，说："嗯。"

温热的浴水总会让人昏昏欲睡，顾扬趴在池边，看起来像是已经睡着了。他的皮肤很白，在热气的熏蒸下，从脖颈儿到肩膀都透出健康的红意，手臂和背部的肌肉线条干净漂亮，并不像外表看起来那么瘦弱——是个身体很好，坚持锻炼的小艺术家。

陆江寒伸手捏了捏他："别睡着了。"

顾扬睁开眼睛，懒洋洋地说："嗯。"

"累的话就回房间。"陆江寒说，"在这睡着会头晕。"

"我现在深度怀疑，明天能不能在八点准时起床。"顾扬走出温泉池，"哗啦"一声，水珠沿着湿漉漉的后背一路滑到小腿。

"如果你不想起床，那登山可以晚几个小时再出发。"陆江寒披好浴袍，"让别人搭好帐篷，我们只需要住就行。"

那也太地主了。顾扬沉默了一下："算了，我们还是自己搭吧。"

这个夜晚，顾扬睡得很好，而陆江寒居然也没有失眠。

月色透过窗纱，刚好能落满床头，洒出一片朦胧的微光。

被日出鸟鸣唤醒和被闹钟唤醒，是截然不同的两种心境。

上午九点，整座山的绿意在阳光的亲吻下，蒸腾着散发出青草的香气。环绕在林间的白色薄雾还没来得及彻底散去，顾扬背着背包，用脚用力踩开面前的枯枝败叶。

"小心一点儿。"陆江寒在身后扶住他。

"这真的是亲子游吗？"顾扬内心充满疑惑，会被家长投诉的吧。

"小朋友有缆车。"陆江寒指了指另一边，"这条路只属于大朋友。"

经常扛着大包布料爬楼梯的小艺术家，虽然体力惊人，但登山经验实在欠缺，远比不过常年在健身房攀岩的总裁。于是半个小时后，开路的任务就转移到了陆江寒头上，他登上一处岩石，转身说："来。"

顾扬顺理成章地把手伸过去，被拉到了高处。小熊猫在背包拉链上一晃一晃的，轻快活泼。

这一路风景很好，两人走走停停，直到下午三点才抵达露营点。已经有不少游客在空地搭起了帐篷，顾扬只简单地看了一下说明书，就随手从地上拎起一把锤子，"咣当"一声把固定钉砸了进去。

陆江寒："……"

这力气到底是怎么练出来的？

优雅漂亮的小王子，干起活来和威猛大汉一比，属于撸起袖子闷不吭声型。旁边一家四口的爸爸还在满头大汗看图纸，顾扬已经扯起了防水布，"哗啦"一声把骨架盖得严严实实。

两个小朋友站在旁边，齐声惊叹。

顾扬下巴一抬，很有几分得意。

陆江寒摸了摸鼻子，小声提醒他："套反了。"

顾扬淡定地挪到另一边："你来。"

陆江寒忍笑走上前，把帐篷布揭下来重新套好。这么一折腾，时间已经差不多过了下午四点，游客们纷纷拿着相机拥去拍摄点，准备等这一天里最美的夕阳。

远处，云海苍苍，霞光万丈。

顾扬坐在一块巨石上，目不转睛地看着前方。那是一种很复杂的色彩，天空逐渐从浅蓝变成墨蓝，云朵镶嵌金边，又辗转透出几丝鲜艳的红，风绕住夕阳，让云环瞬间消散，最终一起沉入山的另一边。

世界也在一瞬间暗了下来。

其余人都在分享相机里的照片，周围有些吵闹，只有顾扬没说话。

陆江寒也没说话。他一直陪着小王子，直到四野安静无声。

"喜欢住在山里吗？"他说。

"嗯？"顾扬有些意外。

陆江寒问："好像艺术家都向往住在山里？"

"肯定不包括我。"顾扬一口否认，他觉得自己还是很需要现代生活的，需要高科技住宅，需要便捷交通，需要无线网络，也很需要爱马仕、汤姆·福特和杰尼亚，他从来就不掩饰自己对奢华物质的渴望，那也是他创造力的一部分，至于穿着棉麻的大袍子隐居在山里这种事，从来没想过。

陆江寒对此表示赞成，因为他也不太能体会逃离现代化生活的乐趣。

两人一起慢慢走回营地，用三明治和乌龙茶当晚餐。

"冷吗？"陆江寒问。

"不冷。"顾扬盘腿坐在小垫子上，舒服地说，"这里的空气可真好。"

"以前我和杨毅经常登山，不过最近几年越来越忙，只有下班后去健身房攀岩。"陆江寒帮他把食物残渣收进密封袋，准备下山时一起带走。

隔壁的小女孩儿跑过来，递给顾扬一支棒棒糖，她很喜欢这个好看的小哥哥，在爬进帐篷前还要恋恋不舍地跟他说晚安。

"一直这么受欢迎吗？"陆江寒笑。

顾扬把棒棒糖塞进嘴里，厚颜无耻地表示："嗯。"

陆江寒丝毫也不怀疑这个"嗯"，才华横溢的小王子，哪怕只是站在原地，都会自己发光。而和他一起发光的，还有漫天闪烁的星辰。

空气越来越冷，顾扬从帐篷里翻出来一条大毯子，刚好够裹紧两个人。

"那是天蝎座。"顾扬指着天上一组璀璨的光芒，"能看出来吗？尾部在东南。"

陆江寒挑眉："你还能分清东南？"

顾扬老实承认："死记硬背的。"有些事不要戳穿，大家还能愉快聊天儿。

陆江寒笑道："是你的星座吗？"

"嗯。"顾扬继续指给他看，"那颗红色的一等星，我把它当成心脏。"

夏季最明亮的星座和最明亮的星群。

厚重的毛毯阻隔了寒凉的风，两人肩并肩靠在一起，安静无声，空气里有蝉鸣和花香。

过了一会儿，陆江寒取下毛毯，全部裹在顾扬身上："我先去刷牙，你也早点儿进帐篷，小心别着凉。"

顾扬蹲在地上看露水和蟋蟀，他的眼睛很亮，像倒映了漫天的星辰和月光。

整座营地渐渐沉寂下来，等他回帐篷的时候，陆江寒已经钻进了睡袋里，正背对着门休息。于是顾扬也轻手轻脚地拉好拉链。这顶帐篷很宽敞，躺三个人都绰绰有余，而且还有一扇透明塑料窗。

时间一点儿一点儿溜走，林地里的夏夜，只剩下了蝉鸣和风的"呼呼"声。

顾扬没有一丝困意，他先是看着帐篷顶发了一会儿呆，又小心翼翼地翻身，继续看着睡袋里总裁……的后脑勺儿，对方的身材很高大，所以和鹅黄色的格子睡袋不太协调，但也挺可爱。

过了一会儿，顾扬索性解开系带，轻手轻脚爬起来，趴在小窗户的地方向外望。

星光要比刚才更加璀璨，一道银河横贯天际，闪烁耀眼，而每一颗星星都是一个全新的世界。

营地里挂着黄色小串灯，本意或许是要营造浪漫氛围，但却引来了很多飞蛾。它们奋不顾身地扑向光源，煽动的翅膀遮住光芒，又很快让阴影消散，倒映在帐篷上，世界也变得漂浮不定、明暗交错。

这是一个奇妙的夜晚，有着奇妙的月光和奇妙的情绪。

登山行程结束后，周一再上班，杨副总问陆江寒："你好像心情很好？"

陆江寒把菜单还给服务员："周末和顾扬一起去了趟远郊。"

杨毅问："然后呢，没有啦？"

陆江寒道："然后我现在心情很好，所以请你不要再用废话烦我。"

杨毅内心吐槽：去个郊区就心情很好，你还真是好养活。

下午上班的时候，顾扬抱着一摞文件来找陆江寒签字，正好碰到杨毅也在。

"杨总。"他和平常一样打招呼。

杨毅随手拖过一把椅子："陪陆总去郊游累坏了吧？别站着了，快坐。"

顾扬被这豪华待遇吓了一跳。

陆江寒忍笑，看起来有些幸灾乐祸。

于是顾扬在回到工位后，随手抽出一张 A4 纸，贴在了报纸破墙的那道缝隙上，遮得严严实实，拒绝再被看戏。

陆江寒："……"

什么时候发现的？

下班正好赶上市场部聚餐，顾扬虽然已经被调到新店筹备部，但还是顺利混了一顿饭。一群同事说说笑笑，直到晚上九点才散场回家，刚洗完澡就听到有人按门铃。

"吃吗？"陆江寒手里拎着一个可爱的纸盒，笑着看他，"草莓慕斯。"

顾扬把甜点盒从他手里拿走："谢谢。"

"可以进来吗？"陆江寒又问，"明天杨毅约了张大术，我可以继续教你在谈判时应该注意什么。"

顾扬把人让进来，又去厨房里泡了一壶茶，这次没有水果和玫瑰，变成了清火降燥的苦丁老梗，要多苦就有多苦的那种苦，喝得总裁正襟危坐。

"明天要看合同吗？"顾扬捧着笔记本问，"万一对方提出要修改呢？"

"他没有任何修改的权力，我们的合同就是最终版。"陆江寒说，"林洛那边也已经定好了时间，在这个月之内，我至少要看到新店的雏形。"

顾扬点点头，在笔记本上写得很认真。

过了一会儿，他的手机上"叮"的一声弹出一条提示消息，是成功购买动车票的通知，这个周末往返阳泉镇。那里有几个熟悉的服装厂，前段时间顾扬托他们从欧洲定了布料，为了给陆江寒做正装，数量很稀少，上周才刚刚到货。

第二天的商谈地点定在寰东会议室，在开始之前，顾扬特意领着张大术一行人，从一楼参观到了六楼，从迪奥到香奈儿，从伯尔鲁帝到齐力，充满异域风情的橱窗中，用丝绸和宝石拼成的鞋子漂亮得像水粉画，所有细节都彰显着这是一家华丽精致而又明艳的商场，以及同样张扬的消费态度，顾客们或是衣冠楚楚，或是娇俏活泼，都充满了积极的感染力，和风雨飘摇的鑫鑫百货是截然不同的气质。

"对不住，今天实在有些忙。"杨毅匆匆进了会议室，迟到了足足二十分钟。

张大术当然不会在意这些，他在意的是自己上次的提议究竟有没有被陆江寒接受。

"这事的结果不好说，但我是真有诚意。"杨毅说，"为了今天这会，连瑞士的行程都推了一周。"

"我们也有诚意啊。"张大术凑近他，"这样，如果我们两家能联合，市里那边我去活动，保证在新店开业当天，加一条景区售票点往返购物中心的专线，怎么样？这可不比外面那些超市班车，是官方线路，省事省心，一天能开好几十趟。"

"就这？"杨毅想了想，还是摇头，"招个瑞士雪绒进来，我们能省多少事，只加一辆班车……我怕陆总不答应。"

"还有地铁。"张大术的儿子拍板，"现在新规划的 19 号线。"

"新规划的 19 号线，在寰东新店门口多一站？"杨毅一乐，"市里可还没公开，真的假的？"

"没开玩笑。"对方说，"内部消息，按照现在的规划，那出站口离寰东还有好几百米呢，虽然不远吧，但走起来也够呛。"

"要真能挪到店门口，那行。"杨毅说，"这样，陆总那边我去说，如果他能同意寰东自己开百货，这事就成了大半。"他又压低声音："说句老实话，我也不想和那些瑞士人打交道。"

张大术笑容满面："我懂。"

这次的会议气氛很轻松，等送走鑫鑫百货一行人后，顾扬大致向陆江寒做了汇报。按照杨毅的意思，虽然张大术提出的两个条件算不上多诱人，寰东自己也能联系市里解决，但有人代劳总是好的。

"对方对合同模板也没有异议。"顾扬说，"总之他们现在就是捡钱心态，不管多少，总归是赚。"

陆江寒笑笑："辛苦。"

"那我去继续工作了。"顾扬收拾好文件，"等会儿还有一个策划案需要您签字。"

陆江寒点点头，又指着那面报纸墙："能撕掉吗？"

"不能。"顾扬一口拒绝。

陆江寒由衷叹气。

周五公司卫生评比，顾扬的办公室又是倒数第二，仅次于一楼计算机支持部。但人家属于客观原因，几十台电脑满地的线，除非修改电路，否则确实没法干净整洁；而新店筹备部一群衣着光鲜的俊男靓女，居然也不想办法整理一下那面破墙，不仅糊旧报纸，还糊 A4 纸，空调一吹便"呼啦啦"乱飘，实在有碍观瞻。

一个大大的"F"贴在门口，部门副经理有苦难言，逢人就讲"我们真的申请了磨砂贴，但陆总没批"。

顾扬幽幽地说："你公报私仇。"

陆江寒哭笑不得，卫生这事还真不归他管。

当然，该哄还是要哄的，于是总裁问："明天有没有空？带你去吃墨西哥菜。"

"我在动车上。"顾扬抱着书包，看着窗外一闪即逝的村落灯火，"要去阳泉镇。"

陆江寒莫名其妙："你去那儿干什么？"

"看同学。"顾扬找了个借口。

陆江寒说："那周日来接你，几点的火车？"

"下午四点到。"顾扬看了下时间，"我快到站了，到酒店后再说。"

小艺术家不仅有四处游荡的灵魂，还有四处游荡的身体，又嚣张又叛逆。

陆江寒无奈："注意安全，天黑别乱跑。"

"嗯。"顾扬说，"你也早点儿休息。"

陆江寒挂断电话，拿起窗台上的小喷壶，继续给那片绿萝浇水，耐心又细致。

要是被杨毅看见，八成会以为他中了邪。

阳泉镇的服装产业很发达，到处都是代工厂。顾扬有不少同学都在这里，一早就帮他准备好了住处，楼下就是工作室。

"这料子可真难找。"同学问，"怎么突然想起来要自己做正装？"

"总比买的要有意义。"顾扬笑笑，"反正最近也没事干。"

"要不怎么说是学霸呢，就是和我们境界不一样，还能主动找活儿。"同学把钥匙递给他，"行，那有事打电话，我先回去了。"

顾扬放下行李，连口水都顾不上喝，只洗了手就匆匆去看布料。来自世界顶级西服面料供货商世家宝，一百五十匹羊毛面料触感舒服滑软，接近于夜空的深蓝色，在灯光下会泛出钻石色泽，如同落满林地间的星星和月光。

顾扬用指背轻轻蹭过布料，心底有些小雀跃。

虽然同学都表示能帮忙，可他还是决定独自完成所有步骤，从设计、打版、剪裁到缝制，哪怕工作量会成倍递增，但成品意义是截然不同的。唯一的麻烦就是不能有预缝和试穿，一切只能以最开始的尺寸数据为基准，所以只能希望总裁不要在接下来的时间里食欲大增，胡吃海喝，以免身材走形。

其实西服面料也分很多种：秋冬的厚重，夏季的清爽；英国的沉稳，意大利的明快。在挑选对比的这段时间里，顾扬也画了很多不同的设计稿，剑领或是平驳领，单排扣或是双排扣，从袖扣精心搭配到口袋的花纹，每一笔都是心血，所以每一笔都不能浪费。

而且可以做很多套。从春到秋，从夏到冬，直到占满 1901 的衣橱？

意识到自己在想什么之后，顾扬把头栽进布料，又在心里补了一句：要收费的。

金钱交易，相当纯洁。

周日下午四点，陆江寒在火车站接到的除了小艺术家，还有小艺术家的布料，被亚麻衬布牢牢捆住，"咚"的一声放在推车上，体积颇具视觉冲击力，引得路人纷纷侧眼看——一来疑惑那到底是个什么鬼东西；二来感慨这位优雅的帅哥真人不露相，看着斯文清秀，其实臂力和抠脚糙汉有一拼。

"什么东西？"陆江寒也很受惊。

"布。"顾扬站在停车场，"放不下。"

总裁今天不仅精心搭配穿着，还专门开了辆跑车来接人，结果现实太残酷，阿斯顿·马丁塞不进去设计师的布。

顾扬打了一辆九座面包车，坐着冒着黑烟的车子一路颠回了公寓。

陆江寒坐在客厅问："这是什么布？"

"我做参考的。"顾扬在浴室里回答，"你不准碰！"

陆江寒只好把手又收了回来。

外面烈日炎炎，顾扬冲了个澡，坐在沙发上活动手臂。

"怎么也不知道找个朋友帮忙？"陆江寒递给他一罐饮料，"早说你是去拿这匹布，我就找人搬回来了，何必自己跑一趟？"

"嗯，下次再说。"顾扬敷衍地带过了这个话题，"晚上叫外卖吗？"

"难得一个周末，出去吃？"陆江寒想了想，"上次去过的那家日料店，有你喜欢的鳗鱼饭。"

顾扬缩在沙发上，说："好。"

艺术家总是懂得欣赏这世间每一份美好——美好的食物、美好的衣服、美好的建筑、美好的风景，所以好像很容易就能被引出门。

但其实也要看同行的另一个人是谁。

至少在刚刚扛完布料、胳膊酸痛、手指发抖的时候，别说是鳗鱼饭，就算是鳗鱼"本人"妖娆地站在店里，也不能让他离开家。

杜天天加鳗鱼饭也不能，顾爸爸加鳗鱼饭也不能。

陆江寒一边开车，一边用余光一瞥，笑着问："在高兴什么？"

"没什么。"顾扬用手机看新闻，"刚刚看到一个笑话。"

陆江寒说："看财经版看到笑话？"

顾扬关掉手机屏幕："你这样的司机一定拿不到小费。"

"有进步。"陆江寒声音里有明显的笑意，"至少员工不会把总裁当司机，是不是？"

顾扬抱着靠垫，淡定地看着前方的车流。

没听见。

这家日料店鳗鱼饭很有名气，工作日都需要订位，周末客人就更多。好巧不巧，等两人抵达的时候，刚好碰到凌云时尚的一群人出来。

易铭说："陆总。"

"我过来谈个事。"陆江寒说，"怎么，部门聚会？"

"最近刚忙完一轮，带大家过来吃个饭。"易铭笑了笑，"行，那我就不打扰了，回公司还要取点东西。"

陆江寒点头："自便。"

领位员把两人带到角落，灯光是很暖的橙色，茶水微微泛着苦涩，刚好能刺激食欲。

"心情没被影响吧？"陆江寒问。

顾扬摇头："我其实私下也会和他联系，为了讨论 Nightingale 的事。"抛开其他不谈，至少目前两个人有一个相同的目标，都想让这个品牌越来越好。

陆江寒笑了笑："你比我想的还要更厉害一点儿。"

顾扬和他碰了一下茶杯："谢谢夸奖。"

炭烧后的鳗鱼会散发出独特的脂肪香气，配上浓郁酱汁和饱满米粒，软糯的口感能瞬间唤醒所有味蕾。

天妇罗酥脆，三文鱼肥美，海胆也很新鲜。总之，这是一家非常好吃的店。

陆江寒早上在加班，中午就垫了两片饼干，下午又开车去火车站接人，一整天都没怎么吃东西，于是破天荒要了两份。

顾扬坐在对面，目不转睛地看着他吃第二份。

陆江寒被他盯得发毛："怎么了？"

"没什么。"顾扬往嘴里塞了一勺饭，神情凝重：布料很贵的，我的手工费也很贵。如果你一直是这个饭量，那衣服就要做大一个码了。

陆江寒开玩笑："要管着我吃饭？"

顾扬淡定表示："你随便吃。"

周末的酒吧街很热闹，最喧闹的一家就是 1999。

申玮丢过来一瓶啤酒，一屁股坐在沙发上："这回能确定了吧？我就说暗中教顾扬的那个人，八成是陆江寒，除了他也没别人有这本事。"

"是又怎么样？"易铭问，"假设真是陆江寒，那他也算间接帮我们说服了顾扬，你有什么可担心的？"

"你不会打算一直让顾扬拿走 Nightingale 属于你的那部分收益吧？不心疼啊？"申玮把空酒杯丢回桌上，"那可是巨款，而且按照这个趋势，以后还会越来越多。"

"这个问题当初我们已经讨论过了，至少得先让品牌站稳脚跟。"易铭说，"现在和顾扬闹翻，对我们没半点儿好处。"

"是，我们以前是讨论过。"申玮又给自己开了瓶酒，"我就是想提醒你一句，当初我们都以为只需要对付顾扬一个，那当然没什么好值得担心，吹得再天才，也无非是个刚出校园的毛头小子。可现在半路杀出来一个陆江寒，要是他真想帮顾扬，这事不是闹着玩的。"

"我知道。"易铭说。

"你知道还不想办法？"申玮问。

易铭道："不如你试着想想？"

申玮："……"

易铭脸色阴沉，突然抬手把酒瓶狠狠砸在地上。

玻璃磕上大理石，带着泡沫的碎片四处溅落，其余人都在往这边看。申玮总算后知后觉，发现他今晚似乎的确受了顾扬的刺激，于是也识趣地噤声，只招呼保洁过来收拾。

易铭一动不动坐在沙发上，灯光的阴影让他的脸颊看起来更加凹陷。

他当然知道如果顾扬真的攀上了陆江寒，那对自己而言意味着什么，却又无计可施——至少暂时无计可施。他甚至有些后悔当初放顾扬离开凌云，如果一直待在自己手下，那现在应该会少很多麻烦。

令人嫉妒的才华和令人厌恶的脾气。

他端起酒杯，仰头一饮而尽。

街上很安静。

顾扬踩着花坛边沿的砖块，摇摇晃晃往前走。

陆江寒耐心地跟在他身后，时不时伸手扶一把，免得小艺术家掉下来。

这条路很亮，也很长。

第八章

灵魂挚友

和贝诺的会定在周四下午。

"确定这次不会出问题了？"林洛问。

"确定。"顾扬点头，"我们昨天刚和张大术签了合同，一切都搞定了。"

"如果要打造艺术中心和画廊的感觉，那三号中庭就要变一变了。"林洛说，"原本的装饰是为了配合荷花百货的棉花糖感，和改造后的鑫鑫百货不太搭。"

"改成森林怎么样？"顾扬提议。

林洛有些诧异地看着他。

"是可行的。"顾扬说。

"我当然知道可行。"林洛转过笔记本，"因为我也是这么想的。"

这个构思有些另类，所以他没料到顾扬也会有一样的想法。3号中庭恰好有一大片玻璃幕墙，可以让阳光直射进来，很方便打造一片室内森林，既和郁郁葱葱的普东山遥相呼应，又和购物中心追求的艺术感相符合，造价也不算太贵，一举多得。

"那我们可以把博澜书店放在这里。"顾扬指了指三楼一个位置，"读者在阅读累了的时候，往下看正好是森林。"

林洛点头："不错。"

"那您什么时候可以出修改后的第一版设计？"顾扬趁机委婉地表示，"我们陆总希望在下个月内拿到图纸。"

林洛面无表情："做梦。"

顾扬说："哦。那我们先聊别的，这件事以后再说。"

抛开时间问题不谈，双方对这场沟通的其他方面还是满意的。会议结束后，杨毅敲敲总裁办公室的门："汇报一件事。"

"怎么了？"陆江寒问。

杨毅说："林洛和顾扬互加了微信。"传说中私人电话从不轻易外泄的天才建筑师，却和职场新人加了微信，要不要拉响一波警报？

陆江寒手一挥，直接把人赶了出去。

而接下来的时间里，顾扬则变得更加忙碌起来，除了普东山新店的事情，还有那套要送给总裁的衣服。他找的工作室远在城市另一边，经常回家已经很晚很晚了。

"你到底在帮朋友做什么活儿？"陆江寒提醒，"我们下周就要出差了，对方知道这件事吗？"

"知道，没事的。"顾扬实在没精神，"我先去刷个牙。"

陆江寒耐心地和他讲道理："如果你那朋友实在资金短缺，可以想办法去融资，或者去找亲戚朋友借钱，但是不该用你当免费劳动力，你也不应该这么透支自己去帮他，知不知道？"

顾扬打着哈欠关上浴室门，拒绝了总裁的免费授课。

陆江寒："……"

顾妈妈也很不满儿子目前的工作状态，虽然年轻人忙一点儿是好事，但这也太忙了，平时见不到人就算了，怎么连周末都不回家？

"什么时候？又出差啊？"她问。

"下周三。"顾扬把牙刷从嘴里拖出来，态度诚恳，"我保证这周末一定回家吃饭。"

而为了哄父母开心，他在周五下班后，还专门拐去一家老牌西饼屋，买了几盒蛋糕和点心。

西饼屋附近有一条小巷，入口看起来平平无奇，说是污水巷或者早点巷都有人信，但只要走进去，就会发现两边开满了有趣的店铺。这里汇聚了来自世界各地的衣着配饰，行走在潮流最前端，是只有时髦精才知道的秘密基地。顾扬之前在这里订了纽扣，用来缝在西服上。

"来就来吧，还带什么点心。"店铺老板相当热情。他头上扣着一个牛仔帽，配了一身宽松的不对称的棉布装，是2001年山本耀司在巴黎秋冬时装周发布的作品。他的十根手指上戴了八个戒指，从香奈儿到克罗心，还有街头小摊上淘来的藏银制品，把自己活活搭成了一个不伦不类，却又分外抢眼的移动货架。

"只有这一盒是送你的，别的不许碰。"顾扬把纸袋放在桌上，"我的扣子呢？"

"早就准备好了，这可真是好货。"老板从柜台底下抽出来一个缎面盒，"给哪套西装配的啊？要费这么大精力，做出来给我也长长见识？"

顾扬敷衍地"嗯"了一句。

其实这家店里还有很多价格不菲的古旧纽扣，来自不同年代、不同品牌的西服，都很有历史和故事，但一向钟爱"古着"的顾扬这次却一反常态，坚持要全新的。所以老板不得不跨越大半个地球，从南美洲工厂那里，给他订购了这一盒半磨砂纽扣，原料是产自棕榈树的果实，染色后能有和象牙一样温润沉坠的质感，全手工磨制，每一颗都很精致漂亮。

"对了，前两天易铭还来我这儿了。"老板又递给他一罐饮料。

"他来做什么？"顾扬一颗一颗检查纽扣，"买东西？"

"瞎逛呗。"老板说，"什么都没买，我一分钱没赚着，他倒是抽了我两根雪茄。他看着最近情绪不高啊，我还以为这种事业有成人士，每天都是香车美女呢，敢情还不如我们这种老百姓。"

"对他的事不感兴趣。"顾扬收拾好盒子，又四处看了看。

货架上摆着一排香水瓶，晶莹剔透很漂亮。

"下午刚到的，都是绝版货。"老板把板凳挪开，方便顾扬走进来看。

"这个好闻。"顾扬评价，"像夏雨过后的味道。"

"我就知道，你肯定喜欢这种木调。"老板又找出另一个瓶子，"专门为你藏起来的，怎么样，仗不仗义？"

那是古驰产于1997年的Envy男香，从香调到瓶身设计，全部出自顾扬最喜欢的设计师汤姆·福特。而当年那则充满暗示意味的赤裸广告，也被认为是古驰从奢靡华贵走向颓废性感的标志之一。

总的来说，这是一瓶有纪念意义的香水，所以就算它其实并不罕见，顾扬还是愿意买单。

老板笑容满面地表示："欢迎下次再来，给你打折。"

离开这家小店后，顾扬先回了一趟公寓，给十九楼的总裁送小蛋糕。

"跑那么远，就为了买这个？"陆江寒问。

"我爸妈喜欢吃。"顾扬站在门口，"那我给他们带过去了，周一见。"

陆江寒点头："路上小心。"

老式蛋糕配打发奶油，口感扎实又香甜。

陆江寒的心情很好。

观澜山庄。

顾扬坐在地毯上，正在看手里的香水，一看就是半个小时。

流畅的瓶身，透明又利落，弥漫着佛罗伦萨的简洁风情。

豆蔻、西洋杉、薰衣草和麝香，是清新又辛辣的木质调。

在付款的时候，他其实是想把它送给陆江寒的。

可现在却突然发现，这其实是一份充满了情欲的礼物，和它的广告一样，挑逗又露骨。

"他不仅是你午夜时分的情人，也是你在每天起床后，依然想深情拥抱的男人。"

一想到这句话，顾扬就脑袋一晕，很想立刻退货退款。但又考虑到老板做生意并不容易，所以这瓶香水暂时被塞进储藏柜的最底部，上面压满了碎布和玩具熊。

顾妈妈很疑惑："你这三更半夜，偷偷摸摸捣鼓什么呢？"

"没有。"顾扬一把扣上柜门，回卧室休息。

夜越来越安静。

陆江寒站在窗边，看着远方整座城市的璀璨灯火。

这依旧是一个失眠的夜晚，却没有任何烦躁的情绪漫开，因为他正在很专注地思考着将来。不过这份将来和生意无关，只有被月光笼罩的林地，飘着棉花糖一样的云。

寰东这次出差是为了参加零售峰会，举办地点响应政府号召，选在一座新兴海滨小城。而所谓新兴，通常意味着配套环境的落后，据说城郊除了那座豪华酒店，剩下的就只有公路、海和荒山。

但这也有好处。因为太荒凉，所以完全没有别的地方可以去，只能待在酒店房间。

出发时间是周三早上。周二中午，顾扬向杨毅申请了半天的补休。

"要去医院看病人？"杨毅问，"怎么还抱了一大束花？"

"是去看琳秀姐，李总监让我顺路带过去。"顾扬说，"她很喜欢这种大红大紫的干花蕾，只有寰东附近有卖。"

"你和她关系还真不错。"杨毅签完字，顺便开玩笑道，"上次那场活动的效果很好，等普东山新店开业的时候，能不能再弄几张票做会员回馈？买都行，就怕出钱也买不到。"

"嗯，我试试。"顾扬接过请假条。

"自己没开车吧？"杨毅又问，"婆娑湖挺远的，我让老阎送你？"

"别，我因为私事请假，就不占用公司资源了。"顾扬笑着说，"谢谢杨总，那我走了。"

杨毅点点头，其实还想加一句"不然让陆总送你也行"，反正他一定很愿意。

"这匆匆忙忙的，要去哪儿？"陆江寒恰好在走廊上碰到了顾扬。

"和琳秀姐约好去婆娑湖，我今天调休。"顾扬抱着花，"陆总再见。"

陆江寒问："你刚刚没看新闻？"

"什么？"顾扬一愣。

这年头的无良小媒体跑得比狗仔还快，标题也很惊悚，配了几张模糊不清的担架照片。据说今天中午，邓琳秀在下楼梯时不慎摔倒，也不知道是磕了头还是磕了哪儿，总之当场昏迷不醒，被救护车一路拉进了人民医院。

"我也是刚刚看到推送。"陆江寒说，"你先别着急，问问情况再说。"

顾扬一连换了三个电话，对面不是正在通话就是无人接听，足足过了十分钟，李总监才把电话回了过来。

"是，琳秀摔伤了。"他轻声说，"现在这边挺乱的，检查也没做完，等安排好了，再说探病的事吧。"

"那您好好照顾琳秀姐，有什么需要我做的，随时联系。"顾扬说。

对方在感谢几句之后就挂了电话，顾扬担忧道："听李总监的口气，好像这次真摔得不轻。"

"现在那边应该也是一堆事，你就别凑热闹了。"陆江寒说，"否则只会添乱。"

顾扬点头："嗯。"第一次经历这种事，他稍微有些六神无主。

陆江寒接过那束花，把人带到了自己的办公室，厚重木门消音效果良好，可以单独隔开一个安静的小世界。

"先在这儿休息一会儿。"陆江寒递给他一杯热水，"我让朋友去打听打听。"他知道对方在顾扬心里的地位，除了伯乐、客户与忘年交，还是能给予创作灵感的缪斯女神，以及令人尊重的歌者，每一样都很重要，加在一起更重要。

顾扬说："谢谢。"

陆江寒拍拍他的肩膀，站在窗边打了个电话，想弄清楚邓琳秀目前到底是什么状况。

朋友很快就回了电话，说医院那头确实挺乱的，到现在走廊里还守着一堆记者，不过邓琳秀好像没出什么大事，只是摔伤了左腿，轻微骨折，养好后对跳舞没影响。

"真的？"顾扬松了口气。

"主治医生都这么说了，应该不会错，至少要比网上那些听风就是雨的消息有可信度。"陆江寒说，"不过具体是什么情况，还是等后续的消息吧，目前那边谢绝一切探视，也不好打扰。"

晚上，李总监果然打来电话，解释说邓琳秀是因为低血糖，所以才会昏迷，从楼梯滚落摔伤了小腿。

"那有什么需要我做的吗？"顾扬又问。其实他的本意是想说需不需要帮买一些住院的东西，虽然对方肯定不缺助理，但心意总是要到。不过对方似乎误解了他的意思，说服装设计方面确实需要抓紧，新剧的首演日期可能要提前。

挂断电话，顾扬心里稍微有些不舒服。李总监既是邓琳秀的老板，也是她的丈夫，两人对外一直是神仙眷侣的形象，平时也是他负责整个剧团的运营。但就算这次骨折真的不严重，人还在医院就提出要把新剧首映提前，完全不顾自己的妻子伤筋动骨可能需要休息一百天，也显得有些不够负责。

"对方怎么说？"陆江寒问。

"小腿轻微骨折，不严重，等我们出差回来再去探视她。"顾扬给自己拉开一听冷饮，"李总监还说新剧的首映日期不会因此推后，甚至有可能提前，催我尽快完成最后一版设计稿。"

"所以你就在为这个而不高兴？"陆江寒笑了笑。

"也不是不高兴。"顾扬看着他，闷闷地说，"但这样，总是不太好吧？"哪怕自己只是小感冒，都会被爸妈勒令多喝水多休息，真正爱你的人，怎么会在这种时候还在想演出？

"那不是他一个人的剧团，有上百人等着吃饭呢。"陆江寒坐在他身边，"丈夫能心疼自己的妻子，但老板只能权衡利弊，做出最优的选择。"

顾扬迟疑："是吗？"

"当然，我除外。"陆江寒及时补充，"我心里家庭排第一。"

顾扬："……"算了，你还是回去睡觉吧。

在把总裁送进电梯后，顾扬坐在落地窗前，独自啃完了一根牛奶冰棒。凉凉的奶香能让心情平复，他把小木棍丢进垃圾桶，又仔细思考了一下总裁的话。对方说得没错，老板的确要为很多人负责，所以自己的耿耿于怀，好像也并没什么太大的意义。

"睡了吗？"十一点的时候，陆江寒打来电话。

"嗯。"顾扬说。

"你又在吃东西。"

"没有。"第二根冰棒是蜂蜜坚果味，咀嚼起来有些费劲。

陆江寒哭笑不得："我们明天很早就要出发。"

"我不会迟到的。"顾扬咬完最后一口，"明天见。"

他打算等出差回来之后，再去探望一下邓琳秀，问问她的想法。

午夜，整座城市也变得安静下来。

海面上悄悄刮起了风。

第二天清晨没有阳光，是很阴沉的天气。寰东一行人乘坐的飞机刚刚穿入云层，地面机场就发布了暴雨预警，没来得及起飞的航班被取消了大半，其中就包括了钟岳山和徐聪的行程。

"新亚99和荷花百货的关系已经这么好了吗？"顾扬推着行李车出机场，"参加个会还要一起坐飞机。"

助理在旁边接话，就像女同胞上洗手间一定要结伴而行，在某种程度上，也是为了彰显彼此间亲密的关系。

报纸上也经常会有这两家的新闻，合影一张接一张，钟岳山给徐聪的待遇不错，看起来是想锁死荷花百货，免得这家风头正盛的商场被别家挖走。

"徐聪不会让他好过的。"助理说，"那可是一大蚂蟥，逮谁吸谁。"

"这话别让其他人听见。"陆江寒提醒。

"我知道。"助理在这方面向来很机灵，寰东是谁，是高端大气优雅的时尚贩卖机，定位比缪斯还缪斯，向来不说闲话，美丽高贵。

车辆一路开过市区，沿途的风景也从普通城区、食品工厂、荒郊野岭，一下变成了金碧辉煌的豪华五星大酒店，一点儿视觉过渡都没有。

房间里已经放好了会议安排，由于这次台风规模不小，被取消航班的倒霉鬼不止钟岳山和徐聪两个，所以流程稍微做了一下调整，明天只在早上有个圆桌会议，其他时间都是自由行程。

顾扬依旧和陆江寒住一间。

"怎么出门还带个相机？"陆江寒问。

"杨总说这里风景很好，让我多拍几张投稿给集团报。"顾扬站在阳台上，看着不远处的阴沉天幕下的荒凉石滩，暂时找不到好的点。

但这不能怪杨副总，他只是想当然地站在了艺术家的角度，觉得常人越无法理解的，可能顾扬就越会喜欢——毕竟盯着建筑垃圾都能盯出感情，这里至少还有一片灰灰的海，一时兴起拍个百八十张也有可能。

又一阵狂风刮来，掀起滔天巨浪，从海底升腾起低沉而又骇人的闷吼。

顾扬顶着大风关上阳台门，扭头疑惑地问："这真的能发展旅游业吗？"如果自己是游客，看到新闻里这黑漆漆的天和浪，八成会被吓跑。

"有时候官方的安排就是这么不合理，但记者硬着头皮也得吹。"陆江寒把他的头发整理好，"至于后续能不能发展起来，就不是我们能操心的事情了。"

顾扬把相机放好："去吃饭。"

"不要叫到房间里吗？"陆江寒笑着说，"外面人太多。"

"房间里闷，出去透气。"顾扬很坚持。

陆江寒点头："也行。"

而直到两人到了餐厅，顾扬才明白"外面人太多"是什么意思，从一碗面煮好到端上来的过程中，至少有十拨人过来寒暄，不仅要起立坐下再起立，还要笑出一脸纯良。

"怎么样，我没骗你吧？"陆江寒往碗里加醋，"平时难得见一次，怎么着也要过来打个招呼。"

但俗话说得好，来都来了，所以顾扬还是叫来服务员，给自己点了红烧大排、京酱肉丝和烧鸭卷。

陆江寒忍笑："你这样是要吃穷主办方的。"

顾扬合上菜单，又要了一份巧克力冰激凌。

窗外又"轰隆隆"降下一道雷，餐厅的窗帘被吹得到处乱飞。天气实在太恶劣，用餐完毕的一众食客只能回房间发呆消食。

陆江寒打开电脑处理文件，顾扬在帮他整理好明天的发言稿后，就坐到角落地毯上，开始专心致志地修改新歌剧的服装设计稿。房间里很安静，双层玻璃阻隔了狂啸的风，所以可以清晰地听到他笔下的"唰唰"声，如同在纸上撒了一场细碎的、柔软的雪。

客房服务送来两杯香槟，顾扬给自己换成了热巧克力。

"累了就去睡吧。"陆江寒说，"我可能要到十二点后。"

"不累。"顾扬活动了一下筋骨，"我也没画完。"

"可以看看吗？"陆江寒问。

"当然。"顾扬把本子递给他。第一页就是一双十二厘米的高跟鞋，脚踝部分有层层叠叠的花瓣，夸张怪诞又引人注目，鞋底镶满了廉价又闪亮的水钻，能最大限度地抓人眼球，又很符合故事主人公的身份。

"很漂亮。"陆江寒评价。

"但琳秀姐这次受伤，不知道还能不能穿着它跳舞。"顾扬说，"我还改了一版平底，效果不算好。"

"如果只是轻微骨伤的话，应该没事。"陆江寒把笔记本还回去，"等会议结束之后，我和你一起去看看她。"

酒店的房间很大，两张床之间相距甚远，如同隔了一条马里亚纳海沟。

顾扬深陷在厚重的棉被里，只露出一个毛茸茸的后脑勺儿，一动不动，像是已经睡着了。于是陆江寒也放下手里的书，轻轻地关掉房间灯，结果却从对方的被窝里透出一片光亮。

陆江寒："……"

陆江寒说："睡觉。"

顾扬说："哦。"

这就是和总裁住在一起的坏处，不能偷偷玩手机。

第二天的圆桌会议规模不大，顾扬主要负责拍照。虽然主办方也安排了专业的摄影师，但肯定不能单顾着寰东一家，所以在会议开始之前助理还特意叮嘱了两三次，不用管别人的角度，务必要让陆总处于图片最中间，用娱乐圈的话怎么说来着？绝对 C 位（中心位）。

顾扬调整了一下相机焦距，坐在旁边专心致志地听讲。零售行业的领头人，口才都不会太差，尤其这位正在发言的、做十元店小百货起家的黄总，滔滔不绝，唾沫飞溅，从苹果充电器谈到国产睫毛膏，最后放出豪言壮语，十年后要做到两千亿！

要是换在电视荧屏上，可能观众都会以为这个面红耳赤、张口闭口两千亿的人脑子有病。但参会者们显然不这么想，就算这位黄总已经激动到了双手飞舞，现场也没一个人笑出声，反而都在小声地认真讨论。顾扬也再次认识到了自己和大佬之间的差距，那的确不是智商和学历就能弥补的鸿沟，而是需要用时间去慢慢积累的。

服务员进来倒水，陆江寒低声在她耳边说了一句话，过了一会儿，顾扬就获得了一杯冰激凌奶昔。

"陆总有什么看法？"其中一个人问。

陆江寒清了清嗓子，还没来得及说话，会议室的门却被人一把推开，走廊上的窗户没关紧，正好"呼呼"地灌来一道狂野的风，吹得桌上稿纸乱飞。

顾扬赶紧过去帮忙收拾，顺便抬头看了一眼，想知道是谁这么冒失又嚣张。

"这风还挺大。"对方弯腰道歉，"对不住，我迷路了。"

他看起来很年轻，顶多也就三十岁出头，脑袋旁边剃掉了一半头发，剩下一半用发胶固定得很安全，哪怕刚才那股妖风也没吹散。单只耳朵戴着双 C 耳钉，是香奈儿中古款；穿了一件川久保玲在二十世纪推出的 Homme Plus 男装，衣摆和袖口都相当宽大；裤子松松垮垮，随时都有掉下来的可能性；鞋子是夸张的暗红色，自带翅膀和獠牙，没有品牌，应该是国内设计师一时兴起的手笔。

顾扬第一反应，这位大哥可能是主办方请来表演节目的摇滚嘉宾，走错了门。

结果其余人纷纷表示没关系，请蓝总快坐。

顾扬："……"

而现场不认识这位"蓝总"的显然不止他一个，于是就有人做介绍：这是创意工厂 Z88 的副总裁蓝森，后起之秀，相当厉害。

虽然暂时不知道"Z88"是什么，但"创意工厂"四个字已经足够解释对方的奇装异服。顾扬在拍照间隙用手机查了一下，搜索结果显示这是一家规模不小的连锁机构，专门在各大城市承租破旧的体育馆、废弃工厂或者老式小区，再统一策划，把它们改建成颇具个性的各种小店铺，贩卖服饰、咖啡、各国美食和一切你能想到的东西，很受文青喜欢。

顾扬举起相机，在拍陆江寒的间隙，给这位蓝森先生也拍了好几张。因为他发现对方的衣着很有趣，除了能看见的，衣领下还藏着项链和戒指，更妙的是一枚胸针，那是由金属制成浓缩版的、现在已知最早被保存的匡威全明星篮球鞋，来自遥远的1918，又脏又旧，充满年代感。

陆江寒说："蓝总看起来不太舒服？"

"我挺舒服的。"蓝森一口气喝了三杯茶，"就是刚才跑得太着急了，这酒店路线有问题啊，到处都是镜子，标识也不清晰，对我们路痴一点儿都不友好。"

陆江寒认路能力一流，闭着眼睛都能分清东南西北，在以往的岁月里更是没见过几个路痴，因此他也就顺理成章地把这种生理缺陷当成了小艺术家专属。

结果现在突然又冒出来一个人，也说他自己是路痴，还开口就"我们路痴"。

陆总不是很高兴。但顾扬却很感同身受，因为他半小时前出门去找洗手间，刚迷了一次路。

蓝森的话不多，就算被主持人提问，也只简单说了几分钟，重点在欧普和波普，现场除了顾扬，估计没几个人能听懂这种艺术构思。

做小百货的黄总带头鼓掌，在热烈而又愉快的氛围里结束了这场圆桌会议。

顾扬站在栏杆旁，一边等陆江寒出来，一边查看相机里的照片。他认真贯彻了助理的要求，每一张都让总裁处于图片中央，很是英俊潇洒，风度翩翩。

下一张是那位蓝先生，顾扬放大图片，很仔细地分辨他的唇钉。

陆江寒说："喀！"

顾扬差点儿丢掉相机。

陆江寒很不满："有什么好看的？"

顾扬想了想，如实回答："还挺有看头的。"从发型到服饰，每一样细节都值得放大观赏。

陆江寒问："看头在哪里？"

顾扬小声提醒："钟岳山。"他虽然脸盲，但对方那两撮小胡子还是很有标志性的，就像把名字顶在头上，一眼就能认出来。

"哟，陆总这是刚开完会？"迎面涌来一群人，分别属于新亚99和荷花百货，钟岳山和徐聪两人走在最前面，就像助理说的，如同小女生相约上厕所，恨不得向全世界彰显稳固而又令人羡慕的"姐妹"情谊。

"这飞机能落地可真不容易，骨头都要颠散架了。"钟岳山和陆江寒握了握手，热情邀请，"怎么样，等会儿陆总有没有空，一起吃个饭？"

"晚上还约了人，就不打扰了。"陆江寒说，"钟总这一路飞机也辛苦了，还是好好休息吧。"

"饭不吃也行，但有句话得问。"钟岳山松开手，依旧笑容满面，"我这人性子直，说错了也别见怪，陆总大人有大量，应该不会因为荷花百货记恨我吧？外面媒体可都在报道，说寰东从此和新亚99势不两立，你说扯不扯？当自己写武侠小说呢。"

"怎么会？一家商场而已，钟总能给更好的条件，徐总不赶紧跟过去吃肉，难道还留在寰东啃骨头？"陆江寒笑得颇具风度，彬彬有礼道，"我还有点儿事，诸位自便。"

这句话明显是把徐聪比成狗，甚至都懒得遮掩，现场气氛稍微有些尴尬，但尴尬也不关寰东的事。陆江寒带着小艺术家一路进了电梯，继续探讨："蓝森好看的点在哪里？你还要把他放大十倍。"

顾扬沉默表示："我以为要接着讨论荷花百货。"

"没什么好讨论的。"陆江寒说，"破坏心情。"

"可做生意难道不该……"顾扬斟酌了一下用词，他不想说"左右逢源"，但意思也差不多，不管在哪一行，得罪人总是不好的。

"新亚这次的老店改造，明显是在复制寰东的风格，我们一直就是钟岳山的竞争对手。"陆江寒说，"和他的关系不会因为这顿饭就缓和，又何必去吃，给自己找不痛快。"

"嗯。"顾扬刷开房门，打算把今天拍的照片发给助理。

陆江寒继续问："你到底是喜欢蓝森的衣服还是配饰？"

这次顾扬回答得很快："都喜欢。"

陆江寒思考了一下，想把那位蓝总的家当买过来也不是不可能，但问题是，他为什么要买一套别的男人穿过的衣服？

于是总裁强硬表示："不准喜欢。"

顾扬把照片全部存进网盘，然后说："哦。"

而与此同时，位于隔壁房间的蓝总正在给亲哥打电话，对天发誓自己这回真的没有鬼混，不在纽约也不在拉斯维加斯，而是认认真真在开会。

"我还发言了。"他说。

另一头传来一声冷哼："你会发个屁，扯起来鬼都听不懂。"

兄弟情在风中摇摇欲坠，偏偏外面还有人按门铃，如同催命讨债一般。蓝森心情越发焦虑，心想你这是看不懂"请勿打扰"四个字？

"蓝总。"站在门口的人是钟岳山。

蓝森变脸速度和川剧有一比，开门前还一脸要吃人的模样，开门瞬间已经"春花开遍"，微笑着说："听说钟总的航班延误了，我还以为明天才能到。"

"我刚一到酒店，就来拜访蓝总了。"钟岳山把酒送给他，"对于两家这次的合作，我可是很有诚意的。"

看在"雷司令"葡萄酒的面子上，蓝森只好侧身，把他让进了客房。

暴风雨一时半刻没有停歇的意思，才下午两点，天色已经阴沉得像是深夜，整片海都翻涌着巨大的浪，浑浊又惊心动魄。

客房里的灯光有些暗，顾扬坐在地毯上，手边摆着一杯热巧克力，空气里也弥漫着香甜的味道。

"在看什么？"过了一会儿，陆江寒问。

"新闻。"顾扬说，"应该是李总监发的通稿，说琳秀姐只是轻微骨折，请大家不要相信小道消息。"

"我也让朋友问过医生，按照目前的恢复状况，歌舞剧提前首演是完全可行的，并不会对骨头造成进一步伤害。"陆江寒说，"你设计的鞋子应该也可以继续穿。"

"这是我第一次设计高跟鞋。"顾扬说，"我真的很喜欢这次的工作。"虽然忙碌，但夸张的歌舞剧总能给他夸张的灵感，其中有几幕戏，女主角需要穿沉闷无聊的黑色长裙，正好可以在裙摆里藏下鲜亮的鞋子。踝部系带的粗跟鞋有着缤纷的鞋面图案，看起来漂亮又锋利。

"我很期待能早日看到你的作品。"陆江寒把签好字的文件递给他，"也很期待这部舞台剧。"

顾扬收好文件夹去发传真。

酒店的商务服务设在二楼。顾扬抱着文件出了电梯，迎面就是一排大镜子，层层叠叠晃得眼晕，走廊设计纵横交错，能准确找到传真机全靠运气。而在发传真的时候，旁边的服务小姐恰好在讨论那位奇装异服的蓝总，说他不像商人像明星，还得是摇滚歌手那一类。

顾扬对这个创意工厂Z88也很感兴趣，回去的路上还在查图片。对方有些改造的确很有想法，荒废的建筑体被第二次赋予鲜活的生命，重生的过程规模庞大而又精彩。

电梯"叮"的一声停在二十一层，蓝先生头上扣着一顶草帽进来，骚包俗艳，把这滨海小镇活活穿出了夏威夷感。

顾扬忍不住多看了两眼，谁知对方也正在打量他，而且还一脸疑惑。

俗话说得好，最怕空气突然安静。

顾扬只好说："蓝总。"

蓝森在记忆里搜刮了一整圈儿，然后笃定地说："你早上是不是给我照相了？"

顾扬含糊地说："是，我负责摄影。"所以拍你也没违反规定。

"给我传两张。"蓝森掏出手机，"微信号多少？"

"但没几张的。"顾扬预先提醒，而且很多都是衣服，并没有您这张英俊的摇滚脸。

"有就行，哪怕只有一张呢，我拿回去交差用。"蓝森说，"好歹是第一场会议。"

"嗯。"顾扬通过了他的好友申请，"那等我回房就发给您。"

总裁还在专注地处理工作，并不知道小艺术家出门发了一封传真，回来通讯列表就多了一个好友。

本着艺术家对美的追求，顾扬还给这位蓝总稍微修了一下轮廓，才把照片发过去。

结果五分钟后，蓝森居然亲自打电话过来。

"蓝总？"这时候风已经小了一些，顾扬站在阳台上说，"我已经发给您了。"

"出来喝杯茶啊。"对方热情邀请，电梯里的冷酷颓废一扫而空，如同被魂穿。

顾扬疑惑地看了眼听筒，难道自己的修图技艺已经如此炉火纯青，随便一张就能让顾客折腰？

但其实和照片没关系，蓝森是因为看了他的朋友圈，那里不仅有小艺术家的家和画，还有一些转发分享，最新的一条是贝纳通早年的一系列广告，海湾战争中被石油淋湿的飞鸟、患有白化病的少女、垃圾场里的猪圈、整齐排列的安全套……带着明显的挑战性，挑战着顾客的底线和视觉，也挑战着蓝森脑海里的那根弦。

轰然一声，那是来自灵魂深处的共鸣。

啊，挚友！

"站在外面干什么？"陆江寒敲敲门，"风太大了，进来打电话。"

电话另一头的摇滚青年还在孜孜不倦地发出邀请，并且试图和他讨论奥黛丽·赫本与纪梵希。顾扬被海风吹得七荤八素，进屋之后脑袋还在"嗡嗡"响。

"我在花园餐厅等你！"蓝森感情充沛地说。

陆江寒问："是谁的电话？"

顾扬和他对视，表情很无辜。

"怎么了？"陆江寒好笑。

顾扬说："蓝森。"

陆江寒觉得自己八成听错了名字："谁？"

这是一个不算复杂的故事，从会议上的照片开始，到电话里的邀请结束，只用一分钟就能讲完。

顾扬继续说："他说他在花园餐厅。"

陆江寒心情复杂：不准去，要去也要和我一起去。

"我刚刚在电梯里搜新闻的时候，看到了这个。"顾扬翻出来一个网页，业内论坛有人发帖，说钟岳山正在接触创意工厂，两家可能会有进一步的合作，还打趣了一下新亚99和Z88的名字。

"所以呢？"陆江寒说，"这种业内合作很常见。"

"至少也能顺便问两句，看到底是怎么回事。"顾扬把手机装回裤兜，"机会难得。"

小艺术家沉迷在商业间谍的世界里无法自拔，并且十分兴致勃勃，不让去八成要生气，总裁只好放行。

花园餐厅，蓝森果然已经等在那里，双眼写满热切，一上来就跟他讨论了一番马丁·马吉拉和流浪汉，半个小时后才想起来请教对方尊姓大名。

"我姓顾，叫顾扬。"

蓝森立刻对这个名字表示出强烈称赞，紧接着话锋一转，说："你也别在这破酒店给人照相了，不如来我的工作室，大家一起做快乐的艺术家，让泥土和灵魂一起在羽毛中飞扬。"

"您误会了。"顾扬说，"我不在酒店工作，我是寰东的员工，这次也是来开会的。"

"那不重要。"蓝森手一挥，很豪迈。

是吗？顾扬想，可我觉得还是挺重要的。

蓝森一口气喝光半壶红茶，找了下感觉，打算开启下一个话题。趁着这段空当，顾扬插话问了一句："我听说创意工厂要和新亚99合作？"

"还没定呢。"蓝森放下茶杯，"而且也未必能成，只是前期接洽。"

"在商场里开创意工厂？"顾扬继续问。

蓝森抽了抽嘴角："你这打探消息怎么也不迂回一下？"虽然我不怎么关心行业新闻，但新亚和寰东的纠纷还是知道的。

顾扬答得理直气壮："因为你刚刚说也未必能成。"八字没一撇的事情，问一问怎么了？

"商场那点儿地方，哪里够我发挥？顶多也就做几个装饰店。"蓝森又叫了一壶茶，"不算什么大秘密。"

顾扬想了想，这倒的确是钟岳山的做事风格，从荷花百货到Z88，都是在年轻客群里人气很高的品牌，直接搬进购物中心轻松又省事，能迅速引流还不会出错。

蓝森随口问："荷花百货没了，寰东要用什么填缺？我听说你们陆总打算招雪绒，那可是真酷，比山寨货强多了。"

顾扬说："保密。"

顾扬又说："但看在你说荷花百货是山寨货的面子上，我可以再陪你聊半个小时。"

蓝森纠正："这不是聊，是灵魂的重逢和激烈纠缠。"

顾扬一口拒绝："你想得美，我的灵魂从不随便和人纠缠。"

"不然我再骂骂钟岳山？"蓝森提议，"再不行，我让Z88和寰东合作一次也行。"

"怎么合作？"顾扬问。

蓝森这回倒是很精明，先聊完草间弥生再说，顺便再问一句"你觉得我这双鞋怎么样"。

等陆江寒找来的时候，顾扬正在和摇滚青年分享自己在肯尼亚拍摄的照片，因为他大多数时间都在用双眼看，所以手机里的照片只有十几张，但每一张都很美。合欢树上的夕阳、奔跑的花豹、大片粉红色的火烈鸟……这世界生生不息，荒凉又壮观。

"真的不能辞职吗？"蓝森双眼含泪，一半遗憾，一半震撼——艺术家总是感性的。

陆江寒说："不能。"

顾扬："……"

陆江寒皮笑肉不笑："蓝总这就不厚道了，怎么喝个茶还能挖我的员工？"

蓝森内心情感澎湃，暂时回不到副总裁的身份上，只好继续在艺术的世界里游移了一会儿，才说："陆总说笑了，我就随口这么一提。"

"还有个会要开，就先走了。"陆江寒说，"蓝总，您继续喝茶。"

蓝森眼睁睁看着人被带走，很想伸手抓住灵魂挚友的衣摆。

顾扬问："我们能和 Z88 合作吗？"

陆江寒按下电梯："不能。"

顾扬说："可我刚才有个想法，还挺好的。"

陆江寒说："不听。"

顾扬说："行吧。"

陆江寒："……"

行吧？

小艺术家倔强又机智，思想如风，从来不按套路走。

总裁只好说："什么想法？"

在普东山的新店设计图里，有一片相对空旷的区域，原本是想做三层挑高大中庭，但现在顾扬突发奇想，想把那里改成咖啡厅。

"层高将近十五米的开放式咖啡厅？"陆江寒问，"双层吗？"

顾扬说："单层。"

"所以你只打算利用中庭这一小块地面区域，上方都是空白？"陆江寒不太理解他的思路，但还是很配合，"那我们还需要挂原本的大吊灯吗？"

"不需要。"顾扬说，"我们可以用旋转木马的形式来填满区域。"

这处中庭位于购物中心西北角，纵贯三到五层，而三楼恰好是青春少女装，所以露天咖啡厅也采用了最少女的粉红色调，灵感来自肯尼亚博格利亚湖上的火烈鸟。顾扬在纸上草草地画了画，粉红色的圆杆从地板一路延伸到天花板，就像是旋转木马的连接杆，桌椅都保持同一色调。虽然只是初步构思，但也能大致想象出成品的模样，那将是一处巨大又醒目的粉红世界，柔软甜蜜，拥有梦幻的色彩和同样梦幻的咖啡甜点。

"创意工厂做这些很内行的。"顾扬继续说，"钟岳山之所以想让Z88入驻新亚，也是因为想利用对方的经验，让购物中心变得更好看。"

"两家已经达成合作意向了吗？"陆江寒问。

"没有，刚刚那位蓝总好像不怎么喜欢钟岳山。"顾扬如实转述，"说荷花百货是山寨货，还说如果我们招进了瑞士雪绒，才是真的酷。"

"我们不用招雪绒，但我们的新店会比雪绒更酷。"陆江寒笑了笑，"至于咖啡馆的构思，我个人认为可行，但具体要怎么落实，还需要回去开会讨论。"

"那蓝总这边呢？"顾扬提醒，"钟岳山好像跟他跟得很紧，据说中午还送了瓶酒。"

"你怎么连这个都知道？"总裁不满。

顾扬回答："对方自己说的，不仅说了这个，还说了许多其他事情，完全就是一个巨无霸话痨。"

而桌上手机还在"叮咚"乱响，是摇滚青年在对他的灵魂挚友发出呼唤：我们已经分开了整整一个小时。啊，焦虑，这枯竭的心灵！

陆江寒面色漆黑，但态度依旧良好："我要开出什么条件，你才能把他拉黑？"

"什么条件也不行，"顾扬一口拒绝，"我们相处得挺好的。"由于邓琳秀的关系，他最近正沉迷各种漂亮的鞋子，而蓝森恰好能从塞乔·罗西聊到奇安弗兰科·费雷，相当宝贵。而且如果Z88能联手寰东，还是很有一番看头的。毕竟对方向来以创意出名，一来能和新店的文化艺术氛围完美契合，再者，后续或许还能碰撞出更多精彩的细节。

晚上七点，顾扬坐在楼下餐厅里，专心吃烤鳕鱼和炸虾仁。

蓝森坐在距离他不远的卡座，眼底充满攀谈的渴望。

陆江寒问："我能让保安请他离开吗？"

顾扬放下刀叉，用餐巾擦了擦嘴："不能。"

话没说完，旁边觊觎已久的摇滚青年已经"嗖"的一下坐过来，热情邀请挚友去吧台喝一杯。

陆江寒："……"

酒吧相当迷你，酒倒是应有尽有。

"想喝什么？"蓝森把酒单递给他，"不然我给你调一杯？"

"不喝酒，果汁就好了。"顾扬说，"还有，我现在不想聊插画。"

"那你想聊什么？"蓝森对挚友表达出了宽广的纵容和爱。

顾扬回答："新亚 99。"

蓝森顿时泄气："能不谈工作吗？"

"至少也要告诉我，你到底会不会和钟岳山合作。"顾扬说，"我们陆总也对 Z88 很感兴趣。"

"合不合作的，不好说。"蓝森说，"我是看不上新亚，但我哥那头说不准，而且你们陆总想合作也不能光靠嘴上说，至少得见面开两三次会吧？现在哪能把话说死。"

"那给我们一个月的时间。"顾扬说，"在这一个月里，你得保证不和新亚签任何合同。"

"我不签。"蓝森这次答应得很爽快，然后又小声地快速补了一句，"至于我哥签不签，我管不了。"

然而小艺术家很霸道，甚至比总裁更霸道："整个 Z88 都不准签。"

"这我确实没法给你保证。"蓝森愁苦叹气，"我哥那脾气，你是没见过。"

"不管蓝总脾气怎么样，总该是支持原创的吧？这一点寰东就比新亚要强。"顾扬说，"而且我们能给的创作空间也比对方更大，除了店铺位置，还能提供一片大中庭，用来做露天咖啡馆，你不是正好嫌他们地方小吗？"

"在商场中庭做咖啡馆？"蓝森问，"怎么做？"

"我有想法，不过要等合同签订之后才能说。"顾扬很懂行情，"保证一定精彩。"

蓝森陷入了犹豫。

顾扬喝完一杯苹果汁、一杯水蜜桃汁，还喝了一杯柠檬汁，酸得眉毛鼻子都皱成一团，对方依旧没说话。

于是小艺术家一拍桌子："还想不想让灵魂激烈纠缠了？！"

"想！"蓝森迅速回答。

"那拖新亚一个月。"顾扬讲条件，"等我们做好方案，再和他们公平竞争。"

"行，我……试试？"蓝森终于犹豫着松口。

顾扬继续说："如果你试失败了，那我就去找别家，反正都是咖啡。"

摇滚青年果然勃然大怒，这是什么想法？他们能有我艺术？

"你放心！"他说，"我肯定能给寰东争取这一个月的时间！"

顾扬和他碰了一下果汁杯，诚心表示了感谢。

"不用谢。"蓝森爽快地把手一挥，既然工作的事情解决了，那不如来继续讨论草间弥生的南瓜和圆点。

两三个小时后，杨毅打电话给陆江寒，向他汇报最近的工作，顺便问了一句："顾扬呢？"

陆江寒看着空荡荡的客厅，面色不善地回答："他还在楼下酒吧。"

"都十点了，一个人在酒吧？"杨毅纳闷儿。

"他遇到了创意工厂的蓝森，两个人聊得很投机，而且八成还能给新店聊来一次新的合作。"陆江寒说，"钟岳山那边也想拉 Z88 入驻，其实这想法不错，也有卖点，就看最后能不能成功了。"

杨毅一乐："还有这事？"

"安排一下时间，下周可能要和 Z88 的人一起开个会。"陆江寒说，"虽然现在八字还没一撇，但顾扬的想法不错，我想尽量让它落地。"

"是真不错，还是你觉得不错？"杨毅追问了一句。

陆江寒挑眉："有区别吗？"

"当然有。"杨毅回答，"你最近状态不太稳定，我得问清楚。"

"他打算把 6 号中庭做成咖啡馆。"陆江寒继续说。

杨毅回忆了一下这个中庭的位置和高度，然后一拍大腿："你看吧？我就说，你干脆在那儿建一片酒池肉林。"

"所以我才让你买了那幅达·芬奇的画。"陆江寒这回脾气良好，"一点儿艺术想象力都没有。"

杨毅听得直龇牙，你可真是身边有个艺术家。

走廊上传来"嘀"的一声，顾扬拧开房门。

陆江寒把电话挂断放在一边。

听着另一头的"嘟嘟"声，杨副总陷入了沉默。

大哥，我工作还没说完。

"聊完了？"陆江寒问。

"嗯，对方答应给我们一个月时间，用来细化方案和新亚竞争。"顾扬把手里的小纸盒放在桌上，笑了笑，"这个蛋糕很好吃。"

乳酪加覆盆子，奶香浓郁，甜酸调得刚刚好，还加了可爱的薄荷叶。

陆江寒其实对甜食没什么兴趣，但这次除外。

顾扬帮他倒了杯温热的花茶，又把空调温度调高了几度，以免明天起床后头疼。夜晚的安静总是会让人变得格外小心翼翼，所以他在做这一系列事情的时候，都是轻手轻脚的，赤脚踩过地毯，连杯碟的碰撞也很小声。

酒店的浴液是很好闻的椰子味，顾扬躺在被窝里，既舒服又放松。

关于 Z88 的新闻其实不算少，搜索框里随便一敲都能出来几百页。蓝森的双胞胎哥哥名叫蓝屿，当年是人口大省的高考状元，一路被保送到顶级大学研究生，毕业后开了这家创意工厂，第二年就实现盈利，实打实诠释了什么叫一帆风顺，万事如意。

Z88 之所以能在年轻人里引发热议，也是有理由的。人们总是对那些曾经红极一时，现如今却被岁月冲刷黯淡的人和事有些别样的同情和感叹，就像每个人都曾经希望能在某天重回高中课堂，同桌的男生依旧调皮，班主任也一样严厉。

而创意工厂之所以成功，也是因为它能让岁月倒流，能给予那些承载着无数回忆的旧建筑第二次生命。顾扬一张一张翻看着图片，一方面折服于对方的创意，另一方面又抵挡不住生物钟准时送来的困意，昏昏欲睡。

等陆江寒回房时，小艺术家已经沉入梦境，右手握着手机搭在枕头上，屏幕还在不断亮起。

蓝森站在阳台上，给他哥哥打电话："我保证，寰东一个月内肯定会出方案。"

"但新亚给出的条件不错。"蓝屿提醒。

"不行。"摇滚青年态度强硬，"这次一定要听我的！"

就算回去要挨揍，这次也要听我的。

这就是令人动容的，灵魂与灵魂之间的友情——哪怕对方一直没回微信。蓝森看着手机，遗憾地叹了口气。

陆江寒把顾扬的手机抽走，想放在床头柜上，睡着的人却迷迷糊糊睁开了眼睛。

"睡觉玩手机不是好习惯。"陆江寒帮他盖好被子，"睡吧。"

顾扬带着困意看他，懒洋洋地说："嗯。"

房间里有花和夏的甜。

第二天的会议很重要，陆江寒第一个演讲，而顾扬依旧负责拍照。他上次的照片获得了一众同事的大力称赞，纷纷表示艺术家就是艺术家，这构图绝了，除了陆总就找不到别人，冷酷英俊，光芒万丈，甚至还张罗着要发去集团总部，供更多人欣赏学习。

"正好内部杂志在举办摄影展。"助理说，"这照片不参加真可惜。"

顾扬没多想，既然正好有摄影展，那投个稿也行，集团活动重在参与。结果他一封参赛邮件发出去，寰东杂志社的同事们立刻陷入疯狂为难，因为别人都是提交风景照和动物照，在一堆花花草草、野犀牛中间，就总裁这一张独领风骚，除了一等奖，还能怎么办？

当然，目前顾扬暂时不知道自己即将获得摄影生涯的第一张奖状，还在继续找角度拍总裁。那绝对是他见过最适合穿正装的男人，举止成熟稳重，嗓音磁性低沉，眼神也很迷人。至于这种迷人究竟是客观评价，还是加了滤镜，暂时不好说。

"你这都拍八百张了。"蓝森小声说，"过来休息一下。"

顾扬又按下快门："没事，我多拍几张。"

蓝森接着问："我早上发给你的图片看了吗？"

顾扬敷衍："嗯。"

摇滚青年很不满，"嗯"是什么意思？

然而顾扬已经拐去了另一边，完全不顾挚友只是表面看起来叛逆，内心其实很脆弱，稍不留意就会一击而碎。

两人交谈的声音很小，不会对其他人造成影响，但坐在后排的钟岳山和徐聪却看得很清楚。

"这俩人昨晚在酒吧聊了好几个小时。"徐聪说，"看起来关系不错。"

"都说他是陆江寒的心腹，原来还真不假。"钟岳山放下茶杯。

徐聪纳闷儿："不是，能和蓝森相谈甚欢，都聊什么呢？"还真有人能和神经病找到共同语言？

"你管他们聊什么！"钟岳山道，"Z88最终拍板的也不是蓝森，而是他哥，既然拿不下这头，那下周我亲自去和蓝屿谈，至少那位会说人话。"

顾扬举着相机满场跑，寰东其余人都在感叹：小顾真是个好孩子，认真刻苦、踏实稳重，连这么小的活儿都干得这么认真。

陆江寒喝了口水，远远看着他，眼底有些笑意。

摇滚青年倒是很希望挚友也能围着自己拍一拍，但由于他今天穿了无聊的西装领带，并没有任何看点，所以惨遭拒绝。

这冷漠的世界。

会议间隙，顾扬站在阳台上透气，从海面上迎面吹来的风，夹杂着潮湿又新鲜的腥味。

"会想起什么？"陆江寒陪在他身边，"珍珠还是小美人鱼？"

顾扬回答："扇贝粥和酸菜炒海蛎。"

陆江寒笑出声："肚子饿了？"

"逗你的。"顾扬也笑，然后退了一步，打算去找小蓝总继续谈工作。

会议室里的蓝森受宠若惊："这是你第一次主动来找我。"

"是吗？"顾扬拍了拍他的肩膀，"那说明我们的友谊再一次得到了升华。"

蓝森很感动："虽然你现在接近我是另有目的，但卑劣的艺术也是艺术，总能在一次次的升华里开出永恒的花，我对未来很有信心。"

"等等！"顾扬说，"我找你谈正经生意，怎么就卑劣了？"

蓝森坚持："只有艺术才是芬芳的。"

顾扬提议："如果你放弃寰东所有优惠条件，我保证这桩生意一定百分之百芬芳纯粹。"

蓝森想了想，觉得这样好像不行，只好忍痛说："那我允许这段关系沾染一点儿金钱的味道。"

合拍的灵魂总会相互吸引，或者至少也是单方面吸引。为了能和挚友更好地纠缠，在下午会议开始前，蓝森还特意把座位换了过来，结果顾扬从头到尾都拒绝分心，只顾着专心致志地听大佬演讲，笔尖在纸上"唰唰"地飞，根本不看身边。

知识是一片巨大的冰山，经常会让新手困惑，不知该从何处开始开凿——幸好还有很多优秀的人愿意分享他们的经验，而探索与成长的过程也因此不再显得那么曲折艰难。顾扬丝毫不觉得这种会议无聊，他视之为一场春雨，能给头脑最好的滋养。

蓝森感慨："我哥一定和你很有共同语言。"都是十分变态的学习狂魔，哪怕和数学书结婚也不意外。

"我正要说这件事。"顾扬问，"我们陆总想和蓝总见一面，下周能不能安排个时间？"

"见面没问题，不过合作的事说不准。"蓝森压低声音，"据我所知，新亚给出来的条件相当诱人，几乎让出了百分之八十的利益。"

"创意工厂是艺术，艺术的价值怎么能用利润来衡量？"顾扬的态度很郑重。

蓝森表情扭曲了一下："这话你哄哄我就行了，我哥可不吃这一套，他和你们陆总一样，从头到脚都写着'资本家'三个字，恨不得让闹钟也喷射美元。"

"谁说我在哄人了？"顾扬笑道，"我是认真的，每一处 Z88 都是艺术品，而寰东正好想做艺术展览中心，我觉得它们很合适。"

蓝森趁机表示："我觉得我们也很合适。"

"根本就没有这回事。"顾扬合上笔记本，"先走了。"

晚上真的不要一起吃饭吗？蓝森恋恋不舍，百转千回，目送他跑到了陆江寒身边。

"又在聊艺术？"总裁问。

"没有，和蓝总约了个时间，下周双方先见面谈一下。"顾扬帮他拿过外套，"据说那是一位相当精明的生意人。"

"大家互惠互利，也没打算坑蒙拐骗，精明一点儿不是坏事。"陆江寒说，"况且要是对方太傻，说不定还更容易被钟岳山忽悠走。"

而蓝森也非常给顾扬面子，一散会就站在阳台上给哥哥打电话。他看着被夜幕笼罩的大海，感慨万千："虽然灵魂挚友不理我，但 Z88 还是要给寰东留一个月时间，不然我就死给你看。"

"我以为是去寰东市中心那家店。"蓝屿皱眉，"新店？"

"对。"蓝森说，"普东山新店。"

蓝屿一口拒绝："那就免谈。"

"为什么？"蓝森莫名其妙，"网上骂你的留言 IP 号段是普东山？"按照他哥又变态又记仇的做事风格，这种事相当有可能啊。

然而哥哥已经挂了电话，并不打算深入解释，甚至还关了机。

眼看着合作岌岌可危，还没"煮熟"的灵魂挚友也即将飞走，蓝森不得不打电话求助场外亲友，结果蓝妈妈却表示："哥哥都那么忙了，他不想解释就不解释，你有什么问题就自己心灵感应一下，电视里的双胞胎都这么演。"

摇滚青年不满道："你怎么一点儿也不唯物主义？"

蓝妈妈挂了电话，继续专心致志地做瑜伽。

蓝森只好也盘腿坐在地毯上，试图用脑电波联络他哥。

结果当然未遂，不仅未遂，还把自己活活盘到了腿麻。

由此可见，电视里都是骗人的。

第二天的会议依旧安排得很满，直到吃午饭的时候，蓝森才找到和灵魂挚友独处的机会。

"你们陆总呢？"他四下寻找。

"在楼上私人餐厅，好像有市里的人过来。"顾扬把面条拌好，"吃不吃？我帮你也叫一份。"

"我是想来说合作的事。"蓝森面色为难，"昨晚我又打了个电话，结果我哥一听是普东山新店，居然又变卦了，说不想合作。"

"市中心的店能合作，普东山的店却不能合作？"顾扬脑子转得很快，"那就不是寰东的错了，你哥和普东山有仇？"

"看吧，我刚开始也是这么想的。"蓝森说，"结果后来又觉得还有一种可能性，普东山新店的主设计是林洛吧？"

顾扬吃惊："原来蓝总和林建筑师有仇？"

"该怎么说呢？"蓝森组织了一下语言，"有仇不假，但那属于我哥单方面的记仇，很不可理喻的那种。"

"到底是怎么回事？"顾扬没听懂。

"当年Z88的第一家店，我哥最初是打算找林建筑师的。"蓝森说，"他那时候还不像现在这么有名。"所以蓝屿也就理所应当地觉得，对方可能也不会太贵。

"他当时是真喜欢林洛的设计。"蓝森继续说，"第一家Z88是玻璃工坊，你知道吧？"

"嗯。"顾扬点头，"我看过实拍图，那些玻璃在阳光下很漂亮。"

而林洛最擅长的就是对光线的把控和对建筑的几何裁剪，蓝屿在正式咨询对方公司前，已经看过了他的所有设计，并且在脑海里构思了十几次双方合作的成品。结果什么都准备好之后，蓝屿胸有成竹地一个电话打过去，却发现林先生堪称天价，哪怕砸锅卖铁都请不起的那种请不起。

"当时我们没什么钱，所以连林洛的面都没见到，就被前台婉拒了。"蓝森说。

虽然听起来很值得同情，但顾扬还是充满疑惑地问："林建筑师在整件事里也没错吧？"

"他没错不假，但我哥的人生就是这么不讲道理。"

蓝森心里也很苦：你说你当年穷得请不起人家就算了，现在有钱了不想着赶紧圆梦，还在耿耿于怀，记并不存在的仇，还影响我和挚友纠缠灵魂！啊，烦恼！

顾扬揽住他的肩膀，慷慨地给予摇滚青年鼓励："这种小事情，你一定可以解决的。总之无论如何，我们陆总一定要在下周见到你哥。"

蓝森讲条件："那我要一次性聊三天三夜。"

"五天五夜都没问题。"顾扬很爽快，和他重重地碰了一下手里的饮料，"加油！"

可乐晃出瓶口，蓝森心中很有几分江湖使命感。

这一仗必须赢。因为艺术绝对不能被金钱和仇恨打败。

第九章

松鼠鳜鱼

这场峰会在周五结束，每一个人都收获颇丰。当然，钟岳山大概不这么想，据说他推迟了原定去美国的行程，打算亲自前往创意工厂总部见蓝屿。

顾扬说："我们和蓝总的会议定在十号下午三点，比钟岳山晚两天。"

"无所谓。"陆江寒说，"他们在此之前至少还沟通过五次，既然都没签成合同，说明肯定存在问题，更何况现在还多了一个寰东竞争。"

"可万一钟岳山也因为寰东的出现，而向蓝屿做出更大的让步呢？"顾扬又问，"他做事向来这样。"利不利己看不出来，损人倒是真损。

"在荷花百货上已经做出了大让步，以及两个国际快消品也几乎是零利润入驻，现在再加个Z88，他做慈善呢？"陆江寒笑了笑，"要真都是这样的竞争对手，我们倒也省事了。放心吧，蓝屿没那么好啃。"

顾扬点头："那我回去就准备资料。"

"飞机降落都七点了，还准备什么资料？"陆江寒侧首低声说，"我订了一家餐厅，就在机场附近。"

"吃什么？"顾扬问。

"不知道。"陆江寒回答，"我原本让杨毅约了小杜公馆，但他说那里太严肃太安静，你可能不会喜欢，所以换了一家口碑更好的。"

这次的航班很争气，不仅没有延误，还提前十分钟就平稳降落。司机一路沉默寡言，帮两人把行李放进后备厢后，就直奔二郎沟。这名字听起来就很深山老林，而事实上那也的确是一大片幽静的林地。

车窗半降，微凉的夜风要比空调舒服许多。路边生长着参天的大树，在黑暗中张牙舞爪。

然后就有一片光猝不及防地闯入眼底。

顾扬："啊！"

那是一座被暖黄色灯光包裹的建筑，古色古香，看起来很有质朴情调。

"是中餐吗？"顾扬拉开车门。

"看样子是。"陆江寒问，"喜不喜欢？"

"喜欢。"顾扬用手机拍了张照片，"这栋房子很漂亮。"

餐厅的名字也很另类，叫"玄"，实行预约制，每晚只接待八桌客人，不能点菜，由主厨来搭配套餐。

顾扬翻了翻菜单，里面有一道鱼翅。

"用粉丝做的。"服务小姐及时解释。

"那没问题了。"顾扬把菜单还给他，"谢谢。"原本他还想再加一句"能不能快点儿上菜，因为真的很饿，前胸贴后背的那种饿"，但后来又觉得按照这家店的环境和格调，主厨应该挺热衷于享受慢条斯理的烹饪过程，自己作为食客要遵守规则，只好作罢。

包厢里很安静。顾扬一杯接一杯地喝茶。

名字叫"玄"的餐厅，装修风格也很玄，到处都是白山黑水，竹林兰草，八成是想让每一位食客都无欲无求飘在空中，好专注地品尝食物的美妙。墙上挂的老子画像慈眉善目，看起来很无欲无求，陆江寒只好陪顾扬一起欣赏窗外被灯光照射的棋盘，并且在心里把安排这家店的杨毅骂了个狗血淋头。

而直到吃完三道精致小菜后，顾扬才发现，没肉，肉居然是假的。

这是一家素菜馆。

从小到大都热爱各种荤腥，连感冒都要啃排骨的小艺术家，叼着青菜缓慢咀嚼，越吃越哀怨。

为什么不去吃小杜公馆？人家的招牌是和牛里脊配鹅肝，低温烹饪，浇黑松露酱，一听就很肉香四溢、汁水饱满。

陆江寒很没有同情心地在对面闷笑。

顾扬擦了擦嘴，打算把这家店扔进黑名单至少三年。打着纯天然的旗号，许多菜都是从地里摘出来后直接上桌，完全没有经过任何烹饪过程，价格倒是比小杜公馆还要贵三倍，感觉老板完全是抱着"能坑一桌是一桌"的心态在开店。

"所以说炒作还是很有用的。"在回程的路上，陆江寒说，"而且这种店越是开在交通不便的地方，口碑就会越好。"因为一定不会有人愿意承认自己驱车数小时，花费四位数，就只吃到了寡淡的粉丝和莴苣，听起来简直侮辱智商。

"但我们的新店一定不能这样。"顾扬说，"不仅要靠着炒作把顾客吸引进店，还要让他们真的爱上那里。"

"好。"陆江寒笑了笑，"那我们一起加油。"

车子停在公寓停车场，陆江寒拖着两个行李箱，先把人送回了十七楼。

结果 1703 灯火通明。顾扬看着房间里的人很受惊："爸，你怎么来了？"

"换花盆。你看你把蝴蝶兰养成什么了？"顾爸爸说，"厨房里还有妈妈卤的排骨，我去给你热一点儿。很晚了，快让陆总回家休息。"

有排骨，热一热，让陆总先回家。

陆江寒只好说："那我先去放行李。伯父开车了吗？不如我等会儿送您回观澜山庄。"

"我开车了，这大晚上的，陆总实在太客气了。"顾教授服务很到位，还帮他把行李拉到门口。

物质享受被剥夺，陆总发自内心地遗憾了一下。

周末两天，顾扬跟着顾教授一起回到观澜山庄，喝骨头汤。

顾妈妈埋怨老公："既然都遇到了，那为什么不邀请总裁一起回来吃家常菜？还能顺便表示感谢。"

"我让儿子请了，人家忙。"顾教授说，"再说你就买了点儿排骨和乌鸡，不隆重。"

顾扬趴在沙发上发短信通风报信：我爸妈正在讨论，说排骨不隆重，等你将来上门吃饭的时候，要准备深海蓝龙虾。

杨毅纳闷儿："我在说工作，你一个人笑什么呢？"

"我也在听工作。"陆江寒把手机放回桌上。

杨毅拖着椅子坐在他对面，幽幽道："你没有。"还能不能靠谱点儿了！

"除了6号中庭，你还打算把H12到H15的位置给Z88。"陆江寒说，"我没意见。"

"好吧，你确实在听。"杨毅继续道，"那位小蓝总已经和我们联系过了，他倒是很愿意配合寰东。不过听说钟岳山咬蓝屿咬得挺紧，他最近还真是热衷于从我们手里抢东西。"

"客观点儿，这次是我们从他手里抢。"陆江寒敲敲桌子，"让Z88开进商场，这想法确实不错，既然已经动手了，就别落进别人手里。"

"钟岳山能给的条件，我们可给不出来。"杨毅提醒他。

"短期让利不代表长期盈利，在荷花百货的事情上我们之所以会输，除了是因为钟岳山开出的条件，还有徐聪本身性格的原因，他向来重视眼前利益。"陆江寒说，"而在Z88第一家玻璃工坊刚成型时，红瑞的老刘就想出天价收购这个品牌，但是被蓝屿拒绝了，那阵他可不比现在，是真的一穷二白。"

"你这么说我就有底了。"杨毅说，"行，那到会上再说。"

蓝森相当尽职尽责，在周一和新亚99开完会后，就蹲在走廊尽头偷偷摸摸打电话，向顾扬汇报双方进展。

"具体的数据我不能透露给你啊。"在艺术和挚友的双重诱惑下，摇滚青年依旧很有职业操守，"就一句，对方看起来是铁了心要拉Z88进新亚，你们要是真想抢，估计要费点儿力气。"

"那蓝总呢？"顾扬问，"他是什么态度？"

"就和前几次一样。刚才我去办公室拐弯抹角地问了问，倒也没觉得他对钟岳山的条件多动心。"蓝森琢磨了一下，"怎么说呢，就是这种感觉，对方开了罐香喷喷的猫粮，但我哥那只'猫'就是蹲在桌子上不动，我挪走罐头他可能要喵喵叫，我不挪吧他又不吃，你说闹不闹心？"

"说不定他是在等寰东呢？"顾扬说，"我也实话说了吧，寰东能做出的让步肯定比不过新亚，但我们对Z88的重视程度绝对不会比钟岳山少。"

"你放心，我肯定和你保持统一战线。"蓝森啃了一大口苹果，"后天开完会，我带你去吃烤羊腿。草原上刚弄回来的羔羊，一点儿都不膻，热气腾腾再撒上芝麻和辣椒盐，喷。"

下午四点，正是肚子最饿的时候，而且电话另一头的声音也很应景，苹果被啃得又脆又悦耳，汁水充沛。

顾扬的喉结明显滚动了一下。

可以。

打完电话后，顾扬去向陆江寒汇报了一下进展，并且在离开办公室的时候，顺便带走了总裁桌上的半包苏打饼干，坐回工位干巴巴地咬了两口。

不好吃。想吃撒了辣椒盐的烤羊腿。

周三的会议，地点定在创意工厂的总部。那里早年真的是一处荒废纺织厂，原本杂草丛生，被蓝屿收购之后，现在已经是一处生机勃勃的花园，办公楼外爬满植物，室内还有很酷的大型滑梯。

这也是顾扬第一次见到长得这么不像的双胞胎，而这不像的百分之八十都要归于气质。蓝屿戴了一副银框眼镜，典型的名牌大学高才生加事业有成的长相，往真皮椅子上一坐，摇滚弟弟立刻就成了垃圾堆里捡来的可疑家庭成员。

由于这是双方的第一次会议，所以顾扬并没有提鑫鑫百货的事，只是把普东山新店的招商PPT又放了一遍，当然这次是修改版，专门针对这位蓝总的喜好，加大了艺术文化层面的强调。

"我知道，新亚的钟总给出了很有竞争力的条件。"陆江寒说，"但寰东做创新是强项，而且新店能给Z88的发挥空间也更大，我们甚至可以为了Z88来调整周围品牌的分布，好让整体更加协调。"

蓝屿点头："好。"

陆江寒眉头微微一皱，不太懂对方是什么意思。

蓝屿继续说:"条件还要继续谈,但陆总放心,我不是贪得无厌的人,也不会因为有几家抢就坐地起价。寰东新店的理念我相当喜欢,如果能合作,对双方都是好事。"

蓝森坐在旁边,一边装模作样做记录,一边给顾扬发消息:我哥可没给钟岳山这句话,这事八成真的很OK!

但话说回来,他哥是不是中邪了,为什么看完一个PPT就能"好"?不符合他一贯傲娇记仇又像奸商的定位。

陆江寒笑着和他握手:"谢谢。"

蓝屿推了推眼镜,一向冷漠的脸上也难得有了笑意——那不是装出来的,而是发自内心的、情不自禁流露出的喜悦。

蓝森:你们陆总给我哥下蛊了?

顾扬回他消息:除了我们的新店定位,会不会和林建筑师也有关系?这次如果能和寰东合作,也就间接等于和林洛合作,算是圆梦初心。

蓝森:有可能。

蓝森仔细一想,还真能解释哥哥的口是心非。

嘴上说不要,签合同的手倒是很诚实。

但不管是出于什么原因,两家能顺利合作总是好事。蓝屿对此也很重视,双方很快就约定了下次碰面的时间。会议结束后刚好可以一道享用晚餐,创意工厂的员工餐厅在网上被炒得很红,所以一行人也就顺理成章地去参观,只有蓝森表示:"我就不去了,我和顾扬约好了,要去吃烤羊腿。"

陆江寒:什么时候的事?

顾扬诚恳问:"陆总,我能去吗?"

周围还有十八个人,哪怕陆总不想让他去,陆总也不能说。

蓝森一脚油门踩下去,用自己的大悍马拉着灵魂挚友,高高兴兴地去吃草原烤羊腿,并且在途中见缝插针地和他讨论了一下徐悲鸿。

"这店也太偏僻了吧?"车停稳后,顾扬拉开门,"你怎么找到的?"

"我铁哥们儿开的,以前一起画画,后来他发现自己快饿死了,就开了这家店。"蓝森拉着他的胳膊,"小心点儿啊,这地儿破,隔壁街上的小痞子天天打架,碎砖头到处都是。"

"怎么也不换个地方？"顾扬跟着他钻过铁门，"光这环境，食客都能被吓跑一半。"

"刚开始的时候不是没钱吗，这里租金便宜。"蓝森说，"不过他现在也意识到了这一点，所以在找新地方。你别说，我还真舍不得。"

小巷子里很黑，看起来的确像是随时能发生暴力斗殴事件，两排都是平房，和不远处的高楼大厦形成了鲜明对比。不过饭店里倒是挺热闹，不像普通的烤肉馆，更像是各路艺术家的地下大本营，墙上喷着彩绘，桌上也布满了乱七八糟的刻痕，顾扬进门的时候，刚好一群人在拍着墙壁唱歌，酒肉味道冲天。

"喜欢吧！"蓝森大声问——不大声对方听不着，实在太吵。

顾扬也笑着喊："喜欢。"

他很少来这种地方，但偶尔一次的感觉还不错。

老板和蓝森很熟，亲自张罗着给两人上菜，顺便不忘吹牛，说前几天有人想来店里兜售烟头丸，结果被自己举着刀赶了出去。

"现在社会上对咱的偏见，就是被这些破玩意儿搞的。"老板单手揽着顾扬的肩膀，"搞艺术就单纯搞艺术，凡·高、毕加索还不够他看的，硬要'飞叶子'找灵感，我呸！"

顾扬很欣赏老板这个"我呸"，虽然对方又瘦又小，看起来"举着刀赶人"的可行性不高，他还是敬了老板一杯酒。

"不过这周围真挺乱的，也别太晚回去了。"老板说，"尤其是你这孙子，开辆上百万的车刺激谁呢！"

"刺激你呗，还能刺激谁？"蓝森笑着把他推走，"行行，去招呼别人吧，别管我们了。"

热腾腾的羊肉都被装在大盆里，又肥嫩又美味，顾扬特意拍了张照片发给陆江寒。

总裁回复：地点发给我，等会儿去接你。

小艺术家拒绝：我们已经找好了代驾，等会儿就回家。

陆江寒皱眉：为什么要找代驾，又喝酒了？

顾扬擦干净手虔诚地打字：没醉，就一点点。

陆江寒揉揉眉心：回来再教育你。

蓝森突然凑过来说了一句："你热啊？脸怎么这么红？"

顾扬塞了一口羊腿过去："你给我闭嘴。"

蓝森猝不及防，眼底充满委屈。

啊，挚友好野蛮。

而巷道里的混混儿也很野蛮，夜色渐深，外面如同每晚的新闻一般，开始准时上演街头暴力，城中村往往是整座城市里的灰色地带，警察想管好这一片也很难。

在一堆歪歪扭扭的电瓶车里，蓝森的悍马显得分外惹人注意，不过由于烤肉店的老板在这一带混得很开，所以并没有人仇富砸玻璃。倒是另一辆白色的奔驰，在夜色里显得刺眼又嚣张，几个小混混儿在路过的时候，抬脚狠狠踩了一下车门，然后又大摇大摆地走开，丝毫也没有把车主放在眼里。

易铭坐在驾驶位，也没有在乎那些小痞子，只是目不转睛地看着前方。那里是一大片色彩斑斓的喷绘，未干的颜料流淌下来，形成了长短不一的湿痕，它们逐渐融合，旋转，最后变成了一片迷幻的世界。

"喂！"不知道过了多久，车身又猛烈一颤，外面有人用拳头砸了砸玻璃，"你会不会停车？"

易铭猛然回神，扭头看向窗外。

对方是一个穿牛仔服的男人，身材又高又壮，和狗熊有的一比，扎着满头小辫儿，看起来油腻又惹人厌恶。

"快滚！"他嘴里酒气冲天，又吼了一句，"在这儿挺尸呢？"

脑海中刚刚迸发的灵感崩成碎片，而对方还在不停地骂骂咧咧，易铭眼底阴云密布，一把拉开车门下了车。

"哟，你这还不——"

对方一句话还没说完，就被飞起的一脚踹到了墙角。

他有些蒙圈，一时没反应过来，也没想到这个看似文质彬彬的有钱人居然会是个练家子。

易铭挽起衣袖，又狠狠一拳打上他的鼻梁，咬牙切齿道："你才是在找死！"

对于这家烤肉店来说，最精彩的节目其实在午夜才会上演。普通的食客在此时早已离开，只剩下一群搞音乐和艺术的人喝得酒酣耳热，他们大声聊天起哄，讨论阿布拉莫维奇和唐朝乐队。无论酒精还是爱好与事业，都是能让脑袋发昏的东西，啤酒沫飞溅在空中，一群糙老爷们儿眼睛里闪着光，欢乐比孩子还纯粹。

"真要现在走？"蓝森惋惜地问。

"今天不行，明早我还要和杨总去普东山。"顾扬说，"改天再来一次这儿，我请客，保证待到午夜。你好好玩吧，我出去打个车就行。"

"那我八成就见不到你了。"蓝森和他一起站起来，"这儿乱的，哪个司机敢来拉人？都是疯子。等着啊，我叫代驾。"

"代驾要等多久？"顾扬看了眼时间。

"不用多久，一两分钟。"蓝森说完又疑惑，"你这和谁汇报呢，难不成还要按时回家？"

"没有。"顾扬一口否认，淡定回答，"是我妈。"

代驾就是老板的小舅子，名叫柏七七，赤膊大裤衩儿，标准小痞子打扮，不过性格倒是很开朗，对顾扬的态度也很恭敬，估计是没见过这种穿雪白衬衫来吃烤肉，吃完还能一滴油都不溅身上的优雅食客。

"这儿的治安比前阵子好多了。"他打着手电筒在前面领路，"警察刚集中教育过一次，虽然小打小闹还有，至少不动刀——我去！"

这一句"我去"把其他两个人都吓了一跳，他们顺着手电筒的光看过去，在墙角正坐着一个半死不活的高壮男人，满脸是血，垂着头，和恐怖片有一拼。

顾扬脸色白了白。

蓝森赶紧把挚友挡在了身后，就很男人。

"老周？周哥？"柏七七认得壮汉，上前"啪啪"拍了两巴掌，"还活着吧？"

"没死。"对方瓮声瓮气地从鼻子里挤字，"就是腿疼，爬不起来。"

"等着啊，给你叫个担架。"柏七七转头对两人说，"森哥，你们稍等。"

顾扬没什么打架经验，总觉得这位倒霉的老周看起来已经半只脚踏入鬼门关，于是赶紧表示"我们没关系，你先联系医院和警察要紧"。

"别，别报警啊！"老周回光返照般猛烈拒绝。

顾扬："……"

"知道你不敢见警察。"柏七七熟练地拨通附近一家诊所的电话，让他们赶紧带着绷带来救死扶伤，挂了电话又蹲在他身边问，"是不是东街那帮浑球儿又来了，怎么被打成这样？"

"和东街没关系，就一个人。"老周挪了挪，用顾扬递过来的手巾把眼睛擦了擦，"估计是个拳击教练。"

柏七七龇牙："你说你是不是有毛病？真以为自己一身腱子肉就天下无敌了，拳击教练也敢惹？"

"我哪知道？对方穿得西装革履的，看着像个大学老师。"老周说，"今晚多喝了两杯，判断失误。"

"又是你主动挑衅人家吧？"柏七七很懂。

老周继续从牙缝里挤出一缕声音，以表示自己还在听。他确实在这条街上横行霸道惯了，但这次也确实长了教训，以后不能见人就打，要挑熟悉的打，陌生人不能随便打。不过幸好对方这次也没下狠手，除了第一拳惊天动地之外，其他几次都收了力，不至于让他悲惨到脑震荡。

脸上肿痛瘀胀，老周又不甘心地骂了一句："那孙子，我还记他车牌号了。"

柏七七不屑："记了又怎么样，你还能报警？"

老周泄气，他不敢。

小诊所很快就来了一医生一护士，柏七七给老周丢了几张百元大钞，以免他因为没钱交诊疗费而被扣在诊所拖地。

"看不出来啊，你还挺讲义气。"蓝森说。

"没办法，还要在这片混呢。"柏七七系好安全带，"咱现在去哪儿？"

"悦博公寓。"顾扬说，"谢谢。"经过这么一闹，时间又过去了半个多小时，他继续给陆江寒发短信，如实汇报：我刚刚见义勇为了，在街边救了一个斗殴伤员，所以要到十一点半才能回家。

陆江寒哭笑不得。在家里等到十一点半，果然听到有人按门铃。

小艺术家还给他自己预留了洗澡的时间，头发正在滴水。

"那我走啦，晚安。"顾扬站在门口，就向陆江寒证明一下他确实安全回来了。

陆江寒把人拉进房间："至少先告诉我今晚去哪儿了。羊腿要是真有那么好吃，下回也带我去。"

"还是别了，那儿有点儿乱，还挺吓人的。"顾扬描述了一下，"今天我们在胡同里遇到的那人，满脸是血还不让报警。"

窗外霓虹闪烁，天空呈现出稀薄的红色，光从窗纱外透进来，和房间里昏暗的灯光纠缠在一起。这是一个吃饱肚子之后，靠在一起低声聊天儿，无所事事的美好夜晚。

而在凌云时尚附近的一处写字楼里，八层正通宵亮着灯。易铭正在纸上飞速地描画，地上倒了两三个塑胶模特，布匹散乱堆叠，不过他暂时没空去管那些。阴暗胡同中那些斑斓的喷绘正在不断刺激着他的神经，脑海中萌发出新的线条，带着他的手腕和笔尖一起颤抖。

不知道过了多久，楼梯上突然传来脚步声。

"老板？"申玮穿着一件歪歪扭扭的衬衫从那儿走下来，惊讶道，"你怎么来了？"

"睡不着，过来工作。"易铭丢下笔。

大半夜的来工作？申玮翻了翻那几张稿子："嚯，可以啊，暮色的新设计稿？"

"上次那些人造丝的料子呢？"易铭从地上扶起一个模特，"还堆在二楼？这儿可真够乱的。"

"在啊，在楼上，我去弄下来。"申玮说。

"我先去挑一挑。"易铭往楼上走。

"别别，老板。"申玮硬着头皮拦住他。

"偷偷摸摸干吗呢？"易铭果然起疑。

"有个妞，夜店里勾来的。"申玮小声解释，"在楼上，还没走。"

易铭闻言上火："你拿我这儿当酒店？"

申玮自知理亏，连连认错，保证下次一定不会再犯。易铭看着一片狼藉的一楼，不用想也知道二楼是什么状况，虽然心里不满，不过倒也没说太多。因为总的来讲，他今天心情还是很好的，甚至可以用狂喜来形容。他迷恋那条乱糟糟的巷道，墙壁上的旋转图案打碎规则和界限，能让他走入另一个全新的世界，所以只警告了一句，让申玮下回收敛一些。

申玮连连答应，一路把他送到门口，又站在窗户边盯着，直到确定那辆白色奔驰已经开出车库，这才稍微松了口气，叼了根烟转身回到二楼。

那里空荡荡的，并没有所谓"夜店里的妞"。

顾扬觉得自己最近运气很好，不管是工作还是生活上。

寰东和创意工厂的签约发布会如期举行，Z88 首度进驻购物中心，这件事在业内很是风风火火地被讨论了几天。当然，同时被讨论的还有新亚 99 的失利。

"这事钟岳山也不丢人。"陆江寒说，"虽然输了 Z88，但荷花百货在外界看来，可是他稳赢。"一家大商场怎么着也比几家店铺要划算，甚至还有人发帖夸奖钟岳山，说这明显是他有意为之，为了给寰东一个人情，好消除之前因为荷花百货而结下的梁子，双方也算就此扯平。

顾扬嫌弃："自己发的吧？"

"还真有可能。"陆江寒道，"不提这个了，晚上想吃什么？"

顾扬如实回答："晚上我没空。"

"又约了谁？"陆江寒很头疼，小艺术家太受欢迎，一天到晚都在到处跑。

"没约谁，是跟着杨总去 Z88 开会，顺便参观一下。"顾扬说，"估计要到晚上九点才能结束，最近那里有夜光集市。"

陆江寒只好放行："那周末呢？"

"周末是杜哥的生日。"顾扬想了一下，"不过他在谈恋爱之后，已经变成了一个工作狂魔，这次大概也顾不上我们。"

"那正好。"陆江寒说，"我们可以在家里宅一整天，然后再自己煮煮饭。"

"你还会煮饭？"顾扬闻言很吃惊。

陆江寒："好不好？"

顾扬爽快点头："那当然好。"他甚至还主动提出，周五下班后可以一起去买菜。

下午和创意工厂的碰面地点定在城西另一处 Z88，原身是一家废弃体育馆，被蓝屿收购之后，改建成了一间很大的空房子，经常会有高校艺术系的学生来这里办展。里面还有号称全市最好吃的奶油面包和手工饼干，以及 Z88 本身的周边贩卖店。

"等会儿要去看看吗？"蓝森邀请，"就在楼下，刚刚上了一批新的手账本。"

按照蓝屿的意思，是想让 Z88 也多一条文创线。反正摇滚弟弟认识一大群穷困潦倒的文艺青年，隔三岔五就需要接济，既然这样，还不如大家各自付出一点儿劳动，共同把艺术变成面包。

"没想到销量还挺好。"蓝森继续说，"我有一朋友，不管画什么都死活卖不出去，后来画了一批纸胶带，现在网上已经炒得翻了二十倍。"还被圈内妹子尊为大神，每天都处于喜滋滋的状态，堪称人生巅峰。

顾扬由衷地说："真厉害！"

蓝森强烈不满："会画个纸胶带怎么就'真厉害'了？身为我的灵魂挚友，你都没有夸过我！"

顾扬解释："我就是在说你厉害。"不管什么时候，既能帮到自己又能帮到朋友的人总是很酷的。

蓝森果然心花怒放。

这家创意工厂的占地面积不算大，一楼零售区挤得密密麻麻，每一家的店招都独具风格，很有几分异域小市场的风情。Z88 的周边店开在最角落，倒不是因为蓝屿先己后人精神可嘉，而是因为主要商品是文创类，放在显眼位置和其他店铺的装修风格不太搭，而且也需要相对大一点儿的面积和明亮的采光，才能让少女们心甘情愿地贡献出钱包。

商人总是很精明的，无论是哪一行，从饭店的菜单设计到超市的安全套摆放位置，全部是专业团队研究多年的成果，普通消费者绝对招架不住，Z88 这家店也一样。进门就是一整排玻璃杯，在灯光下干净剔透；新上架的手账本摆在最显眼的位置，以粉红兔子为主题，胖乎乎的，相当可爱，就连顾扬也很想捎一本回家。虽然他不用，但可以送给总裁，强行送的那种送。

"怎么样？这店不错吧。"蓝森随手递给他一个小杯子，"这也是新款，前段时间店里都抢疯了。"

"是很有特点，但只凭这个不能抢疯吧？"顾扬问，"怎么炒的？"

"得摸对地方。"蓝森没瞒着，"一百八十八块一个的杯子也不便宜了，普通人肯定不愿意买，所以找了美食博主帮推，也不用硬广，做完饭拍照的时候把这杯子摆旁边就行。那些可都是身经百战的专业摄影师，土豆丝都能拍好看，所以完全不用我们自己花心思琢磨构图和配色，他们肯定能弄得稳稳当当。"

"每一样东西都要营销吗？"顾扬又问。

"差不多吧，主打款肯定要推一推，我哥还想把这条线做起来呢。"蓝森说，"这年头，好东西也不少，你不找'水军'吹一吹，别人想买都摸不到门。"在这个方面，他倒是没有一般文艺青年的清高，向来是怎么赚钱怎么来。

"挺好的。"顾扬把手里的杯子放回去，又在店里仔仔细细看了一大圈，从纸胶带的长度检查到坐垫的材质，到最后连蓝森也哈欠连天。

"要不是有我带着，估计店员早就把你当同行间谍赶出去了。不都说零售从业者一天能逛十八家店吗，你这速度到底是怎么混下来的？"

"逛得慢还不好？慢说明你的店吸引人。"顾扬拍了拍他的肩膀，再度对挚友提出了表扬。

而这里的夜光集市也很热闹，所有小店的店主都会把商品挪出来一部分，摆在统一的空场地里，在特殊灯光的照射下，很容易让人想起埃尔拉斯特洛跳蚤市场，或者丹嫩沙多水上集市，是附近潮流青年和学生最爱逛的地方。

"你觉得怎么样？"杨毅问。

"每一个细节都很有特点。"顾扬说，"如果每一家 Z88 都能保持这个水准，那么创意工厂肯定会越做越大。"

"希望他们在寰东的店也能成功吧。"杨毅看了眼时间，"也差不多了，晚上怎么回去？"

顾扬回答："打车。"

杨毅说："我打车，让老阎送你回去。"

顾扬被吓了一跳："这怎么合适？"

然而杨毅相当坚持，他还就近买了两大箱 Z88 推出的玻璃瓶限量矿泉水，说是让司机顺路带给陆总。

顾扬坐在车里，心情复杂。

虽然蹭到了车，但扛两箱四十八瓶水上楼，不管怎么想都是亏。而且老阎最近还腰肌劳损，不能搭把手。

于是这个夜晚，总裁一边给小艺术家揉胳膊，一边打电话痛骂了杨毅五分钟。

这寂寞的夜和寂寞的雨。杨副总看着窗外，潸然泪下。

世界好不讲道理。

蓝森说的那个和美食博主合作推杯子的 App 名叫"煮饭"，是最近很火的厨房应用，有许多人在上面分享菜单。好吃与否暂且不论，图片确实拍得很漂亮，于是顾扬也下载了一个，想看看具体的软广方式。

陆江寒问："这么专心在研究菜谱？"

顾扬看得正认真，也没怎么听清，只敷衍地回应了一句："嗯。"

"我们下班后去哪儿买菜？"

顾扬说："就公寓对面吧，菜市场还挺大的。"他又指着手机屏幕随口说："我想吃这个。"那是一道松鼠鳜鱼，浇上酱汁后看起来又酥脆又香甜，很值得一吃。

陆江寒点头，盯着手机上的原料表念："那我们就去买鳜鱼、虾仁、冬笋和豌豆。"

难道要自己做吗？顾扬很吃惊，他的本意其实是找一天出去吃，没想到这种堪比花篮的形状居然也能在家炸？

"你真的好厉害啊！"他发自内心地真诚称赞，比称赞灵魂挚友还要真诚一百倍。

周五晚上七点，菜市场里依旧很热闹。

顾扬拎着篮子跟在总裁身后，专心致志地当跟班。陆江寒问："买什么都可以吗？"

"嗯。"顾扬点头，以为他是问自己挑不挑食，于是说，"你想吃什么都行。"

这句话令他更加熠熠生辉，陆江寒一边感慨这是一个什么宝贝，一边往篮子里放了一只活蹦乱跳的巨大面包蟹。

"我们陆总真是太厉害了。"顾扬接通电话里打来的电话，远远看着陆江寒的背影说，"他刚刚买了很大的螃蟹、青口和波士顿龙虾，现在正在挑牛腩。"而篮子里这个长得奇形怪状的菜坨是个什么品种，他连见都没有见过。

顾妈妈帮忙分析："你们陆总的父母都在国外，他又忙，想吃点儿家常菜只能自己做。以后有机会，一定带他来家里过周末。"

鱼摊的老板娘很喜欢陆江寒，觉得他又高又帅像明星，于是硬是送了一堆宰杀好的小鲫鱼，血淋淋的，装在塑料袋里，很有视觉冲击力。

顾扬："……"佩服。

"走吧。"陆江寒掂了掂手里的塑料袋，"回家。"

两人的第一次买菜之旅很顺利。1703的冰箱有些小，塞不进去这么多新鲜食材，于是陆江寒顺理成章地按下了十九楼，打算明天把人拐到自己家来煮饭。

顾扬对此没有任何异议，老老实实拎着两个购物袋，很有蹭饭的觉悟，反正又不是他做。

1901的双开门大冰箱第一次被填满，如果它有生命，估计会欣慰不已，泪流满面。

"好累啊。"顾扬洗完手后，直挺挺地趴在沙发上，"买菜的确是体力活，以后我们做促销时，一定要对家庭主妇致以最崇高的敬意。"

"好。"陆江寒坐在他身边，"肚子饿不饿？"

"饿。"顾扬闭着眼睛说，"累了，叫外卖吧。"

陆江寒帮他叫了葱油面和凉拌鸡。今天休息一下是对的，明天才好发挥。

顾扬又想起来一件事："对了，还有件工作忘了说。"

陆江寒往他脑袋底下塞了一个靠垫："不重要的话，你可以留到明天。"

"也行。"顾扬正好累得一句话都不想多说，连家也懒得回，就这么度过一个颓废又舒服的美好周末，也不错。

明天你加油。

1901的客房床很软，清晨还有阳光抚过脸颊。顾扬只是迷迷糊糊地睁了睁眼睛，就随手扯过被子的一角，翻身把自己从头到脚裹了起来，像一只胖乎乎的虫。

窗外的阳光，床边的拖鞋，墙角旺盛的绿植，挂钟缓慢挪动分针，冰箱里塞着满满的食物，组合在一起，就是温馨又暖和的家。

中午是在楼下餐吧吃的早午餐，谷物面包、火腿蛋和新鲜的蔬果，配一杯咖啡，刚好能让昏昏欲睡的神经彻底清醒。两人还去便利店买了零食和水果，准备用电影来消磨掉午后的时光。

那是秦柠的出道作，成本低廉的喜剧恐怖电影，虽然道具和妆容都很堪忧，但情节还是没问题的，气氛渲染也十分到位，所以在当时也取得了不小的成功，得以拉到投资，一口气又拍了三部。

一部一个多小时，刚好从一点看到四点半。

收拾收拾，差不多就是做晚饭的时间。

两个人站在冰箱前，一起观赏了一下里面满满的食材。

过了一会儿，顾扬说："炒个青椒肉丝行吗？我想吃辣的。"

"当然。"陆江寒从冰箱里拿出了青椒和里脊肉。

"你想吃什么呀？"顾扬又问。

陆江寒回答："什么都行。"

"那你随便做吧，我也不挑的。"顾扬帮忙把青椒和里脊肉拿到水槽里，又问，"是不是得先把肉腌一下，用淀粉还是蛋清和盐？"

陆江寒："……"

他刚刚是不是听错了什么？

"你什么时候学的做饭啊？"顾扬把青椒洗干净，又掰开闻了闻，"还挺辣的，你切的时候别伤了眼睛。"

命运在某个瞬间发生错位，而主厨的位置也随之转移，陆江寒发誓，这绝对是他此生最莫名其妙的时候。

但总裁毕竟是总裁，就算一头雾水，也能隐约触摸到事情的真相。

于是他定了定神，伸手拿掉那个惨遭掰断的青椒："你会不会做饭？"

"当然不会。"顾扬如实回答，"做饭多难啊，我顶多熬个粥。"

空气中传来清脆的破裂声，陆江寒心情很复杂，但还没等他想明白整件事情到底是哪里出了错，就听顾扬非常真诚地说："我妈昨天打电话，也说这年头会做饭的男人不多，而且你居然还会做松鼠鳜鱼。"那种奇葩的造型，天晓得要怎么才能在锅里炸出来。

小艺术家握住他的手："谢谢你愿意煮饭给我吃。"因为这实在是一件很累又很烟火缭绕的事情。

陆江寒笑了笑，一动不动站在原地，如同一尊优雅的雕像，任由他帮忙把围裙挂在自己身上。

顾扬还在兴致勃勃地研究冰箱里的菜，从里面先后翻出来了一盒虾仁、一块牛肉、一些稀奇古怪的蔬菜和一只完完整整的鸡。陆江寒脑袋飞速旋转，考虑了一下要怎么解决这种迷幻又尴尬的状况。

"喀喀。"他问，"昨天晚上你说有工作要谈，是什么？"

"嗯？"顾扬正在洗菜，想了一下才记起来，于是说，"你还记得上次在英国利伯提百货看布料的时候，我们讨论过要让寰东也拥有属于自己的限定商品吗？和其他品牌联合，只在寰东才能买到的那种。"

"当然。"陆江寒抽出纸巾擦干他的手，顺理成章把人带到了客厅，"你有什么新想法？"

"我昨天在 Z88 的时候，看到他们有很多漂亮的家居和文创。"顾扬说，"不如我们的第一批周边就和创意工厂联合吧。一来他们的想法和营销经验都很丰富，二来双方目标客户定位也契合，三来还能当作新店开业的一个噱头，吸引一下客流，你觉得怎么样？"

"我觉得非常好。"陆江寒随手发了条消息出去，"下次和 Z88 见面的时候，我们就来讨论这件事。"

"行。"顾扬说，"那我把它记下来。"

"听说你那同学，杜天天的公司，最近又在裁员？"陆江寒继续问，"没影响到他吧？"

"暂时没有，所以他才连生日都顾不上，恨不得二十四小时泡在公司。"提到这件事，顾扬有些郁闷，"以前的每一年，我们都是全宿舍一起吃烤串的。"

"他这个思路有些偏，努力是对的，但一天到晚待在公司，完全没有私生活，给自己的压力实在太大，要是下次升职再失败，心态怕是会变得更差。"陆江寒提醒。

"我也是这么想的。"顾扬叹气，"我也劝过了，他不肯听。"

"这样吧，今天他生日是不是？"陆江寒从抽屉里摸出一块表，"上次开会时品牌方送的，我用不到，你拿去给他当礼物，顺便让他早点儿回家陪女朋友，嗯？"

"我已经送过红包了。"顾扬笑着说，"杜哥还挺实在的，就喜欢这个。"

"那再多一块手表，他是不是会更高兴？"陆江寒拍了拍他的脑袋，"去吧，知道这个朋友对你来说很重要，回来刚好吃晚饭。"

"可你不要我帮忙吗？"顾扬说，"我会洗菜的。"

陆江寒用手机叫了辆车，不容分说地把他送进了电梯。

手机上已经有了七八个未接电话，寰东餐饮招商部经理、美食界权威、前任五星级酒店中餐大厨、三姨张云岚的猛烈追求者方栋正气喘吁吁地说："陆总，我已经打上车了，等着啊，十分钟就能到您家做饭。"

他是一个心宽体胖的大叔，原本正在家里悠闲地喝茶过周末，突然就收到总裁的短信，要求他必须在二十分钟之内出现在悦博公寓1901，非常残忍。

"陆总，这幸好没堵车啊。"到了之后，他在门口换拖鞋，叫苦不迭道，"我可是一秒都没耽搁就来了。"

"菜在厨房。"陆江寒伸手一指，"除了松鼠鳜鱼和青椒肉丝，其他的随意，五六个菜就行，一个半小时够吗？"

"够。"方栋挽起袖子，"陆总您放心，保证色香味俱全。"

"也别太全了！"陆江寒呵止。

方栋很茫然："啊？"

"一般水平就行。"陆江寒补充。

方栋为难："一般水平我做不出来啊。"国宴大厨，轻易下不了凡。

眼看时间已经过去了五分钟，而杜天天的公司也没开在千里之外，陆江寒只好挥挥手："快去。"

"好嘞！"方栋乐呵呵答应，手起刀落，"啪"的一声剁掉了鸡头，红枣、枸杞、葱、姜水稍加浸泡，还没等旁边的总裁看清楚，鸡就已经裹上调料和生粉进了蒸箱。

陆江寒："……"

"陆总，您这是请谁吃饭啊？"方栋两把菜刀轮着使，也没耽误说话，"有忌口吗？"

"没有。"陆江寒说，"多做点儿肉。"

"没问题。"方栋"唰唰"把牛肉切成薄片，拎起来炫耀，"啧，看这功夫，薄如蝉翼，透光。"

陆江寒怒道："你给我切厚一点儿！"不然这以后要怎么学？

未来的三姨夫就很无辜，一边做水煮肉一边想：难道陆总不喜欢这位客人，所以不想招待得太好？可逻辑不通啊，这都请回家了。

但冷酷的大外甥并不打算解释，在他做完最后一道菜后，就把人请出了门，并且承诺年假可以多一个星期。

方栋前脚刚走十分钟，顾扬后脚就按响了门铃。

怎么说呢，谍战片也没这么刺激。

陆江寒依旧系着那条围裙，笑容很温和。

厨房里干干净净，餐厅里灯光橙黄，桌上整整齐齐摆着五菜一汤，不仅有炸成花篮形状的松鼠鳜鱼，还有一只饱满的蒸鸡，一盘葱姜螃蟹，一盆水煮牛肉，青椒肉丝和米饭散发出热腾腾的香气，自带美味特效。

顾扬这次是真的惊呆了！

中餐主厨的水准，那何止是不差。再加上顾扬被打发出去送了趟手表，回来更是饥肠辘辘，这直接导致了水煮牛肉的美味程度直线上升，连垫底的青菜和豆芽都被全部捞走。

能看到小艺术家食欲大增，当然是很好的，但一想到这食欲大增背后的故事，以及有可能带来的一系列神奇发展，总裁又觉得很头疼。

唯一值得欣慰的，就是方栋说这几道菜并不难学，似乎还可以努力一把。

晚餐在温馨又诡异的气氛中落幕。当然，温馨属于两个人，诡异只单方面属于总裁。虽然顾扬心细如发又敏感，但这次居然也没觉察出异常。他饭后主动收拾干净了餐厅和厨房，还切了一个乱七八糟的果盘，用来奖励辛苦的主厨。

总裁一时没想通，总觉得小艺术家在透过自己，奖励未来三姨夫的灵魂。

桌上顾扬的手机恰好有消息接入，是杜天天发来的语音，先是感谢了一下他的手表，然后就表示自己已经回家了，目前正在和女朋友专心享受二人世界。

"下午的时候我还和他聊了两句。"顾扬说，"也不知道算不算好消息，如果下次升职再失败，那杜哥就打算辞职了。"

"辞职去哪里？"陆江寒问，"就算没有具体公司，至少也该有个大方向吧。"

"去一些小的国产日化公司。"顾扬说，"以杜哥现在的资历，至少也能做个经理，而且近几年国货的势头不错，待遇和发展未必比不过他现在待的那家五百强。"

顾扬继续说："杜天天之前就是拉不下面子，觉得从外资跳到不知名的小公司，怎么听都丢人，所以才一直犹豫。但面子始终比不过面包，现在有了成家的打算，更不能再庸庸碌碌过日子。"

"不错。"陆江寒点头，"走是对的，否则按照这个加班法，升职不升职姑且不论，女朋友八成都留不住。"

"希望他这次能升职顺利吧。"顾扬说，"之前我被凌云解除合同的时候，幸亏有杜哥他们陪着。"虽然也帮不上大忙，但围在一起骂一骂易铭，晚上再出去吃个烤串喝喝啤酒，不愉快也能暂时消散，那对他而言是相当宝贵的友情。

"最近和易铭还有联系吗？"陆江寒问。

"有，我刚刚收到一笔巨款。"顾扬伸手比了比，"这个数。"

陆江寒笑："这么爽快就透露私房钱数额，值得表扬。"

"我们明天吃什么呀？"过了一会儿，顾扬又问。

陆江寒回答："日料。"

"不能在家吃吗？"顾扬十分遗憾。

"已经和球馆约好了时间，带你去锻炼一下。"

总裁总是很能讲道理的，顾扬只好答应。

周一的时候，杨毅也知道了这件烹饪大事，他笑："哈哈哈……"

陆江寒面无表情地看着他。

"这你真不能怪我。"杨副总好不容易才恢复正常表情，一边擦眼泪一边表示，"你加油，把鱼炸成花篮形状听起来一点儿都不难。我一定死守秘密，绝对不会让顾扬知道你的真实厨艺水准。"

陆江寒敲了敲桌子："最近易铭那边怎么样？"

"我一直盯着呢。"杨毅拉开椅子坐在他对面，"Nightingale 就不用提了，据说他掌管的暮色这一季新品也不错，以前那种沉闷阴暗一扫而光，变得又缤纷又时髦，不知道是终于打通了任督二脉，还是又偷了哪个倒霉小孩儿的设计。"

"不管是不是他自己设计的，将来等顾扬拿回品牌的时候，网友都会主动把这些成功归给别人。"陆江寒说，"所以说，剽窃其实是最得不偿失的，除非从头抄到尾，否则哪怕你只是抄了百分之十，也没人会相信剩下的百分之九十。"

"顾扬打算什么时候拿回 Nightingale？"杨毅问。

"等新店开业之后吧。"陆江寒说，"品牌发展势头正好，到时候就算我们收回来，许凌川应该也不舍得放弃，这在凌云集团内部可是能以一打十的品牌。"

"那到时候可热闹了。"杨毅啧啧道，"毕竟我们现在还拉到了 Z88。"网络煽风点火一把好手，而且比荷花百货的震惊体要高级不少，讲究杀人——不是，吸引人于无形，属于春风化雨、润物无声就能掏空顾客钱包的主儿。

蓝森："啊！"

顾扬说："你给我闭嘴。"

蓝森对挚友提出意见："你怎么整个周末都不理我？"

"周六约了人，周日去打球了。"顾扬塞着耳机，一边打电话，一边敲键盘，"不过我还真有件事要找你，下午有空吗？"

"没空。"蓝森一口拒绝，"你上班时间来找我，肯定是为了工作。"

"怎么能这么说呢！"顾扬态度端正，"就不能是我折服于你的魅力，所以不惜翘班也要来？"

蓝森呜哩哇啦地说："我在开会。"

顾扬怒曰："我都听到你正在看球赛了！"

蓝森迅速把两条长腿从茶几上挪下来，敏捷地关掉电视。

"你听错了。"他说，"听障。"

"那也是因为你而产生的听障！"顾扬显露粗野的恶霸本性，勒令对方下午哪儿都不能去，只能待在创意工厂的办公室里等着自己来纠缠灵魂。

摇滚青年心想：啊，真的好凶。

创意工厂总部距离寰东不算近，等顾扬打车过去的时候，蓝森已经看完了球赛，改成看《哪吒闹海》和《大闹天宫》——很有年代感的老式动画片。

"我这属于工作。"他强调，他并没有游手好闲。

"那你的工作内容还真是让人羡慕。"顾扬把他的电脑挪走，"好了，我们先来谈一谈周边的事。"

蓝森问："你打算为我们的友情设计一款周边？"

顾扬说："是呀。"

蓝森哀怨道："我才不信，说实话。"

"是为了纪念寰东和Z88的首次合作，所以想出一款周边。"顾扬说，"新店开业当天开始贩售，你觉得怎么样？也可以算是纪念我们的友情。"

蓝森的重点明显有些跑偏，他严肃地纠正："这不能代表我们的友情，虽然我能代表Z88，但你明显不能代表寰东，能代表寰东的是陆江寒，而你和陆江寒没关系。"

顾扬被他噎了一下，又不能反驳，于是对挚友采取了残忍的暴力殴打。摇滚青年顶着一头小脏辫儿嗷嗷叫，半死不活地趴在地毯上，被顾扬压着，根本就打不过。

"那还是做家居线吧。"他奄奄一息地说，"我们可以设计一款限定图案，以此来衍生出不同种类的周边。新店开业是在九月，像保温杯什么的都能做一做，价格不贵，使用率也高，相当于无形打广告。"

顾扬很满意："就这么定了。"

"晚上还想去吃羊肉吗？"蓝森继续问，"又有新的菜式，以及从西北运来的辣椒粉。"

顾扬一口答应，并且主动提出要请客。晚上陆江寒正好有饭局，他也乐得跟着挚友去吃羊腿，而且这次还可以待到十二点，去真正融入那片喧闹世俗的艺术狂欢里。

蓝森照旧开着他的大悍马，烤肉店里也照旧人声鼎沸，晚上七八点正是满座的时候。顾扬一边点菜，一边听旁边桌上的男士大声向朋友科普，这家店过了晚上十点就是群魔出动的神经病时间，连天花板上的灯都会变成迷幻的迪厅蓝紫色，如果不想在"盘丝洞"里吃饭，大家就抓紧时间快点儿啃。

"这算不算艺术对现实生活的一种打扰？"蓝森很想讨论一下深刻的社会议题。

然而顾扬不配合，他把菜单还给老板，说："这顶多能证明店里的羊腿确实很好吃，好吃到老饕食客哪怕再不喜欢'妖精洞'，也忍不住频频光顾，在喧嚣中吃完。"

"想个办法，让我这哥们儿开进寰东怎么样？"蓝森又说，"你们那儿餐饮多火啊，据说一个冷面小铺子都能发财。"

"也不是不行。"顾扬想了想，爽快道，"我回去和杨总商量一下。"因为羊肉确实是好吃的，而且目前在本市几家高端的商场里，都没有这种粗犷的西北菜，正好可以当成独家特色。

这一晚店里带着些半癫狂的气氛，好像是有人过生日，有人找到了女朋友，又好像是有人的作品拍出了高价，每个人说的理由都不一样，但快乐是相同的。好事需要用啤酒来庆祝，晶莹剔透的泡沫在灯光下喷溅，引来阵阵尖叫。最后一桌专为食物而来的顾客也匆匆买单离开，灯光变暗，这里就彻底成了文艺青年的天堂。

"怎么样，不错吧？"老板大笑着说，"要真能开进寰东，这家店也不能关，否则大家到哪儿闹腾去？"

陆江寒打来电话，顾扬找了个安静的地方，汇报说要晚一点儿才能回家。

柏七七正蹲在门口抽烟，见到他来了，龇牙一笑以示友好。

"要我来接你吗？"陆江寒问。

"不用，你早点儿休息吧。"顾扬说，"我还挺想在这儿多待一会儿的，很热闹，也很好玩。"

"好吧。"陆江寒笑了笑，"那注意安全，有事随时打给我。"

柏七七嘴里叼着烟，多事地问："女朋友啊？"

顾扬把电话装进裤兜："不是。"

柏七七身边还蹲着一个人，就是那位倒霉的老周，脸上的瘀青都还没消干净，倒是没耽误他抽烟。

"我昨天又看到那辆奔驰了。"老周恨恨地说，"还是停在胡同里一动不动，你说他是不是脑子有毛病，盯着破墙看什么呢？恐怖故事啊！"

"也是搞艺术的吧。"柏七七见怪不怪，"那片到处是喷绘，对方喜欢，所以有空就来看看呗。你可得绕着点儿走，千万别又被揍一顿。"

无论是多么怪诞荒谬的行为，只要套上"搞艺术的"四个字，似乎就都能找到一个万能的解释，也不知道这应该属于社会的偏见还是宽容。但老周倒是挺能接受这个理由，他也不打算再叫一伙人去找那位有钱人的麻烦，顶多也只是在和朋友喝酒吹牛时，多飙几句粗俗的脏话。

顾扬说："什么喷绘？"

"就前面，上回我送你和森哥回去的时候还路过了。"柏七七说，"那里有一片断墙和矮楼，原先被喷了好多'拆'字和标语，现在没人住了，标语也就被盖上了彩绘和涂鸦。我姐夫说了，一大半都是酒和羊腿催生出来的灵感。"

听起来很有趣，顾扬想过去看看。

"行，我带你去。"柏七七在衣服上擦了擦手，打发老周去店里拿手电筒。

顾扬这晚也喝了一点儿白酒，虽然没有醉，但酒精对血管的刺激还是明显存在着，头脑说不上是清醒还是昏沉，眼底的光却很亮。微醺的时候，不同世界之间会彼此打开一道门，这也是许多艺术家都喜欢酗酒的原因。顾扬虽然不至于把自己灌得烂醉，倒也不排斥偶尔接受一点儿小小的酒精，好让思维更加飘浮绮丽。

"小心脚下啊。"老周扶着他的胳膊。柏七七在前面领路，三人一路穿过那条破破烂烂的胡同儿。天上没有月光，路灯也是坏的，唯一的光源就是那惨白的军用手电筒，能照出空气中微小的雨丝和尘埃。

"到了。"柏七七递给他另一个手电筒，"就这一片，都是。"

顾扬随手按开手电筒的开关，就像同时打开了另一个世界。

残破的墙壁上涂满了斑驳的油彩，那些线条和色块先是一路欢快延展，却又在某个断裂处戛然而止。地上散落的砖头还残留着颜料，它们被灰尘包裹着，再被往来的人逐渐踩踏成粉末。

旋转的、凌乱的粉红色和大片深沉的蓝。

一栋双层小楼被人从顶楼浇下一桶颜料，斑斓的液体流过那些沟壑遍布的墙体，浸染出深浅不一的颜色，也让干枯附着的爬山虎有了新的生命。

楼梯上画着大型 3D 女性头像，每走一步都踩在她柔软的舌尖上。

一棵死亡的枯树被分别刷成红色、黄色、蓝色。

完整的墙上画着完整的蝙蝠侠，对面是阿卡姆疯人院和他的小丑。

苹果是紫色的。

女孩儿正在遛她的龙。

这是被市政建设遗忘的角落，也是城市里最大型的狂欢宣泄现场——不是用暴力和拳头，而是用画笔和颜料。每一幅画的背后都是一段曼妙独特的人生，艺术家们把它们慷慨地呈现出来，和每一个愿意驻足于此的人共享。

那是鲜活饱满的心脏。

顾扬很容易被触动，所以他此时此刻不可避免地有些热泪盈眶。但考虑到身边还有柏七七和老周，为了不让对方觉得自己精神有问题，只好又稳定了一下情绪，打算把眼泪憋回去。

"哭吧。"岂料柏七七很上道，他说，"习惯了。我姐夫也这样，烤肉店里的人一大半都这样。"

顾扬顿了顿，说："被你说得没感觉了。"

柏七七感慨："你们艺术家可真难伺候。"

前面已经逐渐有了路灯，顾扬也就关了手电筒，打算看完这里就回烤肉店。柏七七却一把拉住他的衣袖："等等等等，有人打架呢！别去了。"

顾扬顺着他的目光看过去，就见前面果然有七八个人正站在那儿，都是二十出头的小年轻。

"屁。"老周说，"打什么架？斗舞呢。"

柏七七骂道："你才放屁！咱这一块儿什么时候出现过这么高级的文娱项目？大半夜的在废墟里斗舞，僵尸舞啊？"

老周点头："对啊，这可不就是僵尸舞。"

灯光下的年轻人肢体动作僵硬，正在对着一面墙摆动着手脚，可能是因为没有音乐，看起来分外诡异。

足足过了一分钟，柏七七才反应过来到底是怎么回事，脸色"唰"地一白，按着两个人的脑袋就蹲在了隐蔽处。

他说："这是药嗑多了吧？"

老周也震惊道："什么鬼东西，能把人吃成'舞王'？"

"还愣着干什么，报警啊！"顾扬掏出手机，生平第一次按下了"110"。

接警员问明了具体的地点，表示会立刻出警。

顾扬挂了电话，刚准备原路撤回，一抬头又被吓了一大跳，就见不远处的三层小楼上居然站了个人，正在专心拍摄那些兴奋过头的年轻人。

柏七七腿软："这一片都住了些什么神经病啊，这也能拍？"

"我认识他。"顾扬觉得自己看花了眼。

老周一愣："这个人我也认识！"

柏七七一脑袋雾水："怎么你们都认识，谁啊？"

老周笃定地说："那天打我的拳击教练。"

顾扬说："先走吧，不想让他看见我。"

柏七七说："哦。"

这次三人连手电筒都没有打，摸黑出了胡同儿，警察也刚好赶到，大概问了几句情况后，没多久就带走了那群年轻人，顺便还带走了正在三楼摄像的易铭。因为老周很"热情"地告诉了警察同志，那里站了一个人，疑似毒枭，最好枪毙。

柏七七说："人就打了你一顿，你就要枪毙人家。"

"那不是毒贩子吗？毒贩子就该枪毙，你看老鲁家的女儿，都成什么样了。"老周说，"害人的。"

"那真是毒贩子啊？"柏七七问。

顾扬摇头，一时也没厘清头绪，不知道为什么易铭会出现在这里，最后只好敷衍地说："那是我实习时候的同事，后来就没联系了。"

"不管是谁吧，总之站那儿真是太吓人了。"柏七七心有余悸，又说，"森哥今晚好像喝多了。怎么着，我开车送你回去？"

"行。"顾扬看了看时间，已经过了凌晨两点，估计又要接受"教导主任"的教育。

柏七七开着自己的小 POLO，把人一路安全送回了悦博公寓。

陆江寒还没有休息，正在卧室一边看书一边等他。

顾扬洗完澡后，上楼站在门口主动承认错误："我不该这么晚回来，但是有客观原因的，我又见义勇为了。"

陆江寒哭笑不得又头疼："你要当 S 市人民的蜘蛛侠？"

"钢铁侠比较酷。"顾扬往后退了一步，"那我去睡了，晚安。"

"不打算告诉我是什么样的'见义勇为'？"陆江寒问。

顾扬提醒："这是一个很长的故事。"

陆江寒不打算就此放行："明早允许你带薪休假。"

顾扬只好说："我今晚遇到易铭了。"

陆江寒微微皱眉。

小艺术家坦白从宽之后，又强调："但羊腿真的很好吃，今天蓝森还在问能不能让它开进寰东，你觉得呢？正好六楼的那家焖锅店要撤场，空出来的地方也差不多。"

"可以为了你考虑一下。"

"怎么能是为我呢！"顾扬提出抗议，"在和蓝森谈的时候，我真的全心都在想寰东的生意。"

很鞠躬尽瘁，很感动董事会的。

"让杨毅和方栋先去吃吃看吧。"陆江寒说，"行了，继续说易铭，他三更半夜站在楼上拍吸毒青年？"

"我也没想明白，柏七七和老周都觉得他在测新药，但那实在太玄幻了。"顾扬坐起来一点儿，"杨总不是听到内幕消息，说暮色这一季的新品很缤纷和幻彩吗，所以我猜易铭是从那些喷绘里得到了灵感，今晚想继续去看，结果却刚好遇到了那群混混儿。"

"有可能。"陆江寒点头，"明天我先找人去派出所打听打听。"

结果第二天一早，不用陆江寒打听，柏七七已经打来了电话，说昨晚那人不是毒枭，是来拍喷绘的普通群众，而且由于给警方提供了全程录像，还得到了表扬。

"可把老周失望坏了。"柏七七语气很遗憾。

"和我们猜的差不多。"顾扬对陆江寒说，"他就是去拍那些喷绘的。"

"结果被扣在派出所里一整晚，也挺好。"陆江寒整理了一下衬衫领，"不会又是照搬那些涂鸦，用来做新品吧？"

"不好说，有可能是由涂鸦衍生出的新想法，也有可能是照搬，反正他的确能做出这种事。"顾扬说，"我真的可以拥有半天假期吗？"

"最近公司也没什么事，你想在家待一整天都可以。"陆江寒换鞋准备出门，"这点特权还是能给你的。"

回笼觉睡醒也才刚刚十一点，顾扬打电话给陆江寒，问他晚上要不要回家煮——不是，吃饭。

"晚上还有点儿事，你自己吃吧。"陆江寒说，"我可能要九点左右才能回来。"

顾扬把脸深深地埋在被子里，是很清爽的沐浴露香味，混合着柠檬和鼠尾草的气息，他应道："嗯。"

陆江寒挂掉电话，认真思考了一下做饭的事。

总裁打算练练厨艺，究竟是哪间小厨房这么幸运呢？

此时，恰好一名副总裁路过。

杨毅泪如雨下："我能拒绝吗？"

陆江寒说："不能。"

于是下班回到家里，杨毅只好重复八百次："我家厨房是我妈，也就是你伯母刚装修好的，要是烧了，她要和我拼命的。"

"行了行了，你给我闭嘴。"陆江寒抽出一把菜刀，闪着瓦亮的光。

杨毅转身就出了厨房，太危险了，还是出门买创可贴吧，感觉迟早能用到。

方栋精心指导大外甥切番茄，并且不断花式表扬。

也不是很难嘛，总裁心想。

社区小诊所里，年轻的实习医生吃惊地问："杨先生您这是怎么了，为什么突然要买这么多创可贴、碘酒、绷带和止血药？"

"家里来了个新手厨子。"杨毅说，"有备无患。"

就那业务水平，买再多也不嫌多。

等他回家的时候，厨房里果然正蹿起一股一尺高的火。

他被吓了一跳，迅速摸出手机要按"119"。

"你鬼叫什么呢？"陆江寒用铲子在锅里扒拉了两下，让火苗变成了更浓郁的菜香，"行了，吃饭吧。"

杨副总心想：这画面，太惊人了。

总裁天赋惊人，第一次做饭就取得了巨大成功，番茄炒蛋和青椒炒肉颜色鲜亮，口味家常，而且也没有摔碎碗碟，烧掉厨房。

杨毅感慨不已，万万没想到他此生还能吃到一口陆江寒亲手做的饭，这实在太玄幻了。如果明天有人说这座城市里生活着大奥特曼和小奥特曼，他也一定会相信。

方栋实在忍不住好奇，于是试探："陆总怎么突然想起要学做饭？"

"这不快到伯母生日了，"杨毅面不改色，"到时候亲手做一桌菜，可比什么礼物都强。所以你要保密啊，千万别告诉岚姐，否则惊喜就功亏一篑了。"

"我保证什么都不说。"方栋举起右手，信誓旦旦。

等陆江寒回去的时候，刚好晚上九点。顾扬正在十七楼整理画稿，一张又一张，几乎铺满了客厅的地板。

"要我帮忙吗？"陆江寒问。

"不用。"顾扬说，"下午的时候，我给李总监打了个电话，琳秀姐已经出院了，我想周末去看她。"

"我陪着你？"陆江寒坐在他身边。

"嗯。"顾扬点头，"我们一起去。"

他依旧有些介意在邓琳秀刚受伤时李总监的那通电话，所以这次也想让陆江寒帮忙看一下，对方究竟对他的妻子是什么态度。

"我是不是有点儿多事？"过了一会儿，顾扬又问。

"你只是在麻烦自己，并没有把这件事说出去麻烦别人，所以不算多事。"陆江寒帮他把稿子一张一张收好，"而且关心朋友是很正常的事，显得你又热血又可爱。"

"那我希望朋友都好好的，别让我多关心。"顾扬说。

总裁对此表示同意，毕竟小艺术家精力有限。

"你今天在忙什么，怎么现在才回来？"顾扬拆开一包零食。

"和方栋一起吃了顿饭。"陆江寒说，"顺便和他提了提那家烤肉的事，他也很感兴趣。"

"如果真能入驻，那它一定会是寰东最独特的一家店。"顾扬说，"我们可以把旧店的装修搬过来，那里有很多漂亮的画和雕塑，连桌子上的雕刻都很有特点。"他从手机里翻出照片，一张一张展示给他看："是不是很漂亮？幸亏蓝森提了一句，否则我还真想不到这一点。"

陆江寒看着他，说："嗯。"

是很漂亮。

"而且我们还能借着这次烤肉店入驻，来试一下 Z88 到底有多能炒作。"顾扬说，"到时候新店开业的时候也有谱儿。"

"行。"陆江寒点点头，"你决定就好。另外，我还有一个好消息。"

"什么好消息？"

"我打算给你升职。"

顾扬稍微有些惊讶："公司最近要做人事调整？"

陆江寒道："女装招商部的副经理要辞职，不过我不打算把你正式调过去，正好杨毅身边还有个助理的空缺，你先去这个位置，主要还是负责新店筹备，同时再兼顾一下女装那边，怎么样？"

"我没意见。"顾扬疑惑，"可真的是正常调动吗？不是你假公济私？"

陆江寒失笑："这是杨毅提出来的，而且正好林璐想让你过去，和我还真没多大关系。"

确实是好消息，所以顾扬决定泡一壶茶来庆祝。

玻璃壶里，玫瑰花瓣轻轻舒展，层层叠叠溢出香气。

周三下午，人力部向全公司发送正式邮件，公布了顾扬的岗位调动。进公司短短一年多，就从实习生一路升成副总裁助理，这速度不说坐了火箭，也是搭了波音 747——不过倒是没几个人有反对意见，毕竟顾扬的能力有目共睹。而且据说化妆品招商部的张云岚因为没能把人调到自己手下，回家后还怒骂了大外甥一顿。有了这些事情做铺垫，副总裁助理的位置，他坐得似乎也理所当然。

同事起哄要他请客吃饭，顾扬也很爽快，直接让他们选地方，打算下班后就去聚众吃喝。于大伟性格直嗓门儿大，吵吵着说要买啤酒和红酒，听起来就是一醉方休的架势，于是恰好路过办公室门口的陆江寒就很礼貌地问了一句："要请客啊？我和杨总能去吗？"

世界顿时变得很安静。

顾扬忍着笑，很淡定地说："嗯，当然。"

"那下班见。"陆江寒说。

顾扬也说："下班见。"

等总裁走后，办公室里一片哀叫。有总裁在还喝什么酒？明天上班呢，不得怎么乖怎么来？更惨烈些，说不定还要在饭桌上讨论工作！

对此，顾扬装出一副小白兔的模样，表示："嘿呀，我也没办法。"

"你确实没办法，你会有什么办法？"于大伟拍了拍他的肩膀，很同情地说，"也不知道陆总今天心情怎么这么好……算了算了，今晚大家好好吃个饭就散。"

顾扬很配合地说："嗯。"

晚饭地点也是总裁亲自选的，襄东六楼一家日料店，环境又黑又安静。进门就是小桥流水和圆形的黑卵石，相当写意，相当清心，想"嗨"都"嗨"不起来，于是大家就只好非常沉默地吃完了这顿庆功宴。

当然，最后是总裁刷的卡。

杨毅调侃："你付钱的时候倒是积极自觉。"

陆江寒说："以后你家厨房的使用权归我。"

"还真打算练个新东方出来啊？"杨毅暗自龇牙，"你现在也会炒两道菜了，凑合一下，吃一辈子都够了。不如放过我家厨房。"

但总裁并不打算接受这个建议，他还约了方栋要学习炸松鼠鳜鱼。

对此，未来的三姨夫表示：陆总您可真孝顺。

杨毅靠在旁边，一口饮料都喝进了气管。

周末有细细的小雨，天气很凉爽。

陆江寒亲自开车，载着顾扬到了婆娑湖。邓琳秀正在院子里坐着，腿上的绷带已经拆除，看起来恢复得很好。

"陆总也来了。"她笑着说，"快坐，老李去洗水果了。我想吃山里的酸杏，他今天刚刚摘回来的。"

"您的腿没事吧？"顾扬关心。

"没事，医生说不影响演出。"邓琳秀说，"你修改后的稿子我看了，很漂亮，谢谢。"

"您太客气了。"顾扬说，"这是我的工作。"

李总监一手端着一盘李子，一手端着一盘西瓜，笑着走过来，说厨房里还有青苹果，等会儿回去的时候，让顾扬捎一兜。

"你那苹果又酸又涩，除了我谁要吃？"邓琳秀埋怨，"还不如弄些土鸡蛋给他们。"

"行。"李总监把一边的围巾捡起来，帮她盖在肩膀上，"我这就去收拾，应该还能弄出一篮子。"

两人说说笑笑，看起来恩爱又温馨，顾扬反而不好意思起来，觉得自己有些小人之心。就像陆江寒说的，李总监要为一整个剧团负责，的确不能因为爱情太任性。

"晚上在家里吃饭吧。"邓琳秀温和地说，"以后忙起来，也就没有这种机会了。"

"嗯。"顾扬点点头，"那我们就打扰了。"

这是一个很悠闲的周末，有微风和湖水。晚餐虽然清淡，食材却都很新鲜，而且两人在告别的时候，还额外获赠了一竹篮山里的土鸡蛋。

"现在彻底放心了？"回城的路上，陆江寒一边开车一边问，"他们看起来真的很相爱。"

"嗯。"顾扬点点头，又有些羡慕，"那样的生活可真好。"住在诗情画意的田园里，却不用与世隔绝，可以同时拥有跑车和拉货小三轮，可以自己缝宽松的棉布裙，也藏有一整个鞋柜的莫罗·伯拉尼克。

"你以后也可以这样。"陆江寒把车停在红灯路口，"买一座很大的庄园，里面种满花和树，你想让它变成什么样子都可以。"

本来是很温馨的未来，结果顾扬却接了一句："那我还要多一片菜地。"

多一片菜地。

总裁发动车子，实在不理解这种爱好，于是决定转移话题。

而邓琳秀也正在和李总监聊天儿，笑着说："这两个年轻人可真好。"

李总监也跟着笑道："麻烦扬扬跑了这么多次，什么时候闲下来了，我们送他一份礼物。"

第十章

✦ ☾ ● ● ● ☽ ✦

女友乌龙

　　周一中午，蓝森打来电话，谴责了一下挚友整整四个小时没有回微信这件事。

　　"我快忙昏头了。"顾扬站在茶水间里接咖啡，"下午还有两个会要开，暂时没空和你讨论凡·高。"

　　"我是要谈正经工作。"蓝森说，"就那烤肉店的事，你那边能不能帮忙催一催？越快越好。"

　　"怎么突然这么着急了？"顾扬纳闷儿，"前几天不还在说春节前后，焖锅店都没撤场呢。"

　　"城中村昨天出事了，你没看新闻吧？"蓝森道，"社会影响相当恶劣，七八个小青年药嗑多了，三更半夜拿着刀在胡同儿里对砍！你说砍就砍吧，可我朋友多冤啊，什么都没做，就因为店开在那里，硬是在警局里待到现在才出来。"

　　根据媒体报道，警方今早光冰毒就从巷子里拎出来三四斤。毒贩可都是亡命之徒，这样一来，就算老板再舍不得自家破破烂烂的烤肉店，也不得不抓紧时间考虑搬迁的事，毕竟谁也不想和那些倒霉玩意儿当邻居。

　　"市里应该马上就会整改了，估摸那一片的房子全保不住。"蓝森说，"'十一'国庆节怎么样？"

"这都九月了，就算焖锅店明天就搬，那还得装修和审批报手续走流程呢。"顾扬说，"市里那头我催不了，按照我的经验，十二月能开业都算快的。"

"真没办法了？"蓝森琢磨了一下，"不然我用 Z88 和寰东的合作去给你们陆总施点儿压，你觉得怎么样？"

小艺术家怒曰："你敢！"

蓝森委屈地说："啊，你好凶。"

顾扬反思了一下自己对挚友的态度，然后提议："不如先做两个月的快闪店？"

"烤羊腿怎么做快闪？"蓝森龇牙，"那玩意儿得吃个热气腾腾。"

顾扬说："现在人类都能探索火星了，你居然还在担心羊腿的保温问题。"

蓝森承认："我觉得你说得很有道理。"

"我是这么想的，"顾扬站在走廊尽头，"现在寰东二楼做的那个冰激凌快闪店，你见过吧？"

"见过，我还买过呢，带着我小侄女逛街时买的。"蓝森说，"别提了，光排队就排了一个小时。"结果买到手就是一根拆掉包装的普通巧克力雪糕，上面撒点儿糖豆金箔，再弄个地区限定版的葱油酥，身价立刻从八块钱涨到五十八块，咬一口总觉得商家正在三百六十度无死角对顾客的智商进行嘲讽。

"雪糕不重要，半个月后他们就会撤场。"顾扬说，"那块地方虽然不大，但却是二楼人流最旺的地方，如果能打出口碑，对店铺的后续发展很有利的。"

"那到哪儿做菜啊？"蓝森又问，"二楼就是家空店铺，也没后厨，总不能露天支个炭火炉子吧？"估计隔壁的轻奢店也不能答应。

"六楼有啊，就那生意惨淡的焖锅店。"顾扬说，"花点儿钱租个灶就行，又不用跑消防手续，还能保证食物的现场烹饪。"

蓝森感叹："怪不得你们陆总不肯让我挖你走。"

他又说："如果真这样，那烤肉就得做小份了，最好跟冰激凌似的端了就能走，当成零食点心来吃。"

"那你去和朋友商量一下，尽快出个方案吧，我也去向杨总汇报一下。"顾扬说，"具体能不能通过，还要看领导层的意思，我不能干涉的。"

"这我知道。"蓝森说，"放心，实在不行我还能出面。"

顾扬态度很好地问："你出面要做什么？"

蓝森这回很机智，想了想才说："利用 Z88 和寰东的合作，给你们杨总施点儿压。"

顾扬说："嗯。"

蓝森深深地松了一口气，这次终于没有被吼，可喜可贺。

晚些时候，顾扬也把这件事报告给了总裁。

"胡同儿里一群吸毒青年对砍？"陆江寒放下手里的文件，"以后不准再跟着蓝森到处跑。"

"我是在说烤肉快闪店的事，"顾扬提出意见，"你不要只听开头一句。"

"烤肉店的事归方栋。"陆江寒答，"比起它，我更关心你。"

"好吧，以后如果蓝森再想去哪里，我会事先查一查。"顾扬问，"那烤肉店呢，你觉得怎么样？"

"我觉得可以。"陆江寒点头。

"确定？"顾扬疑惑，"你回答得会不会太快了一点儿。"

"你怎么总觉得我会假公济私？"陆江寒被逗乐，"我早就说了，唯一能给你的特权就是偶尔睡个懒觉。"

顾扬放了心："那我去继续工作了。"

五分钟后，杨毅推门进来发牢骚，说许凌川要在十一月联手钟岳山，在新亚 99 的环球店里举办一场凌云集团的秋冬专场秀，而且还给了他们的会员独家活动力度。

"正是冬装销售旺季，结果竞争对手的优惠幅度比我们大了将近一倍。"杨毅说，"目前还不知道钟岳山是怎么和他谈的，但同样一件五千块的大衣，在新亚买比在寰东能便宜五百块，你说硌不硌硬？"

"你管他们是怎么谈的！"陆江寒说，"Nightingale 不准参加。"

杨毅一拍沙发："巧了，我也是这么想的。"但这不是和顾扬有关嘛，所以还得你出面。

陆江寒继续说："我会教顾扬，该怎么去和易铭谈。"

"舍得啊？"杨毅唯恐天下不乱，"这可是在给他积攒仇恨值。"

陆江寒说："那算了。"

杨毅潸然泪下："别，我错了。"

"他已经成年了，不需要生活在真空无害的环境里。"陆江寒笑了笑，"对方是易铭，仇恨值早就已经爆棚了，现在也无所谓再多一点儿。"

更何况 Nightingale 迟早要拿回来。

凌云时尚的大楼里，易铭正在忙着整理服装架。他已经很久没有过这种感觉了，像是重新回到了刚毕业的时候，头脑里塞满着层出不穷的新念头，每一条血管和神经都是紧绷又兴奋的。

电脑屏幕上是市里即将整改城中村的新闻，那些彩绘墙旁已经出现了挖掘机，但他倒不觉得遗憾。每个地方能带给设计师的新鲜感都是有限的，他更愿意把那片荒芜又奇特的废墟当作另一个起点，一起推倒过去，再一起迎接未来。

"总监。"实习小姑娘敲了敲门，"马上就要开会了，但是申玮助理好像还没有来。"然后她又小心翼翼地提醒："最近申助理经常迟到早退，缺勤位列公司第一。"

易铭暗自骂了一句，把电话打给了申玮。在很长一段时间的空响之后电话才被接通。

"老板。"他的声音里有明显的困倦。

易铭看了眼墙上的挂钟，下午三点。

"我这……实在不舒服。"申玮坐起来，胡乱用手搓了一把脸，"最近家里出了点儿事，就我一个儿子，两头跑实在熬不住了。"

"出什么事了？"易铭皱眉。

"我爸……我爸得了癌症。"申玮吞吞吐吐地说，"刚确诊，我一直没敢说。"

听到对方家里出了这种事，易铭也不好多说什么，只提醒了一句"要是分身乏术，就先来公司请个长假"。

"别啊，我这正缺钱呢。"申玮说，"我保证以后一定准时上班。"

"行，那你今天就别来了，去医院陪陪家人吧。"易铭打算挂电话。

"老板，那个，你能借点儿钱给我吗？"申玮叫住他，"我这实在周转不开了。"

"我让 Aron 等会儿转给你。"易铭答应了一声，也没太把这件事放在心上，目前对他而言，最重要的就是暮色的新品发布，和秀场的主题一样，都是"新生"。

会议开到一半，顾扬突然打来电话，约他晚上见面。

"今晚？"易铭疑惑。

"对，今晚，还是在你的那家酒吧，八点见。"顾扬说。

"是为了凌云和新亚的合作吗？"易铭问。

然而对方已经挂了电话，只有一片忙音声。

"知道该怎么谈吗？"陆江寒递给他一杯水。

"知道。"顾扬把手机揣回兜里，"放心吧，不会搞砸的。"

他很有底气，因为那是他自己的品牌。

酒吧里依旧喧闹一片，到处都是刺耳的尖叫和音乐。顾扬坐在角落的沙发上，觉得如果再多和易铭见几次，自己八成要听障，这得算工伤。

易铭坐在他对面："路上有点儿堵，迟到了几分钟。"

"没关系。"顾扬没有绕弯子，"新亚和凌云的秀是怎么回事？"

"我就知道你要问这个。"易铭说，"这还真不是许总让利，是新亚99 在让利。这次的大秀从场地到毛利，凌云都没吃亏。"

这的确是钟岳山的做事风格，这段话的真实度也基本不用怀疑。顾扬点头："我猜也是这样。"

"许总下周应该会亲自和你们杨总解释。"易铭说，"但这事和你我也没关系吧？"

"怎么没关系？"顾扬说，"其他品牌我管不着，但我不允许 Nightingale 出现在新亚的秀场上，也不允许 Nightingale 参加新亚的任何促销活动，哪怕是会员多倍积分。"

易铭脸色有些难看。

"按你在凌云时尚的地位，应该有资格去和许凌川谈。"顾扬说，"一周时间够吗？"

"这对你有什么好处？"易铭提醒他，"别忘了 Nightingale 的每一分利润，你都会有分成。"

"可我现在不想要分成了。"顾扬很坦白，"只想讨好陆总。"

"是他教你的？"易铭又问。

"谁教我的不重要。"顾扬放下手里的水杯，好脾气地建议，"听说暮色这一季的新品很不错，你完全可以把它当成重头戏，放过Nightingale。"

顾扬并不打算在这里耗费太多时间，也没打算逐一列举理由来说服对方，对他而言，这甚至压根儿就不是一场谈判，只有提出诉求、对方接受两个步骤。

当初陆江寒在开导他的时候，曾经说过"品牌始终是你的，只是暂时雇了一个免费经理人"这句话，当时他并没有太多概念，但随着后续和易铭之间的碰面越来越多，他才逐渐反应过来，这是一件多舒爽的事情——甚至都不用像其他负责人那样，去发愁某些事要用什么样的途径去实现，只需要把要求告诉这位"免费经理人"，就能坐等揽收成果。

而这次也一样。

易铭虽然面色不善，最终却也答应"可以试一试"，只是提醒顾扬仅此一次，不要太得寸进尺。

陆江寒的车依旧停在老地方，不到半个小时，顾扬就端着两杯巧克力奶昔坐了进来。

"怎么样？"他问。

"和我们想的一样，所以要提前庆祝一下。"顾扬递过来一杯，"虽然脂肪爆棚，但真的很好喝。"

"易铭的态度呢？"陆江寒又问。

"提醒我下不为例，不要太嚣张。"顾扬用吸管搅了搅沙冰，"但我就是这么嚣张。"

陆江寒笑着摇摇头，提醒："你得学会适当地让步，再给他一点儿好处。"

"嗯？"顾扬不解地看着他，"为什么？"

"因为让 Nightingale 退出新亚这次的促销，其实是一件很没有道理的事情。"陆江寒说，"你和易铭都知道理由，所以你可以直接对他提出要求，但问题是许凌川和钟岳山不知道，易铭和他们去谈的时候，要耗费大量的精力和耐心。"

"所以我要安抚一下他吗？"顾扬问。

陆江寒点头："你还想继续用他，所以别彻底激怒他，懂不懂？"

"懂。"顾扬很爽快地说，"打一巴掌给颗甜枣。"

"就是这个道理。"陆江寒问，"那你打算什么时候给他这颗甜枣？"

"过两天。"顾扬悟性很高，"等他焦头烂额的时候再出现，这样才能显得我雪中送炭。"

陆江寒表示赞同，自己插上吸管打算喝奶昔。顾扬坐在旁边，瞥见杯子里的奶昔正以肉眼可辨的速度，猛烈地下去了一大截。

陆江寒是真的很渴。

但小艺术家却想起了另一件事，于是他强行没收了另一杯奶昔："好了，你尝一下味道就可以了，开车。"

陆江寒："……"

总裁诚心请教了一下自己无端丧失饮料权的理由。

考虑到这种情况以后或许还要发生很多次，总不能每次都找个借口，所以顾扬理直气壮地说："你不要胖。"至少在我做好衣服之前，你不要胖，不然大家会很尴尬。

陆江寒暂时没有领悟到自己的豪华待遇，反而被逗得一乐："胖了会怎么样，嫌弃我？"

"看情况吧。"顾扬敷衍一句，"明天女装部要开会，我还没看完文件。"

陆江寒叹气："怎么听起来比我还忙？"

"因为你是可恶的资本家。"顾扬淡定地回答，"专门负责榨干我们劳动人民的血液。"

由于凶杀案的关系，市里加快了对城中村的整顿。虽然烤肉店还没有被勒令搬迁，但周围都已经被拆得七七八八，今天停水明天停电，也没什么再开下去的心情和必要性。

不过幸好杨毅和方栋都对快闪店的构想没有太大异议，只要空气里没有太浓烈的羊肉气味，菜品质量能得到保证，那先试水两个月倒也没损失。

"店铺外观图纸还要再等等。"蓝森说,"虽说只是个临时店铺,但也是我们开进寰东的第一步,务必要精彩。"

"你也得抓紧时间,不然赶不上国庆档了。"顾扬把菜单还给服务员,"具体有想法吗?"

"有,这可不是一般的烤肉店,得艺术。"蓝森说。

顾扬点点头:"可以。"让不属于艺术的东西艺术化和让不属于时尚的东西时尚化,其实是一个概念,都是为了扩大品牌覆盖面。

"最晚下周给我图纸,先把合同签了吗?"顾扬继续说,"这样市场部在做国庆促销的时候,就能把你的烤肉店也加进去,可以免费蹭寰东的会员手册和宣传单。"

"能能能,这便宜哪能不占!"蓝森一口包揽,"你就等着吧,到时候店铺肯定抓人眼球,东西也保证好吃,绝对比现在那冰激凌强。"

"你别说,人家冰激凌的业绩还真不差。"顾扬用筷子卷了卷面,"有明星代言加成的。"

"我知道,白青青嘛。"蓝森感慨,"虽然演技拙劣,但长得可是真漂亮——哗!"

"可以了,好好吃你的饭。"顾扬收回脚。

蓝森觉得自己很冤:"我夸女明星漂亮也不行?"

"不行。"顾扬心平气和地看他,"有意见吗?"

"没有。"蓝森委屈巴巴。

啊。

不平等的友情和受伤的心。

但受伤归受伤,也没耽误蓝森的工作效率,他暂时放下 Z88 的工作,一头扎进自己的工作室里,和朋友们不眠不休地设计出了烤肉店的外观图。那是很酷的一家店,墙壁和店招都是喷绘,就像城中村的那片断墙一样,来自不同的人,拥有不同的风格,却又奇妙地碰撞和相融。不管顾客能不能看懂其中深藏的含义,但他们在路过店铺门口的时候,一定都会忍不住驻足。

"要用这么魔幻的风格?"陆江寒被效果图晃晕了一下。

"杨总说还不错,但对方的菜还没确定。要把烤羊腿做成即食的外带食品，不能冷掉，不能味道太冲，还挺难的。"顾扬诚心问，"你那么会做饭，有没有什么建议？"

陆江寒把文件还给他："这种事情，方栋比我更懂。"

"方经理已经在和对方沟通了，最晚这周也得出结果，不然来不及了。"顾扬说，"那我去继续工作了，杨总还在外面等您。"

陆江寒笑了笑："去吧。"

"这么高兴，不然你多笑会儿？"杨副总提议。

陆江寒问："哪家又疯了？"

"哪家都没疯，你可能要疯。"杨毅拉过椅子坐在他对面，"我可是冒着生命危险来通风报信的。据可靠线报，你妈，我伯母，她订了明天美国直飞 S 市的机票。"

陆江寒：怎么吭也不吭一声就跑回来？！

至于亲妈为什么会突然回来，陆江寒不用想都清楚，无非又是女朋友，母子之间，这点儿默契还是有的。

"不如你先搬回月蓝国际？"杨毅提议，"按照伯母的敏感程度，看到你现在公寓里那一堆花花草草、油盐酱醋，一定又会脑补出一万个故事。"

陆江寒点点头："好。"

晚些时候，顾扬也知道了这件事，当下就表示：你什么时候搬家？现在吗？要不要我给你收拾箱子？我们下个月再见。

陆江寒哭笑不得："这是什么反应？"

晚上十点，顾扬帮陆江寒收拾出两个行李箱，体积之巨大，看起来很像是要把人彻底打包送走。并且在第二天清早，顾扬还亲自陪他一起回了月蓝国际。阿姨已经提前打扫过卫生，在冰箱里补充了食物和水，甚至还往餐桌上放了一大束鲜花。

顾扬帮他把衣服一件件挂好："还要做什么吗？"

"不用了。"陆江寒看了眼手机，"时间还早，要不要一起吃个饭？"

"我也要回爸妈那儿。"顾扬随手抽出一瓶酒，"怎么这么多，你有收藏癖？"

"全部是要自己喝的。"陆江寒说，"我之前有失眠的毛病。"

"那现在呢？"顾扬把酒放回去。

"好多了，毕竟你帮我解决了很多事。"陆江寒指了指自己的脸，"看，容光焕发。"

在回家的地铁上，蓝森打来电话，兴高采烈地问他："怎么样，你满不满意？"

顾扬点开微信，是烤肉店的背景墙。

画面又炫目又充满张力，年轻、饱满、鲜活。

确实是一家很酷的店。

下午五点，飞机准时降落在国际机场。

在密集的人流里，一位拎着凯莉包的贵妇显得尤为惹人注目，怎么说呢，又美艳又富贵，一看就是大户人家的严厉婆婆——如果放在旧社会，肯定是热衷于用枣刺抽打儿媳的那种。

为了不打草惊儿子，她并没有通知家里的司机，而是打了辆出租车直奔月蓝国际。

陆江寒坐在客厅沙发上，双腿悠闲地搭上茶几，盯着墙上的挂钟，倒计时。

半个小时，十分钟，一分钟。

门铃准时"叮咚"响起。

总裁的演技很到位，他惊讶地表示："妈，你怎么回来了？"

"想你了，回来看看。"陆妈妈丢下箱子，目光敏锐地四下一扫。

"来来，视线收一收。"陆江寒掰正她的脑袋，"想多了，没别人。"

"真没谈恋爱？"陆妈妈提出疑问，"可我怎么觉得你最近有情况？"

"你从哪儿觉察出来的？"陆江寒把人按到沙发上，诚恳道，"说出来，我下次一定改。"

"和你爸一样油嘴滑舌。"陆妈妈一巴掌拍掉他的手，"我得检查一下。"

"行。"陆江寒很爽快，"随便看。"

厨房里没什么异常，陆妈妈又进了卧室，拉开衣柜只扫了一眼，出来就笃定地说：“不是你整理的。”

陆江寒态度良好：“是阿姨。”

“整齐的整齐，乱的乱，颜色也不分一分，阿姨要是这业余水准，家政公司早就倒闭了。”陆妈妈说，“但又肯定不是你自己，所以老实交代。”

陆江寒无话可讲，举手投降。

他说：“真没年轻小姑娘。”

陆妈妈的思路和杨毅如出一辙，她吃惊道：“难道你找了个已婚少妇？”

陆江寒心情复杂：“妈，你想什么呢！”

“不是就好，吓死我了！”陆妈妈坐在沙发上，“那这究竟是谁给你收拾的？”

陆江寒拿靠垫盖住自己的头。

鉴于亲生儿子极度不配合，她在晚上又把电话打给了妹妹。

“江寒可能还真没谈恋爱，他为了新店挺忙的，在公司从早待到晚，还天天按时打卡。”张云岚说，“一加班就加到晚上十点，这哪儿是谈恋爱的表现？”

“一个人加班？”陆妈妈靠在床上。

“谁敢让总裁一个人加班？”张云岚放下报表，“江寒不走，一群人不管有事没事都得跟着熬夜，最近还是我劝了几句，才稍微好一点儿。”

“总跟着他加班的人，待遇也不错吧？”陆妈妈相当有谈话技巧。

而妹妹果然没听出来姐姐话里的意思，没多久就主动供出了顾扬的名字。

去年新来的小孩儿，人很乖，聪明刻苦，江寒对他很照顾，前段时间刚刚升成副总裁助理。

在寰东的公司网页上，有顾扬的工作照，那是他刚进公司时留的资料，黑色短发柔软清爽，鼻梁很挺，笑起来自带阳光特效，青春蓬勃又干净。

陆妈妈皱眉，这看着跟个小明星似的，看着娇生惯养，能不能行啊？明天得去看看。

夜深人静，陆江寒敲了敲门："我来关怀一下你的心情。"

陆妈妈回答："还可以。"

"那明天有什么安排吗？"陆江寒坐在床边，"我陪你去逛逛街，还是想去山里？"

"你忙你的，不用管我。"陆妈妈说，"我去找你三姨喝个茶，要是她忙，我一个人逛会儿就回家。"

"确定？"陆江寒笑着提醒，"那回去可不准向我爸告状，说我不管你。"

"行行，快去睡吧。"陆妈妈把手机放在床头柜上，"坐了十几个小时的飞机，我也累了。"

陆江寒问："那你想不想听我三姨的八卦？"

陆妈妈批评："这种事情，你难道不应该第一时间打电话汇报给我？"

"下次改进。"陆江寒说，"她好像真的对方栋有意思。"

陆妈妈很嫌弃："就那胖子？"

"人家方经理那叫富态，哪儿胖了？"陆江寒说，"脾气好，而且是国宴级大厨，要是真成了，三姨将来多有口福！"

"行吧，岚岚喜欢就好。"陆妈妈想了想，又趁机补了一句，"你看你三姨，都知道找个会做饭的。"

陆江寒帮她关上灯，拒绝再进行这个话题。

周末的阳光很好。

观澜山庄里，顾妈妈一边煮麦片粥一边抱怨："怎么天天要加班？"

"这不算加班，算临时有事。"顾扬站在旁边搅鸡蛋，"化妆品柜有活动，小孙家里有事，所以让我过去帮忙拍几张照片。"

而张云岚找他的理由很正当，因为顾扬上次拍的那张总裁照片战胜了野犀牛和洗澡的印度人，刚刚在集团摄影赛上喜提一等奖。

"中午别在外面吃了，自己叫个汤，这些在公司微波炉里热一热。"顾妈妈把餐盒装进他的背包里，里面有糖醋排骨和荷兰豆，即使隔着透明餐盖，也能看得出很好吃。

这次参与促销的化妆品是欧美二线，彩妆价廉物美，很受年轻女孩儿喜欢。品牌方为了推唇膏新品，还特意请了一个小乐队来助阵，现场气氛很热闹。

顾扬一口气拍了十几张照片，觉得差不多够交差了，就放下相机，去和市场部的同事一起维持现场秩序。周末客流本来就大，再加上驻场乐队越唱越兴奋，从二楼到四楼的围栏边都站了不少人。

"大家稍微退一下，栏杆不可以倚靠的。"顾扬把警戒线往后移了移，又把一位明显耳背的老大爷扶到椅子上坐好，转身就见有人正在盯着自己看。

那是一名中年女性，穿了一条紫红色连衣裙，拎着路易·威登最朴素的购物袋，首饰看起来也不昂贵，但气质却很好，和邓琳秀一样，都属于有岁月沉淀的美。

"您好。"顾扬问，"有什么能帮您的吗？"

"没有。"陆妈妈笑容和蔼，"我在等朋友。"

"那您稍微往后站一下，或者可以到一楼欣赏乐队演出，栏杆不能倚靠的。"顾扬很有礼貌。

陆妈妈心想：我欣赏哪门子乐队？我一直在欣赏你。

因为是周末加班，所以顾扬并没有换工作服，他穿了一件嫩绿的T恤，显得整个人又白净又清新，站在黑压压的人群里像一棵小树——还是很勤快的"小树"，从东跑到西的那种。

一群小朋友在现场嗷嗷大叫，家长表示管不住，谁行谁来。顾扬也不知道从哪家店铺里要来一些亮闪闪的气球，带着捣蛋鬼们高高兴兴地坐上电梯，直接送到了五楼童装玩具区。那儿到处都是奥特曼和芭比，新款蜘蛛侠有六分之一眼睛会发光，很值得让小朋友攥在手里不松开——嚷嚷也不能白嚷嚷，消费完再走。

等忙完这闹哄哄的一摊，刚好是午饭时间。

办公区安安静静的，整层除了保安就只有顾扬一个人，不过他倒是挺喜欢这种环境，一边冲紫菜蛋花速食汤，一边在微波炉里热午饭，还能顺便在电脑上追追美剧。

陆妈妈敲了敲办公室门："能进来坐会儿吗？"

顾扬放下筷子，有些意外为什么保安会让顾客进办公区。

"你们张经理，张云岚约了我在这儿见面。"陆妈妈及时解释，"不过她好像还没有来。"

"这样啊，那您随便坐。"顾扬帮她拿了瓶水，"岚姐最近挺忙的，我刚刚还和她通过电话，可能要晚一会儿才能到。"

"行，那我就在这儿等，你快去吃饭吧。"陆妈妈扫了眼桌上，称赞道，"手艺看着可真不错。"

"家里自己做的。"顾扬笑着说，又帮她拿来几本时装杂志。

几分钟后，电梯门"叮咚"一声打开，正在打盹儿的保安打了个激灵，赶紧站起来打招呼："张经理下午好，您怎么周末还要加班？"

张云岚踩着八厘米高的尖头高跟鞋，胳膊上搭着西装外套，也很想问亲爱的姐姐，为什么周末还要来公司看顾扬，小孩儿又乖又听话，到底哪里招惹她了。

于是顾扬排骨还没啃完，办公室的门就又被推开。

"你迟到了半个小时。"姐姐提醒。

"我这儿堵车呢。"张云岚把西装丢在沙发上，随口问顾扬，"哟，这自己做的饭？手艺真不错。"要不怎么说是亲姐妹呢，讲的话都一模一样。

顾扬谦虚地表示都是家常菜，比起陆总的手艺差远了。

姐姐和妹妹这一瞬间都觉得自己是不是聋了。

陆总哪里来的手艺，他只有手。

张云岚疑惑地问："谁跟你说的陆总会做饭？"

顾扬："……"

自己是不是说错了话？这难道是个不轻易示人的秘密？

"有问题吗？"陆妈妈态度友好。

"没问题。"张云岚很了解姐姐的每一个眼神，虽然还没搞清楚到底是怎么回事，但已经敏锐地给出了正确回答，"我就是有点儿意外，毕竟知道这事的人也没几个。"

顾扬恍然大悟，原来还真的是秘密。

他立刻表示："我也是听别人说的。"

"行了，走吧。"陆妈妈站起来，"去你那边看看。"

张云岚跟在后面，一路帮她开门关门，拎包拎外套。

这种豪华贴身服务，上次某奢侈品公司的副总裁来店也没享受到。

顾扬脑袋"嗡"的一声，把饭盒推到一边，飞速在搜索框里敲下了"张云锦"的大名。他之前其实也查过新闻图，但由于董事长夫人在出席活动时，每一次都是浓妆艳抹、珠光宝气的，手指上的大钻石堪比鸽子蛋，再加上年代像素和脸盲的关系，别说刚才，就连现在，他也只能全凭感觉来触摸事实真相。

新来的小保安表示自己也不认识，只知道那是张经理的朋友。

顾扬问："监控室现在有人吗？"

小保安答："有的。"

董事长夫人生平第一次享受到了卖场抓贼的待遇，顾扬在监控里截了张图发给总裁，问：这人是不是你妈？

黑色跑车一路呼啸着穿过市区，等陆江寒赶到寰东的时候，陆妈妈已经带着妹妹，不知道去了哪里喝下午茶。

顾扬欲哭无泪："你怎么不提前告诉我一声？"

"我真不知道。"陆江寒关上办公室门。

顾扬有气无力地说："我还一直在啃排骨。"

"没关系的。"陆江寒哭笑不得，"啃排骨怎么了，谁还能管你吃饭？"

"可伯母怎么会找到我？"顾扬问，"你到底和她说什么了？"

针对这一点，陆江寒也很莫名其妙，昨天只是问了一句是谁收拾的衣柜，这也能找到人？

"会不会伯母只是来公司找岚姐，然后碰到了我？"顾扬极度不想接受现实。

陆江寒问："谁让你来公司加班的？"

顾扬：算了，不想说话。

"我晚上会和她谈一谈。"陆江寒拍了拍他的背，"走吧，先送你回家。"

顾扬答应了一声，觉得自己可能会对糖醋排骨产生心理阴影。

姐妹之间的下午茶喝得很尽职尽责，直到晚上九点，陆妈妈才回到月蓝国际。

陆江寒正在客厅里看书，开门见山地问："你今天去公司了？"

"谁告诉你的？"陆妈妈问。

陆江寒和她对视。

千年的大狐狸生出来的小狐狸，大家都是"聊斋"，谁也装不了天真无邪的纯良百姓。

"不是，"陆江寒到现在也没想通，"不就收拾个衣柜吗，你到底是怎么找到他的？"

"我可没怎么费心。"陆妈妈坐在沙发上，"自己露出来的尾巴太多。"

陆江寒诚心表示："你厉害。"

陆妈妈说："那还是你更厉害一点儿，竟然骗人家你会做饭。"

陆江寒惊道："你给我拆穿了？"

"没有，"陆妈妈很淡定，"我给你圆回去了。我听说他还会画画？"

陆江寒一指："目前你喝水的这杯子，就是他自己去景德镇捏的。"

陆妈妈说："都是什么乱七八糟的特长！"

"这不叫乱七八糟，"陆江寒把杯子从她手里拿走，"叫多才多艺。"

"行吧。"陆妈妈招招手，"给我，再仔细看两眼。"

那是一个很可爱的白瓷茶杯，把手是一坨圆圆的球，像小白兔的尾巴。

陆妈妈打算把它带去美国。

清晨，阳光很好，早餐很丰盛。

陆妈妈吃得慢条斯理："那和我聊聊那个小朋友。"

陆江寒放下咖啡杯："你要是实在想听，我还真有件事能说。关于他当初为什么要来寰东，和凌云时尚有关。"

蓝森在会议室里一杯接一杯地喝着咖啡，他昨晚熬了个通宵，今天又一大早来寰东开会，目前正困得昏天黑地，全靠着对艺术的爱来支撑眼皮。当然，还有一点点肮脏的金钱的力量。

"这就是新出的菜？"顾扬用牙签扎起一块试了试，"有点儿辣，不过芝麻味道很香。"

"冷吃牛肉和椒麻鸡，都是凉了也好吃的。"蓝森说，"要不然那地儿又不能喝酒吹牛，光吃烤羊腿多无聊。你别看这两个菜简单，但酱汁都是独门秘制，当然了，正式开张时肯定得换个名字。"

菜的确不错，店铺的效果图也够抓人眼球，但仅仅这些也不够，顾扬问："营销方案什么时候给我？"

"周五之前吧，你得多给我点儿时间，慢工才能出细活。"蓝森强调。

"烤肉店本来就是中途插队，再慢工一点儿，就要赶不上国庆宣传了，我这是为你好。"顾扬收好文件夹，"市场部每天催我三次，我都一直给你占着宣传位。"

蓝森很感动，甚至想和他进行一次友谊的拥抱，结果惨遭拒绝。

"杨总可能要半个小时后才能开完会。"顾扬问，"你要不要先去咖啡厅坐坐？"

"我去哪儿都行，不过你今天怎么神思恍惚的？"蓝森疑惑地凑近他，"有心事？"

顾扬顿了顿："我看起来很没精神？"

"也不是。"蓝森斟酌了一下用词，"准确地说，不是没精神，也没耽误工作，但就是灵魂缺失了一部分，你懂吧？或许正在夜空中游荡，又或许正附着在某件我所不知道的事情上。"

这种解释，普通群众听了可能会想打爆摇滚青年文艺的头，但顾扬毕竟和别人存在质的区别，共鸣起来毫无压力，于是顾扬点头："嗯。"

"什么事？"蓝森又问。

顾扬揉了揉太阳穴："这是一个很长的故事，但我暂时不想说。"

蓝森压低声音："不想说？和感情有关？你谈恋爱了？是谁？我认识吗？胸大不大？"

顾扬捏住他的嘴，把人无情地赶出会议室。

摇滚青年站在走廊窗前，对着阳光感慨，啊，冷酷。

直到临近中午，陆江寒才到公司。

"你们一整个早上都在谈我吗？"顾扬问。

"也不算。"陆江寒说，"还讨论了一会儿易铭。"

顾扬有些惊讶。

"我把整件事情都告诉她了。"陆江寒问，"不介意吧？"

"当然不介意。"顾扬好奇，"伯母怎么说？"

"她说我们的处理方式没有错。"陆江寒笑笑，"看完 Nightingale 的新品后，还夸了你。"

顾扬继续问："怎么夸的？"

"夸你的思想又浪漫又干净，就好像一束森林里的月光。"陆江寒说，"她可从来没这么夸过我，所以完全不用对糖醋排骨产生阴影，毕竟那是你最爱的一道菜。"

顾扬跟了一句："那你以后做给我吃。"

总裁回答："当然没问题。"

做糖醋排骨总不会比炸一条花篮形状的鱼还要难。他觉得自己行。

十二点半到两点是午休时间，刚好可以趁机偷一会儿懒。

顾扬抱着靠垫，坐在沙发上专心致志地打游戏。

陆江寒坐在他旁边，很仔细地看。

大招接二连三，小艺术家打游戏的方式又"氪金"又野蛮，就很爽，不过还没爽多久，手机就开始"嗡嗡"振动，来电显示"易铭"。

顾扬看了眼陆江寒。

"八成是和许凌川谈过了，来向你汇报成果。"陆江寒说，"先听听看。"

顾扬点点头，滑了一下绿色的接通键。

易铭的语气一如既往阴沉，问他晚上有没有空。

"有。"顾扬说，"晚上八点，老地方。"

对方很快就挂断了电话，顾扬继续问："你觉得许凌川能答应吗？"

"现在易铭在凌云时尚很吃香，他提出来的要求，许凌川就算再不想答应，也一定会考虑。"陆江寒说，"但就像我之前教你的，别一味挑战对方的底线，要适当地给他一点儿甜头。"

"嗯。"顾扬点点头，"我知道该怎么谈。"

凌云时尚的集团大楼里，申玮敲敲门："总监。"

"进来。"易铭从窗边转身，"有事？"

申玮反手关上门，试探道："我刚刚路过副总办公室，许总好像心情不是很好。"

"是为了 Nightingale 的事。"易铭没隐瞒，"顾扬可能是想讨好陆江寒，所以来和我谈条件，说哪怕凌云要和新亚 99 合作，Nightingale 也不能参加任何促销活动。"

"不是，他脑子有病吧？"申玮拖过一把椅子坐下，"之前说好了只要钱，现在居然还开始管事了，真要一直惯着？"

"不然呢？"易铭看着他，"不然你去给他讲讲孔融让梨的故事，让他自愿放弃酬劳，从此每季度按时送来新的设计图？"

"不是，总监我不是这个意思。"申玮放缓语调，"我是想说，这小子最近也太嚣张了，许总就算答应了一次，也不可能答应十次八次，同样的事再多来几回，我们以后还怎么在凌云混？"

"等将来的十次八次出现了，再说十次八次的事。"易铭说，"我今晚约了他，先谈一谈吧。"

对方明显情绪不佳，申玮也就没有再发牢骚，只说："那我先去工作了。"

"家人的身体怎么样了？"易铭叫住他。

"就那样，透析加化疗。"申玮愁眉苦脸，"熬呗，有句话怎么说来着，和死神赛跑。昨天我妈还在抱怨，华医的治疗费用太高，实在不行就只能转回老家医院，在那儿继续接受治疗。"

"要是实在经济困难，就和我说一声。"易铭拍了拍他的肩膀，"公司也能想办法筹一部分。"

申玮点点头，往外走的时候可能是因为睡眠不足，到门口还趔趄了一下，险些摔倒。

易铭一路看着他的背影消失，心里却逐渐泛上烦躁的情绪。不是因为对方的迟到早退，更不是因为对方父亲的病，说得冷血一点儿，那和他也没关系。

烦躁是没有来由的。或许之前已经悄无声息在骨骼里积攒了很久，直到最近才撑破临界点。在某些时候，他甚至会后悔强占了 Nightingale，虽然那给他带来了如潮的称赞，虽然目前顾扬还算配合，但就像申玮说的，将来事情会演变成什么样，没人知道。尤其是当他发现自己其实有能力打破僵局，重回巅峰的时候。

之前的路未必就是死胡同，他却没有耐心等到尽头。

晚上八点，顾扬准时出现在了酒吧，易铭比他到得要稍微早一些，面前已经摆了两三个空啤酒瓶。

"这么有兴致？"顾扬坐在他对面。

"我和许总谈过了。"易铭说，"他很生气，甚至可以说是勃然大怒。"

顾扬嗑开瓜子："在你刚拿走 Nightingale 的时候，我也很生气。"

易铭又给自己倒了一杯酒，不知道已经是第几次重复："Nightingale 和你没关系。"

"那许凌川同意了吗？"顾扬没有过多纠结上个话题，"我还等着去向陆总汇报。"

"暂时没有。"易铭问，"如果许总一直不答应呢，你想怎么办？"

"如果你坚持，许凌川绝对不会不答应。"顾扬很笃定，"你是他最大的摇钱树，不是吗？"

易铭放下空酒杯，阴郁地道："可这不代表他会一次又一次地忍耐。"

"这只是第一次。"顾扬提醒他，"而且也不是我无理取闹，寰东和新亚之间的关系你是知道的，我们陆总把凌云当成很重要的合作伙伴，当然不希望它被钟岳山拉走，所以我必须为此付出努力。"

舞池中传来阵阵尖叫，故意打扮成熟的少女们正在那里肆意喷溅香槟泡沫，每一张笑脸看起来都是那么真实，真实到让戴惯了虚伪面具的成年人由衷地生出羡慕，羡慕她们可以随时随地自由地哭和笑。

顾扬松口："如果你真的很为难，那么为了表现出长期合作的诚意，我也可以退一步。"

"退多少？"易铭把视线从舞池里收回来。

"Nightingale 可以全场九折，并且参与新亚的会员双倍积分。"顾扬说，"这样许凌川对钟岳山也好交代，怎么样？"

"那寰东同期呢？"易铭问。

"秋装新款九折，夏装参与寰东整体促销，满 300 送 100 礼金券，至于会员多倍积分，两家店计算系数不一样，也没什么好比的。"顾扬说，"整个凌云集团的大头都被新亚拿走了，寰东在 Nightingale 上占点儿便宜，应该也不算过分。"

这个条件已经比之前柔和了许多，易铭没有再提出异议。

"如果 Nightingale 的促销力度减低，那许凌川和钟岳山应该不会让它作为秀场主款，"顾扬又问，"到时候你会用什么顶上去，暮色吗？"

易铭说："你很关注这个牌子。"

"确切地说，我是在关注你。"顾扬回答，"就像你一直在关注我一样，都属于成人世界里心平气和的、基于金钱和名誉的相互利用，这其实是最稳定的一种关系。"

旋转的彩灯扫过来，世界光怪陆离。

在某一个瞬间，易铭觉得有些看不清眼前的人——对方头发上、皮肤上、衣服上，都被灯光染上了斑斓的色块，眼睛也隐藏在黑暗里。当初的青涩已经一扫而空，变得圆滑、强势，甚至有些咄咄逼人。

他知道，这绝对不是一个好的预兆。

陆江寒依旧在老地方等顾扬。

顾扬上车后提议："我们下次可以戴一个监听器，就好像在演警匪片。一来我不用再向你汇报一次，二来还很酷。密战的感觉一上来，说不定还能在谈判桌上超常发挥。"

"我发现你对间谍和警匪真的很有兴趣。"陆江寒问，"聊得怎么样？"

"我按照你说的，退了一小步，允许他们做会员双倍积分和全场九折。"顾扬说，"不会有什么问题。"

"干得不错。"陆江寒表扬了一句，又拉过安全带帮他系好，"走吧，送你回家。"

"可我还想再聊会儿工作。"顾扬说，"关于这次新亚和凌云的合作，他们的整体业绩一定会超过我们的。"

"那也是应该的。"陆江寒把车开上主路，"亏本赚吆喝，钟岳山的强项，有本事一年来一回，你看看他会不会被董事会炒鱿鱼。"

"那我们的同期报表也不能难看。"顾扬说，"我算过了，Nightingale大概能填回至少三成利润，至于剩下的七成，就看新入驻的那三家女装能不能打了，不如我再和林姐努努力，让品牌请个明星来站站台？"

"我们国庆档的中庭已经安排满了。"陆江寒提醒他。

"没有中庭，就在品牌店铺里举办小型活动也行。"顾扬想了想，"一线大牌太贵就请小演员，再不行，哪怕找个网红呢，总比没有强。"

陆江寒一边开车一边乐："谁说我雁过拔毛来着？你才是小资本家。"

"会不会说话？"顾扬抗议，"我这叫全心全意为公司服务。"需要得到表扬的。

1703新换的地毯又暖和又松软。

顾扬切开一个橙子，空气里立刻充满了很清新的果香。

陆江寒问："周末有没有空？"

"伯母要请我吃饭吗？"顾扬很警觉。

"她的确有这个想法，不过你要是没准备好，我可以拒绝。"陆江寒说，"其实我早上已经拒绝了一次，但是她明显很想见你。"

"我没意见。"顾扬很爽快，"那我们周末约个地方，伯母喜欢吃什么？"

"上次那家海鲜炙？"陆江寒提议。

"除了这个呢？"顾扬说，"我们要吃个热闹一点儿的，厨师不会全程现场操作的，这样才不至于尴尬。"否则大家在等下一道菜的间隙相顾无言，只能一看大师傅十指翻飞，光是想一想就要昏。

"有道理。"陆江寒帮他把果盘放好，"那我们可以去吃鳗鱼饭，环境私密又可以聊天儿，而且也不用啃骨头扒螃蟹，更不会出现牛排飞到对面这种人间惨剧。"

顾扬笑着说："好。"

"别怕。"陆江寒吃了口水果，眉毛鼻子皱成一团，"哪儿买的，怎么这么酸？"

"李总监同城快递送来的水果，橙子都这么酸，但很新鲜。"顾扬小声说，"我可能有点儿八卦，但如果不是琳秀姐一直催促要让舞台剧提前上映，我都要以为她怀孕了。"

陆江寒："噗。"

"笑什么？电视里都是这么演的，我有科学依据。"顾扬自己吃了一块，也被酸得眼睛都闭起来了。

第二天早上，顾扬和方栋一起去Z88讨论烤肉店后续，杨毅在听到这件事后表示："你居然让顾扬和方经理单独相处，不怕他无意中触摸到你神厨表象下真实的灵魂？"

陆江寒淡定回答："当然不会。"在亲妈和三姨的助攻下，小艺术家目前已经把"总裁做饭很好吃"这件事当成了郑重的秘密，而方栋也以为他学做饭是为了给家人惊喜，连张云岚都没有透露，更何况是顾扬？

要不怎么说是总裁呢，学个做饭也要处处小心，和商战有得一比。

创意工厂的院子里，正立着一只胖墩墩的小绵羊，经过了一些艺术拉伸变形，以及蓝森亲自操刀上色，从每个角度都能看出不同的含义——而且就算看不出内涵也没关系，至少也是一个很可爱、很斑斓、很值得站在旁边隆重合影八百张的大型玩偶。

"到时候和它合影，上传微博就能领一杯免费的酸梅汤。"蓝森敲了敲绵羊的肚子，"你别看这招儿土得掉渣，促销时可最有用。而且我们还给了广大美女姐姐一个秀身材的好机会，不然逛个商场，都找不到合适的理由拍美照。"

"是很有特点。"顾扬拍了张照留存，"DP 展示点已经给你留好了，一楼最好的位置，这周内就可以拉过去，就当先做个前期预热。"

"行。"蓝森一口答应，又揽过他的肩膀亲热道，"你也觉得它可爱吧？这样，我再做几千个小的，你帮我放到寰东其他品牌的店铺里去呗？甭管藏哪儿，找到后带到烤肉店，立享八折。"

"省省吧。"顾扬拍了拍他的后背，"别说路易·威登和香奈儿，你能放进轻奢店都算你赢，引一群顾客去店里翻箱倒柜寻宝，想什么呢？"

蓝森知错就改，态度良好地表示："那倒也对，不如我们变个方式，我退一步，也别放在人家高贵的品牌店里了，你把三楼那个露天花园给我？"

顾扬沉默了一下，说："退个大头鬼！我看出来了，你从一开始想要的就是这个花园。"

蓝森严肃地说："哎？小朋友不可以讲脏话。"

顾扬哭笑不得，挚友太亲近了也不好，很容易摸到彼此的底线。露天花园目前是顾客休息散心的地方，此前从来没有让品牌做活动的经验，而且那块正对着马路，要改动得走市里的流程。

"不如先留着，等烤肉店正式入驻的时候再说？"顾扬提议。

"先行店都打不响，正式入驻还有什么搞头？"蓝森说，"这样，你先看看我的方案，真没有大的变化，顶多一晚上就能改完，更不会耽误顾客休息。"

顾扬一愣："这八字都没一撇的事，你连方案都做好了？"

"是啊，要不然拿什么和你谈？"蓝森让助理去拿电脑，"也不能光靠灵魂的共鸣不是，得白纸黑字写出来。"

顾扬回味了一下这件事，得出了两个结论：

第一，以貌取人确实不对，比如说在摇滚青年狂野不羁的表象下，其实隐藏着踏实肯干的老干部灵魂；

第二，这种谈判方式可以学一学，不管合作方会不会答应，先满怀热情地做好方案，把真心顶他一脸，就算这次不成，下次再有同样的机会，对方也有很大概率会优先考虑。

蓝森问："你觉得怎么样？"

"我去向杨总汇报一下。"顾扬滑动鼠标，"一周内给你答复。"

周六的时候，顾扬又问了一次："真的不用准备礼物吗？"

"当然不用。"陆江寒说，"这只是一顿普通的晚餐，而且就算需要送礼物，也应该是长辈送给你。"

"那我会准时过去的。"顾扬说，"到时候见。"

"嗯。"陆江寒挂断电话，转身就见身后有一个人，"妈！"

"我一句也没听到，你心虚什么？"陆妈妈手里拎着两条裙子，"哪条好看？"

"你穿什么都好看。"陆江寒的回答很标准，又提醒，"先说好，他才刚出校园没多久，没见过你这种老江湖，收敛一点儿。"

"我有分寸的。"陆妈妈换好衣服后打开门，对着镜子整理首饰，"我还给他准备礼物了。"

"你准备什么了？"陆江寒纳闷儿，"我为什么不知道这件事？"

"一张手稿。"陆妈妈戴好戒指。

陆江寒继续问："谁的手稿？"

陆妈妈随口说："达·芬奇。"

陆江寒："……"

所以说呢，亲生母子。

约定的时间是下午六点，顾扬到得稍微早一些，他穿了一件浅色的条纹衬衫，正在专心致志地研究面前的茶壶。他坐在绿藤装饰的日料店里，像是一幅安静的画。

陆妈妈笑着打招呼："我们迟到了……"

"没有。"顾扬回神，赶紧站起来，"是我来早了，伯母好。"

"坐吧，别拘束。"陆妈妈把手里的纸袋递给他，"时间仓促，也来不及准备别的见面礼，拆开看看喜不喜欢。"

"谢谢伯母。"顾扬之前也没想过，自己居然还真能收到礼物。画框里的手稿当然不是达·芬奇的，而是来自纪梵希先生，很有年代感，也很珍贵。

陆江寒暗自龇牙，这才几天，怎么就能送出这么投其所好又少见的礼物，哪儿弄来的？

顾扬果然很喜欢，不是装出来的喜欢，而是发自内心的，除了手稿本身的珍贵，还有被重视的欣喜。

"喜欢吃什么？"陆妈妈又问。

"我不挑食的，鳗鱼饭和三文鱼就可以了。"顾扬说，"这家店的海胆也很好吃，伯母要不要试一下？"

"我就喜欢你这种小孩儿，不挑食，还会自己点菜。"陆妈妈说，"比婷婷强多了。"

"婷婷是一个远方表妹，上美国夏令营的时候，在我家住过一段时间。"陆江寒在旁边小声解释，"可厉害了，这也不吃那也不吃，靠着喝西北风就能生存。"

顾扬笑着看了他一眼："你要吃什么？这个季节的毛蟹很甜，和牛也不错，试一下？"

陆江寒说："听你的。"

服务员很快就端上了鳗鱼饭，外皮焦脆，内里多汁，顾扬问："是不是很好吃？"

"嗯，不错。"陆妈妈点点头，及时想起儿子的人设，于是又补了一句，"但江寒做的比这个更好吃。"

陆江寒："……"你儿子不需要这项才艺！

顾扬果然震撼地说："啊！"

陆总有苦难言，觉得自己正身处一个无底深坑，而亲妈非但不想办法救人，反而还在帮忙飞锹填土。他向来很少羡慕谁，但此时此刻，却由衷地开始羡慕那位站在料理台后、长着两撇小胡子、擅长炙烤鳗鱼的日本人。

这顿饭的气氛很好，因为顾扬可以陪陆妈妈聊时髦的衣服和首饰，他的声音很好听，笑起来很可爱，食量也不错，家教良好，开朗阳光，暂时找不到缺点。以至于后来连陆江寒都开始反思，自己在刚开始的时候，究竟为什么会误以为这是一件很困难的事。

那幅手稿被顾扬摆在了客厅的柜子里，和全家福并列，是很重要的位置。

窗外还在下雨，稍微有些夏末秋初的凉意。

靠枕很柔软，被子里填充着细密的鹅绒，像一朵蓬松的云。

顾扬觉得，这样的夜晚可真好。

夏夜的森林里刚刚下过一场细雨，地面蒸腾起白色的雾气。

小王子躺在他的吊床上，透过模糊的视线，看藤蔓上开出的那些粉色的花。

露水是被星星浸过的，很甜。

第二天上班时，顾扬的衬衫扣扣得整整齐齐，脖颈儿上还贴了一块创可贴，据说遭遇了超级大蚊子。

杨毅扫了眼他手里的文件夹："要去开会？"

"我去招商部找林璐姐，女装在'十一'档可能要加几个活动，不能让新亚太嚣张。"

至于要加什么活动，当然不能像钟岳山那样赔本赚吆喝。新入驻寰东的三家女装都归青春少女那类，顾扬今天先约了其中一家韩系少女线的负责人，开门见山地问："'十一'能不能请个明星来？虽然没有中庭，但在店铺做活动效果更好，还能带动业绩，你觉得怎么样？"

"明星哪儿那么好请啊？"对方连连拒绝，"而且我们这种外资企业，申请活动的流程实在太复杂了，一层层报上去再批下来，估摸'十一'是赶不上了，光棍节还有指望。"

"确定不做是吧？"顾扬神情严肃，"那我们得想想怎么改宣传。"

"为什么要改宣传？"对方闻言很吃惊，"'十一'的会员手册不是已经定了吗？我们都签字确认过了。"

"和会员手册没关系，我们打算增加一个小折页。"顾扬解释，"这阵子寰东新入驻的女装，加上你们一共有三家，又正好赶上'十一'，林姐就想多做活动冲冲业绩。原本的想法是三家轮流请明星，从十月一号到七号每天都有新惊喜，你家要是不参加的话，我得想想宣传要怎么改。"

"其他两家真的都参加？"对方怀疑，"小顾啊，你跟姐说实话，可不能骗人的。"

顾扬点头："这是促销的好机会，又不是什么坏事，为什么不参加？我们正在谈。"

第二家的青春少女是纯国产，新潮牌。顾扬表示："隔壁韩国人已经在考虑请明星了，你们有什么想法？"

"明星我们就不请了，这样吧，我们弄个 Fixie Bike 少女队来表演个节目？店铺前面那片走廊给我们就够了。"对方很爽快。

顾扬比他更爽快："没问题。"

顾扬转头就打电话给韩装，说："你家隔壁的 B-NUTS 已经准备好要请少女组合了，你们也要尽快给我答复，因为宣传折页马上就要下印，等不了的。"

至于最后一家，还没等顾扬去找，负责人已经主动打来电话，生气地说："为什么你们做活动不带我们？大家都是同一时间入驻的，我们一直都很配合寰东，商场怎么可以厚此薄彼？"

"真是太对不起了，"顾扬态度诚恳，"我这忙得暂时没顾上。这样吧，国庆长假一共七天，你们做一号到四号，最好的时间，还比其他两家多一天，怎么样？"

对方当下表示："好，我们先商量一下请哪位明星。"

林璐坐在对面，冲顾扬无声地竖了竖大拇指。

等这次活动结束，我一定给你一周假期。

对于零售行业来说，整个九月都是忙碌的。

顾扬的工位上贴满了各色便利贴，每天都是早到晚退，经常加班到晚上十点才下班。而陆江寒也去了外地开会，要到中旬才能回 S 市。

杨毅打电话汇报，说："我刚刚把伯母送到机场，现在正在回城的路上，要不要顺便去 Z88 把顾扬接回公司？"

"他今晚要和蓝森去博物馆看展览。"陆江寒说，"难得不加班，让他好好玩吧。"

虽然挚友有时候太过狗皮膏药，但偶尔让灵魂纠缠一下，分享彼此对艺术的不同看法，还是很有必要的，也很能放松紧绷的疲倦的神经。

"看你这无精打采的。"蓝森一边开车一边说，"可惜烤肉店关了，不然还能带你去喝两杯。哎，要不然等会儿去酒吧坐坐？也是我朋友开的，里面好酒还真不少。"

"算了吧，我晚上回去还得做报表。"顾扬打了个哈欠，"也就这三四个小时能休息一下。"

"你们陆总也太资本家了。"蓝森趁机挖人，"辞职吗？工资翻倍，不用打卡，你还有什么无理取闹的要求？提出来我都能满足。"

条件丰厚，然而小艺术家依旧不为所动，想都不想就一口拒绝。

蓝森说："你这样很伤我自尊的。"

"我真的没有离开寰东的打算。"顾扬解开安全带，"要一起进去看看吗？这家店铺很有个性。"

停车场正对面就是西饼巷，上次顾扬买西服纽扣的时髦店铺就开在这儿，老板昨天打电话说又来了一批新货，正好距离博物馆不远，所以顾扬就想顺便过去逛一圈儿。

"这是我朋友，姓蓝。"顾扬给两个人做介绍，"他是这里的老板，中文名不让别人叫，给自己起了一闯荡江湖的名号，叫'老爷'，你说是不是很会占人便宜？"

蓝森尊称他："老先生。"

老板表情僵了僵，认输："大名王大山，叫我小王、大山都行，只求放过'老先生'。"

适度的玩笑是拉近群众距离的利器，而且两人都钟爱山本耀司，倒也挺有共同语言。顾扬站在货架旁仔细挑袖扣，打算找一对独特的送给顾教授。老板递给他一瓶柠檬茶，顺便说："可惜你来晚一步，有几个好货刚刚被易铭挑走。"

"你怎么每次都要和我汇报一下他的动态？"顾扬抱怨。

蓝森敏锐地感知："你不喜欢易铭？就凌云集团那设计师？"

"对。"顾扬很直白，"我不喜欢他，也不喜欢他的助理。"

蓝森很有挚友的自觉，当下就表示："既然你不喜欢，那我以后也可以酌情不喜欢。"

"他的助理，你是说申玮吧？"老板继续说，"家里出事了，他爸得了癌症，前几天刚刚从华医转院回乡下老家，凌云时尚这两天正号召员工捐款献爱心呢。"

顾扬纳闷儿："你怎么连这个都知道？"

"前两天晚上回家的时候，碰到申玮了，他自己说的。"老板斜靠在柜台上，"你是没见到，他整个人憔悴得快脱形了，要不是他先开口，我差点儿没认出来。"

"那就祝他父亲早日康复。"顾扬放下手里的东西，"还有，以后我申请不听这一群人的任何八卦。"易铭也好，申玮也好，都是能让好心情一扫而空的利器，实在有悖这家小店快乐的主题。

蓝森在旁边听得充满好奇，很想知道挚友过去的种种恩怨情仇，但又怕问了会被打，于是只好让整个人都陷在深深的犹豫里。倒是顾扬在参观博物馆的时候主动解释，说对方曾经剽窃过自己的东西，所以不太想听到这个名字。

"那也太孙子了！"蓝森怒道，"剽窃你什么了？现在还有证据吗？要不要我去给你想个办法弄回来？"

"暂时不想，先这样吧。"顾扬说，"已经过去很久了。"

"有句话怎么说来着，天将降大任于斯人也。你放心，该是你的还是你的。"蓝森打包票，"将来有什么要我帮忙的，随便说。"

顾扬笑了笑，很真诚地说："谢谢你。"

这场展品全部来自中东，距今八千年前的金器依旧能发出耀眼的光，兴都库什山脉和阿姆河孕育出了辉煌鼎盛的文化，近些年却由于战火的关系，这批国宝只能一直在外流离。顾扬看得很专注，文明和战火总归是一个严肃的话题，所以他的表情也很凝重，偶尔还会发发呆。

蓝森这次发挥失误，没能准确触摸到挚友的灵魂，以为他还在想易铭和剽窃的事情，于是油然而生一股老母亲的心态——当下就打电话给杨毅，说关于烤肉店的吉祥物还有一点儿问题，估计明天得和顾扬再改一版，后天才能送到寰东。

"没问题。"杨毅答应得很爽快。他以为这段话的重点是"吉祥物有小问题"，但小蓝总的目的其实是后一句——拐弯抹角请假的最高境界。

"我明早可以不上班了？"顾扬纳闷儿，"为什么？"

"我告诉你们杨总，吉祥物有问题还要改。"蓝森揽过他的肩膀，"怎么样，今晚可以去喝酒了吧？"

顾扬想了想，也行。

反正"教导主任"不在家，也不会有人对自己进行批评教育。

大悍马一路开向酒吧街，"妖精"成群，灯红酒绿。

烈酒悄悄地藏进果汁和汽水，伪装成香甜的口感，狡猾却又来势汹汹。

凌晨一点，蓝森问："回家吗？"

顾扬一动不动地盯着他，目光幽幽。

蓝森在他面前张开五个手指，大声问："这是几？"

顾扬回答："这是 π。"

学渣挚友没怎么听明白："啊？"

顾扬说："3.14159265358979323846……"

蓝森一把捂住他的嘴："好了好了，我送你回家。"

直到坐上车，顾扬还在说："26433832795028841971 69……"

代驾小声问："森哥，这是在背银行账号？"

"是啊。"蓝森正色回答，"如果以后他账户被盗，我就来找你索赔。"

代驾大惊失色："我可什么都没记住呀！"

顾扬晕乎乎地打开 1703 的门，反手一甩，险些拍扁灵魂挚友的鼻子。

蓝森一步躲开："要喝水吗？"

"喝。"顾扬皱眉，"不舒服。"

"你说你，怎么喝饮料都能醉成这样？"蓝森从冰箱里取出来一瓶冰水。

顾扬问："我刚刚背到哪儿了？"

蓝森赶紧说："你刚刚已经背完了。"

"不可能！"顾扬说，"圆周率是无穷的。"

"但生命是有限的。"蓝森把他推进浴室，"好了，好了，快去洗澡。"

顾扬拧开花洒，继续思考无限的 π 和有限的生命。蓝森蹲在浴室门口，打算今晚留在小公寓睡沙发，至少也要等到对方酒醒再离开。

什么叫自讨苦吃？这就叫。

但幸好顾扬酒品不差，喝醉了顶多背一背圆周率。被窝里有熟悉的沐浴露香气，顾扬把脸埋进枕头里深深地吸了一口气，然后就摸出手机，又晕又熟练地拨通了电话。

陆江寒笑着说："怎么还没睡？"

顾扬说："嗯。"

陆江寒微微皱眉："怎么了？"

顾扬说："背不完了。"

"什么背不完了？"陆江寒问，"扬扬？"

"就是背不完了。"顾扬觉得有点儿伤感，"因为太长了。"

陆江寒深吸一口气："你喝酒了？"

顾扬承认："喝了一点点。"

"和谁在一起？现在在哪儿？"陆江寒继续问。

"和蓝森。"顾扬说，"我已经回家了。"

陆江寒重新打来了视频电话。

顾扬坐在床上，透过屏幕看他："你什么时候回来呀？"

陆江寒问："还认得我是谁吗？"

顾扬点头："嗯。"

陆江寒接着说："我叫什么？"

顾扬抱怨："不舒服，头疼，还有点儿冷。"他的表情很愁苦，也不知道是在想名字，还是在想 3.1415926……

陆江寒命令："乖乖躺好。"

顾扬这次倒是很听话，还用被子把自己裹了起来。

"闭上眼睛睡觉。"陆江寒重新坐回电脑前，随手打开航空公司网页，"晚安。"

顾扬迷迷糊糊地回了一句："晚安。"

客厅里，蓝森正四仰八叉，睡得人事不省。

清晨八点，阳光又亮又刺眼。

蓝森打了个哈欠，坐起来活动筋骨。

客厅门传来"嘀——"的一声。

陆江寒拧开门，和沙发上的人来了个猝不及防的对视。

世界在一瞬间很安静。

蓝森震惊道："陆总？"

"蓝总怎么会在这儿？"陆江寒不动声色地问。

"顾扬昨晚喝多了，我送他回来。"蓝森站起来，"陆总您这是……"而且讲道理，你为什么能开指纹锁，寰东有没有人性，老板连员工家里的房门密码都要拥有？

"出差刚回来，顺便过来拿个东西。"陆江寒笑了笑，"我就住楼上。"

"哦。"蓝森往卧室走，"顾扬还在睡觉，等着啊，我去看看他醒了没。"

陆江寒握住卧室门把手："蓝总是不是应该去上班了？"

宿醉后的麻木还残留在蓝森大脑里，导致他的反应稍微有些迟钝："几点了？"

"八点。"陆江寒态度良好，亲自把人送进电梯。

顾扬还在昏昏沉睡。其实生物钟让他在早上七点半就准时睁开了眼睛，叼着牙刷洗脸洗澡准备上班，最终却又被脑髓中的刺痛和昏沉打败，重新屈服在了舒服的被窝里。

陆江寒说："扬扬。"

顾扬迷迷糊糊地看他。

"你在发烧。"陆江寒问，"要不要去医院？"

顾扬吃惊地坐起来："你怎么回来了？"

"因为你昨晚打电话，又喝酒又头晕。"陆江寒说，"我怕出什么事，所以我飞回来看看。"

顾扬目瞪口呆:"是吗?"

陆江寒微微挑眉看他。

顾扬立刻承认错误:"对不起。"

"等你退烧之后,我们再来说这件事。"陆江寒帮他放好靠枕,从客厅抽屉里拿来了药箱。

顾扬嘴里叼着温度计,数值显示低烧,不用去医院,也不用去上班。

陆江寒说:"我去煮点儿面条给你吃。"

顾扬问:"那你还要回 B 市吗?"

陆江寒点头:"晚上十点的飞机,明天中午还有个会要开。"

顾扬拍了拍脑袋,心里又懊恼又自责:"给你打。"

陆江寒好笑:"我飞回来就是为了打你?我不反对你喝酒,但以后别把自己灌醉,嗯?"

"我不喝了。"顾扬闷闷地说,"对不起。"

"没关系。"陆江寒说,"你得吃退烧药,我先去煮早餐。"

小艺术家穿着拖鞋站在厨房门口,看总裁在灶台前忙碌。对方的身材很高大,转身取酱油瓶的时候,不小心在打开的顶柜门上磕了头,于是愁眉苦脸,一边揉一边揭锅盖。

总裁举一反三,天赋惊人,成功用番茄炒鸡蛋进化出了一碗相同口味的细面,不软不硬刚刚好。

唯一的食客很给面子,连碗底的汤也喝得干干净净。

这是可以偷懒的一天。

微光透过厚厚的窗帘,照出空气里微小的尘埃。

劳累后,陆江寒帮顾扬盖好被子,命令:"睡觉。"

夏末秋初,连风也是很轻的。

蓝森在办公室里来回转圈,蓝屿和他只隔着一道玻璃墙,看得眼晕,于是丢下手里的钢笔直奔隔壁,把弟弟揍了一顿。

摇滚青年趴在地毯上嗷嗷叫。

啊,这可悲的人生。我明明什么都没有做,为什么要遭受灵魂和身体的双重暴击,你们还能不能讲点儿道理了!

而当天晚上,顾扬在把陆江寒送去机场后,也打电话给蓝森,说:

"以后我要是喝酒再超过五杯，你要记得提醒我生命是有限的，除了酒精还有很多其他美妙的事物。"

蓝森一边在工作室里忙活，一边表示没问题。

烤肉店被围挡暂时遮了起来，顾扬这天从施工小门里钻出来，刚好撞上陆江寒。

"怎么样了？"陆江寒问。

"已经装完了。"顾扬汇报，"一楼展示点的效果也很好，几个大的本地论坛上，网友每天都在期待这家店。"

蓝森的炒作还是很有底线的，没有徐聪和荷花百货的震惊体，也没有那些看似良心推荐，实则夹带私货的广告软文，而是精心挑选了几个口碑好、关注度高的美食账号，用图片和短视频来传达食物的美味，光明正大告诉顾客这里有好吃的肉，国庆期间还有折扣。至于精心设计装修出来的店铺，倒是没有过多提及，只说是由八十八位艺术家共同创作，绝对值得期待。

顾扬曾经问过："为什么是八十八？"

蓝森答曰："瞎编的，发发发！"

文艺青年也要吃饭，甭管俗不俗，适当发一发还是很有必要的。

"那我去继续巡店了。"顾扬继续对陆江寒说，"Nightingale 今天有国庆会员预热。"这也是总裁的建议，既然要用这一家店来打新亚 99 里其他凌云时尚的品牌，那就要做得既声势浩大又热闹。

Nightingale 的店长也很重视这次活动，最近每天都守在店里，见到顾扬来了，远远就笑着打招呼，说大家都在等他。

一年多的时间，当年的实习生小顾已经变成了副总裁助理。不过顾客显然不会管这些，她们喜欢的只是寰东店里这个又高又帅、声音好听、耐心温柔、衣品一流的工作人员，每次遇到都会要求合影，然后美滋滋地发到网上。照片还曾经被几家营销网站拿去凑数，拼了一篇狗屁不通的"各大专柜导购帅哥集锦"出来，名次相当靠前。

"这都什么玩意儿，"杨毅看到之后龇牙，"删不删？"

"这有什么好删的，照片拍得又不丑，顾扬自己都没意见。"陆江寒笑笑，"留着吧，将来还有用。"

"有什么用？"杨毅问。

陆江寒说："保密。"

顾扬在 Nightingale 的顾客群里的待遇堪比明星，这次也是一样，一露面就被拉住合了半个小时的影。导购小姐和店长笑容灿烂——是发自内心的灿烂，手下打包速度飞快，营业额流水飞涨，似乎抬头就能看见厚厚一摞奖金。

"能合影吗？"有小姑娘脸红又雀跃地问。

"当然可以。"顾扬微微弯腰，笑得又帅又阳光。身后就是醒目店招，这也是陆江寒教他的，在拍照的时候，要尽量让人一眼看到Nightingale。

会员预热的效果很好，原定晚上八点结束的活动，直到十点才散场。

顾扬一个人回到办公室，撕开速食方便面包装开始泡面吃。

陆江寒打来电话："结束了吗？"

"嗯，刚刚闭店。"顾扬说，"我吃点儿东西就回家。"

"需要我来接你吗？"陆江寒又问。

"当然不用，你早点儿休息吧。"顾扬说，"我又不是小朋友。"

"你就是小朋友。"陆江寒笑笑，"不过我今晚真的有点儿忙，那你路上注意安全，回家后打个电话给我。"

或许是因为饿过了头，又或许是因为泡面里的香菇味太腻，总之没吃两口肠胃就开始抗议，还有隐隐作痛的趋势。最近由于加班的关系，经常吃饭不规律，顾扬觉得这得算工伤。

初秋的 S 市，淋淋漓漓的小雨很多。

诊所里的老医生一边批评现在的年轻人不拿身体当回事，胃疼还淋着雨来买药，一边打发护士准备好热水和冲剂，让他吃完药之后就坐在店里等网约车。

药水的味道很苦，不过刚好能安慰刺痛的胃。出租车司机打来电话，说被堵在了十字路口，可能要十五分钟才能过来。顾扬正好可以多休息一会儿，顺便陪老医生聊聊天儿。

诊所不临街，空气很安静，所以当门口传来"砰"的一声时，店里的三个人都被吓了一跳。

棕色的玻璃门被推开，进来的人有些狼狈，刚刚摔了一腿的泥，发梢还在往下滴水。

顾扬微微皱眉。

"您快坐下。"护士赶忙过去扶那人。

对方目光快速扫过店里，看到顾扬时，也明显一愣。

"我帮您包扎一下腿吧，都流血了。"小护士提醒。

申玮回神，低声说了一句"谢谢"。

顾扬也没想到，自己在公司门口还能碰到他。

"你这是怎么了？"老医生也过去问。

"买点儿感冒药。"申玮说。

老医生一听又很生气："那边那个刚刚冒雨来买胃药，你又冒雨来买感冒药，胃疼和感冒都要注意保暖，幼儿园小朋友都知道的道理，你们这么大的人了！来，先量个体温。"

顾扬低着头玩手机，只当什么都没听到，中间想起王大山说过申玮家里的事情，又忍不住用余光扫了他一眼。就见在诊所惨白的灯光下，申玮看起来确实有些憔悴过头，眼窝下明显一圈儿睡眠不足的青黑。

"您好。"出租车司机打来电话，"我已经到定位地点了。"

"我马上就出来。"顾扬拎起包，对医生护士道谢之后就出了门，并没有再多看申玮一眼。

不过申玮却一直在看他，目光几乎固定在了对方的背影上。

顾扬穿的简单的小白T恤是巴尔曼，裤子和鞋都是Off-white，左手腕上戴着皇家橡树。顾扬从来没有掩饰过自己的物欲，他热爱且尊重每一个品牌，也很喜欢买奢侈品，那是他在努力工作后，给自己的精神奖励。但申玮却不这么想，他有些眼红对方，除了那块接近七位数的表，还有更多，他知道顾扬的银行卡有巨额存款。

"先生，这位先生？"小护士在他面前晃晃手，"毛医生在和您说话。"

"哦。"申玮搓了搓脸，"给我两盒止疼药。"

小护士一愣："您不是感冒了吗？"

"是，感冒头疼，全身都疼。"申玮摸出钱包，"要最强效的那种。"

小护士还想说什么，却被医生制止，从柜台里给他找了两盒强效止疼药。

他的耐心和唠叨仅限于能听劝的年轻人，至于面前这个人，刚刚进门时还正常，后来表情却越来越莫名其妙，看起来完全就是社会不稳定分子。反正国家又没规定止疼药不能开，赶紧买了赶紧走。

顾扬回家后如实汇报，说："我碰到申玮了，在药店里。"
陆江寒皱眉："你去药店干什么？"
顾扬继续交代："我胃疼了一会儿。"
陆江寒反思了一下，为什么两人只是分开了半天，他就能把自己折腾到胃疼要吃药。
"他看起来就像完全变了个人。"顾扬说，"特狼狈，还又黑又瘦的。"
"不聊他了。"陆江寒说，"去洗澡吧，然后早点儿休息。"

番外一

✦ ❨ ● ● ● ❩ ✦

一次简短的旅行

　　周末，顾扬拎着两大兜子菜准时敲响了灵魂挚友家的门，准备进化一下做饭技能，给总裁增加一点儿生活新惊喜。

　　蓝森慷慨地借出厨房。他靠在冰箱上，一边啃苹果一边围观，只见顾扬手起刀落间，鸡头凌空飞起又掉落在案板上，顿时感觉脖颈儿一凉。啊，这个人真的好野蛮！

　　顾扬打算弄个当归乌鸡汤，这是他从 App 上学来的居家菜式，据说可以补气。当然，最主要还是因为没什么制作难度，只需要开锅放水，不需要把油温烧热到玄学中的"八成"。

　　蓝森并没有提供高压锅，免得让这厨房"小白"炸毁了他哥心爱的装修。两人严格按照菜谱，把所有食材都丢进煲汤锅里，琢磨着步骤都这么简单了，再失败是不是有点儿说不过去。结果天有不测风云，汤虽然是炖好了，锅也没炸，但和鲜香没有一毛钱的关系，那叫一个腥气啊……蓝森喝了一口当场自闭，但是又不忍心看顾扬挫败的眼神，于是强行安慰："还可以吧，至少药味浓郁，滋补，感觉喝一口能活两百岁。"

　　"算了，我放弃了。"顾扬兴致全无，趴在沙发上反思人生。

　　"你也可以换个惊喜的方式。"蓝森从冰箱里取出两瓶饮料，回头就见迎面飞来一个靠垫，于是惊恐地一闪，"你讲不讲道理了，我还什么都没有说。"

顾扬抱着另一个靠垫，继续做出攻击姿态："我这叫未雨绸缪。"

但小蓝总真的很无辜，他想说的是最近城东老厂区那一片有艺术展，氛围还不错，很适合放松散心。

顾扬听了一口拒绝："不去。"因为总裁肉眼可见地对艺术展没兴趣，这算哪门子的惊喜？

"去旅游？"

"没时间，我们顶多能挤出一个周末。"

"去个近点儿的地方呗。"蓝森丢给他一瓶饮料，"云花岛听过吧，最近刚开发的景区，坐船也就两个多小时。"

顾扬回答："我不仅听过，我还知道你也有投资，所以合理质疑你动机不纯。"

蓝森没有丝毫慌张，立刻摆出淡泊名利的艺术家气质，举手保证："我绝对没有拉陆总入伙的意思，真的。但万一他觉得可以呢，对吧？这谁能说得准。"

他一边说，一边抓紧时间打电话安排好了云花岛的 VIP 客房，下定决心要把灵魂挚友和总裁一起打包上岛。

顾扬抓过茶几上的宣传册看了两页，觉得风景确实不错，那么在厨艺实在没法取得突破的前提下，去一去也行，就当散心。

陆江寒最近在忙新的投资项目，神经紧绷过度，短途旅行算是不错的放松方式，于是欣然应允："这周末？"

"嗯。"顾扬在平板电脑上翻看蓝森发过来的攻略，虽然海岛还没完全开发完毕，但游乐项目真不少，不是常见的麻将农家乐，而是改走年轻人喜欢的时髦路线，据说还有能穿越整条峡谷的花海滑梯。

花海滑梯，有点儿刺激。

周六一大早，两人就坐上了轮渡。六月的海风微凉带潮，裹得整座海岛都湿漉漉的，虽然没有碧海椰林，但有一大片超级酷的后现代雕塑。

顾扬拿着手机一路走一路拍，陆江寒也是，不过两人的拍照重点不大一样——顾扬拍艺术品，陆江寒拍小艺术家。陆江寒很满意对方今天的穿着，清爽的白 T 恤加牛仔裤，双肩包上挂着一晃一晃的小熊猫钥匙扣，像漫画里走出来的 Q 版春游小人儿。

石子路两旁开满了花，很怒放的玫瑰花。顾扬刚开始还觉得没什么，后面就觉得有些不对。一般园林艺术难道不该弄些好养活的波斯菊、太阳花，哪有人种玫瑰的？于是随手一拽，果不其然，连根都没有，就那么新鲜地插在土里。

随行工作人员笑容满面地解释："这都是小蓝总吩咐的，我们忙了整整一夜。"

顾扬亲切致电灵魂挚友。

蓝森叽里呱啦地解释："你不喜欢不要紧，重要的是陆总喜欢。电视里的可恶有钱人都钟情这种铺天盖地的浪漫。你今晚再努力一下，我这度假村投入太多，我哥已经要和我断绝关系了，急需新的投资。"

顾扬："闭嘴吧。"

蓝森强调："我在房间里也给陆总准备了惊喜……"但电话已经被挂断了，只有友情破碎的"嘟嘟"声。

别问，问就是心碎。

而顾扬刷开房门，看着满屋子的大红玫瑰，也很心碎。

这是什么神奇布置，你怎么不再用蜡烛圈一个"LOVE"出来？

他甚至有些愤愤不平，因为总裁除了不怎么喜欢艺术展之外，在其余方面还是很有品味的，并不走这种玫瑰蜡烛的庸俗路线。

陆江寒也没见识过这壮观的花海，本来想安慰一下顾扬，结果开口先打了三四个喷嚏。眼看他就要严重过敏，顾扬也顾不上休息了，赶紧叫来客房服务打扫。

"看起来没一个小时结束不了。"陆江寒说，"走吧，我们先去吃点儿东西。"

小蓝总服务周到，一早就安排好了据说"非常浪漫"的双人午餐、晚餐等各种餐，但两位客人都不怎么给面子，选择去了码头旁边的美食一条街，畅享各种油炸食品——不健康，但超美味。

顾扬混在游客里买了一顶草帽，扣在头上像海贼王。陆江寒笑着替他拍了张照片："接下来什么安排？"

"后面有花海滑梯。"顾扬拉着他的衣袖，"走，我们也去凑热闹。"

因为海岛还没完全开放，所以游客不算多，基本每个项目都不用排队。巨大的滑梯蜿蜒而下，坡度很平缓，一路会穿过五颜六色的彩虹花田，景色壮观，很适合让各路短视频博主举着摄像机来打卡。

顾扬说："果然是蓝森的品味，一出手就是网红爆款。"

"在这一点上，我们都得向他学习。"陆江寒替他扣好安全帽，"去吧。"

顾扬纳闷儿："什么叫'去吧'，你难道不打算和我一起滑吗？"

陆江寒："……"实不相瞒，我对游乐设施没有兴趣。但既然小艺术家都开口邀请了，滑一次也不是不行。

顾扬心情很好。陆江寒自从幼儿园毕业后，就再也没有接触过滑梯这种充满童趣的玩具。顾扬把安全须知塞给他："没事，你就当返老还童。"

陆江寒哭笑不得。

工作人员让两人坐进一个橡皮轮胎船里，又帮他们系好安全带，还贴心地给顾扬留出自拍时间："好了吗？"

陆江寒按照安全须知，从身后把小艺术家抱紧："OK。"

轮胎船"咣咣当当"地朝远方滑去，速度不算快。途中除了花海，还会经过两排大树弯折成的拱门，加上海浪鸟语，像是进入了一个奇妙的童话世界。

而童话和小王子总是很搭的，所以在抵达终点后，顾扬兴致勃勃地说："我还想再坐一次。"

陆江寒对他有求必应。

第二次。

第三次。

…………

顾扬在坐完五次花海滑梯后，终于舍得离开这个项目。他又爬上了一辆观光花车，据说终点有巨大的秋千。

陆江寒心想：幼稚的小朋友。

时间一点儿一点儿过去，游人也慢慢散了，远处的太阳像一颗漂亮的咸蛋黄，然后一骨碌，天就变成了深沉的墨蓝。

蓝森在晚上七点准时致电顾扬，打算关心一下自己精心安排的双人游是不是符合对方心意，尤其符不符合总裁的心意。结果接电话的就是总裁本人。

"蓝总有事？"陆江寒问。

"没事！"蓝森虎躯一震，立刻坐直，"我就是想问一下，您对今天的行程安排还满意吗？"

"还不错。"陆江寒回答，"扬扬很喜欢那个滑梯，他还去荡了秋千，坐了彩绘跷跷板和小火车，晚餐吃了许多小摊儿，现在已经累得睡着了。"

蓝森听得疑惑，等会儿，为什么这行程听起来这么像是在春田花花幼稚园，玩滑梯秋千跷跷板……那我费时费力给你们安排的双人游呢？

陆江寒说："谢谢。"

蓝森："……不客气。"他的心情比较凄然，因为只要随便想一想，就能总结出"堂堂陆总怎么可能喜欢坐彩绘小火车，他说不定今天一整天都无聊得要死，并且把安排海岛游的我打成锅巴"这种结论。拉新投资基本没戏了，还是继续啃亲爱的有钱哥哥比较现实。

结果就听电话另一头的人说："这座海岛不错，我下周二有空。"

蓝森脑袋上"叮"的一声亮起小灯泡：嗯?！

陆江寒站在走廊上，透过窗户看了眼卧室里累到不想动的人，继续笑着说："扬扬很喜欢，今天的游客也很喜欢，我觉得这座海岛的规划很有想法。"

蓝森被浓浓的喜悦淹没："没问题！"

顾扬大半张脸都陷在被子里，正睡得舒服香甜，并不想关心总裁和灵魂挚友的电话内容。

陆江寒把手机调成静音，轻轻放回床头。

海风吹得窗纱摇晃，遮住橙色的暖光。

番外二

✦ ❨ ● ● ● ❩ ✦

七夕节你收到了什么礼物

在商场工作的一大好处，就是绝对不会忘记任何一个节日。用零售业前辈的话来说，哪怕这个月没有任何理由搞促销，也得自己创造出一个男装节、化妆品节之类的来冲冲业绩，更何况是传统七夕。这一天能从乞巧节变成中式情人节，百分之九十全靠商家炒作概念。虽然圈钱意图明显，但过节总归是美好的，所以广大男女青年也乐得加入庆祝的大军。

顾扬也蹭着商场满千返百的热度，替陆江寒订购了一块手表，但卡在海关迟迟没到货。眼看佳节将近，他只好求助场外的灵魂挚友，试图商量出一个备选计划。

蓝森提议："不如你下厨做顿饭？电视里都这么演。"

顾扬苦着脸："难度太高了吧？"

"难度高才有诚意啊。"蓝森诲人不倦，"而且也不要多复杂，只要是亲手做的，西红柿炒鸡蛋也能算豪华大餐。因为俗话说得好，礼轻情意重。"

顾扬挂断电话，觉得这还真是一个好主意，亲手做饭，很温馨的。

于是他在纸上列了列陆江寒最近喜欢吃的菜式，从梅香樱桃肉到黑椒牛柳炒芦笋再到熏鸭，全部都不会做。

顾扬心想：蓝森刚说什么来着？西红柿炒鸡蛋。

就这么定了。

虽然网上到处都是教人做饭的短视频号，但要么煮菜之前先拍猫，要么上来就"咣当"提起一只长毛的活鸭子，从放血开始。厨房新手被吓退，刚想回家找妈，方栋恰好路过。

"方经理！"顾扬站起来，"帮我个忙。"

"怎么了？"方栋笑呵呵地问，"又要蹭免费的餐饮券做活动？"

"不是，私事。"顾小扒皮压低声音，"我想跟您学做两道菜，行吗？"

"行啊，这有什么不行的。"方栋一口答应。

顾扬心花怒放，很快就约好了时间。

周六一大早，顾扬拎着礼物准时上门。

"来了啊。"方栋拿着手机，一边讲电话一边招呼他，"先坐下喝杯水，我这儿还有点儿工作要处理，五分钟。"

"有客人？"杨毅在另一头问。

"是顾扬，他来我家学做菜。"方栋回到书房。

杨毅一愣："顾扬到你家学做菜？"

杨毅对面的陆江寒微微皱起眉，因为小艺术家在临出门前，很认真地汇报了两遍，说是要去找杜天天玩"大逃杀"。

"是啊，应该是外卖吃腻了吧。"方栋笑着说，"杨总您看招商的事情，还有没有什么问题？"

"招商没什么问题。"杨毅斟酌了一下措辞，"行，那你去教顾扬做饭吧。不过有两件事我要交代一下：第一，别让他知道我知道他在你这儿；第二，你教给陆总的那些菜，一律不准教给他。"否则要是被吃出来出自同一个人，那还了得！

方栋觉得自己很茫然。

杨毅也觉得自己这种要求听起来相当莫名其妙，但苦于实在找不到理由解释，所以挂了电话。

陆江寒问："在方栋家做饭？"

杨毅说："这还用想？肯定是为了准备惊喜。"

陆江寒很不满："那你还告诉我？"

杨毅："……"算了，当我什么都没说。

顾扬的学习态度很端正，从葱香鸡蛋学到黑椒牛肉丝，直到晚上八点才回家。

陆江寒正在客厅看电视："游戏打得怎么样？"

"挺好的。"顾扬火速溜进浴室，以免一身油烟味被发现。

第二天，蓝森在开完会之后，特意关心了一下灵魂挚友的学艺进展。

"也就炒炒鸡蛋和肉丝了。"顾扬回答，"四菜一汤没问题，就是看起来可能有点儿寒酸。"

蓝森递给他一杯果汁："寒酸就对了。"

"什么叫'寒酸就对了'？"顾扬提出抗议，他也很想像陆总裁一样，反手就能炸一条花篮形状的大鳜鱼。

"寒酸才有诚意啊。"蓝森坐在沙发上，架着二郎腿上课，"随随便便就能炖出一锅佛跳墙的绝世大厨，那做饭反而不值钱，只有你这种平时什么都不会的，突然下厨才最感人。"

摇滚青年拥有丰富的人生经验，以及许多临场应变秘籍，可以无私传授给小艺术家，包括但不限于"如果那天做饭失败，你还能选择煮一包 Z88 新出的'鲜汤鲜食面'，我们已经配好了汤包、肉包、蔬菜包和碱水鲜面，只需要煮一煮就能食用，多种口味可供选择，藤椒牛肚令你一口难忘"。

顾扬无情地拒绝了他的鲜汤鲜食面推销。

七夕这天，顾扬特意申请提前下班，找杨毅签假条时还很提心吊胆，生怕在外开会的总裁突然出现。

"谁生病了？"杨副总假模假样地问。

"杜天天，我大学同学。"顾扬解释，"他感冒发烧，我得去家里看看他。"

"那也别等三点了，现在就过去吧。"杨毅把假条还给他，"今天公司也没什么事，店内活动让市场部盯紧点儿，你就别待在那儿了。"

"好的，谢谢杨总。"顾扬心花怒放。

公寓对面的超市又迎来了一笔生意，顾扬推着小车，混在一堆中年阿姨里挑拣鸡蛋、小葱，还剁了两根精肉小排。

陆江寒也接到了杨毅的汇报，考虑到顾扬堪称厨房杀手，所以他特意打来电话，先是关心了一下杜天天并不存在的病情，然后又说自己可能要稍微晚一点儿才能回家，因为会还没开完。

晚一点儿好！顾扬拎着购物袋往家里走："不着急，你慢慢来。"

陆江寒笑笑："那等我回家。"

听筒里的声音有着奇妙的穿透力，顾扬按下电梯，打算用一顿丰盛——不怎么丰盛，但胜在感人的晚餐来隆重庆祝一下传统佳节。

排骨在锅里"咕嘟咕嘟"煮出浓郁的香味，其实也是有些小作弊的，因为卤料是顾妈妈同城快递来的。顾扬把鸡蛋搅好倒进油里，让它们松软地膨胀开来，变成一朵鼓囊囊的云。

陆江寒直到晚上七点才回家。

打开门之后，1703里的饭菜香立刻就扑鼻而来，客厅灯光明亮，拖鞋的摆放也很整齐，顾扬系着围裙，尽量不得意得太明显："你下班啦。"

陆江寒也配合地演了一下"惊喜"："你在煮饭？"

"我偷偷学了很久。"顾扬回答，"还挺好吃的。"

"我知道。"陆江寒笑着说。

顾扬疑惑："你知道？"

"我知道你煮什么都会好吃。"陆江寒拉过他的手检查了一下，确定没受伤才放开。

餐桌上的饭菜看起来很家常，但陆江寒知道顾扬最近有多忙，在工作满负荷的情况下，还愿意抽空去学煮菜。哪怕成品再糟糕，整件事也是真诚的，况且味道并不差。

"好吃吗？"顾扬问。

"当然好吃。"陆江寒很给主厨面子，连最后一根排骨也啃得干干净净。

晚餐之后，两人把碗放进洗碗机，又收拾干净厨房，时间刚好适合端着水果，在客厅看一集无聊的电视剧。

一切都很完美，而且还有礼物可以拆。

陆江寒从1901拖下来了一堆大盒子，装在行李箱里，那是乐高新出的机械组合，从保时捷911到全地形卡车，还附带了一盒小丑乐园，看起来能拼至少一整年。

"你怎么会买这些？"顾扬惊喜道。

"因为伯母说你喜欢乐高，而这些大多是新款。"陆江寒把盒子交到他手里，"喜欢吗？"

"喜欢。"顾扬拆开小丑乐园的塑料封膜，把积木块铺满了整个沙发。

陆江寒一边陪顾扬拼积木，一边听电视里无聊的节目，他很满意这种放松模式。夜间新闻播完，他说："去洗澡。"

顾扬恋恋不舍："怎么这么快就十一点了？"他一步三回头地挪进浴室，用最快的速度洗完了澡。

小丑已经统治了哥谭市，韦恩庄园也被改造成了小丑乐园，顾扬觉得自己肩负使命，要帮蝙蝠侠守护和平。

于是等陆江寒洗完澡的时候，那些积木已经转移阵地，被挪到了床上，顾扬一脸专心致志，正在拼"JOKER"的招牌。

总裁很头疼。

顾扬很没底气："明天是周末，而且蝙蝠侠已经失去了家园。"

陆江寒提醒："可是这个家园有几万个碎片。"

顾扬拿起一个小人儿，转移话题："你看，哈莉·奎茵，小丑女。"

陆江寒笑着摇头："要不要我帮你？"

顾扬喜滋滋，一口答应。

这是一项很需要耐心的活动，顾扬对着图纸，和陆江寒小声讨论应该是哪一块。时间一点儿一点儿过去，凌晨一点半，他睡眼蒙眬地打了个哈欠，终于脑袋一歪睡了过去。

陆江寒把积木从他手里拿走。

没长大的小朋友。

第二天。

蓝森问："怎么样，透露一下，昨天你是怎么过节的？"

顾扬说："我申请换一个话题。"

蓝森诚恳探讨："如果我不想换呢？"

顾扬把手里的易拉罐捏成了艺术品。

蓝森虎躯一震："不如我们来讨论一下新店开业的限定周边，昨天Z88的统计报表已经出来了，一款香熏蜡烛销量还不错，要不要考虑加入产品筛选单？"

"可以。"顾扬点头，"蜡烛和精油我不懂，不过容器一定要漂亮，这样才有资格被当成礼物。"

"那你昨天收到了什么礼物？"蓝森趁机问。

"还挺多的。"顾扬如实回答，"有布加迪威龙、保时捷911、全地形卡车、限量版挖掘机，还有一栋豪华庄园，带滑梯的那种。"

蓝森听得目瞪口呆："全部？"

"对，全部。"顾扬搂住他的肩膀，"怎么样，是不是和你看的小说内容相当一致？"

"比小说惊人多了。"蓝森充满困惑，"至少还没见过哪个总裁送限量版挖掘机的，而且卡车又是怎么回事，拉货的那种长途皮卡？他为什么要送你那玩意儿？"

"要不要去我家参观？"顾扬邀请。

蓝森迫不及待，一口答应。

然后他就在1703里，见到了铺满地毯的乐高积木。蝙蝠侠的庄园才刚刚拼完一小半底座，所以暂时来不及拆保时捷911和布加迪威龙的包装，皮卡和挖掘机也被塞在柜子里。

顾扬很慷慨："你要是想看，也可以先拆开。"

蓝森感觉自己受到了莫大的欺骗，他一点儿都不想看。

小艺术家把图纸强行塞过来："帮忙。"

摇滚青年潸然泪下："我申请不参与这项有意义的活动。"

"不行。"顾扬暴露恶霸本性，"坐下！"

蓝森委屈巴巴，一边帮他给积木分类，一边盘算下次见到陆江寒的时候，是不是可以讲讲条件，让寰东让让利——毕竟自己也因为保时捷911和限量版挖掘机，受到了相当大的精神折磨，很值得用肮脏的金钱来安慰一番。

番外三

✦ 〔 ● ● ● 〕 ✦

真的童话

1

在遥远的东方大陆，生活着一位优雅的小王子顾扬。他拥有乌木一般的头发和樱花一样柔软的嘴唇。

究竟谁才能嫁给小王子呢？全国的少女都在期盼着。邻国的公主也在期盼着。然而小王子很叛逆，他不想结婚，甚至也不想继承王位。

"我要当一名吟游诗人！"他坚定地说。

2

国王和王后听了都目瞪口呆，气得胸口疼。然而小王子已经收拾好了行李，带上了他心爱的大枕头、鹅绒被、丝绸睡衣、小熊拖鞋、多肉盆栽、躺椅、书、缝纫机、钢琴、蛋卷和大号浅蓝色保温杯。

他把金子和钻石都装进书包里，对侍卫杜天天说："我要偷偷溜出王宫，你们一定要准时来找我。"

侍卫拍着胸口答应："没问题！"

3

深夜时分，小王子躲在农夫送水的空木桶里，顺利地离开了王宫。

不多久，三个侍卫也开着东风皮卡车，"突突突"地驶向城门。

毫无疑问，小王子没走成。

国王被气得脑袋疼，心想：这都什么智商！

4

小王子也被气得脑袋疼。

出走计划还没开始，他就已经失去了侍卫和皮卡车。这真是一件令人悲伤的事情。

可他依旧不想回到王宫，更不想迎娶公主。于是小王子买了一张火车票，打算去邻国看看。

他买的是最豪华的优等座，上车后他把珍珠铺在了枕头下。

同车厢的旅客易铭很惊奇地看着他。而小王子喷完香水，还换上了柔软的小熊拖鞋。他把满满一口袋金子和钻石都放在了桌子上，连系带上也串着红宝石。

易铭从旅行箱里掏出一个苹果，它有着血红的颜色和饱满的光泽。

小王子果然被吸引了注意力，他花一个金币买下它，然后小心翼翼地咬了一口。

童话里是怎么写的来着？

5

总之，等小王子醒来的时候，他已经被丢在了森林的边缘。

他身旁还蹲着一个很摇滚的村夫，头发竖起来的那种摇滚范儿。

小王子很警惕地问："你也是强盗吗？"

对方回答："我是屠龙的勇士蓝森。"为了证明身份，他还给小王子看了背上的弓箭。

小王子继续吃惊地问："这里有恶龙吗？"

勇士蓝森耸耸肩膀："我也不知道。"

最后，勇士蓝森把小王子带回了家。

6

其实在这个村子里，已经很久没有出现过恶龙了。但屠龙勇士的职位不能空缺，所以村民们只好通过抓阄儿的方式，强行给蓝森安排了工作。包吃包住，还有五险一金。

小王子称赞道："你的院子可真好看！"

"那当然！"勇士蓝森挺了挺胸膛，骄傲地炫耀，"我曾经是一名画家。"

他又问："那你呢？"

小王子也学他挺了挺胸膛："我是一名流浪的吟游诗人！"

勇士蓝森问："那你下一步打算去哪儿浪——不，是流浪？"

提到这个话题，小王子有些不好意思，他说："你这儿的牛肉比萨很好吃，而且我没有钱。"

没有钱，就不能买火车票。没有火车票，就不能吟游。

他只好就地在这个村子里开始吟诗。

7

但村民们对诗没有兴趣，他们扛着锄头，提着镰刀从小王子身边路过，无视了那些优美抒情的句子。愿意往他帽子里投银币的，只有那位屠龙勇士。但勇士也没什么积蓄，每天只能给他一个银币。

可最便宜的火车票也要三十个金币。

要知道在童话里，蒸汽火车可是很罕见的呢。

小王子忧愁地叹了口气。

8

勇士问："你真的只会做吟游诗人吗？"

小王子回答："我还会管理国家。"

勇士："……"

勇士说："我觉得村长不会同意的。"

小王子继续说："我还会给短剑镶嵌红宝石，会计算玫瑰的花期，会通过叫声来判断美丽的夜莺的心情。哦，对了，如果王宫里的侍卫需要更换制服，通常都是由我来设计款式，我会用星光石给它们点缀肩章。"

勇士一拍桌子："那以后你就做裁缝！"

小王子想了想，点头说："也行。"

9

小王子向勇士借了二十个金币，他在镇子上买了一台脚踏式缝纫机。

"不需要买布料吗？"勇士问他，"我可以去找镇长，给你争取一个熟人价。"

"不需要。"小王子回答，"我能用夜晚的月光织布。"

勇士惊疑不定：你这是什么梦幻人设！

10

用月光织出来的布，比最名贵的丝绸还要柔软，闭起眼睛触摸，就像是有溪水在指间缓缓流动。

在最开始的时候，小王子只是给邻居小姑娘做连衣裙。慢慢地，客户范围就扩展到了整个村子。再后来，连镇上的阔太太们也知道了小王子的存在。

小王子的生意变得越来越好，小猪存钱罐很快就被装满了。于是勇士又给他找了个坛子，坛子装满之后，又弄了一个水缸……总之就是，很有钱。

11

小王子很快就攒够了火车票钱，他可以继续流浪。

在离开之前，他给勇士买了面包、奶酪、干肉、一张新的床、最好的画具，还有一架很大的钢琴。

勇士不舍地说："你真的要走了吗？"

"是的，我还没有成为一名真正的吟游诗人呀。"小王子说，"但我会经常回来看你的。"

12

在小王子离开的前一天，勇士打算请他喝酒。

可天空却飞过了一条龙。它张开巨大的翅膀，遮住了月光。

13

村长把一本《屠龙宝典》郑重地交到了勇士的手上。

书里说，恶龙通常长着坚硬的鳞片、锋利的牙齿，它的翅膀能带起飓风。它飞到哪里，哪里就会燃起烈焰，变成废墟。

勇士："……"

小王子好心地问："那你要辞职，并且退回这些年的五险一金吗？如果这样做，我可以借钱给你。"

勇士背着弓箭，站在猎猎狂风中："不，我要去和恶龙搏斗。"

小王子激动地鼓掌："棒！"

14

《屠龙宝典》里说，想要斩杀一条龙，得先找到龙的弱点。但不幸的是，百分之九十九的龙都没有弱点。

勇士不满地说："这书是作者写来骗钱的吧？"

"我们也可以偷偷地去看看龙。"小王子说，"或许它并没有坚硬的鳞片和锋利的牙齿，或许它只是一条老年秃龙。"

勇士一拍桌子说："我觉得你说得很有道理。"

于是，等夜幕降临后，两人借助地图，悄悄地爬上了孤峰。

那里有龙的山洞。

15

龙此时正在睡觉。勇士和小王子躲在巨石后，战战兢兢地看着它。

龙安静地盘踞在黄金和珍珠上，外貌和书里描写的一样，长着闪闪发光的鳞片、钢铁一般的爪子和锋利的牙齿。

小王子说："它可真威风啊！"

勇士一把捂住他的嘴。

龙被这小小的声音惊醒，但它只懒洋洋地抬了一下眼皮，又把脑袋塞回了翅膀下。它尾巴轻轻一甩，一颗大钻石"咚"的一声，准确无误地砸进了小王子的手里。

别人的钻石论克拉，而龙的钻石论公斤。

16

回到家后，小王子抱着大钻石说："我觉得龙并没有那么坏。"

"你看到它的牙了吗？"勇士背着手，在房间里转圈，"那么长，还没有蛀洞。"

"因为龙从来不吃糖。"小王子解释，"我们是因为吃多了草莓牛奶糖，才长蛀牙的。"

勇士说："我有一个邪恶的计划。"

小王子问："那是什么？"

"我们可以每天都给龙送一些糖。"勇士露出坏坏的笑容，"等它长了蛀牙，就不能咬人了。"

小王子说："嗯。"

17

于是在每一个清晨，龙都会在自己的山洞前面发现满满一罐子糖果。

有时候是草莓牛奶糖，有时候是柠檬糖，有时候是巧克力豆。

清晨，龙用尾巴把糖果卷进去。等日落时，它再用尾巴把空的玻璃罐子推出来。有时候，里面还会装一些珍珠和宝石，都是很漂亮的那种。

18

小王子觉得很内疚，他小心翼翼地问："下次，我们能给龙送一管牙膏吗？"

勇士说："不能！"

小王子轻轻"嗯"了一声。

19

三个月后，勇士觉得龙可能已经长了蛀牙。他打算像《屠龙宝典》里写的那样，去屠龙。

可小王子却说："龙的牙齿是很坚硬的，不能冒险。"

勇士问："那我们还要继续送糖吗？"

"也可以送点别的呀。"小王子说，"我们可以给它送漂亮的衣服，穿上之后它就不能飞了；我们可以用牛皮给龙做一双靴子，把那些锋利的爪子藏进去；还有口罩，捂住它的嘴。"

一条穿着衣服、踩着皮靴、戴着口罩的龙，不能飞，不能抓人，不能喷火!

勇士激动地说:"就这么干!"

20

小王子给龙做了一个漂亮的领结,戴上去很绅士。

童话故事里有很多条恶龙,但是他想让它变成最时髦的那一条。

龙很喜欢这件礼物,它把领结端端正正地戴在了脖子上,对着用黄金镶边的镜子仔细看。然后,它用尾巴从珍珠堆里卷出来一个拍立得,"咔嚓"拍了一张照片,塞进了空的玻璃罐子里。

山洞口,小王子迅速地拿回玻璃罐子。

勇士问:"你在干什么?"

"没什么。"小王子背着手,把照片塞进了书包里。

龙可真英俊呀,他想。

21

小王子去了被细雨浸润的夜间森林,他在那里收集花上的露水,采摘野生的藜麦。

他花了十个银币,请村子里的厨师方栋做了许多美味的蜂蜜面包圈。

勇士说:"可我不喜欢吃甜食。"

小王子把篮子盖起来,很遗憾地说:"哎呀,那我就没有办法了。"

他把面包圈都送给了龙,还特意淋上了蜂蜜。

22

至于那张拍立得相片,小王子把它放在了枕头下,每晚都会拿出来看一看。

他觉得龙还需要一顶帽子、一条领带、一件很威风的斗篷。当然,如果龙愿意说出爪子的尺码,他还可以为它做一双皮靴,很酷的那种。

勇士问:"你是在给龙织毛衣吗?"

"这是一条围巾。"小王子坐在火炉边,搓了搓手,"明天要降温了。"

勇士点点头,并没有觉得哪里不对。

毕竟天气冷了,每个人或者每条龙,都需要一条柔软的大围巾。

23

龙也送给了小王子很多礼物：有镶嵌着钻石的王冠，有一根蓝宝石权杖，还有来自地球另一端、闪着光的贝母纽扣。

《屠龙宝典》上说，龙也会冬眠。所以每一年风雪最大的时候，最适合勇士屠龙。

小王子很担心，他希望这一年的冬天不要下雪。

最好明年也不要。

24

小镇上的杂货铺里，新进了一种来自古国的传统食物——黏黏的糯米里夹着咸蛋黄，他们叫它"粽"。

这是很新奇的玩意儿，价格可不便宜。

小王子买了两份，一份给勇士，另一份偷偷地送给了龙。

勇士皱着眉头抱怨道："太粘牙了。"

小王子有些内疚，因为龙已经吃了很多糖，现在如果再吃黏黏的粽，再坚硬的牙也会有蛀洞的。

于是他打算给龙送一管牙膏。他还准备了卡通杯子、粉红手柄的软毛牙刷、漱口水、冲牙器，以及一条印着星星的毛巾。

25

但龙会刷牙吗？小王子背着手，很焦虑地在房间里来回转圈。他很担心龙会吃掉牙膏，把漱口水当饮料。

得做张说明书才行。

26

小王子没有拍立得，所以只能自己画一张"洁牙工具使用说明"。

他找了一张很大、很厚的牛皮纸，在上面画了一个正在刷牙的小人儿——笑眯眯的那种，露出八颗牙齿的标准微笑。

为了保险起见，在画完说明书后，他还用十八个国家的语言，在很显眼的地方标注了"不能吃"。

不愧是细心又才华横溢的小王子。

27

龙用尾巴拨开小包袱上的蝴蝶结，把说明书贴在了墙上。

电动牙刷"嗡嗡"振动，牙膏里还有红色的桃心亮片。

它用前爪端着水杯，对着墙壁上的影子轻快扭动，满嘴都是白色泡沫。

它从喷火龙变成了泡泡龙。

28

在天气最冷的时候，小镇上的羊绒毛线买一送一，于是小王子又给龙织了一条新的大围巾，是红黄相间的那种。

他还买了新口味的糖果、刚出炉的巧克力面包圈，一起放在了龙的山洞外。

天色很阴沉，看起来像是要下雪。

小王子还记得《屠龙宝典》上写着，在狂风暴雪降临时，勇士就要屠龙。

他有点儿难过，想多陪龙一会儿。

龙也在山洞里看着他。

29

冬天的太阳总是有气无力的，有和没有一个样儿。

小王子悄悄地躲在巨石后。一直等到天色变暗，他才活动了一下冻僵的双腿，沿着山路往回走。可还没等他看到村落，就已经下起了大雪。

狂风迎面扑来，小王子的围巾被挂在了树梢上。他跌跌撞撞，艰难地往前走着。靴子被雪冻住，他只好赤脚走在结了冰的河面上，还差点儿掉进了冰窟里。

小王子觉得很冷，他想给勇士打电话，可他没有手机。

但他可以有龙。

30

龙从高空俯冲而下，巨大的翅膀挡住了风雪，从冰面上捞走了快冻僵的小王子。

它还喷了一小簇温暖的火焰。

小王子趴在龙的背上，耳边寒风呼啸，却一点儿都不冷。

龙用它自己那条围巾把他裹了起来。

31

这是小王子第一次进龙的山洞。

它有用黄金和钻石堆砌而成的床，还有草莓牛奶糖、柠檬糖、巧克力豆和很多漂亮的糖纸。而粽的外包装，因为特别黏，龙又有洁癖，所以它把那些坚硬的叶子挂在了山洞背面，叶子们被冻成了冰雕。

小王子的衣服被雪水浸透，湿漉漉地贴在身上。

龙用尾巴推推他，把他推到了山洞最深处的温泉边。乳白色的泉水，冒着热气和花香。

小王子说："太不可思议了！"

32

龙还给他准备了柔软的浴袍，那是他上次去西方旅行时带回来的纪念品。

毛茸茸的拖鞋上，也镶嵌着宝石。

小王子洗完澡后，从龙的那堆财宝里翻出来一套茶具，他泡了一壶好喝的茶。

龙又找出来一副国际象棋。

小王子很聪明，下棋从来不会输。赢的人是有奖励的，所以他提出想摸一摸龙的角。

龙温柔地低下头。小王子伸出手，小心又很尊敬地触碰了一下那坚硬的龙角。他觉得很温暖，像是贴在一个暖手炉上。

33

等风雪停后，龙把小王子送到了山下。

"我可以再到山洞里做客吗？"小王子问。

龙点点头，用尾巴从旁边的树上卷下来一束枯枝，就如同那是盛夏的玫瑰，很绅士地送给了他。

34

小王子变得越来越强壮，身手也很敏捷。

因为他需要经常攀爬孤峰，去龙的山洞里做客。

聊天儿的时候，小王子说："书上写的，龙到了冬天会冬眠。"他很贴心地没有提《屠龙宝典》，因为那实在很伤人——不，是伤龙。

龙很不屑地甩了甩尾巴。

只有刚破壳的幼年龙才需要冬眠，而它是一条凶猛的成年龙。

35

小王子如愿量了龙的尺码，他给它做了一套西装、一双皮靴，还有一件全新的斗篷。

龙对自己的新造型很满意，它把小王子卷到背上放好，用拍立得"咔嚓"拍了一张。

威风的龙、漂亮的小王子，和他们堆满黄金钻石的山洞，这张照片就好像时髦的杂志封面。

36

小王子躺在龙的背上发呆。龙在用钻石给他做床。

小王子说："再过两天，勇士就要来和你搏斗了。可他连我都打不过。"

龙鼻子里"哼"了一声。

"但他是我的好朋友，你不能伤害他。"小王子继续叮嘱，"只用尾巴把他轻轻卷走就可以了。还有，他很恐高的，你不能把他放在悬崖边，也不能弄乱他的发型，更不能弄脏他的鞋。"

因为贵，超难买的。

37

村子里最有智慧的老人说，三天后将迎来今年最寒冷的一天。

勇士打算在这一天屠龙。小王子装模作样地点点头，说："好的呀。"

38

勇士收拾好自己的弓箭，又像《屠龙宝典》里写的那样，给弓弦打上了蜡。

他还打算把钢琴搬到悬崖上。

小王子说："咦，为什么？"

勇士说："你看过电影吗？超级英雄出场的时候都会有背景音乐，雷神是 *Immigrant Song*，美国队长是 *Help Arrives*。"

勇士接着说："等我和龙搏斗的时候，你就负责弹 *Legends of Azeroth*。"

可小王子没有打过魔兽世界，不晓得什么是艾泽拉斯。所以他只能自由发挥。

39

两人花了整整两天，才把钢琴运上山。

40

屠龙勇士在全村人的欢呼声里，背着利剑和弓箭，登上了孤峰。

龙盘踞在山洞门口，愤怒地看着他。

它真的愤怒了。要是没有这个多事的人类，此时它还躺在柔软的床上，用尾巴卷着同样柔软的小王子，给他表演喷火。

勇士膝盖发软。

小王子赶紧给他配乐，很酷很爆炸的那种旋律。

41

龙用尾巴卷起勇士，把他放在了悬崖边的巨石上。

小王子很生气，把钢琴弹得"咚咚"狂响。

龙只好又把勇士卷了回来。它喷出一股火焰，烧焦了勇士的刘海儿。

龙还踩脏了勇士的鞋。

龙在故意欺负勇士，因为它忌妒他。

酸溜溜的那种。

42

小王子叉着腰吼："我要生气啦！"

龙用利爪钩住勇士的腰，把他送到了山脚下。在飞走的时候，还往他的衣兜里塞了一把钻石，让他可以找新的发型师，也可以买新的鞋。

43

这一天，全村人都亲眼看到，龙张开双翼，盘旋着离开了孤峰，没有再回来。

他们把勇士抛到半空中，庆祝他的胜利。

可小王子也没有再回来，只让猫头鹰送来了一封信，说自己要去很远的地方。

44

云层柔软得像棉花糖。

小王子坐在龙的脊背上，穿过重重风霜雨雪，还在初升的彩虹上睡了一觉。

"我的家在那里。"他指着太阳升起的地方，说，"但是先说好，你不能随便喷火，要显得有礼貌又有教养。"

龙挥舞着巨大的翅膀，带着他落在了城堡顶端，用很温柔的姿态。

45

整个王国都轰动了。

因为他们的王子带回了一条龙。

46

小王子让龙住在了自己的宫殿里。

他为它准备了柔软的大床，还在地上铺满了华贵的波斯地毯。

国王和王后有些担心，因为在童话故事里，龙是一种很凶的生物。而且它们出现，大多是为了掠夺财宝和公主。这条龙会带来很多麻烦。

但小王子告诉他们，这是一条温柔的龙，喜欢吃草莓牛奶糖，还喜欢刷牙。

"龙有这么大一山洞的黄金。"小王子张开双臂，尽可能地向外伸展，以表示那山洞真的很大，龙完全没有必要再去邻国当强盗，而且它对公主也没有兴趣。

47

小王子回国的消息，很快就传到了每一个人的耳朵里，当然也包括坏蛋易铭。

他担心自己会被送进监狱，于是匆匆收拾好行李，打算连夜逃离。但是龙挡在了他的面前。

国王下令，让侍卫杜天天把坏蛋关进了森林深处的树屋。并且惩罚他每天都要听上百只夜莺的吟唱，用来洗涤心灵，直到重新变得善良为止。

48

每天都有雪片般的邀请函飞进王宫，但它们无一例外，全部被丢进了地下室。

小王子不想参加公主的舞会，他正忙着给龙做新的斗篷。

国王很忧愁，整天都在叹气。

龙也知道了这件事，于是它打算为小王子举办一场森林舞会，并邀请小王子跳一支舞——很优雅、很正式的那种舞。

这样别人就不能嘲笑小王子没有参加过舞会了。

49

龙戴上了新的领结，还穿上了新的皮靴。靴筒上镶嵌着月光石，就好像是仙女教母的水晶鞋。

夜莺和萤火虫，就是乐师和灯光。

龙彬彬有礼地弯下腰，伸出前爪邀请小王子共舞。

50

这是小王子成年后的第一场舞会，他穿着漂亮的礼服，和龙一起翩翩起舞。

小动物们也聚集过来，一只橘色的猫还烘烤了美味的南瓜点心。

小王子在月光下看着龙。龙也低头看着他。

午夜十二点的钟声响起，龙把小王子卷到背上，带着他回城堡休息。

可在飞行的过程中，龙不小心弄丢了它的一只皮靴。

51

童话里如果出现午夜、南瓜和水晶……呃，皮靴，一般会怎么发展来着？

52

不管怎样，龙最后变成了一位英俊的王子。

他有漆黑的头发和寒星一样的眼睛，身形颀长，腰间还佩戴着镶嵌有蓝宝石的剑。

53

小王子好奇地问："那你还能再变回龙吗？"

龙说："能。"

小王子想，龙的声音可真好听呀。

54

龙打算带着小王子回到自己的国家。那儿在地球的另一端，需要跨越整个大洋。

当然，龙其实可以直接带着小王子飞，一天就能往返。

但小王子说，他从来都没有出过海。

于是龙专门为他打造了一艘大船，很豪华的那种，连船桨上都镶嵌着红绿宝石。

小王子问："你知道'红配绿'的下一句是什么吗？"

龙想了想，回答说："好看。"

小王子深沉地叹气。

这审美……

55

大船满张着风帆，在大海里"轰轰"航行。

巨大的声音惊醒了海底的小美人鱼。她欢快地游来游去，让姐姐给她戴上有半打牡蛎装饰的花冠。

"是我的王子要来了呀！"小美人鱼兴奋地说，"我已经准备好用美妙的声音和女巫做交换，把我的尾巴变成两条腿了。"

她甚至提前跟女巫要来了魔药。

56

小王子此时正躺在甲板上晒太阳，他手里攥着满满一把珍珠，那都是龙从大洋深处捞出来的，将来可以做纽扣。

龙就是这么无所不能。

小美人鱼悄悄地从海面上冒出头。

她的头发像茂密的海藻，而小王子也和童话里写的一样，拥有大理石雕刻般细腻精致的脸庞。

她跟在船后，想趁下一次风暴来临时，从海里救出小王子，再亲吻他冰冷的双唇。

龙在空中盘旋着，"咚"的一声落在船舷上，羽翼巨大，眼神冰冷。它可是条很霸道的酷龙。

小美人鱼被吓了一跳，因为童话里并没有这个情节。

"难道龙要先抢走我吗？"她很疑惑地问。

"或许吧。"海里的鱼说，"因为只有那样，王子才能来拯救你。"

结果，龙用尾巴把小王子卷到它自己的背上，头也不回地飞走了。

小美人鱼："……"

回来！

57

龙的王国很繁华，广袤富饶。

仪仗队吹响号角，迎接龙的归来。

臣民们纷纷拥向城堡前的广场。

小王子站在龙的旁边，手里握着镶嵌着红宝石的剑。

58

这里的国王和王后都很喜欢小王子。但他们还得再确定一下，看他是不是一位真正的王室成员。

于是王后走进卧房，把所有的被褥全部搬开，在床上放了一粒豌豆，又取出二十张床垫和二十床鸭绒被，把它们铺在了豌豆上。

小王子和龙就睡在这些东西上面。

半夜的时候，窗外刮起了风。小王子迷迷糊糊地翻身，不小心压到了龙的尾巴。

尾巴上的鳞片是很坚硬的。于是第二天，小王子愁眉苦脸地让仆人帮自己给青紫的脊背擦药。

王后也听闻了这件事。

"真的吗？"她很吃惊，"被硌得一整晚没有睡好，整个背都变成了青紫色？"

仆人恭恭敬敬地回答："是的。"

王后放心了："那他果然是一位王室成员。"

因为压在二十张床垫和二十床鸭绒被下面的一粒豌豆，他居然还能感觉得出来。除了真正的小王子之外，其他人是不会有这种娇嫩的皮肤的。

59

小王子派白鸽给远方的勇士送了一张明信片。

白鸽回来之后告诉他，在龙飞走以后，勇士已经辞掉了屠龙的工作，成了一名画家。

虽然没有了包吃包住和五险一金，但他每一天都过得很快乐。

60

勇士还给小王子送来了一份礼物。

那是一面珍贵的镜子，它的夹缝里藏着一个录音机，但只录了一句话——因为勇士暂时没有太多的金币，他买不起大容量的存储卡。

"是尊敬的小王子陛下。"镜子说。

龙对这份礼物很不屑。

小王子刚开始也很迷惑，但他很快就发现了镜子的新玩法。

"魔镜，魔镜。"小王子站在镜子前，"谁才是这个世界上最英俊的人？"

"是尊敬的小王子陛下。"镜子回答。

龙也问："谁才是世界上最笨的小坏蛋？"

镜子还是回答："是尊敬的小王子陛下。"

61

小王子有点儿不高兴，于是龙在《王宫守则》里加了一条——当所有人在面对这面镜子的时候，只能问一个问题，那就是"谁才是这个世界上最英俊的人"。

镜子统一回答："是尊敬的小王子陛下。"

于是全国都知道了，小王子是这个世界上最英俊的人，就像新鲜的玫瑰和午夜清冽的月光。

62

有一天，龙问："你还想继续做一名吟游诗人吗？"

小王子有些意外，说："可我们已经在这里定居了呀。"

龙笑了起来："但你依然可以做自己想做的事情。"

小王子想了想："那你会陪着我吗？"

龙用尾巴卷着他，一起飞出了城堡。

63

小王子终于如愿以偿，成了一名真正的吟游诗人。

他骑在龙的脊背上，去了很多很多国家，也见到了很多很多的人。

白天的时候，小王子站在集市最热闹的地方，大声吟诵着浪漫的诗歌。而当夕阳沉坠、星光漫天的时候，他就会钻到龙的肚皮底下，和它小声聊天儿。

当然了，如果路过巨人的国度，小王子总要躺进花蕊里打个盹儿，龙还会用胡桃壳给他做一张床，里面铺满柔软干燥的粉红色花瓣。

64

这个故事的标准结局是什么？

从此之后，小王子和龙过上了快乐的生活。

他们陪在彼此身边，直到永远。